2022 年内江市教育局高校基础教育研究专项课题「基于篇章修辞学的中学文言文教学研究」成果

2020 年内江师范学院校级重点课题「明孙月峰评点柳柳州全集整理」成果

内江师范学院文学院「四川省卓越教师培养项目校地合作」系列成果

「中学语文卓越教师协同创新培养计划」(0ZY16002) 阶段成果

# 清代柳文评点研究

古家臻 著

西南交通大学出版社

·成都·

图书在版编目（CIP）数据

清代柳文评点研究 / 古家臻著. --成都：西南交
通大学出版社，2023.8
ISBN 978-7-5643-9353-3

Ⅰ. ①清… Ⅱ. ①古… Ⅲ. ①柳宗元（773～819）–
文学研究Ⅳ. ①I206.2

中国国家版本馆 CIP 数据核字（2023）第 111704 号

Qingdai Liuwen Pingdian Yanjiu

# 清代柳文评点研究

古家臻　著

| | |
|---|---|
| 责 任 编 辑 | 李　欣 |
| 封 面 设 计 | 原谋书装 |
| | 西南交通大学出版社 |
| 出 版 发 行 | （四川省成都市金牛区二环路北一段 111 号 |
| | 西南交通大学创新大厦 21 楼） |
| 发 行 部 电 话 | 028-87600564　028-87600533 |
| 邮 政 编 码 | 610031 |
| 网　　　址 | http://www.xnjdcbs.com |
| 印　　　刷 | 成都蜀通印务有限责任公司 |
| 成 品 尺 寸 | 165 mm × 230 mm |
| 印　　　张 | 16.75 |
| 字　　　数 | 299 千 |
| 版　　　次 | 2023 年 8 月第 1 版 |
| 印　　　次 | 2023 年 8 月第 1 次 |
| 书　　　号 | ISBN 978-7-5643-9353-3 |
| 定　　　价 | 75.00 元 |

# 新中文探索系列丛书编委会

# 总序

2018 年 10 月，教育部决定实施"六卓越一拔尖"计划 2.0，在其中的基础学科拔尖学生培养计划中，首次增加了心理学、哲学、中国语言文学、历史学等人文学科，新文科建设对传统学科提出了新要求。2019 年 5 月，教育部、科技部等 13 个部门正式联合启动"六卓越一拔尖"计划 2.0，要求全面推进新工科、新医科、新农科和新文科建设，全面实现高等教育内涵式发展。自此，新文科建设已成为新时代文科建设的核心问题，并逐渐成为构建中国特色哲学社会科学的国家战略。

就中国语言文学学科而言，实为近代产物。1898 年京师大学堂创办，始有"文学"科。1902 年，京师大学堂师范馆设立中国文学门，中国文学专业形态初具。1910 年分科大学开办，北京大学中国文学门作为文科的一个教学建制正式成立，1919 年改称中国文学系。这标志着中国语言文学作为独立学科得以确立。20 世纪 50 年代，高校院系调整后，国文系改称为中国语言文学系，学科涵盖语言和文学两大类。20 世纪 80 年代以后，即使在中国语言文学内部，越来越精细的学科分野，越来越细致的专业操作，甚至越来越艰涩的学术语言，使学科内部的隔膜愈加突出，这导致中文学科在人才培养中普遍存在领域限制、视野狭窄以及专精有余、博通不足的问题，这种所谓的"专业化"使学科发展渐失"活水"，这大概也是新文科倡导学科融合的原因吧。

内江师范学院汉语言文学专业在 2019 年被四川省教育厅确定为首批"四川省一流本科建设专业"，为了进一步打造成渝中部地区文化高地，进一步探索"新文科"视野里中文专业的科研和教学实践，文学院组织教师结合自身专业背景及教学实践撰写"新中文探索"系列丛书。

本丛书分为学术专著和教材两种类型。学术专著力求在师范类高校汉语言文学专业新文科建设的背景下，以汉语言文学专业为中心，将文学与教育学、哲学、艺术、历史学、传播学等学科深度融合，在以往各自隔绝的学科之间寻找结合点，在多维理论背景下阐释问题，力求梳理新的学术肌理，形成新中文研究增长点。如以儒、道、佛哲学思想为切入点分析文人画家在中华文化背景下的艺术思维，并针对我国当下影视文化创意产业发展过程中的偏差"对症下药"。研究者无论在理论融合和案例实践方面都寻求新突破，能够与该领域前沿进行对话。又如将语言文学置于传播学的视野下，通过对文学传播的各个要素做全面地分析研究，总结文学传播的规律，研究文学传播的多样性，并从大众传播延伸到分众传播的研究中，把握互联网时代文学传播的规律。又如研究现代主义的本土化历程既要在文学内外，中西之间探源溯流，更要在历史文化的特定需求中寻找文化变异的依据。有的老师有意识地带领学生，通过访谈形式，在人文多学科多领域进行对话，让学生感受跨学科精神撞击的火花。相信这样的研究是在新时代对"文史哲"融合的回归。

教材类丛书侧重对基础文本的解读，如国学教育注重对原典的解读。学习者的基本任务之一就是研读这些原典，从而夯实专业基础，在原典的解读习得重拾"学问乃千秋事，订讹规过，非以訾毁前人，实以嘉惠后学"（钱大昕在给王鸣盛的《答西庄书》）的传统治学态度，在传统中领会中华文化之精髓，今日，国学教育已渐成国内高校课程体系的重要一环，也是新中文强调"中国方法"的基石。当然，回归传统并不是排斥现代，泥古不化。比如在解读唐代诗歌，列举"历代诗话"之后，教师与学生仍然会以更加鲜活的个体形式与古代对话，学生和唐代诗歌经典的有了新的联系，学习主体性在古今之间的建构，对传统文本进行一种激发新意的探索。

总之，既要尝试学科间融合，对传统中文有构建，研究有新见，又望这种探索能够在更大视野中深化学生对中文学科知识的理解，提升其创新能力，这就是我们编辑新中文系列丛书的宗旨。尽管作者们著述力求辨析慎密、言出有证，或自谓创见，但是鉴于水平和学力，大概只能是抛砖引玉，期待大家指导！

内江师范学院文学院

2022 年 4 月

# 序言

柳宗元名列唐宋八大家之一，其山水游记，文富诗情；杂文体裁广泛，形式多样；寓言体语言简练，寓意深刻；辞赋亦深得骚学。柳氏文章以独特魅力成为中国古代散文宝库中最璀璨的明珠，吸引着历朝历代的学者进行研究。至今为止，诸多柳宗元的研究论著，大都着眼于柳宗元贬谪前后思想的转变，或文体变化，或语言艺术，或与他人作品比较，不乏学者个人独特的见解与感受，但较少关注后世对柳文的批评与接受。家臻同学随我读博士，关注到这一现象，拟以《柳宗元文章接受史》为博士论文题目。然在搜集整理文献时，又注意到古文选本、唐宋八大家选本里的柳文评点尚无人做过系统研究，而我们认为从评点的角度能更好阐释柳文接受的历史，遂以柳文评点为主搜寻相关文献，最终确定以《清代柳文评点研究》作为博士论文题目展开研究。

评点是中国特殊的批评方式。首先，中国散文批评多是印象式的，灵光一现，无迹可寻，评点却是从整体出发，兼顾篇、章、句、字各个部分。从谋篇立意到层次结构，从开头到结尾，从铺垫到照应，从详略到疏密，从波澜到过渡，从文眼到虚实，从传情到说理，文本与批语一一对应，既改变了印象式的文学批评方式，也提醒我们，文学批评研究在理论著作之外，也可以落实到文本的字里行间。

其次，评点多是选本，选本的选篇标准体现着选家的鉴赏能力，也体现着选家的文学观念、选家的喜好。衡量一个选家的鉴赏能力，关键是选篇。评价一个作家，不是看他写出了多烂的作品，而是写出了具有其特质的作品，甚至超越时代体裁或题材的作品。这样才能体现作家的价值，也体现出选家的高超之处，这才是选家的独到之处。

而不同时代的选家依据不同标准共同选择的作品，即是经典作品。如果从这个角度看待经典，就不仅仅停留在经典作品权威性、典范性、历时性的表现，还可以阐释经典形成的过程，以及涉及的时代、政治、文学、选家、科举等一系列相关现象，拓展文学批评的研究范围。正因为评点特殊的批评意义，家臻同学的《清代柳文评点研究》主要有以下两个特点。

一是文献扎实。文献是研究的基础，尤其是新材料的发现，也许就会有出现一些不同的观点，或是对现有观点提供新的例证。本书全面梳理柳文评点文献，发掘出来一些不被知悉、或未加重视的柳文选本，并加以清晰的考述。如发现刘禧延的手稿本《柳文独契》，吕留良选、董采评点的《唐文吕选》，较为稀见的有汪份的《唐宋八大家文分体读本》、王应鲸的《唐宋八大家公暇录》，学界较少关注的有姚婧的《唐宋八大家偶辑》、李元春的《唐宋八家文选》等选本，为柳文评点的研究添加了新的内容，而作者亦在充分把握和分析材料的基础上，展现出柳文的批评历程。

二是点面结合，大处着眼，小处落实。点可以说是具体篇章的批评，面则是可分为两个角度，既有评点者对选本整体的评价，亦有文学流派对作家作品的观念。以桐城派评点柳文为例，作者关注到桐城派贬柳的事实，也注意到学界对此现象的阐释，书中选取方苞对柳文的全集与选集评点本对比时，发现方苞贬柳体现在删改文本、对"道"的认识不同、文学观念的不同，同时也发现方苞对柳文考证文的赞赏。而桐城派后继者对柳宗元的评价也有所改变，例如林纾对方苞贬柳就有不同观点。该书既关注到重要文学流派评点的延续，也注重具体篇目的呼应。例如《段太尉逸事状》"谌虽暴抗，然闻言则大愧流汗，不能食，曰：'吾终不可以见段公！'一夕，自恨死。"一节，储欣忽略此事真伪，孙琮评点章法，姚婧感慨世道人情，何焯注重人物品格，陈兆仑认为是事件巧合，独有沈德潜查史事，证真伪。清晰的呈现柳文在各选家的同中之异，异中之同。如此行文，论析各选家之文学观念、评点侧重，可谓独具只眼。

家臻同学于而立之年放弃原有工作读博，其博士论文 2014 年开题，2019年答辩，在此期间，父母双双罹患癌症，余几疑其无法完成学业，然家臻以大毅力坚持下来，克服重重困难，奔走于全国各图书馆查阅、抄录文献，爬梳剔抉，艰苦备尝，历经数年始竟全功。如今论文修改得以出版，可喜可贺，而回顾其整个写作历程又难免为之感慨唏嘘。当然家臻博士论文的出版并不意味着其柳文评点研究的终结，对于柳文评点的研究，我们看到文学史、文学批评史囿于体例、篇幅，多是有整体无个体、有论点无论证，无法具体到每个作家作品，从而给作家个案批评留下了空间。但个案并不意味着孤立，希望他进一步扩大研究范围，思考如何将评点、文章学、文学批评相联系，以各朝代文学思潮为背景，进行比较、分析，在柳文评点研究上取得新的突破。相信以家臻对学术的执着，未来可期。退休之后，久未动笔，文思艰涩，言短情长，愿我的学生明天会更好。

张安祖

2023 年 7 月 25 日

# 目录

## 一、研究动机与目的

柳宗元（773—819），字子厚，祖籍河东（今山西省永济市），著名的思想家与文学家。柳宗元以其文名列"唐宋八大家"，名篇如《封建论》《贞符》《天对》等，以及许多优秀的散文、诗、赋名篇，在我国思想史和文学史上一直闪耀着不灭的光芒。关于柳宗元思想与文学创作的研究，目前学术界已经取得许多重要的成果，但对其著作的评点史还缺少系统性的整理与研究。

评点包括评、点两个方面。评是对作品全局、部分、段落，或字句所做的评语，主要有读法、总评、夹批、行批、眉批、尾批等；点是通过各种符号表明作者看法的另一种方式，包括各种形状、颜色的点、圈、线等。对于评点的价值，张伯伟先生认为："评点的批评注重细微的分析剖判，从局部着眼衡量，未免'识小'之讥。但放在整个中国文学批评的体系中看，评点所最为倾心的是文本本身的优劣……中国文学批评在这一方面的贡献，是值得我们作进一步抉发的。"[1]此言诚是，评点者多聚焦文本的内容与形式，注重细微的分析，为文学批评提供了丰富的文献资料。具体而言，评点从篇章字句入手，揭示出文章属于何种体例、应遵循何种规范、文章立意的高低、语句的锤炼、承接起落的转变以及通篇结构章法是否一一照应等方面，涉及文章学的体制、文法、修辞、风格以及章法布局，较为详细地揭示出文章的做法，为初学者开示了写作门径，使作品提供了更多的文本价值。当然，评点有受人喜爱的一面，也有遭到非议的一面。明清时期，一些名家认为评点内容过于繁琐，限制初学者创新。不过说这些话的大都是饱读诗书的大家、名家，而评点本面向的人群大都是初学者。这些大家、名家自然不屑于关注字的四声、词语典故的注解、章法的起承转合，而对于初学者而言有阅读方法引导的需求，希望有人指导标点句读，并将文章精华处细致圈点，反复诵读，以学习前人作文之法，进而获得写作能

---

[1] 张伯伟. 中国古代文学批评方法研究[M]. 北京：中华书局，2002，第591页.

力。张智华先生认为诗文评点的传播价值亦主要表现于此："一是选评对诗文传播和普及的促进，二是选评本身对读者的阅读所产生的影响和指导作用。"①评点既具有传播与普及学派文学理论的传播功能，又具有鉴赏及指导写作的功能，起到了推动读者阐释、接受作品的作用。

对于柳文来说，历经不同时代、不同思想观念的读者千年阅读、鉴赏以及批评后，被推为古文范本。其间虽有黄震、何焯、方苞等人的不同看法，但从茅坤的《唐宋八大家文钞》正式确立了柳宗元文章大家的地位后，明清士人还是把柳文作为文章规范来学习，模仿柳文的篇章结构、立意下字，为阅读与写作提供了范例。我们不可否认其中有个人偏爱的因素，但从另一个角度来说，当个人偏爱汇集为集体写作规范时，更能体现出柳文的社会价值。即萨特所说："所以一开始存在着自由：首先由于我有自由的写作计划，我才成为作者。但是紧跟着出现这一情况：我变成一个被别人看成是作家的人，即一个应该满足某种要求、并且不管他本人是否愿意已被授予某种社会职能的人。"②特别是对柳宗元这样的作家，在世人对人品褒贬不一的情况下，更是凭借文章才能获得如此殊荣。

柳文评点开始于宋，以清代作为重点是因为评点在这一时期最为成熟。首先，评点由南宋渐兴风气，明代则应用到古文、时文、诗歌、词、小说等各种文学体裁批评。明末清初，诗、词、文、小说、戏曲等各种评点著作蔚为大观，形成几乎无书不批点的文化现象。清代中叶以后，进入持续发展阶段，清末才渐趋于衰微。其次，柳文评点随着时代的繁荣亦进入繁荣期。无论评点本的数量还是评点者的身份背景都达到了顶峰。清代柳文评点从篇目数量上可分为全集本与选集本，选集本又可分为专选与"大家类"，"大家类"又可细分为"八大家"与"四大家"，其中"八大家"选本较为普遍；从批语来源上，可分为自评本与集评本。自评本的批语来源于选评者自身，集评本的批语既来自于选评者，又由选评者按照一定标准辑评前人批语，方便读者对比选家评点异同，呈现出柳文评点的发展历程，有利于开阔读者视野。在柳文评点中，还有一类是师徒、父子合作而成的。如《晚邨先生八家古文精选·柳文》即吕留良选篇、吕葆中评点，《唐四家文·柳文》由吕留良选文、董采评点而成。

清代柳文的评点文献，内容蕴含丰富。但可惜的是，这些重要的柳文评点本，尚缺乏进一步整理归纳，发掘其中的文献价值与理论价值。就目前清代柳

① 张智华. 南宋的诗文选本研究[M]. 北京：北京师范大学出版社，2002，第9页.
② [法]萨特著，施康强译. 萨特文论选[M]. 北京：人民文学出版社，1991，第144页.

文评点的学术研究情况来看，至少还会产生以下几项疑问：

现存还有哪些清代柳文评点本？有哪些全集评点本、专选评点本、唐宋八大家评点本？除"八大家"外，是否还有其他以"大家"命名的选本？

各家评点柳文的目的、选文标准、选本体例及评点形式为何？是否有共通性？

各家选评柳文的篇目、文体、立意、文法、文风以及渊源为何？特别是我们称为"典范"的作品，其地位与被接受的历史过程又如何？

以上这些问题，都缺乏相关的研究成果，仍需进一步讨论。因此，基于以上种种疑问与随之产生的好奇，笔者梳理、发掘清代柳文评点本中深刻的见解与具体的论述，以补充前人研究并提出个人见解。

## 二、柳文评点研究现状

关于柳宗元的研究成果，可以用卷帙浩繁来形容，多集中在文本的校勘、文学研究，以评点作为专门研究对象的论文篇数较少，以清代柳文评点为对象的研究更少，目前仅发现高平的《论何焯的柳宗元研究》(《中国韵文学刊》，2010第 4 期)、梁必彪的《论何焯对柳文的批评》[《佛山科学技术学院学报》(社会科学版)，2015 年第 5 期]、孙麒的《新见方苞评点柳文辑略》(《古籍研究》，2012年第 1 期)、赖贵三的《焦循手批明万历刊本〈柳文〉钞释》(《中国文学研究》，2001 年，第 323-348 页)、《焦循手批明刊本〈柳宗元文〉汇评》(《台海两岸焦循文献考察与学术研究》，第 400-424 页)以及王基伦的《焦循手批〈柳文〉的评点学意义探究》(《柳宗元研究文集》—— 第三届柳宗元国际学术讨论会研究论文撷英，第 429-457 页)六篇论文中，两篇是关于柳文评点资料的辑佚，两篇是以何焯评点为主的论文，两篇是以焦循为主的论文，可见这方面的研究相当薄弱。因此在"研究现状"方面，重点概述有关柳文评点的文献整理与清代之前的柳宗元评点研究现状。

### （一）有关柳文评点的文献整理

第一，关于柳文评点研究的资料，最负盛名的莫过于吴文治编著的《柳宗元资料汇编》。该书 1964 年由中华书局出版，2003 年再版。辑录资料在时间上贯穿一千一百多年，由中唐到"五四"，选择具有代表性的评述四百六十余家，辑录图书四百八十多种。全书按时代先后顺序排列，选材以对柳宗元的思想、诗文创作等进行评述的资料为主，尤其收录了吕祖谦《古文关键》、真德秀《文章正宗》、茅坤《唐宋八大家文钞·柳州文钞》、林云铭《古文析义》、孙琮《山晓阁选唐大家柳柳州全集》、储欣《唐宋八大家类选》以及何焯《义门读书记》等书中对柳文的评点，为柳文评点研究做了资料上的准备，如储欣选评有《唐宋八大家类选》，吴文治《柳宗元资料汇编》中收录了《唐宋八大家类选》的尾批。但《唐宋八大家类选》另有题下批、旁批及眉批，由此可以看出柳文评点内容还有补充的必要。

第二，是章士钊先生的《柳文指要》。此书 1971 年由中华书局出版，1981 年台湾华正书局翻印时改名为《柳文探微》，作者署名行严。全书分上下两部，上部是"体要之部"，按照柳文原文编次，逐篇加以评论、考证、校笺；下部是"通要之部"，按专题分类论述有关柳宗元和柳文的各项问题，引用了大量材料，提出了自己的见解。尤其是下部卷三《辑余》、卷四《评林》上、卷五《评林》下以及卷六《第韩》部分，广收清代刻本、稿本有关柳文的论述，并加以介绍和评论，表现出浓厚的扬柳抑韩色彩。另外，罗联添编著有《柳宗元事迹系年暨资料类编》。该书 1981 年由"编译馆中华丛书编审委员会"列入《中华丛书》刊发。此书资料类编部分收录了历代柳文评论选辑，附录部分简介了柳集版本、柳集伪文考辨和柳宗元研究论著目录，进一步丰富了柳文评点文献。

第三，尹占华、韩文奇先生的《柳宗元集校注》为目前收录柳宗元研究资料最全的本子。此书 2013 年由中华书局出版。尹占华、韩文奇先生在整理校注作品的基础上，汇集关于柳宗元的评论资料，单列"集评"项目，按照年代顺序予以分类整理和归纳。书后又附《柳宗元研究资料》，分墓志与传记、著录、序跋、艺文、评论、杂录六大类，为新编有关柳宗元的各种文献资料。此书所收评论比较客观、全面地反映了历代柳宗元研究的面貌，堪称柳宗元研究资料的"集大成"之作。尤其是收录了大量的柳文评点本，如清代吕留良选、吕葆中评《晚村先生八家古文精选》、储欣《唐柳先生全集录》、沈德潜《唐宋八大家读本》等选本，特别是收录了两个稀见评点本——明代阙名评选的《柳文》与清代汪森的《韩柳诗选》，具有较大的文献价值。需要注意的是，此书"集评"体例不一，或旁批、尾批等批语全部收录，或只录尾批，有些集评本的尾批仅录此书选评者之批语。而且有些常见书的旁批、夹批以及尾批全部录入，尚未全面整理的储欣《唐柳先生全集录》、吕葆中《晚村先生八家古文精选》、孙琮《山晓阁选唐大家柳柳州全集》等书却只收录评者尾批，删除旁批、眉批以及集评，未免有遗珠之憾。此外，后人对柳文的评点相当多，此书虽以三千七百二十六页的篇幅，也难以囊括柳文全部的评点资料，如姚婧《唐宋八大家偶辑·柳文》、李元春《唐宋八家选·柳文》、方苞手评《柳文》、崔应榴手评《柳文》等书尚未涉及，还可以再加补强。

第四，清代方苞、焦循评点柳文的文献资料。方苞对柳文的评点经由徐天祥、陈蕾点校的《方望溪遗集·附录一》收录七十七篇。此书1990年由黄山书社出版，于附录列出篇目，抄录批语，并摘句注明方苞施加何种评点符号。其后，孙麒于上海师范大学图书馆发现方苞手评的明嘉靖十六年（1537）游居敬刻本《柳文》，据其整理统计，此本之评点及旁批总计一百九十余处，遂与《方望溪遗集·附录一》《古文约选·柳文》、李绂《与方灵皋论所评柳文书》所录柳文批语相较，分为"他书所无之评点""他书所无之旁批"以及"见于他书但表述相异处"三类辑录批语，发表于2012年第1期的《古籍研究》。清代通儒焦循亦曾评点柳文，其评点本经赖贵三抄录以《焦循手批〈柳宗元文〉释文》为题发表于《中国文学研究》第四辑。赖贵三发现焦循手批本为明万历壬辰叶清寰永州刊本《柳文》，而此书从未见录于有关《柳宗元集》的版本流传记录，为柳文版本提供了又一依据。赖贵三将此珍本一一钞释、汇析，并简介其典藏现状、版本形式、目录卷次与手批题记等相关内容，为柳文评点增加新资料，贡献匪浅。

第五，有关唐宋八大家选本的文献整理也含有柳文评点资料。如吴小林《唐宋八大家汇评》，该书按照时代划分，收录古今有关"唐宋八大家"的总体评论，以及对韩、柳、欧阳、曾、三苏、王，任意两家以上的评论资料。高海福主编的《唐宋八大家文钞校注集评·柳州文钞》，该书以茅坤的《唐宋八大家文钞·柳州文钞》作为底本进行校注与集评。集评部分收录了历代以来对柳文的评价，还引用了多种明清以来的古文选本，如《古文一隅》《古文眉诠》《古文雅正》等批语，虽有一部分与《柳宗元资料汇编》重复，但可以称为名副其实的集评。再如付琼所著的《清代唐宋八大家散文选本考录》，该书集中考录成书于清代的唐宋八大家散文选本四十八种（现存二十四种，佚二十四种），努力钩稽存佚，调查版本，理清初编、续刻之间的关系，廓清各种选本编者之生平、论文主张及文章思想，尤其是选录序跋，为唐宋八大家选本研究提供了大量珍贵文献。付琼先生虽多方查阅，用力甚勤，仍不能将清代唐宋八大家选本尽括其中，如姜宸英曾评选八家文钞，现存欧阳、曾、老苏三家文，遗漏未收，足见清代八家选本之多，今人收录之难。

（二）柳文评点研究现状

有关明代柳文评点的论文以茅坤评点为主。肖扬碚的《柳宗元及其散文在明代的接受和批评》（《柳州师专学报》，2011年第3期）认为明代的官僚士大夫们多从道德、人品、艺术价值以及对文化传统的继承等方面对柳宗元及其散文进行解读和批评，虽有较为中肯的批评和评价，但也充斥不少个人和时代的偏见。莫山洪的《论茅坤对柳宗元文章的接受》（《钦州学院学报》，2013 年第 1 期）认为茅坤在柳宗元文章接受史上有着特殊的地位，真正发现了柳宗元文章的价值，是柳文接受史上的关键人物。以上两文虽是以"接受"为题，但依据是茅坤评点柳文的文献，也算是柳文评点的研究成果。

清代柳文评点的论文集中以何焯与焦循评点为主。高平的《论何焯的柳宗元研究》（《中国韵文学刊》，2010 第 4 期）以《义门读书记·柳河东集》为据，从校勘、思想评判以及文学研究三个角度评价了何焯对柳文的评点，认为何焯对柳文的评点具有范本意义，既影响了清代的文集整理方式，在中国评点文学史上亦具有典范意义。文章高度评价何焯评点柳文的意义，但限于篇幅，未能涉及何焯评点中的柳文文法，有进一步补充的必要。梁必彪的《论何焯对柳文的批评》[《佛山科学技术学院学报》（社会科学版），2015 年第 5 期]则从"柳文之道""雅""洁"三个角度评论了何焯对柳文的评点。相比高平的《论何焯的柳宗元研究》，此文关注了何焯以"味"评价柳文，并论及了清代雅正的古文规范、方苞及桐城派后学对韩柳的评价，认为何焯对柳文的评点，对清代以桐城文论为主体的古文理论的形成与发展具有重要影响。此论述把何焯评点柳文置于清代古文理论发展史上加以观照，显得弥足珍贵，遗憾的是，此处只是一笔带过，缺乏对资料的详细分析。台湾学者赖贵三有《焦循手批明万历刊本〈柳文〉钞释》（《中国文学研究》，2001 年），分册、卷抄录焦循评点《柳文》批语，以篇名为序，注出所在页码、墨批、朱批，后钞释批语。如卷之五《送邠宁独孤书记赴辟命序》，抄录为《送邠宁独孤书记赴辟命序》（页 22）：墨批"自然遒厚"。除批语外，此文还钞释《柳文》序言、全书目录以及印章，序言部分注出页、行，每行字数。此文整理台湾师范大学珍藏的明万历刊本《柳宗元文》，丰富了柳文评点文献。对焦循手批明刊《柳文》做了较为详细的整理工作。后赖贵三在整理的基础上，写有《焦循手批明刊本〈柳宗元文〉汇评》[1]，在介绍焦循的习文历程、《柳宗元集》版本后，从风格论、技巧论、渊源论、政教论以及其他评论对焦循手批《柳文》的批语进行分类汇评。此文以赖贵三多年研治焦循学术的文献探索，进而就此珍本一一钞释、汇析，开拓了焦学研究与柳文研究的视野。王基伦的《焦循手批〈柳文〉的评点学意义探究》则以焦循手批《柳

---

[1] 此文先名为《焦循手批〈柳宗元文〉析论》，（中央研究院中国文哲研究所筹备处"清代扬州学派学术研讨会"2001 年 5 月 3—4 日），后易名为《焦循手批明刊本〈柳宗元文〉汇评》，收于《台海两岸焦循文献考察与学术研究》。详见赖贵三《台海两岸焦循文献考察与学术研究》（台北：文津出版社，2008，第 400-424 页）。

文》的来源与焦循手批《柳文》的评点向度为主分析焦循的柳文评点。其中，评点向度分为作家论、渊源论、技巧论、风格论四个角度，详细讨论了焦循评点柳文的特点。此文视野开阔，论证严谨，较为深入地论述了焦循评点柳文的成果与价值。邓美思《桐城派对柳宗元文的评点》（辽宁大学硕士论文，2022年）以桐城派文人对柳文的态度演变为框架，梳理方苞、刘大櫆、姚鼐、曾国藩、吴闿生以及林纾等人对柳文的选评情况，以此分析其态度变化原因，较好地反映出桐城派对柳文的评点内容与评点特色。除此之外，付琼的《储欣〈唐宋八大家类选〉版本叙录》（《兰台世界》，2010年第6期）、李永姣的《柳宗元〈封建论〉研究》（西北大学硕士论文，2015年）、叶雪竹的《沈德潜〈唐宋八家文读本〉研究》（安徽师范大学硕士论文，2015年）、胡秀的《储欣古文理论及批评研究》（华中师范大学硕士论文，2017年）均涉及柳文评点，但多属概述，未能具体到柳文评点的特色。

通过以上的梳理可知，学界对柳文评点有了一定的关注。但我们也应当看到尚有不足之处。例如评点文献的整理。没有评点文献的研究显然是无源之水、无本之木。基础文献对柳宗元评点研究的重要性是不言而喻的。目前的工作是统计整理现存文献，厘清文献之间的传承与影响，深入研究柳文评点的方式与内容。笔者视能力可及范围，搜罗目前可得的评点本，试图归纳、梳理清代柳文评点的成果与价值。

### 三、本书研究内容与创新点

本书研究对象是清代柳文评点的著作，创新点之一是对现存的柳文评点本进行搜集整理。这些评点本以四种形态存在：刻印本、手批本、刻印与手批结合本、稿本，分藏于国内外各大图书馆。据《中国古籍善本书目》和各种目录著作所载，及笔者于国内各省市图书馆所见，清代流传至今的柳文评点本有：

| 序号 | 书名（卷数） | 评点者 | 版本 | 馆藏地址 |
|---|---|---|---|---|
| 1 | 《柳文》四十三卷别集二卷外集二卷附录一卷 | 清方苞手批、马其昶跋 | 陈宝琛等批明嘉靖十六年游居敬刻韩柳文 | 上海师范大学图书馆 |
| 2 | 《柳文》四十三卷别集二卷外集二卷附录一卷 | 清何焯、方苞批校 | 明嘉靖十六年游居敬刻韩柳文 | 山东省图书馆 |
| 3 | 《柳文》四十三卷别集二卷外集二卷附录一卷 | 清曹翚录，清何焯、方苞批校 | 明嘉靖十六年游居敬刻韩柳文 | 山东省图书馆 |

| 序号 | 书名（卷数） | 评点者 | 版本 | 馆藏地址 |
|---|---|---|---|---|
| 4 | 《增广注释音辩唐柳先生集》四十三卷别集二卷外集二卷 | 佚名录，清何焯批校，清翁同龢跋并题诗 | 明初刻本 | 北京图书馆 |
| 5 | 《河东先生集》四十五卷 | 清李芝绶跋并录，清沈起元批校及跋 | 明郭云鹏济美堂刻本（卷三、四配清抄本） | 南京图书馆 |
| 6 | 《柳文》 | 清焦循评点 | 明万历壬辰叶万景永州刊本 | 台湾省立师范学院图书馆 |
| 7 | 《增广注释音辩唐柳先生集》四十三卷附录一卷 | 清崔应榴手批 | 明正统十三年善敬堂刻递修本（卷二十一至二十五配清抄本） | 南京图书馆 |
| 8 | 《增广注释音辩唐柳先生集》四十三卷别集二卷外集二卷年谱一卷 | 清叶树廉批 | 明正德十年张景阳、胡韶、刘玉刻本（年谱配清抄本） | 上海图书馆 |
| 9 | 《河东先生集》四十五卷 | 清阮学濬集评，清丁晏批点并跋 | 明郭云鹏济美堂刻本 | 广东省立中山图书馆 |
| 10 | 《唐柳河东集》四十五卷外集五卷遗文一卷附录一卷 | 清冯云骧批 | 明崇祯六年蒋氏三径草堂刻韩柳全集本 | 山西省图书馆 |
| 11 | 《柳文约选》 | 清方苞 | 清雍正十一年果亲王府刻本 | 吉林省图书馆 |
| 12 | 《柳州文选》 | 清许鸿磐选评 | 清食蹠轩抄本 | 吉林大学图书馆 |
| 13 | 《柳文独契》 | 清刘禧延 | 稿本 | 上海图书馆 |
| 14 | 《柳河东集》 | 清林纾选评 | 上海书局印刷 | 国家图书馆① |
| 15 | 《山晓阁选唐大家柳柳州全集》 | 清孙琮选评 | 民国四年广益书局石印本 | |
| 16 | 《唐河东先生全集录》 | 清储欣选评 | 清光绪八年江苏书局刻本 | |

① 将林纾归为清人，其原因有二：一、林纾视自己为清代人，其绝笔书有"清举人林纾，于甲子月日死"的身份定位。（详见薛绥之，张俊才《林纾研究资料》，福建人民出版社出版，1983 年第 60 页。）林纾身份众多，既是古文家、画家，又是翻译家，却选用"清举人"这一清代与民国明显区别的称谓，可见林纾给自己的定位。二、作为民国时期编纂的《清史稿》亦将林纾编入列传(赵尔巽. 清史稿[M]. 列传二百七十三，民国十七年清史馆本)，进一步确认了林纾清人的身份。

除以上十六种全集、专选类柳文评点本外，清代的唐宋八大家选本现存二十五种，唐四家选本一种、唐宋十大家选本一种：卢元昌《唐宋八大家文选》、孙琮《山晓阁选唐宋八大家全集》、姜宸英《评选八家文钞》（现存欧阳、曾、老苏三家文）、蔡方炳《唐宋八大家文选》、姚婧《唐宋八大家偶辑》、储欣《唐宋八大家类选》、吕留良选吕葆中评《晚村先生八家古文精选》、江承诗《唐宋八大家古文读本》、张伯行《唐宋八大家文钞》、朱璘《唐宋八大家古文》、汪份《唐宋八大家分体读本》、唐琯《唐宋八大家文选》、璩绍杰《唐宋八家古文析解》、华希闵《增订八大家文钞》、程岩《唐宋八大家文约选》、沈德潜《唐宋八家文读本》、秦跃龙《唐宋八大家文选》、吴炜《唐宋八家精选层级集读本》、王应鲸《古文八大家公暇录》、陈兆仑《陈太仆批选八家文抄》、刘大櫆《唐宋八家文百篇》、高塘《唐宋八家钞》、卢文成《唐宋八家文要编》、李元春《唐宋八家文选》、李翰《唐宋八大家文》、吕留良选董采评《唐四家文》、储欣《唐宋十大家全集录》。

还有部分古文选本，如孙琮《古文全集》、浦起龙《古文眉诠》、蔡世远《古文雅正》等书中亦选评柳文。这些评点本散见于各地图书馆，搜集整理的难度可想而知。除此之外，部分选本是手批本，字体潦草或以行草批点，增加不少研究上的困扰。因此本书价值之一便是搜集整理各处的柳文评点本，进一步综合分析比较。

笔者视能力所及，搜罗目前可得的评点有宋元明时期有关柳文评点著本六种，清代柳文评点本十五种。其中宋元明时期有关柳文评点本有吕祖谦《古文关键》、楼昉《崇古文诀》、谢枋得《文章轨范》、虞集《文选心诀》、茅坤《唐宋八大家文抄》以及孙鑛《柳文》；清代柳文全集评点本有何焯《柳河东集》、方苞《柳文》；专选本有孙琮《山晓阁选唐大家柳柳州全集》、储欣《唐河东先生全集录》与《唐宋八大家类选》、刘禧延《柳文独契》、林纾《柳河东集》；大家类选本有姚婧《唐宋八大家偶辑》、吕留良选吕葆中评《晚村先生精选八家古文》、吕留良选董采评《唐四家文》、汪份《唐宋八大家分体读本》、沈德潜《唐宋八家文读本》、王应鲸《古文八大家公暇录》、陈兆仑《陈太仆批选八家文抄》、李元春《唐宋八家文选》。部分选本的可贵之处在于方苞《柳文》、何焯《柳文》、崔应榴《柳文》是手评本，刘禧延《柳文独契》为稿本，而且方苞的柳文评点极大地影响了桐城派乃至清代的古文理论，皆有极高的研究价值。

创新点之二是对评点本的梳理研究。评点原本就是具有随意性质的文学批评，选评家有感而发，随读随记，与专门的文学理论著作相比，不免有缺乏系统的问题。而选评家的文学主张，往往散于题下批、旁批、夹批、眉批以及尾批等处，唯有将评点者所有的评点梳理、整合，才可对其文学观念与柳文接受的论说有所认知。因而在确定本书研究依据的二十四种评点本后，笔者梳理评点本中序跋、题下批、眉批、旁批、夹批、尾批以及圈点符号，归纳评点本的评点目的、选本体例及评点形式，探讨评点者对柳文选篇、文体、立意、文法、文风以及渊源等评点特色，梳理清代柳文评点本中具体的论述。

在整理文献的基础上，本书首先概述宋、元、明时期有关柳文的评点接受，其次探讨了清代全集评本、专选评本、唐宋大家选本对柳文的评点接受，力求能够相对全面地梳理出清代柳文评点接受的概况。另外整理文献过程中，受条件限制，本书文献未能收集抄录，因而此书未能将清代柳文评点本全部纳入研究范围，待日后再加以补充。

第一章为主要介绍宋、元、明时期的柳文评点的接受。由于宋元时处于评点发轫期，柳文评点亦尚未独立，因而此时期的柳文评点多结合相关的古文选本，如《古文关键》《崇古文诀》《文章轨范》以及《文选心诀》等来探讨其对柳文的评点。明代茅坤《唐宋八大家文钞》突出了柳文的游记体价值，影响深远。孙鑛的《柳文》是第一部独立的柳文评点专著，不仅在明代，甚至在整个柳文评点史上，都占有一席之地，因而本章将茅坤《唐宋八大家文抄》与孙鑛《柳文》作为重点论述。

第二章主要分析清代的柳文全集评点的接受。所谓"全集"是以柳文全集为底本进行评点的本子，如何焯《柳河东集》、方苞《柳文》均为柳文评点的全集本。此四人的全集评点较为全面地体现了对柳文的接受情况，且二人的柳文评点本均为手批本，具有较大的文献价值，因而本章即以何焯、方苞的全集评点本来探讨其对柳文的评点。其中，方苞评点柳文另有《古文约选·柳文》选本，为方便探讨方苞对柳文的评点接受，故与全集评点本一并论之。

第三章主要分析清代的柳文专选评点的接受。所谓"专选"是专门选评柳文的作品，或有单行本的柳文评点本。本章以孙琮《山晓阁选唐大家柳柳州全集》、储欣《唐河东先生全集录》、刘禧延《柳文独契》以及林纾《柳河东集》的专选本为据探讨柳文评点接受。柳文专选本呈现出注重文学性的倾向，其中孙琮本关注作品本身的立意、章法，储欣本注重文题与文意之间的关系，并以自身经历融入评点，呈现出浓郁的个人色彩。刘禧延本关注到柳文的佛教参悟，批语简洁、直率。林纾本除评述柳文立意、文法外，还重视阅读柳文的体悟。整体上来看，清代柳文专选本呈现出注重文学性的倾向。

第四章、第五章主要分析清代的"大家类"柳文评点的接受。所谓"大家类"即包括关于柳文在内的历代诸家的选本，尤以清代唐宋八大家选本为主。

此类文献数量极为浩繁，因而选取较有特色的八种选本进行概述柳文评点。姚婧《唐宋八大家偶辑》选篇以删节柳文而特异，吕留良选、吕葆中评点《晚村先生精选八大家古文》注重章法分析，吕留良选、董采评点《唐文吕选》则文法与义理并重，且两书以父子、师徒合作选评更为清代评点史少有。汪份《唐宋八大家文分体读本》则以文体为类评点柳文，以上为第四章内容。第五章选取沈德潜《唐宋八大家文读本》、王应鲸《唐宋八大家公暇录》、陈兆仑《陈太仆批选八家文钞》以及李元春《唐宋八家文选》四种评点本。其中，沈氏注重柳文游记文的整体性，并以诗句评点柳文；王氏则以集评为主；陈氏不选柳文游记文，李氏在评点方法上以时文评点柳文，四本评点各有各色。"大家类"柳文评点既在选篇、体例、评点方式上有其特殊性，又关注到柳文的文法与义理，因而呈现出多层次、多元化的接受格局。

第六章主要概述清代柳文评点的形式与内容。在形式上，批注以旁批与尾批最为常见；圈点符号则较为多元，除圈、点、截三种几乎各家通用外，其他符号由评点者喜好决定。在内容上，清代柳文评点阐释文意、关注主旨、辨别文体、分析文法、知人论世以及关注文风，其目的是解析文字，探究作者内心，将金针度与人，让读者能感受到文章的妙处，并学以致用。

# 第一章

宋、元、明时期的柳文评点研究

宋、元时期为文章评点发轫期，柳文评点尚未独立。因而本章多从相关的古文选本概述柳文评点。就宋、元文章评点来看，在吕祖谦开创的评点体例上呈现出繁盛发展的状态，出现了楼昉《崇古文诀》、真德秀《文章正宗》、汤汉《妙绝古今》、王霆震《诸儒批点古文集成前集》、谢枋得《文章轨范》以及虞集《虞邵庵批点文选心诀》等较有影响的评点本，至明代茅坤《唐宋八大家文钞》奠定"唐宋八大家"称号，明末孙矿评点的《柳文》成为目前所见柳文评点的第一部全集评点本。

## 第一节　宋、元时期的柳文评点

宋、元时期的文章评点与科举考试有着密切关系。如吕祖谦《古文关键》即应科举考试而选评。楼昉的《崇古文诀》为初学者而作，谢枋得《文章轨范》则明确为科举服务，虞集《文选心诀》亦是精选文章指导初学者写作。柳宗元古文由于契合科举士子初学古文的需要，因而从宋元时期开始就成了古文评点家们所热衷的对象。现以《古文关键》《崇古文诀》《文章轨范》《文选心诀》四部影响较大的选本为例，对宋元时期的柳文评点做初步探析。

### 一、吕祖谦《古文关键·柳文》

吕祖谦（1137—1181），字伯恭，婺州金华（今属浙江）人，与朱熹、张栻并称"东南三贤"，是南宋时期著名的理学大家，学者称为东莱先生，有《古周易》《左氏传说》《吕氏家塾读诗记》《历代制度详说》等著作。《古文关键》则是吕祖谦文章学的代表作。[①]书名《古文关键》已经昭示选本目的就是要揭示古文之"关键"。所谓"关键"，《四库全书总目》解释为："各标举其命意布局之处，示学者以门径，故谓之关键。"[②]显然，吕祖谦编纂目的是揭示文章命意布局，授人以作文之法。其评点形式包括"评"与"点"，"评"包括题下评，旁批以及尾批；"点"有抹、点、截、圈四种形式。

此书精选韩愈、柳宗元、欧阳修、曾巩、苏洵、苏轼、苏辙、张耒八家之文六十二篇，其中选柳文论辩为《晋文公问守原议》《桐叶封弟辩》《封建论》三篇，传记为《种树郭橐驼传》《梓人传》二篇，说为《捕蛇者说》一篇，书为

---

[①]《古文关键》版本较多，清康熙年间徐树屏冠山堂刊本最能反映出《古文关键》评点原貌，本文即以此本为据，以下引文皆出此书，下不出注。

[②]〔清〕纪昀等撰. 四库全书总目[M]. 卷一八七，北京：中华书局，1977：1698.

《与韩愈论史官书》一篇，序为《送薛存义之任序》一篇，共计八篇。篇数不多，却均为后世称颂的名作。如《封建论》是柳宗元史论的代表作，《梓人传》《种树郭橐驼传》是柳宗元传记的代表作，《捕蛇者说》在今天仍被选入中学教材，成为柳宗元关心民生疾苦的代表作，足见吕祖谦选文眼光之高。值得注意的是，柳宗元的山水游记没有入选，当与此书为科举而设有关，宋代科举注重思辨，所以柳文论辩类入选三篇。但总的来说，此书经过筛选，展现出柳文最为成功的一部分，成为后世柳文选本不可缺少的篇章，堪称柳宗元选编的经典之作。

吕祖谦批点柳文，先是在题目下总批，再于文章关键处夹批、旁批，无尾批。如《晋文公问守原议》先总批为："看回互转换，贯珠相似，辞简意多，大抵文字使事，须下有力言语。"再于"晋文公既受原于王，难其守。问寺人勃鞮，以界赵衰"句旁批："先说事因。""余谓守原，政之大者也"句旁批："使事起头要接有力、立意。"可以看出，吕祖谦批语多着眼于立意、承接转换、文章起束处。再如《桐叶封弟辨》"或曰：封唐叔，史佚成之"句旁为："结束委蛇曲折，有不尽意；不指定史佚文，设一难在此。"吕氏认为文章婉转委曲，余音绕梁，语尽而意无穷。同时又从全文的间架着眼，认为文章至结尾，推翻了全文假设的出发点，从另一个角度提出了问题，给读者更开阔的思考空间。

总体上，吕祖谦认为柳文最大的特点是"关键"。正如吕氏于卷首《看古文要法·总论看文字法》中指出："学文须熟看韩、柳、欧、苏。先见文字体式，然后遍考古人用意下句处。"其中"熟看"即熟读，吕祖谦认为学习写作古文，首先要接受四家的文章，揣摩其体式源流、命意结构、笔法技巧，这样写作古文才能得心应手。吕祖谦进一步指出看柳文法是："关键，出于《国语》。"其中，"出于《国语》"意为《国语》是柳文渊源。尤可注意的是"关键"一词，此书名为《古文关键》，而柳文文法恰好是"关键"，也就意味着吕祖谦认为柳文擅于命意布局，提示着作文门径。当然，在"看苏文法"中，吕祖谦也提到了"关键"："出于《战国策》《史记》。亦得关键法。"但柳文的"关键"与苏文的"波澜"相对，意味着苏文着重点在"波澜"，"关键"只是附带提出的。柳文的"关键"则是学习的精华，熟看的重点。

总之，吕祖谦的《古文关键》开创了柳文评点史。其评点不关注文章历史背景，亦不疏通文义，专在揭示柳文篇章渊源以及文法，在评点内容上呈现鲜明的特色。

## 二、楼昉《崇古文诀·柳文》

继吕祖谦《古文关键》后，影响较大的是楼昉选评的《崇古文诀》。楼昉，字暘叔，号迂斋，南宋庆元府鄞县（今浙江宁波）人。少从吕祖谦学，光宗绍熙四年（1193）中进士，有《绍兴正论小传百篇》《两汉诏令》《崇古文诀》等著作。其中《崇古文诀》最为著名，《四库全书总目》对此书评价较高："世所传诵，惟吕祖谦《古文关键》，谢枋得《文章轨范》及此书而已"，又称赞"此书篇目较备，繁简得中，尤有裨於学者"①。此书卷十二至十五为柳文，篇目依次为《东池戴氏堂记》《捕蛇者说》《愚溪诗序》《种树郭橐驼传》《梓人传》《封建论》《柳州先圣文宣庙碑》《与韩愈论史官书》《与李睦州论服气书》《答韦中立书》《段太尉逸事状》《答许京兆书》《晋问》《乞巧文》，选文共计十四篇。在篇目上较《古文关键》扩大了文体范围，收录柳文书信、问答以及碑文，突出选文的"文学性"。

楼昉批语形式为题下批与旁批，以题下批数量为多。其评点重心与《古文关键》相似，着重于剖析柳文的行文技法，但比《古文关键》详细具体。比如吕氏《桐叶封弟辩》尾批："此篇文字一段好如一段。大抵做文字，须留好意思在后，令人读一段好一段。"楼昉于《晋问》题下总批为："晋国之美多矣，自山河而兵，自兵而马，曰木、曰鱼、曰盐，一节细如一节，至于晋文公之霸业盛矣。然以道观之，亦何足贵？却有一项最可贵者，曰尧之遗风也。至此，则前面所举，可以尽废。此是善占地步，一着最高，特地留在后面说，譬如贾人之善售物者，必不肯先将好底出来。"两者对比，可以看出，楼昉开始在批语中概括文意，细致分节，并用形象生动的语言从章法上点出柳文的佳处。

首先，楼氏评点柳文，注重通过比较体现柳文的佳处。如《乞巧文》题下批"当与《送穷文》相对看。然退之之固穷，乃其真情。子厚抱拙终身，岂其本心欤？看他诘难过度处"，此处提醒读者《乞巧文》与《送穷文》相对照，注意韩愈、柳宗元两人写作时情感的不同。再如，《答韦中立论师道书》题下批："看后面三节，则子厚平生用力于文字之功一一可考。韩退之与本朝老苏、陈后山，凡以文名家者，人人皆有经历，但各有入头处与自得处耳。为后学指示出学文的路径。"楼氏将柳文与韩愈以及宋人文章相比较，指出柳文的渊源，并提示后学阅读时注意学习写作方法。

其次，楼氏认为柳文并非尽善尽美。他在《封建论》尾批中指出："以封建为不得已，以秦为公，天下之制皆非正论，所以引周之失、秦之得，证佐甚详，然皆有说以破之，但文字绝好，所谓强辞夺正理。""强辞夺正理"正是说明柳

①《崇古文诀》，此书中华再造善本据国家图书馆藏元刻本三十五卷影印，是我们目前见到的最好版本，本文即以此本为据，下不出注。

文虽逻辑严谨，但观点失之偏颇。在柳文评点史上，楼氏这一论断影响深远。其后明代的茅坤，清代的吕葆中、董力民、何焯等人批语，或完全引用楼氏批语，或在楼氏批语基础上进一步阐发，均肯定此文的"强辞夺正理"。

总之，楼氏选编柳文的范围扩大到书、记、碑等文体，进一步树立起柳文的典范之作，对后世评论柳宗元的书、论产生了一定影响。

### 三、谢枋得《文章轨范》

文章评点活动的兴起，源于科举考试的现实因素，有市场需求，就有出版供应，谢枋得选评的《文章轨范》亦属于此类。谢枋得（1226—1289），字君直，号叠山，信州弋阳（今江西弋阳）人。宝祐四年（1256）与文天祥同举进士。评点有《文章轨范》《批点檀弓》《叠山批点陆宣公奏议》，另有《注解章泉涧泉二先生选唐诗》等书。

《文章轨范》共七卷，凡六十九篇，选录汉、晋、唐、宋之文，以"放胆文""小心文"为类编排，前二卷为"放胆文"，后五卷为"小心文"。①所谓"放胆文"是说学文首先要放得开，要敢于下笔，畅所欲言，不受条条框框的限制；所谓"小心文"是说在自己学识得到长进后，作文要讲求锤炼和锻造，写出"谨严简洁"之文。依据这种学文观念，谢枋得从历代古文中选出符合儒家思想、遵经明道，且富于形式技巧、格调不俗的篇章，加以评点指引，让考生快速有效地掌握场屋程文的写作要领。

《文章轨范》分为"放胆文"与"小心文"。其中，"放胆文"卷二收柳文《桐叶封弟辨》《晋文公守原议》以及《与韩愈论史书》；"小心文"于卷五收录《送薛存义序》、卷六《书箕子庙碑阴》（此文为节选）。从文体上看，谢氏选本既收录论辩、书信，又收录赠序、碑志。尤其是"放胆文"中收录的两篇论辩文，颇能抓住议论特色。另外《与韩愈论史官书》，林纾曾评价"此为子厚与书类中之第一篇"。由此看来，谢枋得颇能识出子厚论辩文的精辟处。但任何选本固难尽收名作，《文章轨范》偏重实用，许多文学色彩强烈、叙事抒情味道浓厚的作品并未收录。如柳宗元山水游记文，堪称一绝，而无一选入。另外柳文赋、寓言等亦有所长，如《梦归赋》《梓人传》《罴说》等作品，亦未选入。《文章轨范》受限于编纂目的和个人喜好，虽以文道并重、文质相称为最先考量，然其选文也能取自柳州所长，只是今天看来仍有遗珠之憾。

---

① 《文章轨范》，中华再造善本据国家图书馆藏元刻本影印《叠山先生评点文章轨范》，是我们目前见到的最好版本，本文即以此本为据，下不出注。

谢枋得选评柳文较为突出的特色是对《箕子碑》一文的节选。谢枋得摘录"当其周时未至，殷祀未殄，比干已死，微子已去，向使纣恶未稔而自毙，武庚念乱以图存，国无其人，谁与兴理？是固人事之或然者也。然则先生隐忍而为此，其有志于斯乎"一节，命名为《书箕子庙碑阴》，并尾批为：

> 此等文章，天地间有数不可多见。惟杜牧之之绝句一首似之，题为《乌江项羽庙》，云："胜败兵家不可期，包羞忍耻是男儿。江东弟子多豪俊，卷土重来未可知。"

这段柳宗元对箕子委曲求全的假想式宏论，正是对箕子人格意义的深化，也是柳宗元见识过人之处。谢枋得抓住这个论断，推崇《箕子碑》为天地间不可多见之文。

虽说初学者很有可能没有读过柳文原文，不清楚节录以外的部分，如此节录的做法有割裂文章之嫌。但谢枋得举出杜牧诗歌相比，令人联想其至元二十六年（1289），被福建行省参政魏天佑胁迫送燕京，绝食而死的壮烈事迹。因而此处杜牧诗歌的"包羞忍耻""卷土重来未可知"均带有强烈的自我认同感。同时，我们梳理清代评选者对此文的接受，如姚婧《唐宋八大家偶辑》遵从谢枋得节选，并引用其批语；何焯于此文认为柳宗元的论断虽属揣测，却尽在情理之中，并盛赞谢枋得的人品。由此可见谢枋得对此文的选评，经过朝代更迭，经久不衰，足见其识见不凡。

## 四、虞集《文选心诀》

虞集（1272—1348），字伯生，号道园，人称邵庵先生，祖籍成都仁寿（今四川省眉山市仁寿县）。曾领修《经世大典》，著有《道园学古录》《道园遗稿》，选评有《文选心诀》，是元代一部重要的文章总集选本。[①]此书首见明人高儒《百川书志》卷十九著录，云：

> 虞邵庵批点《文选心诀》一卷，虞集伯生批选韩、柳、欧、曾、苏公父子之作，不具别体，止序、记三十篇，以启后学著作之初也。

此书共收韩愈、柳宗元、欧阳修、曾巩、苏洵、苏轼六家之文三十篇，按文体分为序与记两种。其中，序体收录柳文两篇：《愚溪诗序》《陪永州崔使君宴南池序》；记体收录五篇：《潭州东池戴氏堂记》《游黄溪记》《始得西山宴游

---

① 〔元〕虞集，文选心诀[M]，明初刻本。

记》《钴鉧潭记》《钴鉧潭西小丘记》。此本收文数量之少，选文体裁之单一，在柳文评点史上是极少见的。但是虞集在柳文的编选、批评上都具有开创性的意义。

在选篇上，他首次在有限的篇幅中纳入五篇游记文。这说明虞集作为元代的散文大家，毕竟有其独到的文学眼光。甚至可以说，虞集所录游记文，突显了游记体在柳文中的地位，从而引起茅坤的注意，成为柳文的经典文体。虞集之前，虽有不少人对柳文游记体进行过评议，但还没有人在选本中将柳文游记视为上上之选，所以虞集对柳文游记体的重视，可以说是发现了柳宗元文学才能的最佳表现点，从柳文评点史上看是很有意义的。

## 第二节　明代的柳文评点

明代是评点的繁荣期，有关柳文的评点也蔚为大观，如王荆石《王荆石先生批评柳文》、方岳贡的《历代古文国玮集》、王志坚《古文渎编》、陆梦龙《柳子厚集选》以及茅坤《唐宋八大家文钞》，其中茅坤的《唐宋八大家文钞》最为著名。明代还出现了柳文的全集评点本，即孙鑛评点的《柳文》。明代柳文评点部分，我们将茅坤《唐宋八大家文钞·柳文》与孙鑛《柳文》作为论述重点。

### 一、茅坤《唐宋八大家文钞·柳文》

茅坤所选《唐宋八大家文钞》以文体分类，选录的标准即序言中提出的"孔子之系《易》曰：其旨远，其辞文，斯固所以教天下后世为文者之至也"[1]。后又具体解释："孔子之所谓'其旨远'，即不诡于道也；'其辞文'，即道之灿然，若象纬者之曲而布也。"孔子于《易经》赞赏卦爻辞的含义深远，言辞有文采，茅坤沿袭"其辞文"的含义，却将"其旨远"解释为内容不违背道，这里的"道"意即儒家之道。另外，据《答韦中立论师道书》尾批："为文者，特路剽富者之金，而以夸于天下曰：'吾且狗顿矣！'何其不自量之甚也！予故奋袂曰：'有志于文，须本之六艺，以求圣人之道，其庶焉耳。'"亦可看出茅坤认为文章应该宗经。

茅坤依"其旨远，其辞文"的标准，选录柳文书、启三十三首，序、传十七首，记二十八首，论、议、辨十四首，说、赞、杂著十八首，碑铭、墓碣及

---

[1] 〔明〕茅坤：《唐宋八大家文钞》，明万历七年（1579）茅一桂刻本。本文所论述此书内容均以此书为据，不再出注。

谏、表、状、祭文二十首，共计十二卷一百三十篇。茅坤不仅对柳文择优而评，对柳诗也有选录之意。其于《柳柳州文钞引》按语："柳州《平淮雅》与《铙歌》及五七言诗什，于诸家中尤擅所长。予校而录之者，特文也，故不及。"此处茅坤表明自己限于此书的文体，只能舍弃柳诗，略显遗憾之意。虽然只选柳文，此书选评柳文的数量、规模已经大大超过了前人。而且按照文体编排，也较为全面反映出柳宗元的文学成就。对于某类文体的选择标准，茅坤常在柳文尾批中具体说明：书类选取具有"悲怆呜咽之旨，而其辞气环诡跌宕"（《与李翰林建书》）；启选取"奇峭沉郁"（《上西川武相公启》）；墓志类文体以柳子贬谪为分期，取其永州风格隽永者，淘汰绮丽者。如《亡友故秘书省校书郎独孤君墓碣》尾批："子厚之志文，所取者甚少。盖以子厚为御史及礼部员外时所作，大都未免为唐以来四六绮丽之遗，而谪永州司马以后，则文近于西汉矣。"《柳州文宣王新修庙碑》尾批："予览子厚之文……至于墓志碑碣，其为御史及礼部员外时所作多沿六朝之遗，予不录，录其贬永州司马以后稍属隽永者，凡若干首，以见其风概云。"这一批语在《论例》总评八家文时作为柳文的概述出现，可以看出茅坤在选文上并非随意而录。总评提供原则性指导，选文是总评的具体化，两者互相阐发，阐释茅氏眼中的文章规范。有些篇章在茅氏眼中虽非尽善尽美，但略有突出之处，也一并收录。如《晋问》尾批："即汉魏以来七之遗也，然所见不远，姑存之，以见子厚词赋之丽云。"《乞巧文》尾批："其旨虽不远，而其调亦近于风骚矣，予故录而存之。"《与杨京兆凭书》尾批："文不如前书，而中所自为呜咽涕洟略相似，故并录之。"此处说明《晋问》《七巧文》两篇在鹿门看来都没有深远的含义，但凭借"词赋之丽"与"调亦近于风骚"进入选文范围。《与杨京兆凭书》虽文采不如《寄许京兆孟容书》，可书中的情感却能使人呜咽涕洟，所以也得以选录。由此看出茅坤在选文上不拘泥于总原则，用他自己的话就是"凡予所录八大家之文若干什，大都高篇，然于中，亦不无工而未至者，特以不诡于道，稍合作者之旨，以故辄存而不遗"，表明选录范文谨慎中有着灵活性、变通性。

茅氏虽以"其旨远，其辞文"为原则，推重文以见道，但在具体评点中，或着眼风格，或题眼，或动人情感处，或文章渊源：

《柳州山水近治可游者记》："全是叙事，不着一句议论，感慨却澹宕风雅。"
《答吴秀才》："短牍亦自澹宕。"
《答元饶州论春秋》："辨。"
《捕蛇者说》："本孔子'苛政猛于虎'之言而建此文。"

《答贡士廖有方》："中多自矜，亦自悲怆。"

《又祭崔简》："读之辄涕渎已。"

《与吕恭书》："中亦有佳处。荆川云学《左氏外传》。"

《与崔饶州论石钟乳》："全学李斯《逐客书》。"

以上评语多简洁有力，片言只语点出文章关键：在记与书中着眼"澹宕"的风格，在《捕蛇者说》中明确写作缘由。在渊源上，认为《与吕恭书》是模仿《左氏外传》,《与崔饶州论石钟乳》章法布局从《逐客书》而来。在情感上，明言《答贡士廖有方》抒发悲怆的情感，而自己读《又祭崔简》是泪眼纵横，不能自已。总之，茅坤评点既有对文章情感的说明，又以自己为例现身说法，表明柳文的感染力达到了何种程度。这种评点方式茅氏在《原序》中有所交代："予于是手掇韩公愈，柳公宗元，欧阳公修，苏公洵、轼、辙，曾公巩，王公安石之文，而稍为批评之，以为操瓢者之券，题曰《八大家文钞》。"其中"以为操瓢者之券"说明了选录评点八家文章是为了科举考试，所以更多地注重柳文文法。

茅坤对柳文的批语是广采众家之言。"八大家文钞凡例"第五则云："凡录批评，特据予所见而已。古之吕东莱、楼迂斋、谢枋得而下多不录。以其行于世已久，而学士大夫无不知之者。独近唐荆川、王遵严二公所传，世未必知之。故唐以〇、王以△各标于上，以见两公之用心读书处。"但在实际评文时，又不限于以上所列：如《与崔饶州论石钟乳书》引林次崖批语："折倒连州，更无得说。气健语工，读之令人痛快。机轴自李斯《逐客论》来。"《梓人传》引王应麟语："既成数句，尤极含蓄。"《种树郭橐驼传》引王守溪语："此数句就植木上说，道理亦说得十分痛快。"又引杨升庵语："归结处似淡。然一篇精神命脉全赖此句收拾，便觉淡中有味。"当然，茅坤更多的是引用唐荆川、王荆石用语，几乎每篇都有两人的批语，有在眉批中引用，有在夹批中引用，有时在尾批中一言不发，直接用唐荆川的批语，以致后人多有质疑，后来不得不经过一番辩解才确定是茅坤评点。如黄宗羲、朱彝尊、李绂都认为《文钞》来自《文编》。《四库提要》则为茅坤翻案：然坤所作"序例"明言以顺之及王慎中评语标入，实未讳所自来，则称为"盗袭"者诬矣。[1]茅坤有了博览众家批语的基础，从而能够对柳文进行历史定位，提出自己的观点。

首先，茅坤对《论语辩》《故襄阳丞赵君墓志》《封建论》等篇倍加推崇，分别批为："此等辩析，千年以来罕见者""事奇，文亦奇，古来绝调"以及"一篇强词悍气，中间段落却精爽，议论却明确，千古绝作"。尤其以"千古绝作"

① 姜云鹏. 韩愈古文评点整理与研究[D]. 上海：复旦大学：77—81.

来评《封建论》，其中"议论明确"可以用蒋之翘的话语作为注解："非郡邑之制失也"句下："立论精凿，兼有节制。只'咎在人怨'四字，便可折倒曹冏、陆机累累千余言矣。"①茅坤把柳文放在时间的纵轴上，古今对比，以"千年罕见""古来绝调"等语来赞叹文章立意，达到了前无古人的地步，充分体现了茅坤对柳文立意的肯定。

其次，茅坤继元代虞集之后，发现了柳文山水游记的魅力。宋代评点中《古文关键》八篇柳文无一涉及山水游记，《崇古文诀》虽增至二十一篇，多选"书""传"文体，能与山水相关的只有《东池戴氏堂记》与《愚溪诗序》，《文章轨范》三篇选文中，有《晋文公守原议》《送薛存义序》议序体，另一篇《书箕子庙碑阴》仅是节选，更谈不上对柳子厚山水游记的关注。以《黄氏日抄》而言，黄震读柳文有感则记，或指出文章宗旨，或议论时事，或韩柳相较，但对柳子厚的山水游记却视而不见。直到元代的虞集才开始选编柳宗元的山水游记文，录入五篇。其后，茅坤将柳子山水游记大规模地选入《柳文文钞》。在《唐宋八大家文钞·论例》中，茅坤对柳的山水游记总评为"幽邃夷旷"，又以"巉岩崛屶，若游峻壑削壁，而谷风凄雨四至者"形容柳文整体特色，可以略见茅坤对柳子山水游记的态度。在评点游记时，多以"奇"字评释：

《始得西山宴游记》："公之探奇，所向若神助。"

《钴鉧潭记》："奇。"

《钴鉧潭西小丘记》："公之好奇，如贪夫之笼百货，而其文亦变幻百出。"

《袁家渴记》："景奇兴亦奇。"

《永州万石亭记》："崔公既搜奇抉胜，而子厚之文亦如此。"

《永州龙兴寺东丘记》："'旷''奥'二字为案，亦奇。"

《永州龙兴寺息壤记》："壤虽小而点次亦奇。"

茅坤认为柳之游记"奇"：有柳子登临兴趣之奇，有文随山水变幻之奇，有情感随景色之奇，有题眼之奇，有所记非奇而渲染点缀之奇，总以"奇"字概括柳子游记。其《复王旸谷乞文书》云："夫古之善记山川，莫如柳子厚。"②《复陈五岳方伯书》亦云："仆平生览古之善记佳山水，惟柳子厚为最，虽奇崛如韩昌黎，当让一步。"③茅坤的两封书信均充分肯定了柳子山水游记的成就。对于柳子山水取得如此成就的原因，茅坤认为是"愚窃谓公与山川两相遭，非子厚

① 〔明〕蒋之翘. 柳河东集[M]. 卷三，丛书集成本.

② 〔明〕茅坤. 茅鹿门先生文集[M]. 卷五，丛书集成本.

③ 〔明〕茅坤. 茅鹿门先生文集[M]. 卷八，丛书集成本.

之困且久，不能以搜岩穴之奇；非岩穴之怪且幽，亦无以发子厚之文"。(《游黄溪记》尾批）永州山水与柳子相互依存，相互映发，意即南宋汪藻所言："零陵一泉石，一草木，经先生品题者，莫不为后世所慕，想见其风流。而先生之文载集中，凡瑰奇绝特者，皆居零陵时所作"。[1]

再次，茅坤编选评点柳文，并非一味推崇，同时也指出柳文的不足之处。如茅氏于《太府李卿外妇马淑志》尾批："马淑，倡也。按铭法，此不当铭者，而柳子铭之，过矣"，指责柳宗元不应该为倡女作铭；《与杨诲之书》尾批："首尾二千言如一线，然强合乎道者"，虽肯定文章脉络贯通，但指出此文强词夺理，不合乎道；《与李睦州论服气》尾批："然篇末椎牛一段似漫溷。子厚每每文到纵横时便露此态"，则认为柳文的通病是文法散漫。

另外，茅坤所选柳文与前人的相同篇章在评点上也有不同，突出表现在对《送薛存义序》的评价上。其尾批为"昔人多录此文，然其义亦浅"，表明这篇文章蕴意较为浅显，是随从前人选本而录用。那么前人对这篇的文章评价如何，茅坤认为的"其义亦浅"指的又是什么？这篇文章《古文关键》批为："虽句少，极有反复"；《文章轨范》评为："章法、句法、字法皆好，转换关锁紧，谨严优柔，理长而味永"；王霆震《古文集成》（卷一）引敩斋《古文标准》评曰："此篇文势转圆，如珠走盘中，略无凝滞。加之论为吏者乃民之役，非以役民，议论过人远甚。中间以庸夫受直怠事为譬，且云势不同而理同，此识见最高。至于结句用赏以酒肉而重之以辞，亦与发端数语相应，学者宜玩味。"从中可以看出宋代认为此文不仅立意高，章法好，转折灵动，文势顺畅，而且下字用词恰当，誉扬至极。但在明代，王荆石认为谢枋得过于推崇此文："此篇全淡，叠山持脍炙之古文，亦有过哉。"陆梦龙《柳子厚集选》评为："绝奇结构文字。"陆氏虽认为该文是绝奇文字，也是着眼于文章结构，没有提及文章立意。与茅坤持相同看法的是丘维屏："议论亦平常所知，只是笔力出语，杰然悍然。"[2]那么，茅坤认为此文"其义亦浅"，怎么解释？孙月峰的批语可作为参考。《送薛存义序》"出其十一佣乎吏，使司平于我也。今我受其直怠其事者，天下皆然"句，孙月峰于此句眉批："此意盖自孟子'治人者食于人'换骨来。"[3]其中"换骨"意为不改变原文含义而仅是用语不同，也就是把同一个意思用不同的言语来表达，柳文虽经过换骨，可引用孟子的话毕竟算不上新鲜的话题，大概就是茅坤所谓的意义浅显吧。此外，孙月峰还在"存义假令零陵二年矣"眉批："应转欠力，大抵

① 〔明〕汪藻. 永州柳先生祠堂记[A]. 浮溪集[M]. 卷十九，四部丛刊初编本.
② 〔宋〕谢枋得. 文章轨范[M]. 卷五，清光绪纪元湖北崇文书局刻本.
③ 〔明〕孙鑛. 孙月峰先生评点柳柳州集[M]. 民国十四年上海会文堂影印本.

前意用以勉赴任者为切。"他认为文章转折处并不是吕祖谦、谢枋得以及王霆震所宣扬的没有任何瑕疵，由此也可看出茅坤对此文的评点并不是故作惊人之语。

茅坤综合前人的编选特点，广收各种文体，将前人不太重视的柳文表、启收录其中。在评点中带着浓烈的感情，面对柳文"读之辄涕淟淟已"（《又祭崔简》尾批），又尊崇柳文的山水游记，但并不爱屋及乌，能认识到柳文的不足。虽然后人对茅坤评点的柳文有褒有贬，但在柳文的评点史上，《唐宋八大家文钞》是无法绕过的经典评本。

## 二、孙鑛《明孙月峰先生评点柳柳州集》

孙鑛（1543—1613），浙江绍兴府余姚县人。字文融，初号越峰，后更号月峰，别署月峰主人，万历二年（1574）进士，历官太子太保、南京兵部尚书。一生博览群书，评点著作颇多，据《孙月峰先生批评礼记》[①]卷首的《孙月峰先生评书》目录，可知孙月峰评点著作多达四十三种，而《柳柳州》即为其一。

此书所见颇具传奇色彩，据绍兴李应韶《重印孙批柳州集跋》云："洎光绪癸卯，应韶旋里扫墓，于老屋尘残败蠹中检获《孙月峰先生评点柳州集》，首尾完整无缺，不觉狂喜！……此书久藏吾家，未有刊本，沉埋湮郁几三百年，今乃于破簏中得之，殆先生之精气不磨，因假余手而大显于世欤？"[②]其书沉埋将近三百年，乃于老屋残蠹中重见天日，不可不谓之奇。此后于民国十四年，李应韶将此书交由上海会文堂书局影印。此书共十六册，上下两函。影印本封面题：《明孙月峰评点柳柳州全集》，卷内题下间有"月峰评阅"朱文篆印及白文"孙鑛之印"，前有明万历二十九年（1601）莫睿书的刘禹锡序，正集四十五卷，外集二卷，龙城录二卷，本传祭文祠堂记后序一卷，附录二卷。

孙月峰评点认真细致，字迹工整。如《从弟宗直墓志》："乍读磊落奇伟，再细玩却只平平。"《沛国汉原庙铭》："初看佳甚，再读乃只如此。"《同吴武陵

---

① 〔明〕孙鑛. 孙月峰先生批评礼记[M]. 四库全书存目丛书（经部第150册），济南：齐鲁书社，1997：213-214.

② 〔明〕孙鑛. 明孙月峰先生评点柳柳州集[M]. 民国十四年上海会文堂影印本. 以下所引柳文评点俱出此书，不再逐一出注。此书中国国家图书馆、上海图书馆、南京图书馆、吉林大学图书馆、哈尔滨师范大学图书馆以及哈尔滨市图书馆等馆有收藏。本文孙氏评点柳文依据哈尔滨市图书馆藏本抄录（索书号：402.3/1272）。又：由尹占华、韩文奇先生的《柳宗元集校注》，虽名为校注，实有集评，孙月峰评本亦收录其中，但仅卷一、卷四十二间引孙鑛批语。如卷一《贞符》所引孙鑛批语"琢研屠剔，……用只于元德"句脱"此等长对股犹是唐文本色"，"小属而支，……不祈而息"句脱"空虚字多便嫌清单"，"宋之君以法星寿"句脱"齐梁间语"等批语。查《柳宗元集校注》参考书目，孙月峰评本为《孙月峰评点柳柳州全集》，书名与民国十四年影印本相比缺"明"字，又注为明刊本，所引《孙月峰评点柳柳州全集》或与民国本不同。

送杜留后》："只以一隅字构成篇，初看觉小，再详玩乃知杜为人是尚威仪者，不说破，而直以隅转意，固是妙矩。"《零陵郡复乳穴记》："初看觉意新，然要之理，本如是，盖亦纪实耳。"《桂州訾家洲亭记》眉批："……及手写渊明桃源记，又写此记……"从孙氏评语中多次出现"初看""再读"等词，可见其对柳文是进行了反复诵读的。谚语云"书读百遍，其义自见"，孙氏在阅读中不断推翻自己的评价，以至手抄笔录，细细品味，然后在评语中如实记录阅读的感受、体悟。

孙月峰的细致认真不仅体现在反复诵读上，而且对文章的评析细分到一个字的出处、一个典故的适用。如《瓶赋》"颓然纵傲，与乱为期"句眉批："此'乱'字本《论语》'不及乱'来。"对"乱"的溯源使人更好地理解柳文句意。《惩咎赋》"循凯风之悲诗"句眉批："汉人宗齐鲁诗，于母每用《凯风》事，唐时毛诗盛行，则《凯风》不宜用，子厚盖相承误。"对《凯风》典故的使用，从时代文化背景出发提出自己的看法，透露出孙氏本人的文化素养，而且手批字体工整，无一潦草，更显示着评点时的细致认真。所以明人张岱称赞其"精于举业，博学多闻，其所评骘经史子集，俱首尾详评，工书媚点，仿司马光写《资治通鉴》，无一字潦草"①。清人唐彪推奖为"昔孙月峰读书，凡有所评，必草稿已定，而后用格端整书之，不肯以草率从事，故其所评《国策》《史记》颇有独见"②。孙氏评点的对象又不限于柳文，柳集内的文章皆有点评：《相国房公德铭之阴》附李华德所作之铭，眉批为"亦典严"；刘禹锡《祭柳员外文》评为"一团真意，写得淋漓悲至，若无意求工，然其实自鍊中来，盖就质语鍊入妙尤不易及"；《石表阴先友记》原书注解引苏轼评语，孙月峰予以反驳："此论不然，不善不遗善者乃实。"孙氏评点柳文的认真态度，可用杜亚泉的话作为总结："其评点柳州全集，自始迄终，无一毫苟且，疏略之处，其端谨与勤勉，尤足令吾人景仰不已！"③

孙月峰以如此认真的态度来评点柳文，从评点内容上概括起来大致可分为两个方面：其一是对柳文进行校勘与注解；其二是文学品评性话语。

首先是校勘与注疏。其中校勘多数都是与郭云鹏所刻世彩堂本对校。《送韩丰群公诗序》"余谓《春秋》之道，或先经以始事，或后经以终义"，孙鑛眉批："郭刻作'或始事，或终义'，是此全句盖系注。"其中"郭"即指郭云鹏。另如

① 〔明〕张岱. 明越人三不朽图赞[M]. 明代传记丛刊，第149册，台北：明文书局，1991：728.
② 〔清〕唐彪. 读书作文谱[M]. 卷二，历代文话本，上海：复旦大学出版社，2007：3425.
③ 杜亚泉. 书孙月峰先生评点柳州全集后[A]. 孙月峰先生评点柳州集[M]. 民国十四年上海会文堂影印本.

《晋阳武》眉批："'连熊螭。枯以肉，勍者嬴。'此三句即据世彩堂本补。"《披沙拣金赋》"皎如珠吐，疑剖蚌之乍分；粲若星繁，似流云之初卷"眉批："'如''若''似'三字碍，宜作'粲矣'犹不碍。"《晋文公问守原议》"则问非失举也，盖失问也"眉批："若从此本，则上'问'字似衍。"孙氏亦间有与它本对校者，如《与韩愈论史官》"以为苟以史荣一韩退之耶"眉批：《文诀》《轨范》以'史'下皆有一'笔'字，于句势较健。"孙鑛亦有依据文义而校者：《潞州兵马曹柳君墓志》"好义能让而同"眉批："'让'下疑脱一字"；"固故有望乎尔也"眉批："'固''故'疑有一衍。"孙氏不仅对文字校勘，而且关注到文章篇目次序。《处士段弘古墓志并序》眉批："磊落有奇气，段乃奇士，此文亦子厚加意者，不知为何不入正集？《四维论》眉批："此下八论俱所辩者小，不似单篇文字，只似韩非诸难，就偏处起，寻隙处讦。"除此之外，孙月峰评点中也有少量对柳文文句的注解。其中有的是对句意的解释，如《囚山赋》"胡井智以管视兮"句眉批："井中望上故如管"；《曹溪大鉴禅师碑》"不植乎根，不耘乎苗"句眉批："'不植根'是本来无一物意，'不耘苗'是不用勤拂拭意"；《愈膏肓疾赋》"殷辛夏桀为周汉"句批为："晋景时何得称及汉，疑是周旦。"由上可以看出，孙鑛的评点可谓是评、校、考相结合。这种在评点中结合校勘的做法，孙琴安在《中国评点文学史》中提到较早采用的是清代何焯[①]，但综观孙鑛评点柳文，评、校、考相结合已经有所运用，显示出孙氏对清代评点的影响。

其次是孙鑛对文章的品评。孙鑛在柳文评点中有着浓厚的辨体意识，通常由文体出发确立文章体制，以此为标准评价柳文的优劣，如《辩列子》眉批"此下诸篇是题跋体，但略说大意，不甚深，然亦小有致"；《张先生志》眉批"直叙不甚斫削，于志辞乃出议论，亦是别体"；《乞巧文》眉批"精神自慰归于守拙，正自得体，语气亦古炼"。有时"体"又兼有文章风貌的意思，如《驳复仇议》眉批"是排叙辩驳体，一一有次第，最条畅"；《云峰和尚塔铭》眉批"赞，颂排体"；《南霁云睢阳庙碑并序》眉批"仍是四杰体"。有时"体"又指句式而言，如《柳常侍行状》眉批"虽亦有一二工语，然是常套排体，所谓千篇一律，不足云佳"；《陈给事行状》眉批"前篇上考功，故用排体，此备作志，故用散体"；《天对》眉批"原系乱道体，问犹可侈谲肆对，则必根理，且为问所拘，安能快然。然奇语，固不乏"。其中"排叙辩驳体"中的"辩驳"是文体功能，"排叙"是文章风貌，由文体而采用的表达方式。《陈给事行状》中的"排体"与"散体"是对文章句式而言，《天对》批为"原系乱道体"，这里的"体"是

---

① 孙琴安. 中国评点文学史[M]. 上海：上海社会科学院出版社，1999：283.

对文章内容而言。另外,孙氏偶有以"格"来代替"体",如《岭南经略副使马君志》眉批:"出新格,便自醒目。""出新格"说出柳文在"志"体的写作上,采用新的体制来安排章节。这种文体观特别表现在《守道论》中,孙氏对"是故立之君臣、官府、衣 裳、舆马、章绶之数,会朝、表着、周旋、行列之等,是道之所存也"句眉批为:"有此填实,还觉稍似一篇论。"孙月峰认为文章题目为"论",如果没有这段话,就不符合"论"的写作规范,失去"论"文的体制,导致文不对体,《守道论》以"论"写作的意义也就荡然无存了。

　　除以上揭示柳文文体的特征外,孙鑛也较为关注柳文的立意。文以意为主,未落笔先有意,意在笔先,文随意生,孙鑛认为"立意好,文则远"(《贞符》眉批),要使文章能够长久流传,立意好是关键。如《辩晏子春秋》批为"意新,论亦确";《梁丘据赞》批为"意甚新,然固是正理";《诚惧箴》批为"与下篇皆就常中出新意,亦自峭快";《谤誉》批为"议论亦新,然构法尚未工";《道州毁鼻亭神记》批为"题意本浅,只借以颂薛公德政耳,然串合得好,笔力亦劲";《永州龙兴寺东丘记》批为"旷奥意好,宜奥意尤新";《贺进士王参元失火书》批为"故为奇论,然却亦近理"。从孙鑛批点中可知"立意好"多是指意新、意奇。然柳宗元立意佳作亦有"换骨"而来者,如《晋问》眉批"是效《七发》等作,第变虚为实,故味更长,此所谓换骨,其佳处不在逞辞华,乃在精炼";《送薛存义之任》"出其十一佣乎吏,使司平于我也。今我受其直怠其事者,天下皆然"批为:"此意盖自孟子'治人者食于人'换骨来。"所谓"换骨"即"不易其意而造其语"①,与前人作品意同而语异,意为采用前人的立意而用自己的语言表达。

　　孙鑛对于《柳柳州集》的评点,多着眼于文法的揭示,于字法尤喜"新""奇"之作。如《闵生赋》"畏避娃鼋"批为"'畏''避'字新";《桐叶封弟辨》"使若牛马然"批为"'若牛马'三字太粗重";《岭南经略副使马君志》"命于守龟,祔于先君食。卜葬明年某月庚寅亦食"批为"两'食'字法亦奇";《裴处士志》"神啬丰福,不弃于君"批为"'弃'字下得好"。

　　章法如《晋文公问守原议》批为"层层出意,章法极严密,锻炼得无一闲字,最入时,却不失古";《岭南经略副使马君志》批为"类为五项,用'凡'字起,'皆'字收,见章法";《大理评事柳君志》"其嗣曰宽,字存谅,读其世书,扬于文辞,南方之人,多讽其什"批为"章法错落";《兵部郎中杨公墓碣》批为"因立石,先将卒日葬日及葬地提叙,亦是法"。

① 张伯伟编校. 稀见本宋人诗话四种[M]. 南京: 江苏古籍出版社, 2002: 101.

孙月峰在章法中多关注发端与收束处：

《贞符并序》"是不知道"："此等起真是奇崛，第是侧锋势，微觉不甚壮。"

《佩纬赋》："此起数语甚精。"

《解崇赋》："突然起，奇甚。"

《惩咎赋》："起四句豪荡有态，含味深至。"

《囚山赋》："楚越之交环万山兮……曾不亩平而又高：磊落奇崛，有推山倒海之势。写山势工。又'圣日以理兮，贤日以进，谁使吾山之囚吾兮滔滔'：未收用长句新。"

《佩纬赋》"姑佩兹韦兮，考古齐同"："尽工妙。"

《辩鹖冠子》："曰：不类"："两字句，陡收有简味。"

文章起笔难，是因为作者要对表达的意思有深刻全面的理解，理出头绪，找出关键，才能为后面段落的展开奠定基础。而结尾是对全文的总结，总结得好能升华主题，达到余音绕梁、发人深思的效果。孙月峰认为柳文的起笔言简意赅，多有奇势，而结尾句式灵活，时而长句尽意，时而短句陡收，各极其致。

相比字法与章法，孙月峰在句式上追求错落之韵，整句散句交错相用为佳。如《曹溪大鉴禅师碑》："'溪之曾'句法新，正与'海之阴'句应。"《国子司业阳城遗爱碣》批为："多用四字句，以雅代叙事，汉以来，碑类如此。此犹祖其式，谓为正体或未然，然顾自有一种风致，盖在散文韵语之间。"孙鑛又认为柳文句子有长短之分，句式有骈散之别。如《亡姊裴君夫人墓志》"始夫人之疾也，夫人之族视之如己，其家老、长妾、臧获之微，皆以其私奔谒于道路，祷鬼神、问卜筮者相及也"眉批"此一段用错落单势，便觉圆劲可喜"；《贵州刺史邓君志并序》眉批"不作长对股，犹不甚厌"；《长安万年裴令墓碣》眉批"子厚笔力本高，此篇不用排体，何等苍劲"。孙氏既以骈散相间为佳，则对排偶之句深恶痛绝。如《南岳般舟和尚第二碑》"和尚心大而行密，体卑而道尊"眉批为"两大对唐时盛行，然终非高格"；《柳常侍行状》"其居室，奉养抚字之诚，仪于宗戚，而内行着焉；其莅政，柔仁端直之德，洽于府寺，而外美彰焉"句眉批为"此尤可厌"；《永州刺史崔公志》"始由右千牛备身佐环卫，更鏊厘、三原、蓝田尉，仍有大故，三徙同位。继授许州临颍、汝州龙兴令，推以直道，二邑齐风"眉批为："何须如此拘拘取对"；《户部郎中魏公志》眉批为"亦有精语，但易其排句则喜"。孙氏认为柳文排偶句让人厌恶，其中有不必对偶者，有对偶而迂泛不切者。犹憎嫌滥对偶者，以至于发出了"不知子厚何苦好对"的感慨（《户部郎中魏公志》批语）。总之，文章应"去其排语、率语，则完美"（《兵部郎中杨公墓碣》眉批）。

孙鑛评点除着眼立意文法外，认为文以情为贵，较推崇柳子抒发真情之作。如《与李翰林建》眉批为"盖俱系厚友，直道心事，亦大约以真率胜"；《祭吕敬叔》眉批为"就真意写出，笔势纵荡不可羁，然却苍古有骨力，不失之空弱"；再如：

> 《祭六伯母》尾批："写情委至，以质意胜，本家文，正得体。"
>
> 《祭弟宗直墓志》尾批："语语真率，写得悲哀。又批：就情写出，态色自浓。此文可不存，存之见子厚真率处。"
>
> 《先夫人归祔志》尾批："写苦情恳至，使人读自之下泪，亦有情生于文意。"
>
> 《王侍郎母刘氏志》尾批："虽极称颂，然俱涉浮，且调法颇匆匆，要知子厚与此人终是面交。"
>
> 《送赵大秀才》尾批："一病何须如此郑重叙，想不得已而充文料耳。"
>
> 《送班孝廉》尾批："要见是不识其人，而强为文者，终不实与。"

对比前三篇与后三篇，可以看出孙月峰认为文章首重真情，作者总是心中有情方能写出情，特别是写给自己亲人的文章，所谓"自家屋里文字另是一机轴，此最得体，非不极溢，实其誉处亦使人看得出，固妙。"（《先侍御史府君神道表》尾批）在孙鑛看来，子厚写自家的碑铭，情真意切，文章自能纵横捭阖，随心所欲，大有规矩具备却又出于规矩之外的态势。

孙月峰在评点中不只关注柳文本身，且注意对后世的影响。如《吊屈原文》"折衷贾杨二公意，细为三间分说。盖主在理胜，是宋文兆端"；《与邕州李中丞》"伏承阁下言论之余，每所嗟异，优给家属，恩礼特殊，行道之人，皆所钦伏"句眉批为"排体用清空语，已为宋人开端"；《礼部为文武百寮请听政表 第二表》眉批"取对甚巧，是宋表所祖"；《贺践祚表》眉批"以下纯是四六，已脱唐时藻绘，为欧苏开端，然语笔欧苏较浓，圆活而不单薄，最可法"；《陪崔使君游宴》眉批"写景物入妙，又叶韵，纯是一篇赋，但篇法系序耳。永叔《醉翁亭记》或本此"。孙氏看到柳文对宋文的影响，并提及欧阳修对柳文文法的借鉴，认为其《醉翁亭记》以序写赋的做法与柳文有相似之处。

除了赞赏柳文，孙月峰对柳文亦有不满之处，如前所述对柳文之排语深恶痛绝，其批语中更常见的则是对柳文套语的批评。如《亡姊崔君夫人墓志盖石文》"以吾族之大，尊长之多，夫人自能言，而未尝误举其讳。与其类戏于家，游弄之具，未尝有争"眉批为"略涉常套，便不佳"；《亡室弘农氏墓志》"夫人既归，事太夫人，备敬养之道。敦睦夫党，致肃雍之美"句眉批"涉套"，同篇

"以夫人之柔顺淑茂，宜延于上寿；端明惠和，宜齿于贵位"句眉批"更涉套"；《吊芮弘文》"夫何大夫之炳烈兮，王不寤夫谗贼。卒施快于剽狡兮，怛就制乎强国"句眉批"楚骚套语"；《吊屈原文》"先生之不从世兮，惟道是就。支离抢攘兮，遭世孔疚"句眉批"此祖贾意，仍袭楚套语。"孙氏亦有将排语与套语合一而批者：《柳常侍行状》眉批"虽亦有一二工语，然是常套排体，所谓千篇一律，不足云佳"；《南岳弥陀和尚碑》"和尚绍承本统，以顺中道，凡受教者 不失其宗。……和尚勤求端悫，以成至愿，凡听信者，不惑其道"句眉批"此等两对股却是唐文常套"。"套语"是指被过于频繁使用的话语，句子结构与措辞相对固定，偶用之尚可，常用则千篇一律，易给人陈词滥调的感觉，孙氏对柳文的套语深有不满，以至在《谢除柳州刺史表》感慨："此谓宜极思苦陈，何乃只常套数语？"孙氏对柳文的不满还体现在篇章语句的删汰上。如《连州司马凌君权厝志》"臣道无以明乎国，子道无以成乎家"句眉批"数语可删"；《宋清传》"清居药四十年……不害清之为富也"句眉批"此是议论带叙事，亦有姿态，然语不无可删，再加精，则尽善"。甚至有整篇皆删者，《为王户部荐李谅表》眉批"子厚文岂无遗失，此两篇者似不必存稿，梦得何不为删去"。"此两篇"一是本篇，另为《为王户部陈情表》，在孙鑛看来，既然刘禹锡编选柳文本有取舍，如此之文删去亦无妨。

孙月峰批语又有与文集相照应者，如《柳宗直西汉文类集序》批语："愚尝谓《诗》《书》是吾夫子一部《文选》，类于右史，固先得我心"，其在《与余君房论文书》亦言："《诗》《书》二经，即吾夫子一部《文选》。"[1]评点与文集相互映发，既能深入了解柳文，又能印证孙月峰文学观点的一贯性。且此书为第一部柳文全集评点，其批语揭示柳文之奥妙，彰显柳文之佳处，即使其指摘瑕疵处，亦令人信服，其评点价值是不容忽视的。因此对于孙月峰《柳柳州集》评点，仍需要我们进一步深入考察与研究，这对于柳文评点史乃至文学批评史，都有着重要的价值和意义。

① 〔明〕孙鑛. 月峰先生居业次编[M]. 卷三，四库禁毁书丛刊（集部第一百二十六册）.

第二章　清代柳文全集评点研究

清代是古典文学与学术集大成的时期，诗、词、曲等传统文体都再次焕发生机，实现了复兴与繁荣，盛况空前。作为集大成的时期，清代的柳文评点本也出现了喷涌之势，如全集评点本在明代属于一枝独秀，而在清代则有十种之多。纵观清代的柳文评点，不仅数量大，而且种类多，呈现出多元发展的态势。一是评点本既有全集本，如何焯《柳文》、方苞《柳文》、崔应榴《唐柳先生集》；又有专选本，如刘禧延《柳文独契》、林纾《柳河东集》；还有众多的"八大家"类选本，如姚鼐《唐宋八大家偶辑》、汪份《唐宋八大家分体读本》、李元春《唐宋八家文选》。二是评点重心的多元化：有注重文法的，如孙琮评点本；有注重考据的，如何焯评点本；有注重义理的，如张伯行评点本；或三者兼而有之，如吕留良选篇董采评本。清代不仅评点本数量多，对文法的阐发亦更为具体。宋、明两代柳文评点多是对文章的风格与文法做简短的评析，清代文法的分析更为具体，将文章的段落层次、行文过程的起承转合等一一指出，呈现出具体翔实的特点。而且经常结合文章时、地、人等相关内容，做全面、深层的评点。

本章以何焯、方苞的柳文全集评点本来探讨其对柳文的接受。其中，方苞评点柳文另有《古文约选·柳文》选本，为方便探讨方苞对柳文的评点接受，与全集评点本一并论之。

## 第一节　何焯《义门读书记·柳河东集》

何焯（1661—1722），初字润千，后字屺瞻，号义门，江苏长洲人，康熙朝著名学者。何焯学问渊博，犹善校勘之学，工书法，且门生众多。《清史稿·列传》称其："通经史百家之学，藏书数万卷。得宋元旧椠，必手加雠校，粲然盈帙。……焯工楷法，手所校书，人争传宝。门人著录者四百人。吴江沈彤、吴县陈景云为尤著。"[1]何焯校勘评点之书，由其儿子、门人及蒋维钧裒辑整理，于乾隆五十八年（1769）辑成《义门读书记》五十八卷问世，卷三十五至三十七为《柳河东集》评点。今传收录何焯《柳河东集》评点的著作另有六种[2]：

① 赵尔巽. 清史稿[M]. 列传二百七十一，民国十七年清史馆本.
② 以下书目除《王荆石先生批评柳文》外，均为《中国古籍总目·集部》收录。详见中国古籍总目编纂委员会编《中国古籍总目》（北京：中华书局，2013，第127—129）。

| 序号 | 书名 | 卷次 | 版本 | 评点者 | 馆藏地址 |
|---|---|---|---|---|---|
| 1 | 《河东先生集》 | 四十五卷外集二卷龙城录二卷附录二卷传一卷 | 明东吴郭云鹏济美堂刻本（存卷十至十三、二十一至二十九，外集、龙城录、附录、传） | 何焯批校 | 天一阁 |
| 2 | 《河东先生集》 | 十五卷附录一卷 | 抄本 | 何焯批校 | 山东省图书馆 |
| 3 | 《增广注释音辩唐柳先生集》 | 四十三卷别集二卷外集二卷附录一卷 | 明初刻本 | 佚名录清何焯批校 | 中国国家图书馆 |
| 4 | 《增广注释音辩唐柳先生集》 | 四十三卷别集二卷外集二卷附录一卷明正统十三年 | 善敬堂刻递修本 | 清翁同龢跋并录清何焯批校 | 中国国家图书馆 |
| 5 | 《柳文》 | 四十三卷别集二集外集二卷附录一卷 | | 清曹夔录，清何焯、清方苞批校 | 山东省图书馆 |
| 6 | 《王荆石先生批评柳文》（附何焯批校） | | 明刻本 二十四册 | | 浙江省图书馆 |

　　天一阁所藏《河东先生集》与山东省图书馆所藏《河东先生集》抄本批语皆收录《义门读书记》。国家图书馆所藏《增广注释音辩唐柳先生集》、山东省图书馆所藏《增广注释音辩唐柳先生集》及《柳文》均为后人过录，其中曹夔过录本"柳文卷之一"下有"何义门校勘、蓝字方望溪评点、红字不夜书屋钞藏"，"不夜书屋"为清荣成孙福海所著，专录何焯评点中的校勘部分，此三种何焯评点本与浙江省图书馆本批语亦不出《义门读书记》范围。本文即以《义门读书记》为主，对何焯《柳河东集》评点进行探讨。①

## 一、《义门读书记·柳河东集》概述

　　《义门读书记·柳河东集》共三卷，抄录何焯评点的柳文、诗，卷末有两篇何焯跋文，一篇何焯门生张进的跋文。何焯跋文有"康熙丙戌新秋，假外弟吴子

①〔清〕何焯著，崔高维点校：《义门读书记》，北京：中华书局，1987。本文所论述此书内容均以此书为据，不再出注。

诚所收宋椠大字本柳先生文集，粗校一过"，虽云校，此书却是集评、校于一体。

此书批语受李光地与储欣影响较大。"康熙丙戌新秋"，即康熙四十六年（1707），此时何焯已经问学理学名臣李光地，文中批语明显受到李光地影响。如《杨京兆凭书》"虽无有司……其必有施矣"句批"安溪师云，此皆子厚之所以败"。李光地，福建安溪人，号厚斋，何焯于批语中直接引用其语。《天对》篇"盗堙息壤"批为"屈子本意，大都以禹之干蛊、少康之中兴望顷襄王。余闻之师云"，更是直接表明何焯受李光地的影响。再如《辩鹖冠子》"何以知其然耶？曰不类"，句下直接引李光地语批为"厚斋云：'《博选篇》用《国策》郭隗之言。《王叡篇》用《齐语》管子之言。'"再如《封建论》"失在于制，不在于政"句批为："世得云：'幽、厉之不由道而曰失不在政。有兴必有废。其兴也以仁，其废也以不仁。柳子于周则曰失在于制。于秦则曰失在于政。是其语之最无征者。'安溪批'不在于政'旁云'此论亦有病'。"世得即李光地之子，此处引世得语是对李光地评论的具体解释，父子相互印证。

何焯批语还受到储欣的影响。储欣选评有《唐宋十大家全集录·河东先生全集录》，何焯《柳河东集》的批语即多从此而来。如《送崔子符罢举诗序》"科不俟易"句，储欣批为"至言至言。苏文忠议贡举亦如是"[1]。何焯此篇亦批为"苏子瞻议学校贡举状本此"。储欣于《为裴中丞贺克东平赦表》尾批："柳州四六饱饫经史，缉练芬华，宫商谐和，浓纤称适，天生尤物，为厥体宗。"[2]盛赞柳宗元的章、表。何焯亦在《贺亲自祈雨有应表五》总批为"字字体要。玩讽弥佳。"何焯不仅引用储欣批语，更兼有对储欣批语的对话。储欣在《唐故特进赠开府仪同三司扬州大都督南府君睢阳庙碑并序》产生"子厚晚年痛除夙习，出拔骈俪，状段太尉逸事，咄咄如生，不应于南公乃有此作"的疑问，[3]何焯评点此篇时进行了回答："当时睢阳死守，李翰既为之传，南八事首尾韩氏又书之矣。此碑用南朝文体。盖相避也。"究其原因，何储二人原为故交。据《在陆草堂文集·凡例》"文用评点……是集皆由先生一二老友暨门下诸君子前后论定评骘，俱极精严，故一仍其旧彦等。"《凡例》后有储欣侄孙掌文所记"评论校阅姓氏"第三为"苏州何焯 屺瞻"，并有"先大夫交游编寓内，兹首列老友仅数人，盖非手授评语旧载集中者，概不敢列"[4]语，可知何焯与储欣为故交，且评点储欣文集，自应熟悉储欣选评的《唐宋八大家类选》与《唐宋十大家全集

---

① 〔清〕储欣. 河东先生全集录[M]. 卷四，清康熙四十四年刻本.

② 〔清〕储欣. 河东先生全集录[M]. 卷六，清康熙四十四年刻本.

③ 〔清〕储欣. 河东先生全集录[M]. 卷一，清康熙四十四年刻本.

④ 〔清〕储欣. 在陆草堂文集[M]. 四库全书存目丛书（集部第 259 册）.

录》，故有引用与对话。

## 二、何焯评点特色

### （一）何焯校勘极大地恢复了柳文原貌

校勘指订正书籍讹误同异，以确定作品原貌。在同一部书中，一个字的变更也许就改变了文本的原意。何焯在评点中，以自己的阅读能力和对典籍的熟悉程度，为柳文文本的用字做了考订。当然，同一个意思可以选择不同的字词、句子来表达，字词与论述并不是一对一的关系，但阅读作品是在尝试与作者沟通，了解作者的思想与情感，虽是校改一两个字，对于作品和读者而言却是另一种柳文了，体现着何焯对柳文的辨析与接受。

何焯批语的特点首先是大量校勘原文。前人的柳集评点多从文学性或个人观感出发，很少涉及校勘，即使明末孙鑛也只是评中偶尔校勘，更不用说其余的选家了。柳集文字难解处，或有加以注释考证，然这些注解者却又极少涉及评点，如储欣评点《河东先生全集录》增加"备考"，也仅是针对人名、地理、典故等阐释词意。总之，前人柳集评点中，校勘与训诂比例很少，校勘的作用也大多是用来辅助文章阅读，理解其内容，而何焯的评点则突出校勘。何焯精于校勘，评点柳文时又择取宋嘉定年间的姑苏郑定本为底本，并以重校吕本、英华本、邵武本等多种版本作为参照。对于郑定本，蒋维钧《义门读书记·凡例》云："义门校勘最精。一字一画都不放过。然坊本承讹袭谬，苦难逐一举正。惟河东、南丰二集善本难得，不厌从详。"特意指出郑定本是善本，故详细抄录批语中的校勘。

何焯针对文字勘误校正，集中在音近而讹、形近而讹、补出佚文、剔除衍文。如《贞符》："莽述承效"批为："《英华》作'莽述成效'，是王莽祖述汉家之成效。不谓公孙述也。注引公孙述。非。"这里用《文苑英华》作校，并对旧注进行驳正。何焯将"承"改为"成"，"述"字的意思则由"公孙述"改为"祖述，承袭"。再如《唐故兵部郎中杨君墓碣》："其子侄泊家老"批："上有'既葬'二字。"《柳浑行状》"不为细家之迫束"批："'细'字下有'故'字。'家'作'加'。"《凌君权厝志》"为忠孝礼信。而事固大谬"批："'固'作'故'。"这些作品中的原句晦涩难懂，如果没有何焯的校勘，原文甚至不能成句，读者容易误解其义。

在何焯校勘时，对校、本校、他校以及理校兼而有之，极大地恢复了柳文原貌，也为读者扫清了阅读柳文的障碍。如依据字音校勘原文，《褉说》"非神之为耶"批:"'耶'当作'也'。北方读此二字音相近。"或依据词意推论原文,《憎王孙文》"然后食衍衍焉"批:"无'食'字。衍衍即饮食也。"或以柳文前后相关的内容或文字的相互对照,《无姓和尚碑》:"逝如浮云"批:"'如'字作'水'字。"何焯将"如"校改为"水",则语为"逝水浮云",与原句相比,更容易使人想起《论语》"子在川上曰:逝者如斯夫,不舍昼夜"。联系《送僧浩初序》中"浮图诚有不可斥者,往往与《易》、《论语》合"的句子,切合柳宗元对僧人的态度。《送班孝廉序》"相国冯翊王公"批:"《送严公贶下第序》但云'冯翊公',则'王'字衍。"何焯以不同篇章里对同一个人的称呼来校勘。再如《全义县复北门记》"由道废邪"批:"注:一作'由是道以废邪'。上用'推是'。此用'由是'。文法相犯。短幅不应有此。"何焯以"文法相犯"推论此处应作"由"字。这种精细的校勘,即使讥诮何焯为"村塾高头讲章之语,何足与评柳文"的章士钊,在阅读柳文时也采用何焯的校勘。[①]如《监察使壁记》"泊执役而卫者:义门云:'役'一作'殳',言'卫'则作'殳'为是,何说谛。"[②]"谛"的意思为详细审查,可见何焯对柳文校勘之功。

其次,何焯将校勘与训诂结合,挖掘出柳文更深的内涵。何焯的训诂不仅解释字词,批驳或补充旧注,而且阐发典章制度、社会风气,将柳文与史事互证,扩展了柳文的广度。柳文晦涩难懂,宋代张敦颐《韩柳音辩序》云:"其用字奥僻,或难晓。"[③]严有翼《柳文序》云"余尝嗜子厚之文,苦其难读"[④],以致陆之渊感慨"开卷必与篇韵俱检阅,反切终日,不能通纸"[⑤]。阅读如此难懂的柳文,何焯自然要解释字词疏通文意。第一是断句,如《柳宗直西汉文类序》"欲采比义。会年长疾作"句下批为"李于'义'字为读"。《魏府君墓志》"君尝三娶。而卒无主妇"句批为:"三娶而无主妇。岂亦如裴评事之未娶嫡妻耶?抑以卒为读也。当仍如裴之未娶嫡妻也。若嫡妻先卒。未有不书夫人某氏。后夫人某氏某氏者。"第二是着重解释晦涩难懂的字词,疏通容易产生歧义的句子。如《天论下》"植类曰生"句批为"按:《尚书传》云:'海隅苍生谓草木也'。",《与杨京兆凭书》"彼不足我而慭我哉"句批"注引《说文》:'慭,毒也。'按:《左传》'楚人慭之脱扃',杜注:棋,教也"。类似的还有《愚溪对》"予闻闽有水"批为:"《唐书·地理志》'处州丽水县东十里有恶溪。多水怪。'大字本注

① 章士钊著,郭华清校注.《柳文指要》校注[M].(上),北京:世界图书出版公司,2016:94.
② 章士钊著,郭华清校注.《柳文指要》校注[M].(上),北京:世界图书出版公司,2016:531.
③ 转引自〔唐〕柳宗元著,尹占华、韩文奇校注.柳宗元集校注[M].北京:中华书局,2013:3569.
④ 转引自〔唐〕柳宗元著,尹占华、韩文奇校注.柳宗元集校注[M].北京:中华书局,2013:3571.
⑤ 转引自〔唐〕柳宗元著,尹占华、韩文奇校注.柳宗元集校注[M].北京:中华书局,2013:3572.

孙曰：'恶溪在潮州界。'误也。处州乃汉瓯闽地。"

何焯引用经典准确解释了柳文中难懂的字词，并纠正旧注的错误。对于容易产生歧义的句子，何焯则明确其含义。如《续荥泽尉崔君墓志》"丧焉不果行"容易被误解为"崔君丧事"，何焯依据上下文，解释为"丧其货也"，实际为"丧失货物"，句意为"崔膺因李希烈攻陷汴州丢失货物"，而非"未能举行崔君的丧礼"。《与杨诲之第二书》"今因道人行"句之"道人"容易误解为"道教徒"，何焯依据句意批为："此道人当是道州人。非浮屠。"《永州龙舆寺为壤记》"甘茂盟息壤"句批为："息当为滋息之意。"《祭杨凭詹事文》"莫成子姓"句疏通为："杨氏无子。故云。"何焯还以清代的俗语解释柳文，《与顾十郎书》"以非乎人"句批为："非乎人。今所谓刺也。"以当时的话语解释古文，使当时的读者阅读柳文了无障碍。而《送诗人廖有方序》"为唐诗有大雅之道"句批为"当时目沈、宋所变为唐诗"；《崔公墓志》"玄宗南巡"句批为"当时谓幸蜀曰南巡"。则是将柳文中出现的名词还原到唐代的语境，使读者明确词意的古今变化。

如果说上述的训诂注重字词句意，在于引导读者正确理解柳文句意，那么何焯将柳文与史事互证，阐发典章制度、社会风气，褒贬人物，将柳文置于时代、政治、经济、环境、人物的联系中，确立柳文的价值与意义。如《大理评事裴君墓志》"未果娶"句批为"唐时门第既高。未得官位不娶主妇。有先畜婢妾者。此文可为据"；《府君墓版文》"辍哭纪事，哀不能文"句批为"古人于期丧。亦不为有韵之文。此其据也"；《让监察御史状》批为"此状可为李贺当举进士之一证"。此三条以柳文证史实，另有以柳文补史书。如《武冈铭》"凶渠同恶，革面向化"句批为"严绶攘公绰之功而史仍之。赖此文而后世犹有考也"；《吕侍御恭墓志》"实惟吕氏宗子"句批为"敬叔为宗子，知化光非嫡出"。

何焯于《报袁君陈秀才避师名书》"次〈论语〉、孟轲书皆经言"句，指出"子厚亦断然以〈孟子〉为经"。清人将《孟子》作为经典，已经成为常识，但在唐代却并非如此。何焯特意点出柳宗元的判断，可谓注重当时的社会和历史成规，为柳文的阅读提供了当时的文化环境。何焯还注意褒贬人物，如《祭李中丞文》评价李中丞知贡举："王播等八人者惟冯邈无闻焉。可谓极一时之妙选矣。"《箕子碑》中对谢枋得的人品大加赞赏："此三行是其宋亡未遽死之。微逸前后。则断断不事北之节也。呜呼。谢氏其仁矣哉。"《贺赵江凌宗儒辟符载启》"伏闻以武都符载为记室"句批为："蜀才自子昂之后。当数符厚之。"此外，如《石表阴先友记》"鲁直为尚书郎"句批为："黄庭坚字出此。"《种树郭橐驼传》批为："此文王荆公对症之药也。"何焯由"鲁直为尚书郎"句而联系到黄庭坚字的出处，而《种树郭橐驼传》则成了治疗王安石变法的良药，充分显示了何焯评点柳文的深度与广度。

何焯的训诂虽有传统的注释，字句意义的理解，但又超越了传统的训诂。其不是为训诂而训诂，不仅仅拘泥于字面的解释，也不是要简单阐释作品中的阅读难点，而是以自身的文学观念和知识背景，与社会习俗、历史系统以及文学传统的材料相结合，一方面使读者更好地理解、定位柳文，一方面也使柳文这个孤立的点处于跨越时空编织的"文学之网"中。

### （二）何焯评点文法与文风

何焯精熟儒家经典，特别是拜理学名臣李光地为师之后，更是"穷六经，玩五子，以究极《四书》精蕴为著文之根本"。何焯批注柳文，亦以孔孟之道、程朱理学加以评判。何焯于《四维论》题下总批为："四维者，非管子之言也。质之以经。则难为言也。固宜。"以儒家经典作为标准，对方就无法反驳了。可见其以孔孟之言作为判断标准。如《箕子碑》，何焯批为："词理淳雅，集中亦不可多得。"淳雅，是指文章内容符合儒家经典的义理，不违背经典阐发的道理，还要求用语文雅，不粗俗。由此可看出何焯要求文章立意须遵守儒家学说，又要求用语文雅。以此规范柳文，则柳文立意与用字多不合乎何焯要求。

#### 1. 柳文立意不淳雅

何焯对柳文阐发的道理持贬斥态度。虽然评价《箕子碑》"词理淳雅"，但正如其所言"集中亦不可多得"，柳文之立论合乎标准的也仅此一篇。何焯对柳文立意多批为"识有所偏""实昧其本"以及"卑浅不根"等语：

《天说》：天既无心。人之仁义何能自信欤？言之似正而实昧其本。

《监祭使壁记》：必神之也。盖亦附之教焉。谓非必神之者。是其识有所偏。于附之一言亦自相违反。其失与《褅说》同也。

《送辛殆庶下第游南郑序》"吾欲抑而不叹"二句：乃有此疲葡之句。此序皆流俗人之见。

《涂山铭》：如此文。岂可并存以为大圭之玷。

"天地之道尚德而右功"至"商、周让德焉"：论至卑浅不根。

《睢阳庙碑》："于戏，睢阳之事至或未之思欤"：此段议论求与人异。其于当日事势实疏。盖力保江、淮则租赋无壅。

这些篇章，在何焯眼里或识见不高，流于庸俗；或强为高论，显示自己观点与古人不同，导致论点似高而实偏，似正而实错；甚至论点虽骇人听闻，却是本末倒置。即使柳文的经典篇目《封建论》《贞符》亦未幸免。《封建论》是柳宗元政论文的代表作。柳宗元分析封建制与郡县制的利弊，论证严谨周密，气势磅礴，具有很好的说服力，历来受到很高的评价。但何焯于"封建非圣人意"句下批："……至言圣人不废封建，私其力于已，私其卫于子孙。柳子之言，何其悖乎。""失在于制，不在于政"句下引李光地语："此论亦有病。"

再如《天对》篇，批为："柳州作《天对》，其文亦几于三闾也。题曰《天对》，似是未安。天尊不可问，故不曰问天。柳子之文自拟于天。斯罔矣。宜曰《对天问》也。"何焯认为屈原质问上天，但文章题目却是《天问》的原因为天是尊贵的，作为人不能直接与天对话。柳宗元为屈原解答《天问》中的疑问，题目亦应该仿照屈原作《对天问》，而不能命名为《天对》。再如柳宗元驳斥孟子以仁义忠信为天爵，提出志与明为天爵。孟子认为仁义忠信为天爵，重在人性本善，柳宗元认为道德和智慧的获得，除了有自然的本性，主要还是依靠后天的努力，坚持不懈地追求，勤奋不倦地学习，重在人为努力。对此，何焯评点为：

> 明与志者，所以修也。明与诚对，而志为之基。明不可与志并言。柳子殆强为高论，以求驾乎前人，未之有得。……曰明曰志，不如其曰诚曰明也。忠信即仁义之无不诚焉耳。诚未有不明者。

何焯纠正了柳宗元的看法，认为"明"与"诚"相辅相成，"明"不能与"志"相提并论。"明"是指聪明，通情达理；"诚"是指真实，出自《中庸》"诚则明矣，明则诚矣"[1]，何焯据此认为"曰明曰志，不如其曰诚曰明也"。

再如《贞符》一文，柳宗元批驳了以各种祥瑞为符命的观点，大胆提出君主不是受命于天，而是受命于人，只有得到人的拥戴，才是真正的"符命"。何焯先批为"以德为符，其论伟矣。然亦本末不该。柳子持论往往皆据一面"，指出柳宗元的论点具有片面性，虽然观点卓越不凡，但却本末倒置。随后又批《封建论》："如封建，则直舍本而齐末者。"甚至于《舜禹之事》"尧知其道不可，退而自忘"句批为"文法颇晦。理有所短也。三载遏密。其果忘尧乎？以鄙语侈为新奇。而反谓经言非实录。亦可悯笑"，认为柳宗元刻意求新出奇，却不知自己见识浅薄，反而非议经书，让人感到可怜可笑。

究其原因，何焯认为是："所谓道不足而强有言也。"（《与杨诲之第二书》批语）其中的"道"应是道德修养，主要是对儒家经典的体悟。他认为柳宗元

---

[1]〔宋〕朱熹. 四书章句集注[M]. 北京：中华书局，2011：33.

疏于研究儒家经典，所见所闻不足以阐发深微大义，而强作惊人之论。

### 2. 柳文用语不淳雅

何焯认为柳文不雅，表现在用字粗俗，出语尖酸刻薄。《说车赠杨诲之》"视叱齐侯类蓄狗"句，何焯引李光第批语云："柳文不雅驯若此。此言蔺相如犹不可也。" 何焯无法接受柳宗元将齐桓公当作狗来对待。认为渑池之会时蔺相如以生死逼迫赵王，尚不可作此比喻，更何况孔子斥责齐桓公。另如《愚溪对》题下总批："则后之所谓己之愚者。无非所遭之不幸。非其罪也。然稍乖敦厚。"又于"汝欲为智乎，……使一经于汝"句批为："词旨亦激迫少味。" 此处所批的"稍乖敦厚"与"激迫少味"，正是指柳宗元言语的激烈直率，有失温柔敦厚的诗教传统。再如《送薛存义之任序》"以今天下多类此至势不同也"句批为："此序词稍偏激。孟子虽发露。犹自得其平也。"《送韦七秀才下第求益友序》题下批："此篇诙啁之作。要之轻薄作者不尚。发端亦太尖。"《答韦中立论师道书》"平居望外，遭齿舌不少，独欠为人师耳"句批为："此等语亦何味。但觉其尖薄耳。"此处的"偏激""太尖"以及"尖薄"，均指出柳文言语的尖酸刻薄。

当柳文中这种愤慨激烈的情感以委婉含蓄的方式表达时，何焯则表现出宽容。如《愚溪诗序》总批为："词意殊怨愤不逊，然不露一迹。"何焯认为此文充满着怨愤之情，但表达浑融，不露痕迹，使人不觉激烈。再如《睢阳庙碑》"郁庞眉之都尉，挫猿臂之将军；柱厉不知而死难，狼瞫见黜而奔师"批为："柳子方为僇人。假以发其愤慨。四六使事。复不觉其讦露耳。"同是愤怒的感情，这里引用典故间接表达，所以不觉得激切直白，亦可见何焯不满柳文的出语激切，尖酸刻薄，不够温和宽厚。

### 3. 柳文引证不类、史实错误

何焯还对柳文的历史材料提出了两种意见，首先是何焯与柳宗元因观念不同，对同一史实的认识产生偏差。如在《故御史周君碣》中，柳宗元认为周子谅志在匡正邦国，奋不顾身，仗言直谏，发出"处于秦、楚之后，则汉祖不曰安得猛士"的感慨。何焯则认为刘邦所谓的"猛士"是镇守边疆，保家卫国的武将，而非文弱书生，因此于"则汉祖不曰安得猛士"句批："引猛士。不类。岂缘子谅言牛仙客应图谶故耶？"此处的"不类"，即两人认识上的偏差。再如《六逆论》"胡亥任赵高而族李斯……旧不足恃也"句批："李斯不可谓之新。"《答贡士元公瑾纶仕进书》"古之道……子皮是也"批："所引阔诞无当。"《驳复仇议》"春秋公羊传……则合于礼矣"批："公羊之说，盖谓父以非罪见杀于君者也，安得并引以断两下相杀哉？"此处批语均可看出何焯对柳文在引用历史材料上的认识存在着偏差，指出文中例证不属于同一类别，甚至有相互矛盾之处。

何焯与柳宗元的认识偏差尤以《晋文公问守原议》一文为著。何焯于此文"以附春秋许世子止、赵盾之义"句批："所附不类。"此处虽然还是属于对许世子止、赵盾事件的认识偏差，但否认许世子止、赵盾事件与晋文公守原事件的同类性，完全认识不到柳文中晋文公失问的原因。晋文公此事载于《左传·僖公二十五年》：晋侯问原守于寺人勃鞮，对曰："昔赵衰以壶口食从径，馁而弗食。"故使处原。柳宗元认为选择地方郡守这样的大事，应该在朝廷上公开讨论，而不应由晋文公在寝宫与身边的个别人内部确定，即使推举的人贤能有才，能够担任地方长官，也会给选举带来实质性的危害。如果用一句法律格言来总结，即"正义不仅应得到实现，而且要以人们看得见的方式加以实现"，其中"看得见的方式"就是程序，推贤举能总要通过正当的程序，让人们感受到处理事件过程的公平性与合理性，而晋文公的失误恰恰在于违反了选举官员的程序。对于此事，柳宗元还以许世子止和赵盾的故事为例，认为许世子止和赵盾虽没有无直接杀害君王，但方法、程序不对，与晋文公"得贤臣以守大邑，则问非失举也，盖失问也"同属于程序错误。何焯没有看出许世子止、赵盾以及晋文公故事的内在关系，导致了两人对许世子止、赵盾的看法出现差异。

今天看来，两人的观念出现这种差异，一是柳宗元敢于突破传统儒家思想束缚，提出了一系列不同于既往的看法。而何焯固守着传统的儒家经典，不敢越雷池一步。当然，我们也应该看到，受到清代政治高压的影响，学者噤若寒蝉，因而不敢发声，在学术上形成考据学风，对何焯思想的形成亦有着时代影响。

其次，指出柳文中历史材料本身的错误。如《晋文公问守原议》"先轸将中军"句批："问原守在僖二十五年。至二十八年二月，先轸始将中军。时轸并未为下军佐也。"指出柳文引用史实错误。再如《辨列子》"是岁周安王三年"批"当是四年"；"秦惠王、韩列侯、赵武侯二年"批"惠王当是惠公"。何焯饱读经史子集，故能指出柳文出现的史实错误，并加以更正，但也加深了何焯对柳文的不满。很明显，文章的论点需要论据支撑，如果作为论据的历史材料本身有误，就无法论证观点了。

## 4. 柳文词费

在何焯看来，柳文词费分为两种。一是语句没有逻辑错误，但语意啰嗦。

如《房公德铭之阴》批："起首何用此词费？"《断刑论》"非常之罪不时可以杀"至"人之经也"句批："斯言善矣。柳子则徒为词费也。"此处，何焯认同柳文语句表达的意思，但认为用词不简洁，几个字就可以说清楚的，偏用了一大堆词语，绕来绕去，过于啰嗦。二是从安置文章主旨的方式而言，何焯认为文章最好是隐藏主旨。如《梓人传》引李光地语："上半截论梓人处悉无漏义矣。便以末意作收场。而曰梓之道类乎相，岂非引而不发，意味深长，文之极佳者也？中间详释，翻成赘剩。"由此看来，在何焯眼里，与其详细阐述，不如引而不发，通过梓人让读者感受到作者强烈表达的为相之道，达到"不著一字，尽得风流"的美感效果。

何焯对柳文虽有不满，但并非一味贬低，遇到喜欢的文章，也不吝赞美之词。如《段太尉逸事状》批："深谨。"《送萧炼登第后南归序》批："早岁文之最雅洁者。"《监祭使壁记》批："谨洁。永州以前文之至者。"《祭六伯母文》批："早岁文。情词兼尔款至。"从以上批语中可以看出何焯在"雅洁"的评论标准下，对柳文文法、语言亦有称赞之处。尤其是柳文的表体，何焯更为称赞：

《礼部贺册尊号表》批："理历凝命以下。此贺尊号准格。"

《礼部贺甘露表》批："本色正佳。"

《贺亲自祈雨有应表五》批："字字体要。玩讽弥佳。"

《谢除柳州刺史表》批："无一字不妙。深婉凄壮可谓兼之。"

《为武中丞谢赐樱桃表》批："句句佳。王诗、柳表足以相当。"

总之，何焯对柳文的评点是全方位的。他校勘严谨，字斟句酌，为我们提供了比较完善的本子，是柳氏文学作品传播的一大功臣；广泛涉及柳宗元的哲学、政治思想以及文学成就等各个方面，虽然不乏贬抑过甚的言论，但毕竟深入探讨了许多重要问题，特别是何焯如此仔细认真评点的态度，融校勘训诂、批评鉴赏于一体的评点方式，既影响了清代文集整理方式，在评点文学史上也具有举足轻重的地位。

## 第二节 方苞《柳文约选》《柳集》

方苞（1668—1749），字灵皋，亦字凤九，晚年号望溪，亦号南山牧叟，江南桐城（今安徽省桐城市凤仪里）人，官至礼部右侍郎。其治学以儒家经典为基础，尊奉程朱理学，作文标举"义法"，以"清真雅正"为旨归。方苞著述甚多，其著作汇刻为《抗希堂全书》者十六种，见于《桐城文学撰述考》者又有《离骚正义》一卷、《朱子诗义补正》八卷、《书义补正》八卷等著作，另有选评《古文约选》十卷、《左氏评点》二卷等评点本。

方氏评点柳文之内容，目前可见者约四种：李绂《穆堂别稿》卷三十六《与方灵皋论所评柳文书》中涉及柳文四十九篇；黄山书社印行的《方望溪遗集》之附录收入据旧抄本整理的《评点柳文》涉及柳文七十七篇；雍正时署名果亲王允礼实为方苞选编的《古文约选·柳文约选》中选评柳文四十五篇；上海师范大学图书馆藏方苞评点明刻本《柳文》，此书中有方苞朱笔评点一百九十余处，其中约有三分之一不见于上举三种。与《与方灵皋论所评柳文书》和《方望溪遗集》相比，此书所录柳文批语最全，且为亲笔评点，本节即以《柳文约选》和《柳文》为主探讨方苞对柳文的评点。

## 一、评点本概述

### （一）《古文约选·柳文约选》

方苞选评《古文约选·柳文约选》不分卷，十二册，清雍正十一年（1733）果亲王府刻本，每半页九行十九字，左右双边，黑口，单鱼尾，无界行。书首为署名果亲王的序言（实为方苞代作），其次为凡例，再次为目录。目录依次为西汉文约选目录、东汉文约选、后汉文约选、韩退之文约选、柳子厚文约选、欧阳永叔文约选、苏明允文约选、苏子瞻文约选、苏子由文约选、曾子固文约选、王介甫文约选。其中西汉、东汉以及后汉部分以人为序，如西汉文约选首列贾谊，选其论、疏；其次为董仲舒，选其制、对。其中《柳子厚文约选》选论三篇，议二篇，辩五篇（《论文辩》上下为一篇），杂文一篇，书九篇，序三篇，传二篇，说二篇，记十二篇，碑传铭祭四篇，共计四十五篇。

此书是方苞应当时的国子监督学果亲王允礼之请而编选的一部古文选本，目的是给在国子监就读的八旗子弟提供一个学习古文的范本。方苞首重义法，兼及辞章，强调"古文气体，所贵澄清无滓。澄清之极，自然而发其光精"（《古文约选》凡例），既注重内容之有益世教，又兼顾文章法结构之妙境神机。因此在选篇上，方苞选取两汉书、疏及唐宋八大家之单篇散文。相比清初的古文选本，一般由《左传》《国语》《战国策》等开始选篇，比如孙琮的《古文全集》就以《国策选》《史记》《国语选》为开始选文，后以唐宋八家收尾。但方苞认为六经及《左传》《史记》等虽为古文根源，但各自成书，自成一体，必览全书始得其精华，不能勉强分割选入此书，所以从汉代文章开始选篇。

此书评点符号较为简略，有点、圈及截三种符号。全书未有圈点说明，综观全书可知点用于标示文章主旨、关键句，功能单一。如《四维论》"若义之绝，则廉与耻其果存乎？廉与耻存，则义果绝乎？人既蔽恶矣，苟得矣，从枉矣，为非而无羞矣，则义果存乎？"句旁加点，而此处正是揭示文章主旨的句子。圈的作用亦单一，仅用来标示文中议论感慨的句子。如《箕子碑》"向使纣恶未稔而自毙，武庚念乱以图存，国无其人，谁与兴理？是固人事之或然者也。然则先生隐忍而为此，其有志于斯乎？"句旁加圈，提示读者注意文中的议论。截（ㄱ、ㄴ）的作用较为特殊，是成对出现的，选中的语句标示被删除。如《与杨京兆凭书》"而激其忠诚者""苟知之""士可以显，则"均为ㄱ、ㄴ标示，表示应该删除这三句，才符合方苞的文章观念。方苞使用圈点的次数较少，以柳文为例，圈的使用于四十五篇中有《封建论》《驳复仇议》及《箕子碑》三篇，而且各篇仅有一处施加。点的使用相比圈而言略多，有《驳复仇议》《论语二辩》《辩列子》《辩鬼谷子》等十一篇，综合而言，圈点均施加者仅有一篇《驳复仇议》。截的使用较多，有《封建论》《守道论》《寄许京兆孟容书》等九篇。虽然篇数较少，但使用频率较高，如《与杨京兆凭书》文中竟有六处标示截，可见方苞对此文的不满程度。

在批注上有眉批、旁批以及尾批三种形式。全书以尾批为主，多用来总结创作经验，评论创作得失。方苞以"义法"为准绳，衡量各家作品，赞赏不因袭有创造性的文章。但并非每篇均有尾批，以柳文为例，四十五篇中仅有十四篇尾批。眉批与旁批较少使用，偶尔用来评价文法、校勘文字。如《柳州山水近治可游者记》"北流浔水濑下"句旁批"六字非衍，则上有阙文"；"祷用俎鱼、豆笾、脩形、糈徐、酒阴"句眉批"形当作刑。锏，羹也。周官内外饔职"。总之，方苞在评点中较少使用评点符号与批语，较为注重读者的自我领悟能力。

## （二）《柳文》

《柳文》四十三卷、《别集》二卷、《外集》二卷、《附录》一卷，明嘉靖间刻本，八册。框高十八点五厘米，宽十三点一厘米。正文半页十一行，行二十二字。白口，上下双顺白鱼尾，左右双边。版刻工整，为明代精刻本之一，现藏于上海师范大学图书馆。藏本原为方苞弟子程崟收藏，天头处及文内有方苞手书评点一百九十处。清末马其昶购获此书，马氏定其评点为方苞亲笔，尝作跋详说此本价值。有陈宝琛等九家题评，刘维善绘图。

是书原为桐城马其昶旧藏，马其昶（1855—1930），字通伯，晚号抱润翁，安徽桐城人，近代散文家，桐城派末期之代表人物。书末有清宣统二年（1910）

马氏跋，叙得书始末及考辨甚详，并指出此书是方苞为讲授而评："程固先生高弟弟子也，则此书为先生亲笔讲授，以付学徒，无可疑者。"今察此书评点与批语书写流畅，并多处用朱笔勾画圈点，应为讲学时所为。此书评点符号有圈点，其作用与《柳文约选》类似，用来标示主旨、关键句及议论处。批注形式则有题下批、眉批与旁批，无尾批。题下批常用来评价文章文风。眉批与旁批功能相似，涉及的功用有揭示文法、主旨、文风及校勘。

## 二、评点特色

（一）推崇考据文，单篇以《驳复仇议》《柳州山水近治可游者记》为佳

柳宗元在永州时遍观诸子百家，于《论语》《列子》《鬼谷子》《晏子春秋》等书多有考辨。但此类文章多被目录学家引用、肯定，少有选家选入。自茅坤《唐宋八大家文钞·柳文》始入选文，但评价平平，甚或选而不评。至清初储欣《唐大家柳柳州全集录》选录《辩列子》《辩文子》《论语辩》《辩鬼谷子》等文，肯定柳宗元考据文的价值，不单单体现在考辨文章真伪，而且有益于世道。而方苞在《柳文约选》《柳文》评点中不仅肯定柳宗元考据文的价值，还将考据文视为文学作品，给予高度评价。如《辩列子》尾批："朱子曰：《列子》语，佛氏多用之。列子语温醇，庄子全用之，又变得峻奇。子厚称其质厚，少伪作，为庄周放依。其辞皆古人读书有特识处。"（《柳文约选》）称赞柳宗元读书有特识，肯定其辨伪能力。首先使读者看到清晰的论辩层次，体会论证的逻辑性。而能从人人皆读、烂熟于心的著作中发现破绽，是柳宗元的过人之处。尤其从《论语》自身的文本中找出证据，以《论语》证《论语》，用平易简洁的语言论证观点，更具有说服力。再如《辩鬼谷子》题下批："被空而游，邈然难攀。"（《柳文》）《辩文子》评曰："意致远，妙在笔墨之外。"（《柳文》）《论语二辩》尾批："……摽然若秋云之远，使人可望而不可即。如出自宋以后人即所见到此，文境亦不能如此情深旷邈。"（《柳文》）指出柳宗元考据文具有"意致""文境""情深旷邈"等特点。意致、文境一般是对文学作品而言，方苞在此评柳宗元的考据之作能写出境界来。"摽然若秋云之远"，是用来评价柳宗元考据文的气韵生动，意味深长，达到了可望而不可即的程度；而"情深旷邈"，考据文中"深"通常是对客观事理认识透辟，而这里却是指严谨的逻辑论证中带着深厚的情感，境界辽阔。其后姚鼐选评《古文辞类纂》延续了方苞对柳宗元考据文的观点。《古文辞类纂》共选柳文三十六篇，其中考据入选六篇。姚鼐之后的评点者则很少关注柳宗元考据文了，更没有高出方苞对柳宗元考据文的评价。如林纾选评《柳

河东集》未录考据文,《柳文研究法》亦未评价考据文，足以看出方苞评价柳宗元考据文的特别之处。

方苞推崇的篇目为《驳复仇议》与《柳州山水近治可游者记》。其于《柳文约选》选入此文，尾批为:“《谤誉》《段太尉逸事状》《乞巧文》皆思与退之比长而相去甚远，惟此文可肩随。”方苞评点柳文，常以韩文作为对比，以韩文为文章的最高点。此处评价为可与韩文并肩而立，足见方苞对《驳复仇议》评价之高。尤其是以《谤誉》《段太尉逸事状》《乞巧文》作为对比,《段太尉逸事状》、为柳宗元传记类经典名篇,《乞巧文》为骚体类经典文章，在义法的标准下，却远远不如《驳复仇议》的价值。柳州又以山水记闻名，尤其是永州八记，景妙情深。而方苞却独推柳宗元写于柳州的《柳州山水近治可游者记》，尾批为:“山水记柳州所长，而高古无蹊径，无若此篇。”(《柳文》)批语虽明确柳宗元擅长山水游记，但以“高古无蹊径”而言，此篇最佳。在方苞看来，此篇游记不立间架，平直叙去，不注重起手、结束，不关注前呼后应，看似无章法，却又澹宕风雅，推荐此篇为诸记之首。

值得注意的是,《贞符》《桐叶封弟辨》《段太尉逸事状》及《吊苌弘文》等篇本为柳宗元经典篇目，方苞对此三篇却评价不高。其评《桐叶封弟辨》为“苦效韩公子郤克《分谤篇》，笔墨之踪，显然可寻”(《柳文》)、《贞符》“尧曰克朋俊德”句旁批“摹画秦汉人，形貌亦近，而无可咀味”(《柳文》)，指出柳文多摹仿，有章法可寻，因而无味。《吊苌弘文》眉批“子厚拟《骚》之篇，格调似出《七谏》《九怀》《九叹》《九思》之上，而义蕴亦浅”(《柳文》)，则指出此文意蕴浅显。另外，方苞在评点柳文时，有意避开了柳文的一些名篇，如《梦归赋》《囚山赋》《瓶赋》《梓人传》《种树郭橐驼传》等历来评家评价较高的文章，方苞或选而不评，或根本不选。虽说选本可依选家的文学观念，依选家的喜好而定，但选本就要从作家全集中选出能代表其特质的篇章，这样才能体现作家的价值，同时也体现出选家的高超之处。对于选家来说，既要看到他文集中有不如人意的地方，更要看到超出众人的地方，而且超出众人的地方才是真正能代表作家成就的所在，也正是选家的独到之处。由于以“义法”为标准衡量柳文，在方苞看来，柳文的一些经典篇目大多成了瑕疵品。

### （二）认为子厚文笔古隽，而义法多疵

方苞于《古文约选·柳文约选·凡例》指出“子厚文笔古隽，而义法多疵”，可以看作方苞对柳文的总评。文笔指文字之工拙，文风之隽洁。“义法”之“义”针对文章内容而言，“法”针对行文章法而言。“义法多疵”则从内容与形式否

定了柳文的成就。如方苞《书柳文后》所云：

> 子厚自述为文，皆取原于六经，甚哉，其自知之不能审也！彼言涉于道，多肤末支离，而无所归宿，且承用诸经字义，尚有未当者。盖其根源杂出周、秦、汉、魏、六朝诸文家，而于诸经，特用为采色声音之助尔。故凡所作效古而自汩其体者，引喻凡猥者，辞繁而芜、句佻且稚者，记、序、书、说、杂文皆有之，不独碑、志仍六朝、初唐余习也。[①]

方苞指出柳文立意未能取原六经，摹仿诸经之文而用字多有不当，且修辞鄙陋，语句晦涩难解，多有稚、佻、陋之处。除方苞自述外，其评点中还指出柳文多用套语，摹仿较多，有食古不化之病。

首先是方苞认为柳文立意未能取原六经。如《舜禹之事》眉批："谤誉咸宜。蕴义虽浅，而气尚清明。"(《柳文》)《涂山铭》眉批："绝无义蕴，词亦浅率。"(《柳文》)再如《献平淮夷雅表》眉批："表简而则，雅亦典蔚。但韩碑古在意义，此独句读不类于时耳。盖退之志在约六经之旨以成文，而子厚则较文字之工于毫厘分寸间也。"(《柳文》)此处方苞将柳文与韩文相比，指出韩文立意以六经为旨，而在文字上用工夫，只学得古文的形式而未得其神。在用字上，方苞也指出柳文的不足。如《段太尉逸事状》"太尉曰副元帅"句眉批："颇伤于繁，盖以状迫邃中口语复沓，然终是作者精神衰散处。"(《柳文》)因文中直录太尉口语而被批为精神衰散。方苞又多以稚、诲、佻、丑及浮等字评点柳文。如《断刑论下》"是知苍苍者焉"旁批"稚""以诒是物"旁批"稚""胡不谋之"旁批"稚"。这里方苞用"稚"评价《断刑论下》，指出柳文立意肤浅，甚至多有言不合理处。

其次，修辞鄙陋。修辞主要是比喻的使用，如《吊屈原文》眉批"比喻太多，且语皆因袭，数见不解"(《柳文》)，《柳宗直西汉文类序》"森然若开群玉之府……虽第其价可也"句朱笔标出并眉批"尘容俗状，自明末陋习，皆此等比喻为之先驱"(《柳文》)，《同吴武陵送前桂州杜留后诗序》眉批"以譬喻发端，亦恶道"(《柳文》)，分别指出重复使用比喻、比喻用词不雅及以比喻发端文章为恶道。比喻属于一种修辞，对使用比喻的评价也应关注比喻之本体、喻体及相似处，才是真正对比喻本身的评价。而方苞则从比喻在文中的位置、使用方式等角度评价，呈现出不同的观点。

再次，方苞认为柳文多用套语。套语意味着语言结构固定化、程式化的书

① 〔清〕方苞著，刘季高点校. 方苞集[M]. 上海：上海古籍出版社，2009：112.

写，同时也意味着写作者使用时丧失了语言的灵活性，内容上空洞无物。方苞于《龙安海禅师碑》"其异是者"句旁批"俗套"（《柳文》），于《送邠宁独孤书记赴辟命序》"谕告西土"句眉批"又用此恶套！"（《柳文》），甚至认为"子厚学无根柢，盖如此，则每题皆有一篇现成文字，可信手铺序，不假思索矣"（《柳文·武功县丞厅壁记》眉批），如此，方苞将套语的使用由句子扩展到整篇文章。其认为柳文每篇都可借鉴前人的文章，套用前人文章的章法布局，乃至语句。明代的孙鑛亦曾指出柳文中多有套语，但又将文章置于唐代的大背景下，认为现在看来柳文有些是套语，但在柳宗元写作时仍属创新。方苞则只以清代的文学作品来评价唐代的柳文，有些过于苛刻。

最后，方苞认为柳文章法散漫。《唐故衡州刺史东平吕君谏》眉批"……章法亦散漫"（《柳文》），《辩侵伐论》"正其名，修其辞"句旁批"承接不洽""是以有其力"句旁批"强合。"《晋文公问守原议》，"而乃背其所以兴"句旁批曰"转折俗"，"然而齐桓"旁评云"转折辟强"。总之，方苞眼中的柳文义法多疵，以至于发出"刘梦得称退之谓其'雄深雅健，似司马子长'，岂退之哀其亡而溢美耶？抑梦得假托退之语以张之耶"的感慨。（《柳文约选·段太尉逸事状》尾批）

### （三）删除柳文原句，使之符合"义法"标准

在方苞眼里，柳文义法多疵，如何将柳文改造为符合义法的文章呢？方苞采取了删除柳文原句的方式。在《柳文约选》中以截（┐、┘）标示出需要删除的语句，而在《柳文》中则直接朱笔涂去原文语句。两书多有重合之处，足见方苞删除柳文原句的一致性。今以《柳文约选》为例，列表如下：

| 篇目 | 删除语句 |
| --- | --- |
| 《封建论》 | 势之来，其生人之初乎？不初，无以有封建。封建，非圣人意也。 |
| 《守道论》 | 易其小者而大者亦从而丧矣。 |
| 《寄许京兆孟容书》 | 以兴尧舜孔子之道，利安元元为务？<br>狂疏缪戾、人所不信、而岂有赏哉？<br>俟除弃废痼以、今已荒秽恐便斩伐无复爱惜，是以当食不知辛咸节适，洗沐盥漱，动逾岁时，一搔皮肤，尘垢满爪。诚忧恐悲伤，无所告诉，以至此也。 |
| 《与杨京兆凭书》 | 而激其忠诚者、苟知之、士可以显，则又常积忧恐，神志少矣，所读书随又遗忘、书籍散乱毁裂，不知所往、苟焉以叙忧栗为幸。 |

| 篇目 | 删除语句 |
| --- | --- |
| 《与萧翰林俛书》 | 辱在附会。 |
| 《答韦中立论师道书》 | 仆自谪过以来，益少志虑。居南中九年，增脚气病，渐不喜闹，岂可使呶呶者，早暮拂吾耳、骚吾心？则固僵仆烦愦，愈不可过矣。平居望外，遭齿舌不少，独欠为人师耳。 |
| 《贺进士王参元失火书》 | 乃始厄困震悸、独自得之，心蓄之，衔忍而不出诸口、黔其庐，赭其垣，以示其无有，其实出矣？ |
| 《愚溪诗序》 | 故谓之染溪。 |
| 《梓人传》 | 物莫近乎此也。 |

《柳文约选》中涉及删除语句的文章共有九篇，每篇少则一句，多至数十句被删除。删即意味着原文语句过于啰嗦，或者与上下文不连贯，总之删去一些多余的字或句，使文章简洁，更有条理。我们以《贺进士王参元失火书》来做说明，评价方苞删除原文是否恰当：

或将大有为也，乃始厄困震悸，于是有水火之孽，有群小之愠，劳苦变动，而后能光明，古之人皆然。……京城人多言足下家有积货，士之好廉名者，皆畏忌，不敢道足下之善，独自得之，心蓄之，衔忍而不出诸口，以公道之难明，而世之多嫌也。一出口，则嗤嗤者以为得重赂。……黔其庐，赭其垣，以示其无有，而足下之才能乃可显白而不污，其实出矣，是祝融、回禄之相吾子也。

方苞主张删去"乃始厄困震悸"，实际上这句是"将大有为"的补充说明，是在困厄之中希望大有作为，而这时偏偏遇上了天灾人祸，更能衬托出以后大有作为的光明。"独自得之，心蓄之，衔忍而不出诸口"，这三句也并不是多余的，正写出了柳宗元对王参元了解之深，却只能深藏在心里，要忍着不能说出的苦闷。删去了，就表达不出这种深情，削弱了文章的感情色彩。方苞又主张删去"黔其庐，赭其垣，以示其无有"，而"黔其庐，赭其垣"是描写房屋烧成了黑色，墙烧成了红砖，"以示其无有"是说明这场大火造成的后果，把屋子里的东西都烧没了。如果删去就显得抽象而不具体了。总之，对于方苞删除柳文原句的做法，正如周振甫先生所指出的："方苞的《古文约选》，删节古代大家或名家的文章，他的毛病正在削足适履。"[1]

---

[1] 周振甫. 文章例话[M]. 南京：江苏教育出版社，2005：325.

方苞以"崇韩抑柳"闻名，他对柳文的立意、用语、修辞以及章法均有不满之处，而且于《柳文约选》这种官方教材里删除柳文的原句，以揭示柳文的不足。但其推崇柳宗元的考据文，肯定柳宗元山水游记的价值，且赞赏《柳州山水近治可游者记》"高古无蹊径"，也表明方苞亦并非一味贬低柳文。

## 本章小结

本章主要探讨了何焯、方苞对柳文的评点概况。何焯评点本突出了校勘、训诂、鉴赏的特征，并以"雅洁"为标准指出柳文立意、用语的不足之处。方苞以"抑柳"闻名，虽指责柳文立意低俗，用语"丑""稚"等不足，但并非一味贬低柳文，对柳宗元的考据文大加赞赏。总的来说，何焯、方苞的全集评点关注到柳文的立意、文法及渊源等文章要素，又呈现出褒贬不一的态度，甚至在文章立意上形成了针锋相对的看法，使我们能更为辩证地看待清代柳文评点状况。

第三章　清代柳文专选类评点研究

清代既有柳文全集评点本，又有专选本。专选本即柳文评点的单行本，或单独成册、成卷的合评本。目前可知的柳文专选本有六种：方苞的《柳文约选》、许鸿磐的《柳州文选》、孙琮的《山晓阁选唐大家柳柳州全集》、储欣的《唐河东先生全集录》、刘禧延的《柳文独契》以及林纾的《柳河东集》。其中，方苞的《柳文约选》是《古文约选》的单行本，已于《柳文》合为一节在第二章论述。孙琮的专选本为《山晓阁选唐宋八大家全集》的单行本，储欣的专选本为《唐宋十大家全集录》的单行本。刘禧延的《柳文独契》为稿本，林纾的专选本为《选评名家文集十五种》的单行本。从选篇来看，孙琮、储欣的专选本虽号称"全集"，却并未将柳文全部收录，只是选评。刘禧延、林纾的评点本亦只是选评。因此本章以孙琮《山晓阁选唐大家柳柳州全集》、储欣《唐河东先生全集录》、刘禧延《柳文独契》以及林纾《柳河东集》为据探讨柳文评点概况。①

## 第一节　孙琮《山晓阁选唐大家柳柳州全集》

孙琮，字执升，号寒巢，又号礼庵居士，浙江嘉兴府嘉善县人，生卒年不详。以评选文章为生。《重修嘉善县志》云："所居山晓阁，乔木参云，皆数百年物，藏书万卷，手不停披。每评选一书出，人争购之。晚岁放迹名山，笠屐所经，悉发于题咏。著有《山晓阁诗文集》及订选诸古文。"②所言"订选诸古文"，即其评选《山晓阁选古文全集》《山晓阁选唐宋八大家全集》《历代史论》《山晓阁选明文全集》及其《续集》等古文集。其中，《山晓阁选古文全集》卷二十一为选评柳文，《山晓阁选唐宋八大家全集》中《山晓阁选唐大家柳柳州全集》有单行本。本文以《山晓阁选唐大家柳柳州全集》为主概述孙琮对柳文的评点。

### 一、《山晓阁选唐大家柳柳州全集》概述

《山晓阁选唐宋八大家全集》二十卷，此书现存三种版本：一是南京图书馆藏康熙辛亥年（1671）孙琮序本；二是浙江图书馆藏清石经楼刻本，此书残存韩愈、柳宗元、欧阳修、苏洵四人十四卷；三是国家图书馆藏康熙五十四年（1715）

---

① 许鸿磐的《柳州文选》为抄本，据《中国古籍善本书目》所录，此书现藏吉林大学图书馆，但该馆善本古籍尚未全部公开，暂无缘得见。
② 〔清〕江峰青.（光绪）重修嘉善县志[M]. 卷二十四，清光绪十八年（1892）刊本.

龚舜锡删节本。龚舜锡本对孙琮原本删篇目、节评点，既掩盖了孙氏原本的优点，又无所发明。但三种版本的结构相同，全书结构依次为内封、孙琮序、山晓阁选唐大家韩愈全集目、山晓阁选唐大家韩昌黎全集卷一。韩愈后为柳宗元、欧阳修、苏洵等人。各家单独成卷，依次为序、目录、正文，体例与茅坤《唐宋八大家文钞》类似。其中，康熙辛亥年孙琮序本，又有唐宋八大家的各家单行本。广益书局民国四年（1915）重刊柳文，名为《山晓阁选唐大家柳柳州全集》。此书共四卷，十二行，行二十八字，白口，单黑鱼尾，双边无界框。又于民国八年（1919）再印，民国十四年（1925）再印，足见流传之广。今以民国四年广益书局本为据进行分析。①

在选评柳文的目的上，孙琮显得较为特殊。清代的吕留良、储欣、沈德潜以及陈兆仑等人选评柳文主要目的是教授生徒，何焯、崔应榴以及焦循等人评点柳文主要目的是记录阅读心得，而孙琮选评柳文的直接目的则是交给书商印刷出售，获得经济来源。在评点策略上，孙琮采取了精耕细读的方式。孙琮对每一篇文章都细分有多少幅，每幅有多少段，每段又分为多少小段，每幅、每段的大意是什么，幅与幅之间、段与段之间有什么联系。如此细分详评，可见虽是商业行为，但并不随意漫评，而是有布局、有规则、有计划地选评。同时结合为科举的功能定位，也可以看出是为初学者提供写作范本。

在评点符号上，此书仅有圈。全书未有符号使用说明，但观察圈的使用情况，大致可分为以下三类：标点句读，揭示关键字或精彩句，标示文章的照应、转换、抑扬等行文方法。这三种功能有时单一使用，有时结合批语兼而有之。如《段太尉逸事状》"太尉始为泾州刺史时，汾阳王以副元帅居蒲"句，"蒲"字旁用圈断句，"太尉始为泾州刺史时"用圈标示，并旁批"首提太尉为纲"，此句圈的作用既用来标示句读，又揭示文章纲目；"邠宁节度使白孝德以王故，戚不敢言"句，写白孝德面对汾阳驻军的胡作非为，是敢怒不敢言，孙琮用圈标示"以王故戚不敢言"，并旁批"反起下文"，认为是从反面着笔，衬托出下文段秀实的不畏强暴。孙琮将圈与旁批结合，更为明确圈的意义。

此书批注有旁批与尾批，无眉批、夹批。其中旁批在各篇文字分布最多。旁批所涉及内容较为繁杂，既概述段意、文阐发意，又揭示文法。如《衡州刺史东平吕君诔》"爱用十月二十四日，藁葬于江陵之野"句旁批"先志葬卒"，旁批概述此句作用；"舟船之下上，必呱呱然，盖尝闻于古而睹于今也"句旁批"写州人感泣"，此处旁批阐发文意。再如《永州法华寺新作西亭记》"庑之外有

---

① 本节以民国四年广益书局本为据进行分析，下不出注。

大竹数万，又其外山形下绝"句旁批"句中埋伏"；"吾意伐而除之，必将有见焉"句旁批"虚引，有步骤"；"岂若吾族之挈挈于通塞有无之方以自狭"句旁批"句法长而劲，收住有力"，此文旁批之"埋伏""步骤"以及"收住"等语，揭示出句法、章法，使读者明确行文技巧。尾批通常由两部分组成，一是汇集前人批语，包括吕祖谦、林希元、唐顺之、茅坤、孙鑛、钟惺、金圣叹等人；二是己评，多是对旁批的深化。如《与吕恭书》尾批：

> 唐荆川评：学《左氏外传》。
> 掘土得石文，固为不经，逾制庐墓，尤为失礼。从此二端，力辨其矫伪，子厚可谓神鉴。而行文详核奥折，尤见宗工作手。

首列唐顺之批语，指出此文渊源，言简意赅。后为己评，既指出驳论的要领，又揭示出行文技巧。

## 二、选评特点

### （一）选篇以书、序、记为主

此书四卷，每卷篇目大致以文体排列，卷一依次为表、议三篇，书十八篇，启二篇；卷二论三篇，序十九篇，碑二篇；卷三记二十八篇；卷四铭二篇，传四篇，议一篇，说三篇，题序一篇，对三篇，杂题一篇，戒一篇，诔一篇，状一篇，墓志铭一篇，志一篇，祭文二篇，共计九十九篇。以孙琮所选篇目与茅坤《柳州文钞》相比，两者篇目相同者计有八十一篇，其中二十八篇记体文完全相同。以文体而言，孙琮延续茅坤重视记的特点，并在选篇上与茅坤本高度重合。当然，孙琮选评本的价值既体现在对茅坤本的继承，更体现在篇目以及文体分类与茅坤本的不同处。

首先，收录表体。茅坤选录启但未选录表，孙琮则既录入启又录入表，且将《礼部贺册尊号表》与《献平淮夷雅表》二表列于柳文之首。之所以选入表，是由于孙琮认为柳文《礼部贺册尊号表》有"得体"的特点，而《献平淮夷雅表》则为"杰然大雅之作"。其于《礼部贺册尊号表》尾批："笺表自入骈丽，每皆浮泛不切，于题甚远。然欲切贴，又入小家纤悉。此篇只将尊号十字，逐字详发，既不浮泛，又不纤悉，自是庄严得体"。孙琮认为创作笺表文容易陷入"浮泛"与"纤悉"的两难问题，然而柳宗元从"尊号"切入，逐字详细阐发尊号的意义，既坐实了题目，又歌功颂德了宣宗，使文章雅切不浮，庄严得体。

孙琮于茅坤所选之外，选录《与吕道州温论非国语书》《时令论》《送濬序》

《吏商》等篇。这些篇目虽不是柳文经典代表作，但亦能呈现柳文的某些特征。如《与吕道州温论非国语书》呈现柳宗元对《国语》的不满之处；《时令论》凸显柳宗元的天人观，《吏商》则透露出柳宗元的为官之道，可见孙琮选文的独到眼光。

其次，未录茅坤《柳州文钞》中的《乞巧文》《斩曲几文》《宥蝮蛇文》《憎王孙文》以及《吊屈原文》五篇杂著。自唐五代、宋明以来，评点者对柳宗元的骚体文赞赏有加，茅坤虽选录骚体文，却将其归为杂著类。孙琮则完全淘汰了柳宗元的骚体文。在降低柳宗元骚体文的价值上，孙琮比茅坤走得更远，对号称"全集"的选评实在是一种遗憾。

再次，孙琮排列柳文篇目时，将论、议辩文分开归类。《柳河东集》卷二为论、卷三为议辩，选家通常将论、议辩体合在一起。例如茅坤将《柳河东集》卷二的《驳复仇议》与卷三的《晋文公问守原议》同列入议体文。孙琮则将《驳复仇议》置于表、议、书之列，议辩体的《封建论》《时令论上》置于卷三，这种对《驳复仇议》文体的归类是以前选家所未有的，其后仅有姚鼐《唐宋八大家偶辑·柳文》采用此种方式。

## （二）注重阐发文意：揭示关键字句、细分主意客意、对比不同篇章主旨

孙琮评点柳文，对文意进行细致的阐发、评价，这在柳文评点史上颇为独特。以前的选家在评点柳文时一般只对文意做简要的评价或概述，不做详细的分析、阐述，孙琮评点本的出现改变了这一局面。孙琮在评点时，将旁批与尾批结合，通过揭示文章关键字句、细分主意客意、对比不同篇章主旨的方式细致阐发、评价文章大意。

其一，旁批与尾批相结合，详细阐发文章大意。如《与裴损书》：

"仆之罪，在年少好事，进而不能止"句旁批："一段言得罪之由在先得官。"
"性又倨野"句旁批"一段言得罪之由在性倨野。"
"不贡不王者悉以诛讨，而制度大立"句旁批："一段望朝廷。"
"今若应叔辈知我，岂下邹子哉"句旁批："一段望知己。"
"兄顾惟仆之穷途，得无意乎"句旁批："一段又望知己。"

孙琮于文中旁批揭示此文章节大意，又于尾批总述文章大旨：

通篇纯作愤懑无聊文字，极写怨望心事。前二段，自述得罪之由。中后四段，凡怨望朝廷，写作两番；怨望友朋，亦写作两番。此不是重复，盖怨望朝廷而不得伸，转而望之友朋；怨望友朋而不得伸，又转而望之朝廷；望之朝廷

而终不得伸，于是决意望之友朋。故作四段写来，展转反复，纯是一片愤懑无聊情况，孤臣心事，极力写尽。

在评点中，孙琮先于尾批概述文章大意，再与旁批相结合，阐述各个段落层次的承转与搭配，最后重申文章主旨。在清代柳文评点中，很少见到如此详细地揭示文章结构，逐段分解文意的评点。

其二，揭示文章纲目、眼目以及筋骨等关键字句。如《与杨京兆凭书》"知之难，言之难，听信之难"句旁批"三句纲"，指明此三句为纲目，纲目即文章的结构、立意的骨架，此文正是围绕"知之难，言之难，听信之难"展开叙述；《送表弟吕让将仕进序》"积于中，得于诚，往而复，咸在其内者也"句旁批"以'内''外'字作眼目"，眼目即文章关键处或与此相关的重要字眼，孙氏批语揭示出此文以"内"与"外"两字作为叙述的重心；《封建论》"封建，非圣人意也"句旁批"'非圣人意'一篇骨子"，"骨子"即为文章的筋骨，是文章为展开主要线索而立下的架构。孙琮指出此文以"非圣人意"为框架，所以又于"草木榛榛，鹿豕狂还，人不能搏噬，而且无毛羽，莫克自奉自卫"句旁批"一段承写非圣人意"；于篇末的"吾固曰：'非圣人之意也，势也'"句旁批"一篇把握处，直缴前'势'字"，即是指出抓住"非圣人意"即可概述文章大旨，了解文章框架。

其三，以主客对比突出文章主旨。如《贺进士王参元失火书》"仆始闻而骇，中而疑，终乃大喜，盖将吊而更以贺也"句旁批"总提柱子，下文分疏"，指出文章围绕"骇""疑""喜"展开章节，又于"以足下读古人书，为文章，善小学，其为多能若是"句旁批"承写一段'喜'，此段是主"，指出三种感情中以"喜"为主，即文章主要是祝贺失火之喜；《全义县复北门记》"贤者之兴，而愚者之废，废而复之为是，循而习之为非"句旁批"二句一篇之主"；再如《时令论上》"季春利堤防，达沟渎，止田猎，备蚕器，合牛马，百工无悖于时"句旁批"一段写俟时而行之政，是客"，"诚使古之为政者，非春无以布德和令"句旁批"一段写不俟时而行之政，是主"；《谤誉》"君子宜于上不宜于下，小人宜于下不宜于上，得其宜则誉至，不得其宜则谤亦至"句旁批"一段言谤誉之常，此是客意"，"然而君子遭乱世，不得已而在于上位"句旁批"以下言谤誉之变，此是主意"。由上可以看出，孙琮对文章主旨并非停留在简单概述上，而是细分主客之意，将文章主旨阐发得更为深透。这种主客对比方式运用到极端，竟出现了主客均为主旨的现象：

前半写梓人，处处暗伏相道；后半写相道，处处遥应梓人。末幅补出不合则去，及嗜利丧守二等，于义更无遗漏。看来梓人是借意，相道是正意。但所传者梓人，而相道持因之以见，则梓人又似主，相道又似客。要知相道是子厚心中所注，梓人是子厚目中所触，因所触以及所注，则主可为客，客亦可为主，主客自可并列，正不必过为分疏。(《山晓阁选古文全集》卷二十一《梓人传》尾批)

此文前半叙梓人之术，后半叙宰相之道，历代评家均以宰相之道为文章主旨。如黄震《黄氏日抄》卷六十评为"喻为相者之道也"；张伯行《唐宋八大家文钞》卷四"相臣之道，备于此篇。末段更补出以道事君不可则止意，是古今绝大议论"；储欣更为明白地指出，"分明一篇大臣论。借梓人以发其端，由宾入主，非触而长之之谓也。……如弇洲言，是认煞公为梓人立传，而触类相臣，失厥指矣"。(《河东先生全集录》卷三《梓人传》尾批)。评家均指出此文借梓人之术说明宰相之道，即叙梓人是客，宰相为主。而孙琮虽揭示宰相之道是文章正意，却又认为主可为客，客可为主，将主客并列，从而导致了文章主客不分的弊端。

其四，以"参看"的方式辨别文章大意。"参看"是一种比较阅读，将相同文体或主题的文章通过对比，凸显各自特点。这种阅读方式使评家能在不同的作品中整理比较，有独到的眼光见识，又具有鲜明的指导意义，指导读者应该怎么阅读。如孙琮于《与许京兆孟容书》"今其党与，幸获宽贷，各得善地，无分毫事，坐食俸禄，明德至渥也，尚何敢更俟除弃废痼，以希望外之泽哉"句旁批"此则《与萧翰林书》有别"，其后于《与李翰林建书》尾批"子厚谪居后诸书，其文意大略相似。然合诸书读之，其详略之法，各极其妙。如《答许京兆书》，详写被罪之由，不写谪永之苦；此篇独写谪永之苦，不写获罪之由。《萧翰林书》，详写居永之苦，不兼写贫病，此篇写居永之苦，兼写贫病。《答许京兆书》，详写娶妻嗣续；此篇略写娶妻嗣续。只此数意，详略写来，各臻其妙"。

值得注意的是，孙琮除揭示文章大意、主旨外，常以"另发一意""余意""又变一意"指出文意的变换。如《全义县复北门记》尾批"一起将'贤者之兴''愚者之废'二句，立一篇主意，以推类为政，为一篇之余意"；《与李睦州服气书》"则又之天下号曰；孰为李睦州仇者"句旁批"又变一意"；《箕子碑》"当其周时未至，……谁与兴理"句旁批"另发一意"，此句之前是对箕子的评述，至此已将题目作完，但柳宗元又提出一种新设想，因此是另发一意。

### (三) 揭示柳文前后照应、曲折多转等文法

孙琮评点柳文，一个传统的做法是重视评价、分析文法。他往往于柳宗元文章中细加点评勾勒，分析其句段之意、写作之法，使柳文的层次结构、文思

脉络一目了然。孙琮认为柳宗元构思文章，前呼后应，结构严谨，又善于选取下笔角度，曲折多转，摇曳多姿。且文有活法，尤其游记文体有文法诀窍。

第一：结构严谨，前呼后应。在孙琮看来，柳文从造意开始，历经谋篇布局，到具体的段落，都脉络清晰，善于前呼后应连贯文意，有着严谨的结构。如《说车赠杨诲之》尾批："前幅说车处，写出许多材良、工攻、圆外、方中、若箱、若轮、若轼、若轴等，后幅说入诲之，只将前幅说车许多一一点合。妙义回环，前照后应，错落成文。"孙琮将全文分为两幅，前幅说车，后幅说人，车与人回环照应，一一点合。再如《上李夷简相公书》尾批："此文分两半篇看。上半篇是隐喻，下半篇是实说。上半篇妙在将下半篇所欲言者，句句影起；下半篇妙在将上半篇已言者，句句点合。只是一篇前虚后实之文。"在孙琮看来，全篇是一个比喻句，上半篇是喻体，下半篇是本体。"句句影起"是用喻体的特点影射本体；"句句点合"是本体将喻体影射处一一坐实。全篇围绕一个主题，既是前虚后实，又是前呼后应，体现了柳宗元行文的严谨性。

如果说《说车赠杨诲之》与《上李夷简相公书》是从篇法上分析文章的前呼后应，那么柳文的句与句、字与字之间亦有前呼后应的严谨性。句子之间的前后呼应，如《始得西山宴游记》："以为凡是州之山水有异态者，皆我有也，而未始知西山之怪特"句旁批"此句正见始得与末句相应"；孙琮又于文章末句"然后知吾向之未始游，游于是乎始，故为之文以志"旁批"结应'未始得'二句"，此文两处旁批正是句与句之间的呼应，且强化了文题的"始得"二字。字与字之间的呼应如《答韦中立论师书》"人益不事师"句旁批"摘'师'字论世久不为此言"，又于"又何以师云尔哉"句旁批"挽上'师'字"；《与杨京兆凭书》"然立言存乎其中，即末而操其本，可十七八，未易忽也"句旁批"提出'本''末'二字，"然则文章未必为士之末，独采取何如尔"句旁批"再挽'末'字"。

第二：曲折多转。孙琮认为柳宗元文法纵横多变，大体是通过正反、跌宕、抑扬、转折等表现方式，使文章呈现波澜起伏的形态，具有文法曲折的特点。我们以正反法为例，分析孙琮对文法曲折的评点。如《观八骏图说》，孙琮评点了以下语句：

A "然则伏羲氏、女娲氏、孔子氏，是亦人而已矣"句旁批："正说圣人无异。"

B "骅骝、白义、山子之类，若果有之，是亦马而已矣"句旁批："正说骏马无异。"

C "又乌得为牛，为蛇，为俱头，为龙、凤、麒麟、螳螂然也哉"旁批："一句反结。截住。"

D"然而世之慕骏者，不求之马，而必是图之似，故终不能有得于骏也"句旁批："反说骏马无异。"

E"慕圣人者，不求之人，而必若牛、若蛇、若俱头之间，故终不能有得于圣人也"句旁批："反说圣人无异。"

F"诚使天下有是图者，举而焚之，则骏马与圣人出矣"句旁批："一句正结。破尽庸俗。"

以上引文为《观八骏图说》后半部分，认为圣人、骏马没有什么奇异的地方。在孙琮看来，这个意思的表达却正反相生，曲折无穷。此段总体分作两个小节，两个小节又可细分为四个层次。其中A、B与C是正说反结，D、E与F是反说正结，形成两对正反关系。且A与E、B与D、C与F各自形成正反关系，无怪乎孙琮于此文尾批赞叹为："正说反结，反说正结，令读者但见其曲折不穷，忘其反正生生之妙。"

此外，孙琮认为柳宗元写游记文有"窍要"。其于《永州新堂记》"将使继公之理者，视其细，知其大也"句旁批"此作记窍要"；《零陵三亭记》"君子必有游息之物，高明之具，使之清宁平夷，恒若有余，然后理达而事成"句旁批"作记窍要"。窍要，意为诀窍与关键之处，这两处旁批正是揭示了柳宗元游记文的写作诀窍。游记文若只是记录游山玩水，抒发个人的喜怒哀乐，文章往往题意平常，流于平庸。而柳宗元的游记文则跳出游记窠臼，将游记与政治相联系，赋予游记更重大的意义，这便是其游记文的诀窍。

### （四）以画法评点柳文，赞赏柳文如画

古文评点中常用"如画"一语，如茅坤评点《愚溪诗序》尾批云"古来无此调，陡然创为之，指次如画"（《唐大家柳柳州文抄》卷五）。这是在摹写的概念上加入了绘画的想象。孙琮亦继承了这一评法，常以"点次""点缀""描摹"及"摹写"等词评点柳文。

其中"点次""点缀"属于"点"的范畴。点，是一种关注细节的画法，孙琮借用"点"评价柳文的细节描写。如《馆驿使壁记》"自长安至于鳌厘，其驿十有一，其蔽曰洋州，其关曰华阳"句旁批"点次，星罗棋布"，指出柳文对驿站的叙述细致而具体。再如《钴鉧潭记》尾批，孙琮引钟伯敬评语"点缀小景，遂成大观"，此处的"点缀"指出柳文单独的景点虽零零散散，整体看去却自成一体。此外，"点缀"不仅用来评点景物描写，还可用于叙事之中，且与"生色"

结合。如《钴鉧潭西小丘记》"李深源、元克己时同游，皆大喜，出自意外"句旁批"点缀生色"，此处用"点缀"指出柳文于叙事中插入一句断语，如画龙点睛一样，于叙事中透露出作者观点，顿觉精神。

"描摹"、"摹写"均指"描摹"画法，意为依照原样的画法，以线条为主呈现事物轮廓，要求写实、逼真。孙琮借用"描摹"揭示柳文事件的景况、人物的形象逼真。如《与萧翰林俛书》"则肌革瘆懔，毛发萧条，瞿然注视，怵惕以为异候"句旁批"摹写凄其不堪入耳"，"闻北人言，则啼呼走匿"句旁批"异乡之情，摹写殆尽"；《段太尉逸事状》"太尉列卒取十七人，皆断头注槊上，植市门外"句施加圈，并旁批"第一段写太尉之勇。大手段，好摹写"。

另外，画法中的着色，指情节、人物描写的主观摹画。孙琮亦借用为评点柳文的人物描写。他认为柳文对人物情感的描摹如同绘画中的上色，基于画家的态度、眼光、印象一般，只不过作画是用颜料，而文章是用文字。如《送从弟谋归江陵序》尾批"……反复写来，天性至情人，活活画出。而文之激扬反复，沈郁顿挫已极。毫发无遗憾矣"；《送赵大秀才往江陵序》"至则赵生喜忭起立，伸目四顾，不啻若自己而为之者"句旁批"神情容貌，笔笔写出"；《至小丘西小石潭记》"从小丘西行百二十步，隔篁竹，闻水声，如鸣珮环，心乐之"句旁批"声情如画"。以上的"天性至情人""声情如画"批语，意味着在孙琮眼里，柳文对人物的摹画，已经超越了外在的形体，能够透过外貌、动作刻画出人物内在的性情。

这些以绘画的想象来形容文字的评点，无疑是强调作品的图像性。在孙琮看来，柳文恰如一幅幅图画：

《序饮》尾批："通篇序饮地、序饮、序监史、序投筹，处处写得如画，便是一幅流觞曲水图。后幅赞美一段，尤觉通篇出色。"

《兴州江运记》尾批："尤妙在导江一段，写得有声有势，如见万夫举手，奋锸齐下。奔涛决流，大功立就，至今犹炎炎纸上，洵是绘水绘声高手。"

《袁家渴记》尾批："读袁家渴一记，只如一幅小山水，色色画到。其间写水，便觉水有声；写山，便觉山有色；写树，便觉枝干扶疏；写草，便见花叶摇曳。真是流水飞花，俱成文章者也。"

这几处尾批中，《序饮》被评为"一幅流觞曲水图"，《兴州江运记》被赞为"绘水绘声高手"，《袁家渴记》则是"一幅小山水，色色画到"，被孙琮推崇为"真是流水飞花，俱成文章者也"。这些批语均揭示了柳文能够再现一幅风景画，处处呈现出柳宗元高超的描摹技能。

孙琮认为柳文如画，但孙琮的"如画"与茅坤的"如画"略有不同。前面引茅坤评点《愚溪诗序》，尾批为"古来无此调，陡然创为之，指次如画"（《唐大家柳柳州文钞》卷五）。茅坤的"如画"是针对文章布局的评价，用以形容文中叙述翔实清晰、议论精当妥帖，这种画面感既是文中的格局、次第，亦是对作者的想象，评点者仿佛看见作者挥舞示意、神采飞扬的情状。孙琮的"如画"是针对景物、人物描写效果的评价，用以呈现景物的形与色、人物的外貌、行动以及内在情感。这种画面感是评点者对文中景物的想象与再现，亦即评点者经由文字摹画出作者眼中的景，是对景物与人物的真实、形象以及生动的赞叹，但茅坤的"如画"偏向文章结构，孙琮的"如画"偏向文章内容，经历了作者眼中的景—作者笔下的景—评点者构想的景三次转化。

### （五）重视柳文的情感因素

孙琮评点柳文不仅概述文意，详析文法，而且重视柳文的情感因素。如《上李夷简相公书》"宗元曩者齿少心锐"句旁批"以下方切自己发言，盘旋呜咽，备极情文"，以"情文"称赞柳文；再如《与李翰林建书》"譬如囚拘园土，……岂复能久为舒畅哉"句旁批"写情悲酸真至"；《陪永州崔使君游讌南池序》尾批"……其歆羡处，真写得想慕杀人；其自伤处，真写得憔悴杀人"，以"真"推崇柳文情感之至。再如《太府李卿外妇马淑志》尾批：

> 茅鹿门评：情深语咽。马淑，倡也。按铭法，此不当铭者。而柳子铭之。过矣。然文特佳。
>
> 流离窜逐中，得女郎为伴，此便是李睦州风雨知己。及移永州，李睦州故旧，日载酒相过，便是子厚辈风雨知己。为女郎作志铭，便写得如许多情，江州琵琶妇，有此艳丽否！妙在"方幸其若是"一句作结，真是无限感悼。

此文孙琮先引茅坤批语，后自评。对比两人批语，可发现茅坤虽然指出此文蕴含深厚的情感，但批语重心在文体的适用上，认为柳宗元给没有资格享用铭文的人作铭，是错误的。后面虽有"然文特佳"的转折，评价此文的文学价值，然而"此不当铭者"的批语，却抹杀了此文的存在基础。孙琮批语则专注于文中感情，将李睦州知己引作柳宗元知己，直言铭文"写得如许多情"。李睦州与柳宗元流落江湖是其不幸，而遇见马淑又是不幸之幸。对此，孙琮认为"'方幸其若是'一句作结，真是无限感悼"，批语重心仍旧在情感上。

我们看到，同样是对情感的分析，孙琮批语与茅坤批语确实有很大不同。孙琮对柳文的体认比茅坤更加细致具体，深入透彻。而孙琮之所以关注柳文情感，这和他的文学观不无关系。他认为情感是文学创作的基础，这一点，在他评析《祭崔简旅榇上都文》时有所论及：

> 滴自己泪，是文生于情，能滴崔简泪，是情生于文。文耶，情耶！文耶，泪耶！千古至文，不出于情，岂独死生之际！（《祭崔简旅榇上都文》尾批）

孙琮强调文章由情感而生发，又由文中情感而感动读者。文中情，情中文，文与情合而为一，是为至文。基于这样的文章评价标准，以及重视作者情感内涵的选评实践，在柳文评点接受上是有积极意义的。

孙琮评点本的出现，标志着柳文选评开始出现了某些转向。其一，评点趋于细化，无论是文意、文法还是感情，孙琮都很详细地评析。尤其是采取多种方式评析文意、以画法评析柳文，可以说，孙琮本的评点有着精细化的倾向。其二，评点严谨有序。明清以来士人对评点的印象，大多停留在直觉式体验式的妙悟，随意而为的批语，形式上零碎琐屑，内容上缺少内在逻辑。孙琮的批点却整齐如一，特别是尾批，起处概述文章主旨，随之将全文划分段落，或分为上下两幅，或分为上中下三幅。先简要地总结段意，再以评论者的姿态分析作品章法的奇妙之处。每篇均是如此，如果不是预先确定分析重点，很难呈现出如此统一的格式。总之，孙琮评点本的出现，无论对柳文评点，还是清代古文评点史都具有重大意义。

## 第二节　储欣《唐河东先生全集录》

储欣（1631—1706），字同人，号在陆，又称在陆先生，江苏宜兴人。康熙二十九年（1690）举人，翌年春闱失利，遂决意功名，以塾师终老。储欣以古文辞有名，著有《在陆草堂集》，与蒋景祁合撰《春秋指掌》，选评有《唐宋十大家全集录》《古文七种》（包括《国语选》《公羊选》《谷梁选》《国策选》《史记选》《汉文选》《唐宋八大家类选》）等书。其中，《唐宋十大家全集录》之"十家"是在茅坤所选"八大家"的基础上增加了唐代的李翱、孙樵两人。储欣选评的《唐河东先生全集录》有单行本（民国十四年，上海大通书局石印本），较为全面地体现了其对柳文的接受，另有《唐宋八大家类选》选评柳文二十五篇，与《唐河东先生全集录》的评点同中有异，本节即以《唐河东先生全集录》为主概述储欣对柳文的评点与接受。

## 一、《唐宋十大家全集录·唐河东先生全集录》概述

《唐宋十大家全集录》共五十一卷，成于清康熙四十四年（1705），今可见清康熙四十四年刻本与光绪八年（1882）江苏书局覆刻康熙本。该书据南开大学图书馆、山东大学图书馆、湖北省图书馆藏影印，收录于《四库全书存目丛书》，柳河东、孙可之、苏老泉三家集，配光绪八年江苏书局覆刻本。本文论述对象为柳文，以光绪八年江苏书局本为据进行分析。

此书首为储欣总序，其次为凡例二十则，再次为目录，题曰"唐宋大家全集录总目"，录十大家各类文体分布各卷情形。各大家卷一有储欣所撰小序，再次附有作者本传，唐人传记引自《新唐书》，宋人传记引自《宋史》。以柳文为例，先是储欣小序，总述对柳文评论以及选文标准，其次为刘禹锡原序，再次为《新唐书河东先生本传》，又次为《唐河东先生全集录》目次。其中，全集录目次依据刘禹锡所编柳集的顺序，将原书中的若干卷合为一卷，按文体编排，并注明其在原书中的卷数和篇目。如"河东先生全集录卷一"下有：唐雅歌（原第一卷）、赋（原第二卷）、论（原第三卷）、议辩（原第四卷）、碑（原第五卷）、碑（原第六卷），即将原书中的第一卷至第六卷合为一卷。

对于此书的编纂动机，储欣于《唐宋十大家全集录》的"总序"中反复提及："因也，非创也"，所谓"因"即因循茅坤的《唐宋八大家文钞》。然学问之途，先因后创，不破不立。储欣虽明言因循前人，却"因中有创"，最突出的表现就是由原来的八大家增为十大家。但他又为自己辩解，说此选本并非创举，而是"因"："至增入习之、隐之，似属创见，然大家有定数哉，可以八，即可以十矣。嗟乎，是亦因也。"（《唐宋十大家全集录》总序）在凡例中又举出李商隐、杜牧、王禹偁、穆修以及苏舜钦等唐宋文人，认为皆可与八家并列，但"不敢骤益，故以唐二家先之"（《唐宋十大家全集录·凡例》）。从总序与凡例可以看出，储欣虽然小心翼翼地维持唐宋八大家的称号，但在家数上还是有了变动。

我们将这种变动放在清代八大家选本的历程中，更可看出储欣选本的独树一帜。受茅坤《唐宋八大家文抄》的影响，清代唐宋八家成为一种风尚，这些文章随着评选者的屡屡中选，唐宋八家的经典意义亦渐渐稳固，难以撼动。在这样流行的风尚中，储欣的《唐宋十大家全集录》突破"八家"之限，敢于发出自己的呼声，因而值得我们关注。

在选评目的上，储欣的弟子吴振乾云："顾是书也，先生订定于晚年，卷帙颇繁，点次颇淡。观其序言，原为成学治古文者旁搜博览以开拓其心胸，而非

为初学治时文者设也。"①由此可见，《唐宋十大家全集录》的功能定位是"治古文"，读者定位是"初学"，其目的是为初学者提供一部开拓心胸的古文读本。因此增加选文的篇数与容量，且重视史传的依据。其于《凡例》云："余每读一家文集，必求之史传，旁及他书，下至稗乘所载，以想见其为人。" 吴振乾所谓的"旁搜博览"即将史传、野史俱采入书中。此举虽扩充了背景知识的范围，却容易鱼目混珠，有穿凿附会之嫌。除此之外，储欣为初学者能够"旁搜博览"，还设置了"备考"与"辑评"。《凡例》有云："辑评，尊前人也，然惟精当而妙于言语者始掇之，故寥寥无几。备考，便后人也，然必艰深者，始稍加注释，其易晓及彼此集中互见者概勿注。"辑评，是选录前人精当而精彩的批语；备考，是方便读者阅读而注释文中的人名、地名、典故等。辑评与备考的出现，一方面是为读者提供旁搜博览之用，另一方面体现了储欣的旁搜博览之功，同时也为清初的考证学风提供了例证。

在评点符号上，储欣在《凡例》中对圈、点、横、截等符号有明确的说明：

文字眉目处用ᗧ，精彩处用○，断截处用L，顿歇处用—，其卷帙次第悉遵原集，无所纷更。

除储欣列出的四种符号外，评点中还使用了"、"，提示文章的关键句与主旨句。圈的作用除标识精彩处，还用作句读。选本多有圈点，而能说明各种圈点符号意义的选本不常见。储欣在《凡例》中清楚说明符号用法，列出圈点运用的原则，虽然也有未在《凡例》中说明的符号，但对于读者理解选家观点很有帮助。

储欣圈点精细，条理清晰，在批注上也有多种呈现方式，有眉批、旁批、夹批以及尾批。眉批在各篇文字中分布最多。眉批涉及概述文意、阐明章法，偶有考注。如《献平淮夷雅表》开篇眉批："首章美天子也。二章三章四章美天子能任度也。'既涉於浐'以下皆美度之辞。"旁批是揭示并评价立意、章法、句法以及字法的使用情况。如《柳州文宣王新修庙碑》"仲尼之道与王化远尔"句旁批"何等起"，赞赏文章起处，批语简单而明确。夹批较少使用，且功能单一，用来解释字词意思与注音难字，并注出四声。如《贞符》"人乃谬然休然"之"谬"字下，夹批"音聊"；"帝庸威栗，惟人之为"之"为"字下，夹批"去声"。尾批由三个部分组成。其一是备考，考证文章中的人名、地名、典故、字音以及字意。多数选评家处理注释的方式往往是随文注解，如孙琼《山晓阁选唐大家柳柳州全集》、吕葆中《精选八家古文》和陈兆仑《陈太仆批选柳文》都

① 〔清〕吴振乾. 唐宋八大家类选序[A]. 唐宋八大家类选[M]. 光绪二十八年（1902）瀚文堂刻本.

是这样。储欣则单独列出"备考",很少在文中注解,呈现出评点与注释分离的现象。这种处理方式使批评成为主体,或许储欣希望读者在阅读时,能够避免旁批或夹批造成的杂乱,更集中注意评点。其二是辑评,主要引用前人评述。值得注意的是,储欣辑评不限于前人的选本评点,其包含了史传、文集以及文话等文本的评论,来源较为丰富,展现出宽阔的学术视野。其三是己评,总评文章技巧或风格,追溯文章渊源,总结文章主旨,记录读后心得。尾批中这三种批语的使用与否,储欣审视文章的需要而定,因此,并非每篇文章都有这三种批语。

## 二、选评特点

### (一)选本兼备各种文体,以记、书、表以及启为主

储欣选评《柳文》六卷,附《外集》一卷,《唐宋十大家全集录》总目中每卷篇目按原集编排,卷一选录唐雅歌三首、赋六首、论六首、议六首、碑十三首,卷二选录行状四首、表启碣诔五首、志七首、志碣诔七首、表志三首、墓志四首,卷三选录对三首、问答三首、说九首、传五首、骚七首、吊赞箴戒五首、铭杂题六首、题序二首、序三首,卷四选录序别六首、序九首、序隐遁道儒释八首、记三十首,卷五选录书三十一首,卷六选录启十二首、表十五首、奏状八首、祭文二十首,外集选录墓志表五首,共计二百四十七篇。[①]柳宗元的名文《梦归赋》《封建论》《三戒》《晋问》《送濬序》《为裴中丞贺克东平赦表》已经基本上在选本中出现了。此书不仅在数量上、规模上大大超越了前人,而且在选编标准上也反映出储欣对柳文的独特看法。这体现在以下三点。

首先,综合了前人的编选特点,兼备各种文体。储欣选文既多收记、书、表启,又兼顾唐雅歌、吊、赞、箴、戒、对、问答、奏状,可谓兼具茅坤、孙琮本的特点。这既是对前代选家选评柳文的一次大总结,也是储欣本人对柳文的看法使然。在储欣看来,柳宗元各体兼善。其于《唐宋十大家全集录》总序云:"因急求河东全集,读之,其雅诗、骚文于古无上,而《文钞》不载,所载各体甚寥寥。吁!何其疏也!"明代茅坤选编柳文,已经关注到书、记、序以及表等文体了,且篇目总数高达一百三十一篇。储欣仍然觉得茅坤选编有所疏漏,可见储氏选编柳文求全之心切。再者,从储欣将选本命名为《河东先生全集录》来看,其中"全集"二字也体现这一特点。当然,"全集"并不是包括柳宗元全

---

①《唐宋十大家全集录》总目与《河东先生集》目录在篇目数量上略有差别。如总目卷一碑,共计十三首,而《河东先生集》目录卷一碑,共计六首。

部作品，重点选录还是文集。对此，储欣于《唐铙歌鼓吹曲十二篇并序》尾批解释为："此亦制作之大者，其曲汉朴唐文，而余录大家别有诗集，故止登其序。"虽不录诗歌，但对表、碑以及奏状等文体的选录已大大超出历来柳文选本的范围，并论述到柳文相对冷门的文体，甚为难得。

其次，储欣以柳文创作地点作为选录标准。柳宗元少时居于长安，至永贞元年（805）十一月，柳宗元被贬永州。元和十年（815），柳宗元由永州至京师，遂又被贬柳州。元和十四年（819），柳宗元卒于柳州任。储欣亦以柳宗元在这三个地方的创作作为选录标准，其于《河东先生集》序云"余录其在京师时所作，十不及一焉。谪永后录七八及刺柳篇篇登载，无一漏者"，选录篇数以柳州所作文章为最，以永州为次，以长安为最次。对此，储欣在评点中有所解释：

《故试大理评事裴君墓志》尾批："简法。读铭辞，知公锦心绣口，自与《三百篇》诗人合，岂仿效而得者？大抵公柳州后志铭，篇篇可讽于口，绎于心矣。"

《送邠宁独孤书记赴辟命序》尾批："……先生诸体，惟序逊韩，而永、柳以前，草率应酬滋甚，余力汰之。此序当属先生着意之构。"

以志铭文体而言，储欣认为柳州所作"篇篇可讽于口，绎于心矣"，并将铭辞与《诗经》相提并论，这个评价是很高的，故篇篇登载。以序体而言，永州、柳州以前的文章，皆应酬之作，故选篇择优而录。

最后，以文体而言，储欣于骚体文推崇《哀溺》《招海贾》。他认为柳宗元骚体文继承了诗经的讽喻风格，"其可录者最多，而《哀溺》《招海贾》其卓卓尤著者"（《哀溺》尾批）；于叙事文独推《段太尉逸事状》，他认为"柳记事文，段状第一。昌黎谓巧匠旁观，固当服膺此等矣。或以此状拟韩《张中丞传后篇》，余谓彼是议论叙事参错见奇，此但叙事，不入议论一句，为尤难也"（《段太尉逸事状》尾批）；对于箴这一文体，储欣选录了《诫惧箴》《忧箴》《师友箴》《敌戒》以及《三戒》五篇，而以《敌戒》为箴体第一。其于《敌戒》尾批"诸箴此为第一。出则无敌国外患，孟子忧之矣。始皇灭晋，足洗穆公三败之耻，然秦不亡于穆而亡于始皇，可鉴也"，先引孟子语作为论证，后以秦国由强大到迅速灭亡的史实为例，阐明了"敌存灭祸"的道理，文中寓有教戒，因而推为第一。

值得注意的是，储欣对于柳文的名篇《箕子碑》却不以为然。《箕子碑》尾批"末段亦书生事后揣测之谈，当日不顾行遁，何暇计及？文亦方板，未入作家"，"末段"即柳宗元正面阐述箕子之德后，又推测箕子宁肯为囚而不死不走的原因，进一步彰显箕子的品德。谢枋得编选《文章轨范》收录《箕子碑》时，删除其余文字，专门节选此段，认为足以见出柳文佳处。而储欣认为此段为揣测之谈，不合情理，且文章呆板，章法缺少变化。从批语可以看出谢枋得看重文中的道理，储欣则既看重文中的道理，又重视文章的写法。两者对比，储欣的看法虽有些标新立异，却又有其合理性。

（二）认为柳文"辩而正"

在储欣看来，柳文具有"辩而正"的特点。所谓"辩而正"，即柳文论点合于道理，并能辩明是非。储欣于《时令论》上篇尾批"言辩而正"，又于文中"然而圣人之道，不穷异以为神，不引天以为高，利于人，备于事，如斯而已矣"句眉批"笃论"，认为柳文阐明圣人之道切实、确凿。《封建论》"时则有叛人，而无叛吏"句旁批"铁案"，"然而公天下之端自秦始"句眉批"开天下不敢开之口"。储欣称之为"铁案"，自然是"辩而正"，断无翻案的可能；称之为"开天下不敢开之口"，尤见柳文观点新颖卓越。再如《断刑论》下篇，储欣于"果以为仁必知经，智必知权，是又未尽于经权之道也"句眉批："论经权甚有意思，莫谓宋以前无人识个'权'字也。"此处"经"字即是常规、原则的意思，"权"字为权宜、变化的意思，柳文用来阐明做事既要遵守原则又要融会变通。储欣对此大加赞赏，在文中摘句眉批"有意思"，又尾批"创论。读此可以破拘牵附会，亦所谓辩而正者"。再如《送僧浩初序》"果不信道而斥焉以夷，则将友恶来、盗跖，而贱季札、由余乎！非所谓去名求实者矣"句，储欣于句旁施加圈，并眉批"雄辩"；"若是，虽吾亦不乐也。退之忿其外而遗其中，是知石而不知韫玉也"句眉批"亦辩"，并于此文尾批"柳长于辩，一带辩击，即剑拔弩张，锋不可犯"，指出柳宗元擅长论辩的特点。

储欣肯定柳文的"辩而正"，但也不是一味赞赏柳文，对柳文提出的"天人相分"相当不满。《河东先生全集录·序》云："惟绝天人之通，至谓苍苍者何与吾事，则于理不合。然他文不合者少，多大圭可以纤瑕掩哉。"其中"苍苍者何与吾事"即出自柳文《断刑论》下篇，柳宗元认为过分夸大天与人相合的一面，而忽视天与人相分的一面是不正确的，从而提出"天人相分"说。储欣则认为此说不合乎常理，断绝了天与人之间的关系。储欣又于《贞符并序》："好怪之徒。……莽述承效，卒奋弩逆"句眉批"贞祥妖孽，自古记之。斩蛇聚星，岂是莫须有，但夸张矜尚必致矫诬。大如莽述，未必非白帝赤帝之祥，实生厉阶也。此文削去有见"，此处眉批更可以看出储欣对"天人相分"的不满，认为上天呈现的各种现象，均与人世的吉祥或灾祸相关，认为"贞祥妖孽""斩蛇聚星"皆为实事。从此眉批可以看出储欣与柳宗元有着不同的思想观念，因而在认识上产生了分歧。

### （三）关注文题与文意的联系

文题与文意有着密切的关系。常说"眼睛是心灵的窗户"，文章的题目如文意的眼睛，有着透视、传神的妙用。题目生动形象，一眼看去就能抓住文意，折射出文章的精神。因此写作者相当重视"认题立意"，甚至可以说，一般写作者，对于"意"的认识，是集中在"认题立意"的"意"上，写作时需要辨析题目含义，并由此构思全文的框架结构及语言表达。储欣评点柳文即关注到柳文文题与文意的联系。

储欣于《宥蝮蛇文》尾批"先生骚文，命题便妙。曰'骂'、曰'斩'、曰'宥'、曰'憎'、曰'逐'，皆为贼贤害能之小人发也。……读是文，觉与其受宥，无宁受骂、受逐、受憎，犹为愈乎尔"，储欣特意指出柳宗元骚体文命题的巧妙，极具匠心。其中'骂'指《骂尸虫文》、'斩'指《斩曲几文》、'宥'指《宥蝮蛇文》、'憎'指《憎王孙文》、'逐'指《逐毕方文》。这些骚体文以蕴含强烈情绪的字眼为题，或正意反说，或借题发挥，都能使文章深富讽喻，给人一种新颖的感受。储氏又分析了《宥蝮蛇文》的命题，认为题目中的"宥"字下得极好。"宥"字表面上是宽恕、赦免，实际上"宥"字中带有更多的鄙夷、怨愤，有着反讽的意味。也就是说，柳宗元对骚体文的命题，既带有极强的渲染力，又深化了讽喻的主题。

再如《解祟赋并序》"九泉焦枯而四海渗涸兮，……倒扶桑落棠膠辖而相叉"句，储欣于句旁施加圈，并眉批："有疑此段为诞者，余曰渠不作诞语，只是字字着题。"柳文此句借九泉、四海、风雷、回禄、邓林、扶桑之态描写火势之浓烈，极尽夸张想象之能，因此有人怀疑此段荒诞不经，而在储欣看来，此段恰恰与文题之"祟"对应，字字解题。《哀溺文并序》"大者死大兮，小者死小"句，储欣于句旁施加空心点，并旁批"抱题"，指出此句正是回抱题目。至如《始得西山宴游记》，储欣更是关注到文题与文意的紧密联系：

> 曰"始得"，志喜也，一篇呼吸在此二字。然宴游之乐，与得此而宴游为可乐，尤在能传西山怪特之真。后人虚摸其挑剔，而实景莫能图，即西山不应流闻至今日矣。（储欣《河东先生全集录》卷四）

> 前后将"始得"二字极力翻剔，盖不尔则为"西山宴游"五字题也。可见作文凡题中虚处，必不可轻易放过。其笔力矫拔，故是河东本来能事。（储欣《唐宋八大家类选》卷三）

储欣于此篇格外关注文题的意义，认为题目"始得"二字为一篇呼吸之处，起着连贯全文、疏通文气的作用，并于《唐宋八大家类选》再次以虚实评点"始得"，虽为文章虚处，却承担着传神的重任。若不重视"始得"二字，则有失题的危险。

### （四）以画法评点柳文，赞赏柳文为"化工"

清代孙琮用画法评点柳文，赞赏柳文如画。储欣亦用画法评点柳文，与孙琮不同的是，储欣赞赏柳文为"化工"。首先是储欣用画法评点柳文。储欣于《起废答》"于是众牵驹上燥土大庇下……抗首出臆，震奋遨嬉"句眉批"摹写是其长技"；《宥蝮蛇文》"不逞其凶，若病乎己"句，储欣于句旁施加圈，并眉批"李吉甫诸人心事实亦难解，被'若病乎己'四字活活画出"；《贺进士王参元失火书》"道远言略，犹未能究知其状，若果荡焉泯焉。而悉无有，乃吾所以尤贺者也"句，储欣于句旁施加圈，并眉批"添毫"；至如《唐故邕管经略招讨等使朝散大夫持节都督邕州诸军事守邕州刺史兼御史中丞赐紫金鱼袋李公墓志铭并序》尾批"名贵之至，就其人一节两节出数语，摹画着笔不多，精神百倍，真尤物也。……"此处认为柳文摹画着笔达到了"尤物"的程度。以"尤物"比拟文中人物，尤见柳文对人物的摹画形神兼备。这也说明了柳宗元的文学创作具有精于描写的特点，善于捕捉事物不同的特质进行描绘，并加以丰富、合理的想象，故能淋漓尽致地描绘出种种形象，笔下的景物如画，人物生动，形象鲜明，情致毕现。

其次，储欣赞赏柳文为"化工"。孙琮赞赏柳文"如画"，是称赞柳文再现自然景物，储欣则不以"再现"的角度评价，而是提出"化工"说。"化工"这个概念，明代李贽曾用来评判剧本的高下：《拜月》《西厢》，化工也；《琵琶》，画工也。"[1]其中，"化工"本意为自然造化，用来评文论画，指为天巧，妙造自然。储欣亦用此意评价柳文。如《永州万石亭记》尾批"状物之精，化工在手"，"状物"是指文中对景物的描绘，"精"字体现出描绘的精妙，而这种精妙在储欣看来正是作者具备了"化工"的能力。这种评价更为强烈地体现在《钴鉧潭西小丘记》一文，储欣于"其嵚然相累而下者，若牛马之饮于溪；其冲然角列而上者，若熊罴之登于山"句旁施加圈，并眉批"化工、化工"，此处"化工"是对柳宗元描写钴鉧潭西小丘之石的评价，储欣认为将静态的石头化为动态，并有生动形象的比喻，称得上是"化工"。

这种对"化工"的认知，更体现在储欣将柳文之景与自然之景融为一体。储欣于《零陵三亭记》"清风翠烟，及鱼鸟之沉浮啸萃，余每游吴下名园，而诵

① 〔明〕李贽著，张建业主编. 焚书[A]，李贽文集[M]. 第一卷，北京：社会科学文献出版社，2000：90.

之此等语句，真天造地设，非人力也"；《袁家渴记》尾批"或谓似赋，由熟精《文选》而得之，余曰非也。赋家多浮夸，先生诸记，一一天地真景"；《游黄溪记》"其略若剖大瓮，侧立千尺，溪水积焉。黛蓄膏停，来若白虹，沈沈无声，有鱼数百尾，方来会石下"句眉批"吾邑有潭曰玉女者似之"。以上三处引文，储欣先肯定柳文造语巧妙，非人力所为，再以柳文描绘的景物为天地间真实的存在，储欣以自身经历加以证明，举出家乡的玉女潭例证柳文是如何达到"化工"的，文中景物与自然景物合二为一，分不清是文中景还是自然景，亦即"先生诸记，一一天地真景"。在储欣看来，柳宗元对景物的描写，既是理解，更是创造，以至于能从"摹画"自然，达到与自然造化同等的"化工"境界。

储欣的"化工"既强调了柳文对自然的理解、摹画、仿照，更突出了创造的特质，达到自然造化的境界。以储欣与孙琮对比，更可看出储欣将柳文由"如画"转变为"化工"的价值，即可使评点者跳出作品的樊笼，引发对现实世界的关注。

### （五）以柳文评柳文

储欣评点柳文的另一特点是以柳文评柳文。首先在评语中大量摘录柳文，对柳文作出自己的解释。如《辩文子》尾批："子厚自谓'贬官无事，读百家书，驰骋上下，乃少得知文章利病'。今《辨列子》诸篇皆是也。其于文也，若明镜之于妍媸，莫有遁者。""贬官无事，读百家书，驰骋上下，乃少得知文章利病"语出柳文《与杨京兆凭书》，讲述柳宗元学文的经历，并未明言文章利病为何。储欣于《辩文子》将"文章利病"之"文章"落实为《辩列子》《辩文子》《辩鬼谷子》及《论语辩》二篇等考据文，将"利病"落实为文之虚实真伪，犹如明镜照物，妍媸俱显。再如《永州龙兴寺东丘记》，柳宗元概述游览为"旷如，奥如"，储欣于此文尾批亦引用此语，并推崇为："旷如奥如，至今犹奉为品题名胜之祖，此事不得不让柳先生。"储欣又于《始得西山宴游记》"凡数州之土壤皆在衽席之下"句施加圈，眉批为"旷如也"，再次引用"旷如"评价柳文。

储欣以柳文评柳文，影响最大的当是以"漱涤万物，牢笼百态"评价柳文风貌。储欣于《愚溪诗序》尾批："序次固先生擅场，后议论操纵并人妙。'漱涤万物，牢笼百态'，足以蔽先生之文，非此篇已也。然即此可想见大都。""漱涤万物，牢笼百态"，柳文原意是说自己的文章如同用水洗掉万物的灰尘一样，逼真地描绘出它们的千姿百态，储欣既用来评价《愚溪诗序》，又推而论及柳文其他篇章。如《邕州柳中丞作马退山茅亭记》尾批"漱涤牢笼，文情弥至"，将"漱涤万物，牢笼百态"精简为"漱涤牢笼"，此批语又见于《唐宋八大家类选·邕州柳中丞作马退山茅亭记》，可见储欣对此语的重视，认为足以概述柳文整体风貌。

储欣对柳文的评价得到了清末刘熙载的回应。刘熙载在《艺概·文概》用此语评价柳文，认为"柳州记山水、状人物、论文章，无不形容尽致，其自命为牢笼百态，固宜"，又"柳子厚……《愚溪诗序》云：'漱涤万物，牢笼百态'此等语，皆若自喻文境"①，储欣此语不仅仅是刘熙载有所回应，即使在当代，柳文的评论者亦认同储欣的评价，在论述柳文时大量使用这一批语。如周振甫《柳宗元文论》："柳宗元的散文，最为人称道的是山水游记。他的山水游记，正像上文指出的：'漱涤万物，牢笼百态''清莹秀澈，锵鸣金石'。"②吴小林《柳宗元散文艺术》："柳宗元游记的一个突出特点是，能够生动传神地描写出自然界千幻万状的景物，用他自己的话说就是'漱涤万物，牢笼百态'，'模状物态，搜伺隐隙'。"③艾三军、刘继源《永州八愚辩》专门列出一节"《愚溪诗序》是否体现'漱涤万物，牢笼百态'创作方法"来谈论这个评价：

> 漱涤万物，牢笼百态的创作方法，决不局限山水游记，也适用于社会现象及人物的描写，……柳子动用"漱涤万物，牢笼百态"的创作方法于传记、寓言等文学形式创作了一大批脍炙人口的佳作，倡导古文运动的发展。④

两人肯定"漱涤万物，牢笼百态"为柳宗元的创作方法，并由山水游记推论至传记、寓言等文体，充分显示出对储欣评语的认同。

对于储欣以柳文评柳文的评价，可用储欣自己评点柳文的批语作为总结。其于《读韩愈所著毛颖传后题》"世之模拟窜窃，取青媲白，肥皮厚肉，柔筋脆骨，而以为辞者之读之也，其大笑固宜"句旁批"此所谓怪，非彼所谓怪也。即用彼矛。所谓夺稍难于避稍"。如果原文为"稍"的话，那么选家的批语即"夺稍"，而"夺稍"则是以其人之道还治其人之身，难度远高于"避稍"。储欣以柳文评柳文则是知难而后进，且评价精准，实属难得。

## （六）批驳前人，独抒己见

在评点过程中，有一个无法回避的问题，即作为后来者如何处理前人的评点观点或评点方法，特别是当评点者面对同一作品时，这个问题尤为突出。对于缺少独立思考的后来者来说，前人的评述犹如将一层一层的围墙，将其困于

① 〔清〕刘熙载著，袁津琥校注.艺概注稿[M].北京：中华书局，2009：116.
② 周振甫.柳宗元的文论[A].唐代文学研究论著集成[M].第六卷 西安：三秦出版社，2004：196.
③ 吴小林.柳宗元散文艺术[M].太原：山西人民出版社，1989：115.
④ 艾三军，刘继源.永州八愚辩[A].柳宗元研究文集[M].南宁：广西人民出版社，2005：386—387.

批评的迷宫，找不到文字的门径，看不到阐释的新天空；对于能够独立思考的后来者来说，则如一层一层的阶梯，引导其进一步阐释作品，在接纳吸收前人的评述后，能够有自己创造性的解读，从而提升评述的高度与广度。储欣面对前人评述时，有吸收，更有着独立的思考与创见。

在柳文文法上，储欣批驳前人评述，提出自己的看法。如《桐叶封弟辩》"谢叠山先生云七节转换，余按此文大略三节、一结尾耳"，谢叠山即谢枋得，曾于《文章轨范》选评《桐叶封弟辩》，将此文分为七节。储欣对此提出不同看法，认为此文分为三节、一结尾。两者对比，谢枋得是从句意上划分，评点较为细致；储欣是从论证方式上划分，着重于文体特征。再如柳宗元的游记名篇《至小丘西小石潭记》，其中有描写潭中游鱼的句子"潭中鱼可百许头，皆若空游无所依。日光下澈，影布石上，怡然不动。俶尔远逝，往来翕忽"，储欣于此句施加圈，并眉批为"杨升庵谓'空游'句本《水经注》。余以为此段文字直压倒郦道元"。杨升庵即杨慎，明代三大才子之一，他认为柳文是对《水经注》的模仿照搬。而储欣认为此处文字描写高于《水经注》。

在柳文渊源上，储欣不避讳柳文对《史记》的借鉴，但又突出柳文对《史记》的超越。如《辩列子》"是岁周安王三年，秦惠王、韩烈侯、赵武侯二年，魏文侯二十七年，燕厘公五年，齐康公七年，宋悼公六年，鲁穆公十年"句旁批"《史记》法"；《故岭南盐铁院李侍御墓志》尾批"首书特恩，甚庄重。佐税亦常员耳，推本天子诛伐四出，踔厉发皇，以张大其阀，尤得司马子长之髓"；《永某氏之鼠》尾批"状物俱史笔"；《故秘书郎姜君墓志》"好游嗜音，以生富贵，畜妓，能传宫中声，贤豪大夫多与连欢"句旁批"妙写"，并于此文尾批"前只纪实，'好游嗜音'以下，传其神矣。摹画之妙，何渠不若太史公！"储欣从句法、章法以及人物摹写上揭示柳文对《史记》的借鉴，将柳文与《史记》相提并论，这种做法本身即对柳文的经典化。在储欣看来，柳文并没有止于摹仿，而是在吸收的基础上有所创新。如《唐故万年令裴府君墓碣》尾批"'始公以唯诺'下，子厚只要写出活封叔与万世人看，何尝仿司马子长来"；《先侍御史府君神道表》尾批"用先世著作为经以缀属，显晦升降事迹为纬，其气象若庙朝之上，鹓班鹭序，肃肃雝雝，太史公《自序》后，独辟蹊径"，这种独辟蹊径正是储欣眼中的创新。

再如《寄许京兆孟容》一文，历来评家都认为出自《报任安书》，但储欣于此文尾批："人人道此书拟司马氏，吾则曰哀如屈原。"前人多探讨柳文的渊源，认为柳文是对《报任安书》的仿写，而储欣却抓住文章情感之"哀"，与屈原相比，并于《唐宋八大家类选》中具体阐释为：

子长以无罪被刑，故言之慷慨而激烈，其辞愤。子厚以有罪见谪，故反复怨艾，其词哀。然人之罹于罪，而自引咎者罕矣。此子厚所以为贤也。胸中百端，一一写出。无论八家中无此调，即秦汉间穷愁文字，亦少此切真，固属创获。

储欣将柳宗元与司马迁的遭遇相比较，分析柳文"哀"的原因，认为柳文情感真切，且这种表达方式属于柳宗元的独创。这种对前人批语的质疑与否定更显示出储欣评点的特殊性。其实，储欣强调评点的自主、独立，某种程度上也是在塑造一种解读的权威，对自己批语的高度肯定。

储欣的独抒己见还表现在批语中浓郁的个人情感。首先是批语常用"余"字凸显自我。如《与吕恭论墓中石书书》"若今所谓律诗者，晋时盖未尝为此声"眉批"余读汉书所载李少卿歌，因疑苏李五言诗非二人作，亦以其时之声测之"；《答韦中立论师道书》"然雪与日岂有过哉？顾吠者犬耳。度今天下不吠者几人，而谁敢衒怪于群目，以召闹取怒乎"句眉批"'然'字转，后人以薄讥之。余谓数语直可节。盖上意已足，即不自标白亦无不可"，均以"余"字强调自我的阅读体验。再如《梦归赋》尾批"子厚此时直欲随寓而安，而勿詹詹故土之为慕，进一解矣。余每读之，未尝不掩卷三叹"，储欣说自己阅读柳文时不禁掩卷三叹，此叹息与孙琮批语亦曾出现。孙琮于《与许京兆孟容书》"立身一败，万事瓦裂，身残家破，为世大僇"旁批"一唱三叹，绝似李陵答苏武书情景"[1]。两人批语均有"三叹"，且古文评点中亦频繁出现"可诵""一唱三叹"，用来显示文章经得起一再品味，不是看过即丢，而是对文章作品价值的肯定。孙琮的"三叹"即赞赏柳文的价值，而储欣的"三叹"却针对自身的感悟而言，是自我阅读的体验。由此亦可看出储欣评点更倾向于个人情感的表达。

其次，储欣批语融入自己的科场经历。科举是储欣一生的痛楚，因此柳文提及科场风气、考试制度等科举活动时，储欣往往将自己的经验写入评点中。如《送韦七下第求益友序》尾批："唐通榜取人，故柳州有先声后实之说，而昌黎诸序，亦时时及之。若糊名易书，犹隳之以此，可乎？关节得售，丑类桑中，又一发觉，则身家粉碎，固稍知廉耻、稍识利害者所不为。而有司之读不能十一，即偃仰疲耗者，今犹古也，不禁废书而叹"；《送娄图南秀才游淮南将入道序》"今夫取科者，交贵势，倚亲戚，……有不诺者，以气排之，吾无有也"句眉批"名场风弊，吾少时怪且羞之，亦少见耳"，又于"不则多筋力，善造请，……偷一旦之容以售其伎，吾无有也"句眉批"此方尤百试百效"。以上三处引文，储欣或是对考官阅卷制度提出异议，或是以"名场"嘲笑科举，或是辛辣地讽

①〔清〕孙琮. 山晓阁选唐大家柳柳州全集[M]. 民国四年（1915）广益书局石印本.

刺投机取巧者，无不带有自身经历的投射。储欣在评点时融入自己的生活经验，有利于拉近作品与当代生活的距离，批评产生及时性、专属性，也凸显出评点者的特殊之处。同时，我们也应看到，储欣批语中浓郁的个人情感，一方面是评点细致深化的结果，成为储欣个性化批评的亮点；另一方面这种历史感受与见解，让柳文不仅仅是工具性的媒介，也成为评选者的发声渠道，使柳文评点呈现出更为私人化的可能。

储欣的《唐河东先生全集录》刊刻后，乾隆以其为蓝本编写《唐宋文醇》的柳文部分，何焯《义门读书记·柳河东集》对柳文以长安、永州、柳州分期以及对表文体的赞赏，明显受到储欣的影响。沈德潜《唐宋八大家读本》在序中明言储欣对其影响，评点中多处引用储欣批语。王应鲸《古文八大家公暇录·柳文》集评储欣批语，李元春《唐宋八家文选》抄录储欣批语，吴炜《唐宋八家精选层级集读本》更是在储评基础上增评而成。可以看出，储欣的《唐柳河东先生全集录》作为一部柳文评点本，堪称清代柳文评选的典范，影响极其深远。

## 第三节　刘禧延《柳文独契》

刘禧延，字辰孙，又字懋阶，江苏吴县人，生卒年不详。《（同治）苏州府志》卷八十四言其"以诗名时，兼工山水，略涉金石，而精于音韵之学"[1]。其题跋、杂著以及《中州切音谱赘论》由友人统编为《刘氏遗著》。除选评《柳文独契》外，还评点过《适园诗集》等书。[2]

《柳文独契》不分卷，稿本，一册，今藏于上海图书馆。此书封面有墨笔题签"刘先生手录柳子厚文丹涯开第题醰"，封面下方有"上海图书馆藏"朱文长印、"虞生手校"朱文方印。封面与正文之扉页另有"曾藏王氏吹彻玉笙楼"朱文印，无目录、凡例。正文首页右上题"柳文独契"，下有"刘禧延读""焦尾溪""梧泉书屋"以及"景郑藏本"等朱文印。每半页九行，行字二十。此书所录柳文为墨笔，评语及圈点为朱笔。正文后有刘禧延手题"丁亥正月选录，凡五十二篇。木庵"。题识下方有"半偈居士"朱文印。

书后有志两篇，一篇为丹涯开第墨笔题写：

此乡先辈刘翠峰先生手录《河东集》，戊戌弗诞日，从玉笙楼书库获观，书此以志眼福。

①〔清〕冯桂芬.《（同治）苏州府志》卷八十四，清光绪九年刊本.
②〔清〕袁景澜.《适园诗集》五十二卷，稿本二十四册，现藏香港中文大学图书馆.

另一篇为王大纶朱笔题写：

翠峰先生为元甫姨丈尊人，宏览博物，善为文章，尤精音韵之学，乱后归道山，遗书零落。其执友雷石可、潘香禅诸老，辑其残墨，得碎金两种。潘文勤为刊入《滂熹斋丛书》中。石可丈手录其诗稿四卷，存纶处，今已付梓，未毕工。莫君精生，又以先生自写所著词十八阕见示。如获拱璧，拟并刻之。此卷亦莫君所示，盖知先生之文之工，其本原有自也。敬跋数语归之，以志一附文字缘云。戊戌夏四月，姻家子王大纶。

据丹涯开第、王大纶志中称刘禧延为"翠峰先生"，可知"翠峰"为其别号或字。王大纶又提到"其执友雷石可、潘香禅诸老"，雷石可，名凌，号螽隐老人，曾搜集刘禧延遗著，由潘文勤收入《滂熹斋丛书》。潘文勤（1830—1890年），名祖荫，文勤为其谥号，与刘禧延同为江苏吴县人。据潘文勤生卒年，可知刘禧延所书"丁亥正月选录"，应为光绪十三年（1887）正月，即《柳文独契》成书之年。

刘禧延选录柳文篇目依次为：《瓶赋》《牛赋》《解祟赋并序》《囚山赋》《箕子碑》《曹溪第六祖赐谥大鉴禅师碑》《南岳弥陀和尚碑》《岳州圣安寺无姓和尚碑》《段太尉逸事状》《故襄阳丞赵君墓志》《志从父弟宗直殡》《天说》《羆说》《童区寄传》《蝜蝂传》《乞巧文》《骂尸虫文》《斩曲几文》《宥蝮蛇文》《东海若》《读韩愈毛颖传》《送濬序》《陪永州崔使君游宴南池序》《愚溪诗序》《序饮》《送方及师序》《送僧浩初序》《潭州东池戴氏堂记》《桂州訾家州亭记》《永州新堂记》《永州龙兴寺东丘记》《永州法华寺新作西亭记》《永州龙兴寺西轩记》《永州龙兴寺修净土院记》《游黄溪记》《始得西山宴游记》《钴𬭁潭记》《钴𬭁潭西小丘记》《至小丘西小石潭记》《袁家渴记》《石渠记》《石涧记》《小石城山记》《柳州东亭记》《与萧翰林俛书》《与李翰林建书》《答韦中立论师道书》《答吴秀才谢示新文书》《上上下李夷简相公书》《祭吕衡州温文》《筝郭师墓志》《赵秀才群墓志》，共计五十二篇，与书末所题篇数一致。

从上述篇目可以看出，刘禧延选编依照柳集卷次排列，且兼选柳文外集篇目。其选编柳文篇目多历经时代的考验，一再被选家青睐，具有典范文章的意义。如《囚山赋》在宋代就被晁补之选入《变骚》，成为骚体文的典范；再如《段太尉逸事状》，以选材得当、笔墨如生成为柳州的代表作。更不用说柳州的游记文了，从明代茅坤《唐宋八大家文钞》开始大量选入，其后被姚靖《唐宋八大家偶辑》、孙琮《山晓阁评点柳柳州全集》、储欣《唐大家柳柳州全集录》、汪份

《唐宋八大家分体读本》、沈德潜《唐宋八大家读本》等多次选录。刘禧延此书亦多选录柳文序记，多达二十三篇，且于《游黄溪记》眉批："此下十篇，皆画工也。以文为画，千古无两"，将柳文游记推向了"千古无两"的高度，既是个人化的或理想化的选篇，亦是对前人经典标准的继承。值得提出的是刘禧延对柳文中阐释佛教禅宗篇目的关注。如《曹溪第六祖赐谥大鉴禅师碑》《南岳弥陀和尚碑》《岳州圣安寺无姓和尚碑》《东海若》《送方及师序》《送僧浩初序》以及《永州龙兴寺修净土院记》七篇均与禅宗相关，其中《永州龙兴寺修净土院记》，柳宗元于此篇记述修净土院的缘由与经过，还说到自己在院墙上亲笔书写了《天台十疑论》，以供人参阅悟透净土宗的教义；再如《送僧浩初序》中，柳宗元认为佛家之道与儒家之道相合，针对韩愈的辟佛进行反驳，成为柳文阐释佛教的名篇。刘禧延对这些篇目的关注，成为此书选篇的一大特色。

刘氏评点以圈点为主，如《袁家渴记》《石渠记》以及《石涧记》等篇全文仅用圈点，无批语。整体来看，全书批语形式比较单纯，仅有眉批，无旁批、夹批以及尾批，而且语言简洁，多是三言两语点出柳文文法、文风。相比批语而言，书中批点符号共有圈、点、截三种，其中点又分为实心点与空心点。综合全书批点的运用，简述如下：

（1）圈的作用较为单一，只用来标示句读。

（2）点号是全书使用最为普遍的符号，作用有些复杂。实心点既用作标示句读，又多提示文中的精彩语句。如《牛赋》，刘禧延点出"腾踏康庄，出入轻举。喜则齐鼻，怒则奋踯"之句，此句形象摹写出羸驴的飞扬跋扈，与任劳任怨的牛形成鲜明对比；空心点则多用来揭示文中的关键句，点明主旨的语句。如《囚山赋》中，刘禧延用空心点标示出"谁使吾山之囚吾兮滔滔"。此句文末点题，淋漓尽致地抒发了柳宗元内心的压抑与痛苦，确实是文中的关键句。

（3）截的作用是划分段落，刘禧延特别注意文意的转折处，常以转折作为划分段落的依据。如《牛赋》中，刘禧延于"由是观之，物无逾者"句下画截。此句上文概述牛的形貌、声音以及功用，以下转入对羸驴的描述，在此句分段，对文意转折的把握恰到好处。

刘禧延眼中的柳宗元深悟佛教大义，擅长读书，而且文章长于刻画。如《曹溪第六祖赐谥大鉴禅师碑》"始以性善，终以性善，不假耘锄，本其静矣"眉批："坡公谓此文笔力妙绝古今，予谓传曹溪心印亦古今无两。以'性善'二字语曹溪，何其简而尽也。"坡公即苏东坡，曾于《书柳子厚大鉴禅师碑后》云"柳子厚南迁，始究佛法，作曹溪、南岳诸碑，妙绝古今……颂述祖师者多矣，未有通亮简正如子厚者"（《苏轼文集》卷六十六《题跋》）。刘禧延认为苏轼的"妙绝古今"并非针对佛教教义，而是文章作法，从而提出用"性善"二字概述禅宗，言简意赅，足见柳宗元对禅宗学说的领会。再如《南岳弥陀和尚碑》"立中道而教之权，俾得以疾至。故示专念"句眉批"知专念之为权，知专念之权之，可以疾至，则真知佛矣"，《永州龙兴寺修净土院记》眉批"此文述而不作，不作却真谛处焉。不可仿也"，《东海若》眉批"从来谈净土法，未有如此喻之深切著明者。先生学佛本领合盘托出。罗池降神之说，吾不信也"，均肯定柳宗元精于佛教。其次是擅长读书，品鉴文章。柳宗元于《读韩愈所著毛颖传后题》中用"若捕龙蛇，搏虎豹，急与之角而力不敢暇"来形容自己的感受，又写道"世之模拟窜窃，取青媲白，肥皮厚肉，柔筋脆骨，而以为辞者之读之也，其大笑固宜"，抨击当时模仿剽窃只重形式而内容贫弱的浅薄文人。刘禧延于此句眉批："此非善读书者不晓。"再如《答吴秀才谢示新文书》："夫观文章，宜若悬衡然，增之铢两则俯，反是则仰，无可私者。……今观秀才所增益者，不啻铢两，吾固伏膺而俯矣。愈重，则吾俯滋甚"眉批："此语今人不信矣。即信亦不能知，仅可心领神会，不可告人。"最后，柳宗元描摹景物形象生动，善于刻画。对此，刘禧延于柳州游记文概述为"以文为画"，推崇到"千古无两"的地步。又于《宥蝮蛇文并序》"其颈蹙恶，其腹次且。褰鼻钩牙，穴出榛居"眉批"读之如见蝮蛇，毛骨悚然，此文之精华也"，推服柳文的摹绘本领，认为此文将蝮蛇描写得活灵活现，以至于读其文如见其形，令人毛骨悚然。

　　对于柳文文法、文风，刘禧延多有肯定。如《小石城山记》"是二者，余未信之"眉批为"引而不发，是为绝调"，赞赏柳文留不尽之意于言外的结束之法；《答韦中立论师道书》"抑之欲其奥，……固而存之欲其重"句眉批"'抑之''存之'二语尤微"，"本之《易》以求其动"句眉批"'动'字更微"，摘出字句，欣赏柳文的细致深微；或评析文风，《答韦中立论师道书》"参之《离骚》以致其幽，参之太史公以著其洁"句眉批"'幽''洁'二字，先生所独"，以"幽""洁"总括柳文文风；《志从父弟宗直殡》眉批"简健至此，得《左》之神"，指出此文语言简洁，风格雄健，有《左传》风神；或揭示文体变化处，如《赵秀才群墓志》通篇以韵语概述赵群的生平与返葬情形，刘禧延评为"以铭而序，此称创见"，赞赏柳文文体的创新。不过，刘禧延并不是一味赞赏柳文。如《送濒序》，此文是柳宗元送族人柳濒而作，序中回顾柳氏家族的盛衰变化，勉励柳濒为复兴柳氏而努力。刘禧延于"吾不见之也。其在道路幸　而过余者，独得濒"句眉批"濒弟乎？侄乎？尚少一句"，提出了自己的疑问——柳濒是柳宗元的族弟？侄子？随后指出应该交代柳溆的具体身份，明确柳宗元与柳溆之间的族属关系。

对于柳文渊源，刘禧延的评点主要表现为对骚体文的关注。柳宗元自言"参之《离骚》以致其幽"，说作文学习《离骚》深邃的情思和曲折婉转的表达方式。对此，宋代的严羽评价为"唐人惟柳子厚深得骚学"①，充分肯定柳宗元骚体文的艺术成就。刘禧延亦赞赏柳宗元对骚体文的继承，于《解祟赋并序》"胡赫炎薰燼之烈火兮，而生夫人之齿牙"句眉批："此真骚之苗裔。"再如《祭吕衡州温文》中，柳宗元采用《楚辞·卜居》篇的句式，以十四个反问曲折表达了对吕温的无限哀思。刘禧延于"止乎行乎，昧乎明乎？……将奋为神明以遂其义乎"此节眉批："此意亦出于骚，然不及昌黎《祭十二郎文》。"刘禧延认为柳文除在情感与句式上出自骚体外，在命题上亦有渊源。如《囚山赋》眉批："取题奇甚，亦仿骚也。"之前的选本评论很少关注柳文题目与骚体文的渊源，即如储欣曾于《宥蝮蛇文并序》尾批"先生骚文，命题便妙。曰骂、曰斩、曰宥、曰憎、曰逐，皆为贼贤害能之小人发也"（储欣《唐河东先生全集录》卷三），储欣虽关注到骚体文的命题，只是欣赏命题巧妙，而刘禧延则指出柳文命题仿照骚体文，是追溯柳文渊源，两者有本质区别。

刘禧延评点的另一特点是将柳文与韩文对比，认为两人势均力敌，不相上下。如《箕子碑》总评："严正简洁，委曲婉转，何必在韩之下？"再如《段太尉逸事状》总评为："此篇与昌黎《书张中丞传后》作法相似。"《乞巧文》总评为"世以此方《送穷文》，可谓工力半敌。虽使二公互自评之，当亦不能有所轩轾"，并于"泣拜欣受，初悲后怪，抱拙终身，以死谁惕"句眉批"结束亦与《送穷》一例"。其中"虽使二公互自评之，当亦不能有所轩轾"，尤见刘禧延对韩柳文评价的自信。值得注意的是刘禧延以韩诗与柳文相较，在之前的评家中少有。如《骂尸虫文并序》总批："亦昌黎《遣虐》诗之流，而此取意尤僻，骂世尤刻。"批语中的"《遣虐》诗"即《遣疟鬼》，诗中写韩愈因疟鬼患疟疾，历求医师、灸师、诅师、符师驱逐疟鬼。《骂尸虫文并序》中的柳宗元痛恨尸虫藏于人腹，记人过错，向天帝告密以求赏赐的行为，因而对尸虫不是驱逐，而是请求天帝将其五雷轰顶，以慰人心。且柳文与韩诗的写作时间均为贬谪期间，所以诗文中又寄寓着对现实的讽喻。两相对照，刘禧延认为柳文比韩诗表达的情感更为激烈。

另外，刘禧延批语多随性而发，直抒胸臆，颇见性情。如《志从父弟宗直

---

① 〔宋〕严羽著，郭绍虞校释. 沧浪诗话校释[M]. 北京：人民文学出版社，1998：40.

殡》："从父弟宗直，生刚健好气，自字曰正夫。闻人善，立以为己师；闻恶，若己仇；见佞色诣笑者，不忍与坐语"句眉批："'不忍与坐语'，先得我心。正夫，正夫，安得起其人于千载之下而友之。"柳宗直，字正夫，性格刚健好气，喜交善类，嫉恶如仇，洁身自好，看到巧言令色、献诣媚笑之人，不与其同坐、交谈。对如此磊落坦荡之人，刘禧延连呼"正夫，正夫"，欲超越千年与其交友，直率恳切之情溢于言表。再如《宥蝮蛇文并序》："汝今非有求于榛者也，密汝居，易汝庭，不凌奥，不步暗，是恶能得而害汝"句眉批："生人中亦有类此者，夫子不幸而遇焉。非远之，亦无他术。"此处则感慨世人亦有如蝮蛇之毒者，惟避而远之。

综上所述，刘禧延的《柳文独契》虽为稿本，传播不广，但作为晚清专选柳文的评点本，书中刘禧延对柳文的佛教参悟、文风、文法以及渊源的看法，对后世柳文的品鉴提供了有益的经验与视角。另外，刘禧延批语简洁、直率，给人酣畅淋漓的感觉，亦是此书一大特色。

## 第四节　林纾《柳河东集》与《柳文研究法》

林纾，字琴南，号畏庐，闽县人。光绪八年（1882）举人。林纾少时读书颇为用功。据《清史稿·列传》："幼嗜读，家贫不能藏书。尝得史、汉残本，穷日夕读之，因悟文法。后遂以文名。"[1]陈衍《石遗室诗话》称其："能画能诗，能骈体文，能长短句，能译外国小说百十种。自谓古文辞为最。"[2]林纾终生从事古文创作与古文理论总结，特别是面对"五四"新文化运动中兴起的白话文运动，更是力延古文之一线，有着维系古文命脉的历史使命感。其古文集有《畏庐文集》《畏庐续集》《畏庐三集》，诗集有《闽中新乐府》《畏庐诗集》，另有《畏庐琐记》《技击余闻》等多部笔记小说，文论集有《春觉斋论文》《韩柳文研究法》及《文微》（林纾口述，朱羲胄整理），选评有《左传撷华》《左孟庄骚精华录》《选评船山史论》《中学国文读本》《选评古文辞类纂》以及《选评名家文集十五种》，入选名家有刘向、刘歆、蔡邕、曹操、曹丕、欧阳詹、孙樵、刘禹锡、柳宗元、苏洵、曾巩、秦观、陈师道、虞集、归有光、唐顺之、汪琬以及方苞。其中刘向与刘歆、曹操与曹丕、欧阳詹与孙樵各自合为一册，共计十八人十五

① 赵尔巽. 清史稿[M]. 列传二百七十三，民国十七年（1928）清史馆本.
② 〔清〕陈衍. 石遗室诗话[M]. 沈阳：江宁教育出版社，1998：40.

册。林纾在古文集、文论集以及选评本均有论及柳宗元，此节从柳文评点的角度，以《柳河东集》与《韩柳文研究法》作为论述重点。

## 一、评点本概述

光绪三十三年（1907），林纾应商务印书馆之约选编《中学国文读本》。此书选文自成体系，由清代上溯到周秦汉魏，林纾精心选择篇目，并且逐篇圈点批语。[①]其中第五册与第六册为唐文，选柳文二十四篇。因此书为中学生选评，林纾选择的柳文多篇幅简短，语句简单易懂，如《三戒》《捕蛇者说》《童区寄传》以及《序饮》等；篇幅较长的仅有《说车赠杨诲之》与《梓人传》两篇，而且《梓人传》也是有利于初学者才被选入。

此书评点以批语为主，评点符号只有一种"圈"，但未说明使用原则。从使用内容上看，"圈"用法有二：一为标示行文停顿，作为句读；二是标示文章主旨或行文佳处。评语为评点重心，或概述文章主旨，如《宥蝮蛇文》眉批"此喻守己修身与小人远"；或揭示行文技巧，点出文章妙处，如《梓人传》"余甚笑之，谓其无能而贪禄嗜货者"句眉批"故作反激之笔，虚虚一顿，以开下半无数议论"；偶尔注音释意，如《至小丘西小石潭记》眉批"坻，《尔雅·小沚》曰：坻，音墀。屿，《说文》：岛也。嵁，《正韵》：音尪，岩不平貌。岩，《说文》：岸也"。

1914年，林纾著《韩柳研究法》。此书前为《韩文研究法》，后为《柳文研究法》，实为林纾多年读韩柳文的心得。其中，《柳文研究法》选柳文雅诗歌曲二篇，赋六篇，论四篇，碑、墓志、诔等五篇，设喻之文七篇，托讽之文五篇，传四篇，寓言五篇，铭文一篇，序三篇，厅壁记一篇，池亭山水记十二篇，书信六篇，祭文二篇，其他十篇，共计七十三篇（其中《三戒》计为一篇）。选篇以"记"体为主，遵从"济美堂本"次序选评。林纾在文中未从正面说明选评原则，只给了一些未入选的原则：

> 集中六、七两卷，均和尚碑。不佞昧于禅理，不能尽解，故特阙而不论。[②]
> 柳州集中，有"序隐遁道儒释"一门，制词命意，固有工者，然终不如昌

① 1915年商务出版社重印此书《重订中学国文读本》，第三册《宋文》封底页附录教育部审定批语："是选不拘古文宗派，由清明上溯以至汉秦历代之文，皆备涯略采录精审，其评语亦能抉发微隐要言不烦，盖评选者，本文学巨子，自与坊间选本有高下之别。"详见林纾《宋文》第三册，上海：商务印书馆，1915。
② 〔清〕林纾. 韩柳文研究法[M]. 太原：山西人民出版社，2014：80.

黎之变化。且释氏之文逾半，从略可也。①

　　柳州启事及章表，在唐人制诏中，亦平平耳，故不录。②

　　按"济美堂本"六、七两卷为和尚碑铭，林纾说自己不精通禅理，阙而不论。"济美堂本"第二十二至二十五卷为序，而"序隐遁道儒释"多在第二十五卷，如《送元十八山人》《送贾山人南游》以及《送文郁师》等送别之文，舍弃的原因有二：一为行文不如昌黎变化多端；二为内容是关于佛教的，均略而不论。最后是启事章表，属于制诏公文，林纾认为柳宗元的公文在唐代平平常常，没有突出的地方，亦不做点评。

　　首先，从以上选评柳文的标准来看，可以看出林纾多以韩文作为参照。《韩柳文研究法》共有二十五条韩柳比较，《韩文研究法》只有两条，其余二十三条均在《柳文研究法》，可以看出林纾以韩文的标准来规范柳文。其次，林纾重在发掘柳文特色。这种特色不仅体现在柳文自身的对比，而且放在唐代乃至通览古今都是有鲜明个性的才进入评点的范围。也就是说，林纾选评柳文，既遵循传统的选篇，如骚体文《佩韦赋》《梦归赋》《囚山赋》、寓言类《三戒》等，又有独到之处。如《献平淮夷雅》二篇与《贞符》的选评，可视为林纾的个性选择。前人选取柳文，如孙琮、沈德潜、张伯行、王应麟、李元春等人均未录入"雅诗歌曲"，只有储欣号称的"全集录"才将其入选。而林纾标明是"柳文"研究，却选评"雅诗歌曲"。再如前人推崇的《桐叶封弟辨》，林纾则认为"剪桐一事，《史记·晋世家》有之，《说苑》亦然。鄙见不尽可据为实录，即不辩亦可"。

　　在分析方式上，林纾以文体为类，每类前多有概述，先总结此类文体共性，再选取柳文经典之作。如骚体文总评为"子厚拟骚，于诸赋中已见之矣。然自《乞巧》以下诸文，虽命意纯驳不一，而楚声古韵，大非有唐诸人所及"，再选取《乞巧文》《骂尸虫文》《憎王孙文》《宥蝮蛇文》以及《哀溺文》五篇进行细评。在批语上较为详细，如《惩咎赋》《梦归赋》以及《段太尉逸事状》等篇，由篇至章，由章至句，甚至于用字亦详加剖析，批语长达三四百言。而《箕子碑》与《封建论》批语更是超出千言。在柳文单篇分析上，林纾批语的篇幅算得上名列前茅。但林纾也注意激发读者的思考，如《囚山赋》中分析山林之态，评为"至摹写山林仰伏离迤遮也之态，是柳州所长，读时自能会之"，只轻轻一句"是柳州所长"，留给读者自己体会。

　　①〔清〕林纾. 韩柳文研究法[M]. 太原：山西人民出版社，2014：111.
　　②〔清〕林纾. 韩柳文研究法[M]. 太原：山西人民出版社，2014：127.

1918 年，林纾精选姚鼐的《古文辞类纂》进行评点。此书编选目的是为古文辨别源流，选择范围却在姚鼐选本之内，不再另起炉灶。林纾认为"精粹之选本，实无如桐城姚先生之《古文辞类纂》"①，但姚鼐选本篇幅繁重，不适宜初学者，因此精心挑选篇目，于 1918 年、1921 年各编选五卷，共一百八十七篇。此书是选本中的选本，虽然选篇上受到姚鼐的制约，但对比林纾与姚鼐对柳文的选评，更能看出林纾对柳文的态度。

姚鼐《古文辞类纂》选评柳文共三十六篇，论辩类三篇，序跋类七篇，奏议类一篇，书说类四篇，传状类一篇，碑志类一篇，杂记类十八篇，颂赞类一篇。林纾《选评古文辞类纂》录入柳文共十五篇，论说类二篇，序跋类一篇，书说类二篇，传状类一篇，杂记类九篇。其中，赠序类、诏令类、箴铭类、辞赋类以及哀祭类姚鼐未选入柳文，林纾亦未增评。在评选柳文篇数上，以姚、林选评韩愈文相比，姚鼐选韩文一百三十二篇，林纾选韩文六十篇，其中增评《答胡生书》与《送齐皞下第序》两篇，可以看出林纾选评柳文虽然较少，但比例相当。与《柳文研究法》相比，增录《与萧翰林俛书》《石渠记》以及《种树郭橐驼传》三篇。

在选评柳文篇目上，以林纾与姚鼐选评相比，差别最大的是序跋类。姚鼐选评《论语辩》《辩列子》《辩文子》《辩鬼谷子》《辩晏子春秋》《辩鹖冠子》以及《愚溪诗序》七篇，而且《论语辩》《辩列子》《辩鬼谷子》以及《辩晏子春秋》均标有两圈的等级，②林纾也只选录了《愚溪诗序》一篇。林纾舍弃的六篇论辩，均为考据文。需要注意的是，林纾并非只在精选《古文辞类纂》中舍弃柳宗元的考据文，在《中学国文读本》《柳文研究法》中均未选入考据文，即使是最后选评的《柳河东集》亦仅录入一篇《辩列子》，可以看出林纾选评柳文与姚鼐、方苞的标准不同。方苞评《辩鬼谷子》"被空而游，邈然难攀"，评《辩文子》"意致远，妙在笔墨之外"③，评《辩列子》"古雅澹宕"④，可以看出方苞将考据文推崇的地位之高，不仅看作考据，还从文学的角度评价为"意致远""古雅澹宕"。对比方苞评点的柳文其他篇目，有些经典文章都没有如此高的评价，可见柳宗元的考据文受方苞重视的程度。方、姚看重的考据文，却难入林

① 林纾选评，慕容真点校. 林纾选评古文辞类纂[M]. 浙江：浙江古籍出版社，1986：1.
② 宋晶如、章荣《广注古文辞类纂·凡例》："本书于目录中，每篇之下，加有单圈双圈等以标明内容之优异，读者可先将标有三圈者阅之。" 可知此书选篇以无标圈、单圈、双圈和三圈四个等级评定文章高下。详见宋晶如、章荣注释《广注古文辞类纂》（上海：世界书局，1935）。
③〔清〕方苞评点. 柳文[M]. 卷四，明嘉靖间刻本.
④〔清〕方苞著，徐天祥、陈蕾点校. 方望溪遗集[M]. 附录一. 合肥：黄山社，1990：134.

纾的法眼，可以看出林纾重视作品的文学性。

此书评点规则可以林纾的自述作为说明，"则每篇之上所点醒处，均古人之脉络筋节，或断或续，或伏或应，一经指示，读者豁然，斯善矣。"（《选评古文辞类纂·序》）此句既是林纾对评点的期望，亦是评点中遵循的原则。全书有圈点与批语。圈点与《中学国文读本》类似，多承担着句读的功能，偶有圈出文章主旨。批语仅有尾批，多阐述文章结构，论述为文之妙。

1921年，林纾着手评选名家文集，共计十八人十五册，其中《柳河东集》一册，选评柳文八十五篇。首有林纾自序，全书不分卷，以赋、论辩、碑志、说、传、寓言、序、记、书状安排篇次。《序》末署有"壬戌九月一日林纾序"，"壬戌"为1922年，林纾七十一岁，此书可谓其读柳集的总结。[①]选文方面，林纾说："余生平心醉者韩柳欧三家，而于柳之游记，颠倒尤深。"[②]全书"记"体文二十三篇，占四分之一。选篇与《柳文研究法》不同的是收入了《曹溪第六祖赐谥大鉴禅师碑》《岳州圣安寺无姓和尚碑》以及《送僧浩初序》三篇"释氏文"，也是林纾四种评点本中唯一收入"释氏文"的选本。

评点原则于《邕州柳中丞作马退山茅亭记》尾批中有所说明："柳州记山水以奇丽古雅之笔出，美不胜收，若一一加圈，则满纸无隙地矣。今留其佳句听读者自行咀嚼，取其转折埋伏叫应处，加以圈点，以清眉目。"批点符合有圈点两种，但功能均为断句。批语亦只有尾批，言简意赅，多揭示文章转折，前后照应之处，偶有综合柳文，点出变化。如《唐故给事中皇太子侍读陆文通先生墓表》尾批："文极平质，是柳州之变调。"

综合四种柳文评点，林纾对柳文的文体分类做了调整，对一些具体篇目的文体归属提出了自己的见解。林纾评点寓言类时曾云："子厚之《宋清传》《郭橐驼传》《梓人传》，均发露无余。似《宋清》《橐驼》《梓人》，皆论说之冒子，其后乃一一发明之，即为此题之注脚。文固痛快淋漓，惜发露无余，不如《蝜蝂》一传之含蓄。"将《梓人传》《宋清传》《种树郭橐驼传》《李赤传》《蝜蝂传》以及《谪龙说》评比高下，自然均属于寓言类。林纾又以"小说"来评眼中的寓言文体，认为《童区寄传》"此等文近小说，不以幽秀古峭出之，易流于琐细"（《中学国文读本》），认为《李赤传》"传中事怪特俚鄙，记之不善即流于小说"（《中学国文读本》）。"小说"一词体现出鲜明的时代特点。

首先，在选篇上，林纾多以文体分类，多在同类文体中比较柳文高下：《柳

①〔清〕林纾.柳河东集[M].上海：商务印书馆，1924.
②〔清〕林纾.《柳河东集·序》上海：商务印书馆，1924：1.

州集》托讽之文，可采者有五：曰《鹘说》，曰《捕蛇者说》，曰《说车赠杨诲之》，曰《谪龙说》，曰《罴说》。(《柳文研究法》)"书"类中，以《与韩愈论史官书》胜出，认为"词意严切，文亦仿佛退之。此为子厚书类中之第一篇。"(《柳文研究法》) 寓言类和书类相比，林纾偏爱"记"体文，推《游黄溪记》为柳文集中第一得意之笔，认为"虽合荆关董巨四大家，不能描而肖也。"(《柳文研究法》)

其次，林纾在四种评点中既相互阐发，亦有发展变化。在对柳文寓言类的评价上，最早的《中学国文读本》评为：凡寓言文字，只管叙事，迨末句一点睛，则全神俱露。(《三戒》) 在《柳文研究法》对"叙事"与"末句一点睛"略加分析："凡善为寓言者，只手写本事，神注言外，及最后收束一语，始作画龙之点睛，翛然神往，方称佳笔"，其后又将"末句一点睛"阐述为"然柳州每于一篇寓言之中，必有一句最有力量、最透辟者镇之"。评点之间相互阐发，互为补充。发展变化之处，如谁是柳宗元的知己，林纾在《柳文研究法》云："刘梦得叙柳州文，谓雄深雅健，似司马子长，此特举其大要耳。其亲切处，累见于书中，梦得盖深知柳州者也"，这个"深知"，包含了柳宗元的为人、文章渊源以及风格，是对柳宗元全面的了解，林纾认为刘梦得（禹锡）称得上柳宗元知己。但八年后选评《柳河东集》，其序言开篇即是："唐之知柳州者，莫若昌黎，次者刘宾客。又次则皇甫持正"，刘禹锡则排在了第二，韩愈成了最熟知柳宗元的人，第三是韩愈的弟子皇甫湜。在选篇上，《柳文研究法》明确不选"释氏之文"，而最后选评的《柳河东集》却增入《曹溪第六祖赐谥大鉴禅师碑》《岳州圣安寺无姓和尚碑》以及《送僧浩初序》。这种变化体现了林纾对柳文的接受并非一成不变的，而是动态的接受过程，随其阅历的增加，认识也在发展变化。同时，也可以看出柳文的接受是一个不断深化与扩展的过程，即使同一人在不同的时期也会有不同的观点。

需要说明的是，林纾认为其选评柳文受到柳集版本的限制。《柳文研究法》云："家贫，不能购书。三十以后，始得济美堂《柳集》。"其后，又于《柳河东集·序》云："仅有亡友李佛客所遗济美堂《柳集》。"李佛客即李宗祎，字次玉，号佛客。其兄李宗言与林纾同为壬午科举人，家中藏书颇丰。[1]可知林纾以"济美堂本"为底本，但林纾认为此本"中多谬舛之处，不一而足"，感慨"乃苦无善本。如《增广注释音辩柳集》四十三卷及《五百家注音辩柳先生文集》，咸不

---

① 薛绥之，张俊才. 林纾研究资料[M]. 福州：福建人民出版社，1983：17.

可得"。以至于"凡有可疑，遂不敢录，仅得此区区者辑以问世。若买椟还珠之诮，吾固受之，无敢哓辩者也"。(《柳文研究法》)其实，"济美堂本"是"百家注本""五百家注本"的翻刻本。不同的是郭云鹏刻此书时，对《外集》和《附录》做了些改编的工作。①

## 二、对柳文文法、渊源的评价

在柳文的文法上，林纾提出"死中求活"法。《设渔者对智伯》："文之本意，以渔者之贪对智伯之贪言，非以大鲸喻智伯也。至渔者得鲸后，忽慕文王，因而求见智伯，此为文字脱卸之机关。盖万不能言渔者得鲸后，别有他慕，自穷于死地，即吾所谓死中求活法也。"渔者现身说法，告诫智伯凡贪欲者都没有好下场。文中以渔者捕鱼为喻，从小鱼到大鲸，都因为好鱼饵而被捕捉，如果一路写下去，以鲸比作智伯，文章就会偏离讽喻的主旨，自寻死路。柳宗元在写渔者捕得鲸后，转笔写渔者借文王作喻，舍弃捕鱼，进入讽喻智伯的正题，处处与前文相对照，阐明主旨。林纾将寓言与寓意之间的过渡称为"死中求活"，认为文章到此已经无处下笔，而以文王作为过渡，文笔灵活，文章由死转活。

林纾又将"死中求活"推而论之，指出柳文首先能写出原本不可写之题，《道州文宣王庙碑》评孔子庙碑，称："古来恒有作者，然画工之画天也，天之混茫无极，将何处着笔。……及文末言'惟夫子极于化初，冥于道先，群儒咸称，六籍具存，苟赞其道，若誉天地之大，褒日月之明，非愚则惑，不可犯也。'此数语，即不佞所谓天不可画也。"②其次，能将窄题写阔，《乞巧文》"此在诗家词家或能出以纤词，施诸韵语，而文近祭祀，断难如此着笔。……于是从'乞巧'二字。舍去穿针瓜果事，描出巧言巧官诸丑态。一'巧'字，痛骂一场。以小题目为大文字"③。再次，能于无可辩驳处发为仁者之言，《宥蝮蛇文》评为："以不宜宥而宥，竟言出所以得宥之理，良为仁者之言。"④此种种难为之事，柳宗元却从容应对，尤以《守原》一议，为林纾所赞。林纾评价此篇为："柳州论失政之端，明斥晋文，实隐讥德宗之迁政于阉人。畅论流弊所及，于是景监、弘、石之祸，谓皆晋文兆之。此种法程，吕东莱几奉为秘诀，苏东坡、王

① 吴文治. 谈谈《柳宗元集》的版本问题[A]. 吴文治文存[M]. 南京：凤凰出版社，2013：217.
② 〔清〕林纾. 韩柳文研究法[M]. 太原：山西人民出版社，2014：77—78.
③ 〔清〕林纾. 韩柳文研究法[M]. 太原：山西人民出版社，2014：96.
④ 〔清〕林纾. 韩柳文研究法[M]. 太原：山西人民出版社，2014：98.

清代柳文评点研究

船山尤甚。然皆深文也。"①柳宗元行文之法被称为"秘诀",足见柳文为后人写作典范。

至于柳文的文风与文章渊源,林纾的观点在前人评论基础上更为精细深刻。关于柳文的整体风格,林纾赞许刘禹锡"端而曼,苦而腴,佶然以生,癯然以清"的评价,认为"刘宾客果道得柳州真处矣",并加以阐述:

> 凡造语严重,往往神木而色朽,"端"而能"曼",则风采流露矣。柳州毕命贬所,寄托之文,往往多"苦"说;而言外乃不掩其风流,才高而择言精,味之转于郁伊之中,别饶雅趣,此殆梦得之所谓"腴"也。"佶"者壮健之貌,壮健而有生气,柳州本色也。"癯然以清",则山水诸记,穷桂海之殊相,直前无古人,后无来者。②

"端而曼","端"是对柳文造语而言,柳州时创新词,造语繁多,在出新意的同时,容易使文章呆板,缺少文采;"曼"指运用语言的手法,端正之语加以柔美细润调和,使容易呆板的文章流露出神韵趣味;"苦而腴","苦"是柳州身世苦难,用语多悲凉;"腴"说柳文不是一味悲苦,而是忧愤郁结中别有一种雅趣。"佶然以生"则为柳州本色,文章健壮,充满生机活力。"癯然以清"专指山水记文,清瘦奇崛。林纾对刘禹锡评价的四句话非常看重,认为"此四语,虽柳州自道,不能违心而他逸也",即柳州评价自己的作品也不会违心不去认可。明人方岳贡在选评柳文说:"今之所选,独得作者之源而论定之,虽使二公复生,犹当不异人意。"③这种自负的话,清人少有。

在柳文游记体上,林纾延续前人的观点,认为穷形尽相,"体物之公,无与伦比"(《柳河东集·石涧记》),而评点方式却与前人不同。前人评点只是写出文章风格,而林纾在评点中则由文字而还原场景,再由实景引证文字:

> 颠委势峻,泉始下趣,为力绝暴,涯为水所啮,因而中洼。毕至石乃止者,水平其洼处,漫流其上,出而成沫也。既出其白窜,流放而平,穷山水之状。闭目思之,如亲睹焉。(《中学国文读本·钴鉧潭记》)

"闭目思之,如亲睹焉",是林纾由文字而想象的画面。闭目而思,钴鉧潭的形状、神态、声响以及环境,如亲眼目睹,林纾将钴鉧潭呈现在脑海里,沉

---

① 〔清〕林纾. 韩柳文研究法[M]. 太原:山西人民出版社,2014:76.
② 〔清〕林纾. 韩柳文研究法[M]. 太原:山西人民出版社,2014:58—59.
③ 〔明〕方岳贡. 历代古文国玮集[M]. 一百四十一卷(存一百三十九卷)四库全书存目丛书(集部第366册).

浸于景物风韵，感受柳文的创景。林纾又以实景对照文章的描写：

> 则水石合写，一种幽僻冷艳之状，颇似浙西花坞之藕香桥。"（《柳文研究法·至小丘西小石潭记》）

> 写静中物态，皆跃跃欲动。其叙潭鱼翕忽及水日映发，余在花坞中确见此状，特写不出耳。（《柳河东集·至小丘西小石潭记》）

> "舟行若穷，忽又无际"，此景又甚类浙之西溪。（《柳文研究法·袁家渴记》）

> 文中"流若织文，响若操琴"，吾乡小雄山石洁如白玉，水漫其上，即有此状。（《柳河东集·石涧记》）

林纾以浙西花坞引证小石潭，以浙之西溪引证袁家渴，以小雄山石引证石涧，风景如柳文，柳文如风景，实景与风景争奇斗美。前人评点也多称赞柳记如画，但重点在对柳文的选词用字与文法的分析，缺少对自身体验的描述。林纾则点出"闭目而思"，强调对文字的感悟，引导读者体悟水亦人，人亦水，景物与情感合而为一的创景，是凭借文字想象风景，抓住文章中描写的景物特点，在脑海中再现场景。而后又以实景引证柳文，引导读者观察周围的风景，对比柳文的描写，使读者更深刻地体悟柳文。

在柳文风格上，林纾于骚体赋提出一个较有新意的观点，即以《诗经》的《谷风》《氓》比拟屈原与柳宗元的文体风格。《惩咎赋》尾批："余恒谓屈原之骚，谷风也。理直词壮，即有复叠之语，亦犹善哭其夫之人虽琐细不已，咸有条理在内。柳州之骚，氓也。失身鄙人，情罪皆实，然初志原不如是。怨天怨人，皆无著，但有怨己而已。其罪当诛而其情可谅也。……至于余齿有惩句，哀极矣。悲中带怨，与屈原之骚小同而大异，学者能辩《谷风》与《氓》，便知骚与柳州之异矣。"（《柳河东集》）林纾以诗比文，认为《谷风》与《氓》的区别即屈原之骚与柳州之骚的区别。两人同为哀怨，但屈原是无罪而贬，柳州是戴罪而谪，故屈原为文理直词壮，柳州为文"但有怨己而已"。林纾又以柳宗元与宋玉相比，《解崇赋》尾批"意极平衍，然造句之奇丽，选声之悲亢，直逼宋玉矣"（《柳河东集》），《吊苌宏文》尾批"造语奇丽而音节复悲，梗动人，宋玉不能过也"（《柳河东集》），指出在造句与音韵上柳宗元与宋玉不相上下。总之，骚体文，"发源于屈、宋，取范于柳州，斯得矣"（《柳文研究法》）。

此外，林纾揭示出柳宗元学习《史记》《汉书》的行文之法，"凡事之愈猥琐者，行文须愈庄重，此《史记》《汉书》之秘诀，韩、柳可谓得之矣"（《柳文研究法·故襄阳丞赵君墓志》），此处的"猥琐"非庸俗鄙陋，而是细碎繁杂，越是平凡无奇之事，文章越要呈现出庄严肃穆，如《晋文公问守原议》尾批"防微杜渐之言，却说得极郑重"，《唐故邕官招讨副使试大理司直兼贵州刺史邓君墓志铭》尾批"文肃穆，似东汉末作手"。（《柳河东集》）林纾认为柳州得《史记》《汉书》秘诀，并能学而致用。如"学《史记》《汉书》而能成自然，非若侯雪苑之窜取《史记》句法，即谓为能学《史记》也。"（《柳文研究法·段太尉逸事状》）在具体篇目中，柳宗元又能转益多师。前人多认为《与许京兆孟容书》是学司马迁的《报任安书》，而林纾指出"文字全步汉人，文中多引古事，亦适类刘向"（《柳文研究法·与许京兆孟容书》），前人着眼于文中情感，呜咽萧飒，类似司马迁；林纾则着眼于叙事手法，叙述中多征引古人，类似刘向。

## 三、韩柳优劣论

在韩柳优劣问题上，林纾跳出历代对二人高低的争论，将韩柳并举，认为韩柳作为唐代古文运动的同盟者，两人处于同等的地位，并相互补充。林纾在《柳文研究法》中以《旧唐书·艺文志序》与《唐文粹序》为例，认为二者虽然韩柳并称，但将柳宗元看作韩愈的助手是不恰当的，进而批驳：

> 即昌黎之于柳州，《祭文》《庙碑》《墓志》，咸无贬词，当时昌黎目中，亦仅有一柳州，翱、湜辈均以弟子目之，未尝屈居柳州于翱、湜之列。且柳州死于贬所，年仅四十七，凡诸所见，均蛮荒僻处之事物，而能振拔于文坛，独有千古，谓得非人杰哉！（《柳文研究法》）

林纾指出韩愈眼中仅有柳宗元能与其平起平坐，李瀚、皇甫湜是作为弟子辈的。林纾进而论断，柳宗元英年早逝，身处穷乡僻壤而能立言垂文，振拔文坛，可谓千古人杰。可见林纾认为柳宗元是能够与韩愈相抗衡的。林纾又特别指出方苞抑柳："至方望溪，颇有丑诋之词。不佞于友人马通伯处，见望溪手定柳州读本，往往有红勒者，因叹人生嗜好之殊。"[①]林纾对方苞丑化诋毁柳宗元，已经无话可说，只能感慨人生喜好不同了。其后又在其选评的《方望溪集·序》中写道：

> 唯一生不悦河东，所以游记中一字与柳不犯。是望溪之所短也。须知柳之游记及骚，与寓言之作，虽昌黎尚望而却步。望溪以柳党附叔文，斥其人并废其言，何其量之不广也。[②]

---

① 此语见〔清〕方苞评点. 柳文[M]. 卷四，明嘉靖间刻本. 系林纾题纪. 此书现藏于上海师范大学图书馆.
②〔清〕林纾选评. 方望溪集[M]. 上海：商务印书馆，1924：1.

林纾反复强调方苞对柳宗元的看法，是方苞的个人偏见，是柳宗元依附王叔文的政治原因，因人而废言。当然，方苞扬韩抑柳的原因还在其认为韩愈代表着儒家正统，斥责柳宗元的思想偏离儒家之道，甚至于将儒家之道本末倒置。总之"在于柳的思想不完全合乎正统的儒家之道，以及他参与王叔文政治集团的所谓'失节'"[1]。方苞代表着崇韩抑柳的普遍观点，如果想改变世人对柳宗元的看法，必须驳倒方苞。林纾针对柳宗元不完全合乎儒家之道，在评点中指出柳宗元"不失为儒者之言""见道之言"以及"有道之言"：

"谓之是可，谓之非亦可"，即庄子所谓"此一是非，彼一是非"也。顾庄子以玄同之道置是非于不讲，柳子则能以读书有得，辩理直是非，定其是非，所以不失为儒者之言。(《柳河东集·六逆论》)

庄严若天神。中间出入二喻足称见道之言。(《柳河东集·送濬序》)

让一少年，席丰履厚而能顾恤孤寒，殊为异事。子厚断以中之积诚之得，真识得其天然之美质。其下谆谆训勉，无一语非有道之言。(《柳河东集·送表弟吕让将仕进序》)

林纾先是以庄子与柳子相比较，确认柳子的儒家身份；其次认为柳宗元称赞柳濬人品质朴敦厚，爱慕圣人之道，并用孝悌来作辅佐，这样的言辞"足称见道之言"；最后是柳宗元勉励表弟辅时及物，亦是"无一语非有道之言"。 这里的"道"兼有"孝悌"与"辅时及物"，即儒家之道。林纾又于《道州毁鼻亭神记》后评道：

以恶德而专世祀，是讨象之定谳。其下明教数语，堂皇正大，谓柳州为不知道，吾不信也。(《柳河东集·道州毁鼻亭神记》)

此语更为直白，在肯定柳宗元对儒家教义的阐释后，明确否定了"柳州不知道"的论断。

对于柳宗元的"失节"，林纾先承认柳宗元与王叔文结党是错，但知错能改，仍是正人君子，甚至为"豪杰"："读《惩咎》一赋，不期嗟叹。若柳州者，真不失为改过之君子哉！……正以一息尚存，仍能自拔，归于君子之林，此柳州之所以成豪杰也。"(《柳文研究法》)林纾对这一看法极为执着，即使评点柳宗元游记文时仍加以解说：

① 吴文治. 柳宗元资料汇编[M]. 北京：中华书局，2006：5.

始者，悟辞也。此篇极写山之状态，细按似属悔过之言。子厚负奇才，急欲自见，故失身而党叔文。既为僇人，以山水自放，何必惴栗？知惴栗，则知过矣。未始知山，即未始知道也。斫莽焚茅，除旧染之污也。穷山之高，造道深也。然后知山之特出，即知道之不凡也。不与培塿为类，是知道后远去群小也。悠悠者，知道之无涯也。洋洋者，挹道之真体也。无所见犹不欲归，知道之可乐，恨己望之未见也。于是乎始。自明其投足之正。（《古文辞类纂·始得西山宴游记》）

一篇山水游记，在林纾看来是悔过知道之言。本来游山玩水应是悠闲自在，而柳宗元却常常惶恐不安，能有惶恐不安的情绪，则是察觉到自己的过错。"不与培塿为类"则是知错能改，远离众小人。"悠悠者""洋洋者"则是改邪归正，体悟圣人之道。最后又说"此虽鄙人臆断，然亦不能无似"，虽然出自臆断，但也不是完全没有道理。于是林纾认为柳宗元是知错能改的豪杰，是体悟圣人之道的君子，纠正了方苞等人的观点。

### 四、注重对柳文的体悟

林纾评点极为重视阅读柳文的体悟。这种体悟兼有针对文本引发的情感与对历史、现实的理性思考。阅读骚体赋时，林纾沉浸于文中，只觉"幽思苦语，悠悠然若傍瘴花密箐而飞。每读之，几不知身在何境也"（《柳文研究法》），达到身心两忘的境界。《惩咎赋》则是"不期嗟叹"，其间"一片哀音，闻者酸鼻"。（《柳文研究法》）阅读《封建论》，因柳子识见伟特，有着清晰悦目的感觉，评为"读之爽目"。（《柳文研究法》）《六逆论》中柳子驳斥贱妨贵、远间亲、新间旧三事，林纾说"不佞始读时，亦已疑之，顾未暇论也。"（《柳文研究法》）林纾面对对柳文的批驳，回忆阅读石碏谏言时，曾与柳宗元有着相同的怀疑，这是林纾与柳宗元阅读《左传》共有的体验。这种体验超越千年，凭借文字与柳宗元遥相呼应。再如《读韩愈所著毛颖传后题》，林纾评为：

引诗，引史书，均为昌黎出脱。太羹玄酒外，嗜者尚有菖蒲菹与羊枣之类。见得古文于道理之外，拘极而纵，殊无伤也。然使裴晋公读之，则柳州亦将为昌黎分谤矣。（《柳文研究法·读韩愈所著毛颖传后题》）

裴度批评韩愈"以文为戏"，《寄李翱书》"近或闻诸侪类云：恃其绝足，往往奔放，不以文立制，而以文为戏，可矣乎？可矣乎？"（《唐文粹》卷八），否定《毛颖传》的写作意义。而柳宗元则引经据典为韩愈开脱。林纾推论裴度看到柳宗元的文章，一定也会大加责备，而柳宗元则替韩愈分担了裴度的批评。林纾由裴度对韩愈文章的评论，虚拟出裴度阅读柳文的事件，进而推断裴度的评论。这种以自身遥想古人的心情推论假设的评语，穿插于理性的文法分析，平添了几分阅读趣味。

再如柳宗元的经典篇章《三戒》，历代评点者多有阐释。或评状物肖形，如陆梦龙评为"三文极描画之工"（《柳子厚集选》卷三），储欣评为"状物俱史笔"（《河东先生全集录》卷三）；或点评文章寓意惊人，如孙琮评此文"真如鸡人早唱，晨钟夜警，唤醒无数梦"（《山晓阁选唐大家柳柳州全集》卷四），常安评为"麋不知彼，驴不知己，窃时肆暴，斯为鼠辈也"（《古文披金》卷一四），大多是针对文章本身点评。而林纾则由文本引向史事：

> 麋之恃宠，稗耳。如董贤之类，不过宠盛势贵，尚不至于害人，然其道已足以取死。永之鼠，则分宜之鄢懋卿、赵文华耳。……见得权臣当国，引用党徒。迨一旦势败，则依草附木，恣为豪暴者，匪不尽死，顾终以利故，一不之悟，此所以可哀也。（《柳文研究法·三戒》）

董贤因容貌受宠于汉哀帝刘欣，官封大司马，后因王莽弹劾自杀，其事类似麋之"依势以干非其类"。鄢懋卿、赵文华依附严嵩，得高官厚禄，因严嵩败而罢黜，其事类鼠之"窃时以肆暴"。林纾以董贤、鄢懋卿、赵文华三人作为典型将文章寓意形象化，并进一步引导评点读者对现实的思考，不能因一时的机会而肆无忌惮地胡作非为，最终遭受祸害。林纾以历史人物将文章寓意具体化，给读者以形象的思考。而《蝜蝂传》与《段太尉逸事状》则引发林纾对现实的思索：

> 吾读此文感怆无已。今之武人其去蝜蝂几何也？蝜蝂之贪亡其身已矣。武人之贪至朘吸天下精髓，使之枯槁而仍不知止，必与天下同尽然后快。乃有及身而踬者，如某某藩镇是也。顾踬者自踬，而取者自取，谁则去其负者？此中疑有天意，欲使此辈自绝耳。（《柳河东集·蝜蝂传》）

> 郭晞之兵，即近日督军之兵也。掊人于都市，奋击人，袒臂徐去，尤属细事，至聚众哗变，比户劫掠而均无罪，主兵且调和之直数见不鲜。然则今日藩镇之恶殆过于唐矣。至于焦令谌之取人田，佘伯子宰长山领其驻防之营长罪状乃甚谌，伯子极力调和，涕泣为民请命，无如何也。读此文令人生无穷感怆矣。（《柳河东集·段太尉逸事状》）

《蝜蝂传》以蝜蝂类比生性贪婪的世人，林纾感怆今之武人亦如蝜蝂，贪得无厌，又执迷不悟，必如蝤蛴一样自取灭亡。《段太尉逸事状》中写郭晞纵容部下横行无忌，作恶多端，焦令谌鱼肉百姓，巧取豪夺。面对郭晞、焦令谌的恶行，段太尉挺身而出，秉公执法，救民于水火。林纾以"督军之兵"类比"郭晞之兵"，以"驻防之营长"类比焦令谌，今日军阀、官僚作恶又甚于唐时，然虽有佘伯子为民请命，却无济于事，因此引发无穷感怆。

阅读《祭弟宗直文》则勾起林纾对亡弟炳耀的回忆，老泪纵横：

> 不肖于亡弟炳耀之丧，曾至台湾野寺中，抚其旅榇而恸，白骨皅皅，不知谁氏之枢，棺破而骨见，即濒弟棺之左右，此时真舍死以外无善途，读子厚文，回思四十二年前事，不期老泪为之涔涔然。（《柳文研究法·祭弟宗直文》）

如果说阐释文章主旨，提示章法、篇法以及字句法，鉴赏文章风格，体现着评点者对作品自身的接受，那么评点者的阅读体验则是由作品引发的外在接受。这种引发的情感与思考联系着作品与读者，一方面拓展着读者的生命厚度，一方面丰富着作品的内涵。林纾阅读柳文时的哭与笑，感怆与沉思，对生活经历、思想观念或人生态度的体悟，这些个性化的阅读体验更能体现对柳文的思考与接受。从评点的角度来说，书写的目的即引导后人阅读，并将与作品对话的可能性留于后人。而作品与评点的双重文本，丰富了原来文本的内容，使后人阅读时可以获得更为丰富的阅读体验。

从批评柳文的时间点上来说，晚出的评点之作，除了对作品进行必然性的阅读与诠释，处于一个柳文评点研究史的发展脉络中，还无可避免地受到前人影响。面对相同的柳文，历经了千年的编选与评点，对林纾来说，前人的论述如同阳光照亮了黑暗，但也带来了新的阴影。前人对柳文各种内容和形式的评论，给林纾提供了丰富的评点内涵，指引着前进的道路，可以在前人的基础上审视、回避、补充或者修正。但当可参考的论述如山如海，有些甚至是难以超越的权威时，又给林纾笼上了巨大的阴影，要求其必须开掘与阐释出新的评点意义，才能求得自身的超越。林纾的评点正是在这种指引与压抑中开辟出自己的道路。而柳文就像璀璨耀眼的钻石，是值得从各个角度来鉴赏的，而且也唯有如此，才更能散发出它所蕴含的光芒，彰显出无穷的魅力。

## 本章小结

本章讨论了孙琮、储欣、刘禧延、林纾的柳文评点。四人评点本的总体特征是注重文学性，其中孙琮本关注作品本身的立意、章法，储欣本注重文题与文意之间的关系，并将评点者自身经历融入评点，呈现出浓郁的个人色彩。刘禧延本关注柳文的佛教参悟，批语简洁、直率，是其特色。林纾本除评述柳文立意、文法外，还重视阅读柳文的体悟。总的来说，清代柳文专选本在选篇上突出了柳文游记、书信体，在评点中突出了柳文文法严谨又富有变化的特点。

第四章　清代柳文『大家类』评点研究（上）

自明代茅坤编选《唐宋八大家文钞》迄晚清数百年间，出现大量唐宋八大家选本。据付琼《清代唐宋八大家散文选本考录》查证清代现存八大家选本共计二十四种。除二十四种外，还出现了吕留良编选的《唐文吕选》、储欣选评的《唐宋十大家全集录》等选本。这些选本的评点宗旨可以概括为举业、明道、经世、学术、文学五个方面，虽有侧重，但多以举业为主。本书选取"大家类"选本时，侧重与举业联系紧密的选本，并注重批语的文学性。本章以姚婧《唐宋八大家偶辑》、吕留良选吕葆中评《晚村先生八家古文精选》、吕留良选董采评《唐文吕选》、汪份《唐宋八大家文分体读本》为据探讨大家类柳文评点状况。

## 第一节　姚婧《唐宋八大家偶辑·柳文》

姚婧《唐宋八大家偶辑》是清初较有特色的八大家选本。姚婧，清顺、康时人，自称"古吴姚婧"，人称"姚天目"。其居里、生平不可考。康熙二十八年（1689），曾增删明人田汝成《西湖游览志》四十八卷为《西湖志》八卷、《西湖志余》十八卷。另著有《揽胜集》，选评有《古文八种》。《唐宋八大家偶辑》即《古文八种》之一。（《古文八种》包括《左传》《国语》《战国策》《史记》《两汉》《六朝》《八大家》《元明文》）康熙二十二年（1683），姚婧应"文艺馆主人"之请选评唐宋八大家，次年遂有《唐宋八大家偶辑》问世。

### 一、《唐宋八大家偶辑》概述

姚婧评选《唐宋八大家偶辑》二十卷，康熙二十三年（1684）文艺馆刻本[①]，此书内封天头题有"严订课业必读"的朱字，说明选编目的是提供科举作文的范本。书前有序，序末署"时康熙甲子二月望古吴姚婧叙于天目之放梅"。据此序言，姚婧选评宗旨为"俾诵习者无揣摩之苦，而有得其精神之乐"，期望读者在愉悦中学得八家文章的精髓。相比清初其他八大家选本而言，姚婧关注读者的阅读感受，有着寓教于乐的选评理念。姚婧在《序》中又提出"至简至严"的选篇标准。全文选文二百五十一篇，而当时流行的茅坤选本高达一千四百五十篇，不可不谓精简。从选录篇幅来看，姚婧所谓"简"指篇幅简短，分为两

---

① 《唐宋八大家偶辑》二十卷，清姚婧评选。哈佛大学图书馆藏康熙二十三年文艺馆刻本。每半页九行二十五字，左右双边，白口，无鱼尾，无界行。下文凡引用此书中的内容，均来自于此本，不再出注。

种情况：一是原文简短，全文抄录。如卷一韩愈《与李秀才书》、卷五柳宗元《论语辩一》以及卷八欧阳修《纵囚论》等篇全文抄录；二是原文篇幅较长，则对原文进行删节，使其简短。如韩愈《尚书库部郎中郑君墓志铭》，姚婧于篇目下注明"节"，指节选志文，删除铭文部分；再如柳宗元《故连州员外司马凌君权厝志》，姚婧于篇目下注明"删"，指删除铭文，节选志文；其余的如卷四韩愈《太原王公墓志铭》、卷八欧阳修《南阳县君谢氏墓志铭》、卷二十王安石《王补之墓志铭》虽未注明删节，但有铭无志，如此精简篇幅，可见姚婧要求篇幅简短。

此书评点符号极为简略，只有圈和点。全书未有圈点说明，但观察圈点情况，可以发现圈有三种作用。首先是标示句读。文中的句读多用圈来标示。其次是标示文中佳处，或是句式长短错综，或是句意古今对比，使读者体会下字造句之法。最后是揭示文中主旨，如《梓人传》的主旨句为"是足为佐天子相天下法矣"，借梓人说明宰相的作用，姚婧于此句旁施加"○"。点有两种作用，一是表示句读，起语气停顿的作用。不过仅标示在人名、地名、日期等专有名词下，与圈作句读时相区分。如《始得西山宴游记》尾批选孙月峰批语"孙月峰曰神色醋畅"，"曰"字旁施加"、"，"畅"字旁施加"○"。二是标示文中关键、紧要的句子。如《小石城山记》，姚婧点出"又怪其不为之于中州……则其果无乎"。此句前已描写小石城山的怪石，此处由石联想到人，发出疑问，姚婧于此特别点明，望读者注意。相比"、"来说，姚婧偏爱"○"，以至于分不清文中佳处与主旨。还以《小石城山记》为例，除点出的"又怪其不为之于中州……则其果无乎"句外，文中句子几乎全被施加圈，容易使读者混淆主旨与文法。

在批注方面，此书有眉批和尾批两种。眉批多阐明主旨，评论风格，亦有抒发评论，努力揭示文中的教诫意义。尾批是对眉批的深化，例如《上西川武元衡相公抚问启》篇首眉批"通篇多呜咽之状"，尾批则进一步分析呜咽的原因："自责多自荐意。"眉批与尾批又多引前人批语，所引如茅坤、孙鑛、吕祖谦、沈大生、王阳明以及唐顺之等人评点，多寥寥数语，简明透彻。

## 二、评点特色

### （一）选篇凸显柳文表启与序记文体

姚婧《唐宋八大家偶辑》卷五、卷六选录柳文，卷五选入表启六篇、书五篇、序五篇以及记五篇，卷六选入传四篇、论辩四篇、赞一篇、杂文两篇、碑铭墓志六篇、祭文一篇、状一篇，共计三十九篇。（卷五目录下标记二十一篇，卷六目录下标记十七篇，正文实际收录十八篇，总计应为三十九篇）此书选编柳文体裁丰富，较为全面地体现了柳文成就。表如《谢除柳州刺史表》，书如《寄许京兆孟容书》《与李翰林建书》《与萧翰林俛书》《与韩愈论史官书》，记如《始得西山宴游记》《至小丘西小石潭记》《小石城山记》，传如《梓人传》《种树郭橐驼传》，论辩如《桐叶封弟辨》《论语辩一》等文大都为柳宗元文中传诸后世的名作。其中，姚婥于游记体极为赞赏《至小丘西小石潭记》，认为"景固幽徹，笔亦奇峭。柳州小记，当属第一"。（卷五《至小丘西小石潭记》尾批）于铭则是《涂山铭》，尾批为："铭之优者。"《涂山铭》历来选家评价不高。如王荆石批为"此篇觉太磨洗，太顾盼，未必真柳文，或是少年笔。又：铭词亦稍弱"（《王荆石先生批评柳文》卷五），而姚婥却将此篇列为铭文佳作，可见其眼光独特处。

若以文体而论，姚婥推崇柳文的表与记。选本的编排顺序以及分类先后，常常寓意文体的轻重与篇目的优劣。姚婥选编首列表启文，突出表启文的重要性。在姚婥看来，柳宗元表体文最为"得体"，如《礼部为百寮请听政表》尾批"以九庙万方起见，立言有体"，《代裴中丞谢讨黄少卿贼表》尾批"赫赫厥声，濯濯厥灵，王云最得讨贼表之体"，又于《礼部贺甘露表》盛赞"此表极典雅，极精炼，尤子厚之杰然者。昔人曾谓其语简而意尽，格古而调高，良不诬也"。宋元以来的选家中，很少有像姚婥一样将柳宗元表体文放在首位，评价如此之高的。

其次是记体文。姚婥于《邕州马退山茅亭记》尾批"古而丽，澹而奇，真化工笔也。后有作者，弗可及已"，将此文推崇到后无来者的地位。又于《陪永州崔使君游宴南池序》"连山倒垂，……则于向之物者可谓无负矣"句眉批"此等句韩、欧所不及"，认为在状物写景上，韩欧俱在柳之下。在此文尾批中又将欧阳修与柳宗元比较：

> 序记之病有三：妆点一也；妖艳二也；引入他事三也。试以永叔诸序记较之，是以知潇洒历落之不及柳州也，何啻百倍耶？

姚婥认为柳宗元序记文潇洒历落，用语真切，清新秀丽，远在欧阳修之上。在序记体上，韩、欧与柳以句式相较，柳胜；欧与柳以文体较，柳胜。在茅坤发掘柳文游记体价值之后，姚婥将柳宗元记体文推到新的高度。

### （二）删节柳宗元原文

与其他柳文选本相比，姚婥本最大的特点是删节原文。所谓"删"，就是在保留原文基本结构的前提下，对部分字句或段落加以删除；"节"就是节选，从原文摘选段落，独立成文。此书选柳文三十九篇，姚婥在选录时有的注明删节，有的未加注明。姚婥注明删节的有十三篇。"删"八篇：《送娄图南秀才游淮南将入道序》《序饮》《邕州马退山茅亭记》《梓人传》《种树郭橐驼传》《伊尹五就桀赞》《故连州员外司马凌君权厝志》以及《祭吕衡州温文》。姚婧于《故连州员外司马凌君权厝志》篇目下注明"删志"，《伊尹五就桀赞》篇目下注明"录序"，《祭吕衡州温文》注明"依焦弱侯删本"。"节"五篇：《寄许京兆孟容书》《与李翰林建书》《与萧翰林俛书》《柳州文宣王新修庙碑》以及《箕子碑》，《箕子碑》篇目下注明"依谢叠山节本"。姚婧未注明删除的词语与句子，多属于文中固定格式的话语，与原文内容关系不大，如《礼部贺甘露表》删除"臣某言：中使王自宁至……臣某诚欢诚庆，顿首顿首"；《代裴中丞谢讨黄少卿贼表》删除"臣某云云……在狐鼠而宜除"；《与韩愈论史官书》删除"正月二十一日，某顿首十八丈退之侍者"。《谢除柳州刺史表》篇末"以塞余罪。云云"句，姚婧将"云云"删除；《答贡士廖有方论文书》篇首"三日宗元白"、篇末"宗元白"句，姚婧将此两句删除，以精简篇幅。

　　为方便对比原文，我们以删除与留存的语句作为区分，将姚婧注明删节的柳文列表如下：

| 篇目 | 原文被删除语句 | 姚婧本留存语句 |
| --- | --- | --- |
| 《寄许京兆孟容书》 | 是以当食不知辛咸节适……不宣宗元再拜。 | 自"宗元再拜五丈座前"至"尚置人数中耶！" |
| 《与李翰林建书》 | 1. 杓直足下：……忽得良方偕至，益善。<br>2. 仆近求得经史诸子数百卷……不悉。宗元白。 | 自"永州于楚为最南"至"杓直以为诚然乎？" |
| 《与萧翰林俛书》 | 1. 思谦兄足下：……其可得乎？<br>2. 读《周易困卦》……宗元再拜。 | 自"凡人皆欲自达"至"重为一世非笑哉！" |
| 《送娄图南秀才游淮南将入道序》 | 仆闻而愈疑。……顾不乐而遁耳。 | 1. 自"仆未冠，求进士"至"故往且求之。"<br>2. 自"因为余留三年"至"故窃言而书之而密授焉。" |
| 《序饮》 | 买小丘……以穷日夜而不知归。 | 自"吾闻昔之饮酒者"至"作《序饮》以贻后之人。" |

| 篇目 | 原文被删除语句 | 姚婿本留存语句 |
| --- | --- | --- |
| 《邕州马退山茅亭记》 | 冬十月……登探者以为叹。 | 自"岁在辛卯"至"故志之"。 |
| 《梓人传》 | 物莫近乎此也……杨氏,潜其名。 | 自"裴封叔之第"至"彼其智者欤?" |
| 《种树郭橐驼传》 | 问者曰……则与吾业者其亦有类乎? | 1. 自"郭橐驼,不知始何名"至"吾又何能为哉?" 2. 自"问者嘻曰"至"传其事以为官戒。" |
| 《伊尹五就桀赞》 | 圣有伊尹,思德于民……呜呼远哉,志以为海。 | 自"伊尹五就桀"至"作《伊尹五就桀赞》。" |
| 《柳州文宣王新修庙碑》 | 仲尼之道,与王化远迩……虔告于王灵曰 | 自"昔者夫子尝欲居九夷"至"罔贰昔言"。 |
| 《箕子碑》 | 1. 凡大人之道有三……其大人欤? 于虖! 2. 唐某年作庙汲郡……继在后儒。 | 自"当其周时未至"至"其有志于斯乎?" |
| 《故连州员外司马凌君权厝志》 | 年月日……铭曰 | 自"噫凌君"至"志陵谷。" |
| 《祭吕衡州温文》 | 维元和六年……终复何适! | 自"呜呼化光"至"庶或听之。" |

两相对比,我们可以发现,姚婿删除的多是概述性文字,保留的多是含蓄隽永的文字。以《序饮》为例,姚婿删除了原文交代饮酒地址、酒令规则以及饮酒行令经过的文字,保留了作者对饮酒行为议论的文字。这些议论相比概述而言,更能引发读者对饮酒内涵的思考,体会柳宗元放达、从容、和谐的心境。再以《柳州文宣王新修庙碑》为例,柳文先叙述修庙的原因、经过,后以孔子为证,讲述修庙的重大意义。姚婿删除原文前半部分文字,并眉批:"前段皆不过记坍塌修葺之事,无当讽览,且此起止恰合,故节取之。" 这个批语告诉我们,姚靖删节选文是有选择的,既注意到文章结构,又关注内容。此处即因原文前段文字没有讽刺劝告作用而删除。

姚鼐又于《种树郭橐驼传》"问者嘻曰:'不亦善夫,吾问养树,得养人术。'传其事以为官戒"句眉批:"移之官理一段留之反不含蕴,故逸之。"直接说明删除的原因是"不含蕴"。"不含蕴",即缺少蕴藉。柳宗元于《种树郭橐驼传》中,先讲述郭橐驼种树的方法,顺从自然规律,让它按照自己的习性生长。后讲述官吏治理百姓的准则,不应频繁地发号施令,劳民伤财,而应如橐驼种树一样,顺其天性,不加干涉。此文以种树之术类比官吏治民之理,写种树是虚,写治民是实。但姚鼐认为柳文将观点直接表达出来,缺少蕴藉,不如将官吏治民之理暗含于郭橐驼种树之术,文章才显得含蓄蕴藉,从而删除文中概述官吏治民的语句。《梓人传》删除的原因与此相似。此文以梓人指挥群工建筑官署层层类比宰相治理天下,阐发为相之道。全文前半幅详写梓人,处处埋下伏笔;下半幅阐发相道,层层回应上文。但姚鼐认为应将主旨蕴藏于文内而不显于外,以使行文含蓄蕴藉,委婉曲折。在这种观点下,他将后半幅全部删除,只保留描写梓人的文字。

至于《寄许京兆孟容书》《与李翰林建书》以及《与李翰林俛书》三文,姚删除的均为概述性文字,保留议论感慨的文字,以彰显文章的讽喻功能。姚鼐欲通过删节以达到精简篇幅的目的,去其繁芜,取其精华。如《刘叟传》《与韩愈论史官书》以及《礼部贺甘露表》等篇,其在保持原文内容的基础上删除文中的套语,确实既精简了篇幅,又为初学者提示了作文门径。但《序饮》《梓人传》以及《种树郭橐驼传》等篇删除语句过多,以至断章取义,破坏原文结构,就不尽妥当了。

### (三)赞赏柳文议论沉着痛快,极具辩驳力

柳文以论点精辟、论证严谨见长,姚鼐亦赞赏柳文议论沉着痛快,极具辩驳力。如:姚鼐于《与韩愈论史官书》尾批"子厚文至辩诘处,人每不可及",又于此文"若果尔,退之岂宜虚受宰相荣己,而冒居馆下,近密地,食奉养,役使掌固,利纸笔为私书,取以供子弟费?古之志于道者,不若是"句眉批"出议皆痛快沉着","道苟直,虽死不可回也;如回之,莫若亟去其位"句眉批"辞言义正,千古莫易","则同职者又所云若是,后来继今者又所云若是,人人皆曰我一人,则卒谁能纪传之耶"句眉批"折辩得尽绝",肯定柳文词严意切,具有极强的说服力。再如《驳复仇议》,姚鼐于"其本则合,其用则异,旌与诛莫得而并焉"句眉批"'旌与诛莫得而并',辩得极精快","议者反以为戮,黩刑坏礼,其不可以为典明矣"句眉批"结得凿凿不移";《晋文公守原议》"虽或衰

之贤足以守，国之政不为败，而贼贤失政之端，由是滋矣。况当其时不乏言议之臣乎"句眉批"竖义斩然，铁案也"；《桐叶封弟辨》尾批"'要于其当'四字，驳得无辞"。以上批语，姚婧或摘出论点，赞赏其精辟明快；或注重结论，誉扬其有理有据；或关注论辩效果，令人无从反驳，均显示出柳宗元议论文的辩驳力。

### （四）感受文中情感，关注文章的现实意义

姚婧批语的另一特点便是注重体味文中的感情，且以柳文劝诫世人。姚婧于《上西川武元衡相公抚问启》篇首眉批："通篇多呜咽之状"；于《与李翰林建书》尾批，先引卢文子批语"身在蛮夷，远绝故人，言之呜咽，真有夜月哀筑之致"，后自评为"写得悲怆如许"；于《与萧翰林俛书》"忽遇北风……今听之怡然不怪，已与为类矣"句眉批"羁旅异乡，不堪多读"，又尾批为"是书凄怆极矣，何必听文姬塞曲"，将此文与蔡文姬《胡笳十八拍》相比，蔡文姬的《胡笳十八拍》写得激昂酸楚，而此文有过之而无不及，文中凄凉悲怆的感情极为突出。

姚婧一方面注重感受文中之情，一方面又关注文章的警示意义。柳宗元于《与萧翰林俛书》叙述自己仕途失意时遭受诬陷，不仅无人援手施救，更有落井下石者以求速进，文中写道："饰智求仕者，更訾仆以悦仇人之心，曰为新奇，务相喜可，自以速援引之路。而仆辈坐益困辱，万罪横生，不知其端。伏自思念，过大恩甚，乃以致此。"姚婧于句旁施加圈，并眉批为："此辈今时极多。"《段太尉逸事状》"曰：'吾终不可以见段公！'一夕，自恨死"句眉批"如谌者今世亦少"，均关注文章的警示意义。再如《永某氏之鼠》尾批"三戒俱可风世，余尤哀今之人，窃时罗祸者倍多，特录之为此辈劝"，《蝜蝂传》尾批"恋爵嗜货，卒至僇辱，曾蝜蝂之不若也。急流勇退，固豪杰哉。鞅、斯辈其熟思"，两文批语从柳文立意出发，引申出为人处世的原则，一为劝勉因一时机会而胡作非为之人，一为告诫贪婪愚蠢、不知急流勇退之人，充分注重文章的讽谏教化功能。

总体来看，姚婧本着寓教于乐的理念，在至简至严的选编标准下，推崇柳文表启与序记文体的价值。其赞赏柳文富有辩驳力量，又关注文章的教化功能，发掘出柳文的独特意义。由于姚靖强调篇幅简短，对原文进行删节，一方面使文章简明易读，另一方面却失去了原文的本来面貌。

## 第二节  吕留良、吕葆中、董采评点柳文

### 一、吕留良选、吕葆中评点《晚村先生八家古文精选·柳文》

吕留良（1629—1683），一名光轮，字用晦，又字庄生，号晚村。浙江嘉兴府崇德县人。清代著名思想家和时文评论家，著有《晚村先生文集》八卷、《续集》一卷、《东庄诗钞》八卷、《吕晚村先生四书讲义》四十三卷。曾选《八家古文精选》，交由其子吕葆中评点；选《唐四家文》，后由其弟子董采评点。本节《晚村先生八家古文精选》以康熙四十三年（1704）吕氏家塾刻本为据分析父子二人对柳文的选评。①

#### （一）《晚村先生八家古文精选》概述

《晚村先生八家古文精选》是吕留良为初学者编制的古文选本。全书八卷，各卷多以论辩类文体为首。全书结构依次为序跋、赠序、杂记，墓志一般排列在最后。书名"精选"，是吕留良在已有古文选本基础上"又撮其精腴若干篇以附家塾"。《唐四家文》吴涵序云："吕先生评点时文之暇，自《国语》《国策》以及汉唐宋诸家率皆有选，而于唐宋八家俱有广选，又别有精选"，其中的"别有精选"即此书。"又有精选"，是因为吕留良提出了学文应"熟而后用"与"用而后熟"的观点。吕留良认为读书唯在"熟"，读文章要读到如同自己所做一样，这样的文章不在多，掌握数百篇就能得心应手地写作，即"熟而后用"；如果有些难以读懂的文章，也可以粗识行文之法后加以应用，在写作中体会谋篇布局的技巧。由此而言，写作的关键是掌握行文之法，"熟而后用"是知，"用而后熟"是行，两者互为因果。

此书评点目的是揭示行文之法。如何揭示行文之法？吕留良认为初学者面对文本，遇到的第一个难题便是识文断字，即在了解每个字的音形义，并分析字与字之间的关系，判断出哪几个字的集合是有意义的单位，从而合理地断开字词，了解文章大意。因此评点首先要"正句读"（《八家古文精选·序》），方便初学者准确理解句意。吕留良要求吕葆中"是选句读用从来差误者，即加是正，有原不可解者，明注阙疑，今人遇古文难句处，率多用圈点以掩其迹，此

---

① 〔清〕吕留良选，吕葆中评点. 晚村先生八家古文精选[M]. 康熙四十三年吕氏家塾刻本. 本文所论述此书内容均以此书为据，不再出注。

亦自欺之一端，不敢效尤"。(《八家古文精选·凡例》)前人错误的修改，遇到难以阐明的句子，宁愿阙疑也不误导读者。其次是划分段落。吕留良认为段落"多有过接、钩带、显晦、断续、反复、错综之法，率由古人文心变化"(《八家古文精选·序》)，读者如能分辨出段落之间的关系，随着作者的思路进展，也就能识别出谋篇布局、起承转结、抑扬开合等行文技巧，破解文章的奥秘。不过在评点时，吕氏父子只是"粗示行文之法"(《八家古文精选·序》)，即"毋繁冗，毋穿凿"(《八家古文精选·序》)。"毋繁冗"，意为评语不能烦琐冗长，也就是要求简洁明了；"毋穿凿"，意为不要把讲不通的硬要讲通，不穿凿附会。文章的精妙之处，则"在学者熟后深思自得之耳"。(《八家古文精选·序》)同时，吕氏考虑此选本是为初学者选评，所以"在惟于作文之缘由及其人之本末行事，略为附载"(《八家古文精选·序》)，做到知人论世，以求达到对文章深刻的理解。

书中批语按位置分为旁批与尾批，既有自评，又兼取前人批语。尾批多是阐释文章主旨，评析艺术特色。较为特色的是旁批，可概述为疏文意，补时事，以柳释柳。如吕葆中于《愚溪对》："举手而辞，辞悔一明"句旁批："四字未解。"其面对文本，知之为知之，不知为不知，不强作解释。与此书《凡例》所言一致。再如《寄许京兆孟容书》"宗元再拜五丈座前"句旁批："孟容字公范，最好强直，乐推挽。"吕氏通过补充许孟容乐于推荐的性格，说明柳宗元给许孟容写信的缘由，批语简略而又切中要点。再如此文中"宗元早岁与负罪者亲善"句旁批"此段叙述得罪之由，'负罪者'谓王叔文事"，该句评语将概述段意与注解史事相结合，从而准确把握文章大意。疏解句意时，既阐释句义，还诠明言外之意，有时以柳文解释柳文。如《愚溪对》"柳子曰汝欲穷我之愚说耶"句旁批"'愚'字不曾说破，故指其实形容之，即《乞巧文》之意"；《段太尉逸事状》句"谌盛怒，召农者曰：我畏段某耶？何敢言我"旁批"意正畏之"。焦令谌明说不畏惧段太尉，而吕氏从语气中体会出焦令谌的畏惧之情，说不畏惧是掩盖心虚。再如《零陵郡复乳穴记》"且夫乳穴必在深山穷林，冰雪之所储，豺虎之所庐"句旁批："极言采取之难，言外有讽朝廷罢工息民之意"。《封建论》"告之以直而不改，必痛之而后畏"中"以直"旁批"政"，"痛"旁批"刑"，诠释字词皆简洁明了。再如《驳复仇议》"《礼》之所谓仇者，盖以冤抑沉痛而号无告也，非谓抵罪触法陷于大戮"句旁批："颇解'仇'字好。"《种树郭橐驼传》"根拳而土易，其培之也"句旁批："变易之'易'，对'故'字。"此处批语不是直接注解文字，而是找到文中与其含义相反的字来阐释，以柳文解释柳文。

评点符号的用法在《凡例》中有说明：一为"点"，用来标出句读以及文章精妙处；二为"抹"，分长抹与短抹，长抹标出主旨，短抹标出地名、爵位以及姓名等专有名词；三为"圈"，分大小圈，大圈将字圈住，意为文章的关键字。小圈用在字旁，意为文章精妙处；四为"截"，用来划分段落，分大段与小段。除《凡例》中列出的以上四种符号外，实际评点中还有"方框"，多用来标出关键字。如《封建论》"秦有天下"句中"秦"字旁边加方框。由于吕氏评语要求精简，具体评点中多用符号来揭示行文之法，帮助读者理解文意。比如"圈"的使用，吕葆中于《愚溪对》"有其实者名固从之""今汝独招愚者居焉，久留而不去，虽欲革其名不可得矣""则汝之实也"三句中圈出"实"与"名"，确立文章的关键字，说明愚溪之愚是"名"，而柳子之愚为"实"，"实"与"名"贯穿全文。吕氏圈出这两个字，既明确文章立意，又标出文章脉络，帮助读者体会如何安排文章结构。总之，吕氏父子评点文章，往往灵活运用圈点符号，加上精简的评语，为初学者提供写作诀窍。

（二）选评特色

此书选评柳文的特色可总结为：选篇以书信为主；称赞立意高明；文法有法度，并总结出柳文有倒跌法、争上流法、攻击之法以及旁敲侧击法等文法，揭示出行文妙诀。

首先是选篇以书信为主，推崇《答杜温夫书》与《梓人传》。此书共选文一百八十余篇，其中柳宗元论辩类三篇，传记类三篇，杂记类五篇，书信类七篇。篇目依次为《封建论》《桐叶封弟辩》《驳复仇议》《段太尉逸事状》《愚溪对》《种树郭橐驼传》《梓人传》《零陵郡复乳穴记》《始得西山宴游记》《钻鉧潭西小丘记》《小石城山记》《与李翰林建书》《寄许京兆孟容书》《与萧翰林俛书》《与韩愈论史官书》《答韦中立论师道书》《答杜温夫书》《与李睦州论服气书》十八篇文章。

在柳文选篇上，吕留良延续了宋明选本的经典篇目，最为推崇的是《梓人传》与《答杜温夫书》。《梓人传》尾批"文以理胜，又间架峻整，文势跌宕，造语精警，可谓尽善"，认为《梓人传》以梓人比喻为相之道，给人启迪，而且文章布局整齐，有层次有条理，在整体中又富有变化，文势波澜起伏，特别在下字用语上，精妙犀利，醒人耳目，其行文之法达到了"尽善"的境界。书信类的《答杜温夫书》，蒋之翘评为"言太倨，而气岸甚峻，大非奖进后学之意"（《柳河东集》卷三四），认为柳宗元言语傲慢，气势严厉，对杜温夫过于苛刻，不是提携后学的作风。吕葆中不以为然，在该文后尾批"以古道自抗，文亦浑朴坚峭。子厚诸书中，此为最醇"，认为柳宗元书信文体中，只有此篇雄厚朴实，刚直陗劲，而且柳宗元直接斥责杜温夫的谄媚吹捧，正是"以古道自抗"，体现出柳宗元的仁厚。

其次，吕葆中对柳文的评价既有继承，又有所创见。吕葆中自言："前人评语合者存之，篇内细批以采用，但必别之曰某云，不敢混乱也。"（《凡例》）"合者"即表明对柳文态度是相同的。纵观全书，集中为吕祖谦、楼昉、谢枋得、茅坤以及唐荆川的批语。如在《桐叶封弟辩》"不幸，王以桐叶戏妇寺"句旁批："东莱云：难得倒"；"凡王者之德在行之何若"旁批："东莱云：既难倒须说正理"，尾批亦引吕祖谦批语"此一篇文字，一段好似一段。大抵做文字，须留好意思在后，令人读一段好一段"。除直接引用前人批语，吕葆中还将前人批语细化。如《驳复仇议》引唐荆川的总评："此等文字极谨严，无一字懒散。理精而文工，《左氏》《国语》之亚也"，吕葆中把唐荆川的批语落实到字句上，在"若元庆之父不陷于公罪"句旁批为："神似《左》《国》。""左"即《左传》，"国"即《国语》，从而使柳文的渊源有具体所指。吕氏的评点，对文法作出详细的阐发，又将前人概述落实到具体语句，开清人务实先风。

然而吕葆中并非一味因循前人批语，时有创见。如《梓人传》中尾批引唐荆川语"文体方，不如《圬者》圆转"，吕葆中驳斥为"此等讲究，适见荆川之陋。通篇喻相体，末一段用舍行藏之道，所论益大。前段犹萧、曹、房、杜所能，后非伊、吕莫能与也"，认为《梓人传》全文是借梓人说为相之道，尤其用孔子的"用舍行藏"作为收结，眼界开阔，人所未能。而唐荆川以文章结构作为评价标准，未能真正读懂柳文寓意，实在是见识短浅。再如《寄许京兆孟容书》尾批：

> 子厚最失意时最得意书，可与太史公《与任安书》相参，而气似呜咽萧飒矣。（茅坤）
>
> 然余谓太史公所犯是公罪，子厚所犯是私罪。汉法太严，史公愤激，宜也。在子厚直是愤激不得，只好作凄苦语，忏悔语，以冀当涂之或见怜，那得不呜咽萧飒乎？然子厚之呜咽萧飒，乃正其愤激之郁而成者也。

茅坤将《寄许京兆孟容书》与《报任安书》相比较，认为柳宗元书信语语乞怜，情感凄切，不如司马迁慷慨愤激。吕葆中从两人获罪的原因出发，认为司马迁是为李陵申辩，因当时苛刻的法律身受宫刑，情绪自然愤怒激动；柳宗元是依附王伾、王叔文，因自己选择不慎而蒙受贬谪，只能把重返京师的厚望寄托在许孟容身上，语言不能不悲苦凄凉，感情不能不沉痛悲哀。吕葆中进一步指出柳宗元的"呜咽萧飒"是"愤激之郁而成者也"，由此两人情绪看似不同，实则同出于愤激之情。相比之下，吕葆中从写作背景出发深入剖析柳宗元的情感根源，有理有据，令人信服。

再次，是推崇柳文立意高明。吕葆中评点处处点明柳文立意，如《段太尉逸事状》"今之称太尉大节者出入，以为武人一时奋不虑死，以取名天下，不知太尉之所立如是"句旁批："此子厚状逸事主意"；《与韩愈论史官书》"古之志于道者，不若是"句旁批："此句是主"；《答韦中立论师道书》"取其实而去其名"句旁批"通篇关键"，以上的"主意""主""关键"均是文章主旨的意思。在把握柳文立意的基础上，吕留良尤其注意到柳文论点鲜明，驳论角度准确，深刻有力，立论有理有据，严谨周密。如《驳复仇议》"旌与诛莫得而并焉"句旁批"一句破的"；"破的"即指柳宗元抓住陈子昂"诛而后旌"的逻辑矛盾，提出对一个人不能同时做出诛杀与表彰的审判，直击要害，因此"只是'旌诛莫得而并'一句，一番洗剔，一番精彩，旧议真成粉碎"（《驳复仇议》尾批）。更能体现柳文驳论高明的，是柳氏在驳倒旧论后的正面立论，如《桐叶封弟辩》，柳宗元驳倒"天子无戏言"后，进而正面立论，"吾意周公辅成王，宜以道，从容优乐，要归之大中而已"，吕葆中旁批"此等意思是文章本领，方可压倒"，认为柳宗元指出周公的错误驳倒对方观点后，随即提出周公应该怎么去做，具备了压倒众人的写作本领。再如"又不当束缚之，驰骤之，使若牛马然，急则败矣"句旁批："此意尤人所不及。"这种重意的角度，颇与前人不同，如宋代的吕祖谦认为此处用词不雅，对周公是大不敬，而吕葆中从论证方式分析，认为正是柳子识见高明之处。

又次，是赞赏柳文有法度。行文之法体现在行文的前后呼应，严谨周密。如《封建论》"天地果无初乎"句旁批："落想甚远。""落想"意为构思，是说柳宗元开篇即作全盘打算，不仅引出论点，更与后文遥遥呼应。即柳氏在下笔之前，已经做好布局，调配段落位次，注意前后照应，使全文成为有机的统一体。再如《段太尉逸事状》"太尉曰：'吾未晡食，请假设草具'"句旁批"更妙在此，非止示不疑且为且俱谢张本"；《寄许京兆孟容书》"宗元于众党人中"句旁批"此段言所以不死苟且活之故，即为望援张本"[1]；再如《种树郭橐驼传》"其乡曰丰乐乡"句旁批"即伏居乡所见"；《与韩愈论史官书》"今学如退之，辞如退之，好议论如退之，慷慨自谓正直行行焉如退之"句旁批"应前'古之

---

① 按：张本：立案也，埋案也，伏后文，《左》、《史》多有之。"详见王水照编《历代文话》（上海：复旦大学出版社，2007，第6038页）。

志乎道者'句，作收"；《始得西山宴游记》"然后知吾向之未始游，游于是乎始"句旁批"照应"，《愚溪对》"今予甚清与美，为子所喜"句旁批"此句伏后案"，"故其名曰恶溪"句旁批"用四水陪出愚溪"，"且汝不见贪泉乎"句旁批"又用一水以应上四水"。综上，吕葆中指出柳文在不经意处埋下伏笔，在后文中明应暗合，或是首尾呼应，或是段与段回环往复，甚至于字词之间也相互关照，使文章脉络贯通，结构严谨。

吕葆中不仅推重柳文的法度，更赞赏其曲折变化，认为柳文严谨周密有法度，在秩序中寓变化，一波三折，错综成文，避免呆板。如《寄许京兆孟容书》"加以素卑贱，暴起领事，人所不信"句旁批"曲尽事情"；《与萧翰林俛书》"事诚如此……"句旁批"曲折"。吕氏注意到曲折之外还有详略的变化，认为柳文善于裁剪材料，详略得当，并将同一事件的详略变化扩展到不同篇章，如《与萧翰林俛书》"其求进而退者，皆聚为仇怨"句旁批"于《许孟容书》中特详"。行文的曲折变化还体现在句法上，如《与韩愈论史官书》"退之之智，而犹惧于此"句旁批"缩句"，《与李睦州论服气书》"则又之天下号曰'孰为李睦州仇者？今欲已睦州气术 者左袒，不欲者右袒'"句旁批"句法变"。这种曲折变化尤其体现在正反与照应的结合上，如《梓人传》"所谓不通是道者也。犹梓人而不知绳墨之曲直、规矩之方圆、寻引之短长"句旁批"反说作一段总写，若亦逐节应，便排冗"，《种树郭橐驼传》"他植者则不然"句旁批"反说照后"。总之，柳文"用笔有起倒，有擒纵，势有顺送，有嶮易，一篇之中有数转，一转之中有几折。初学熟此，自无平曼之病矣"。（《桐叶封弟辩》尾批）

吕葆中还总结出柳文有倒跌法、争上流法、攻击之法以及旁敲侧击法等，如《梓人传》"他日，如其室"句旁批"此一段是倒跌法"，指柳宗元欲赞扬梓人能通相道，却先对梓人冷嘲热讽，先抑后扬。再如《零陵郡复乳穴记》尾批"读此可识作文争上流法"；《与韩愈论史官书》尾批"譬之用兵，有直捣其巢，有随地转战，有截塞其奔逸之路，攻击之法，可云备矣"；《与李睦州论服气书》尾批"无一句正言服气之害，都用旁敲侧击，盖因有吴武陵之书在也。茅鹿门遂以'末椎牛'一段为漫溷，是未识立说之用意耳"，指出茅坤不识别文法导致错误理解立意。

除总结柳文行文之法外，吕葆中还注意发掘柳宗元的行文妙诀，如《种树郭橐驼传》尾批：

养树养人分两段，而养人一段，亦向橐驼口中得之，何也？盖若从旁推论，必将养人之术贴定养树。洗发殆尽，议论虽畅，而亦少含蓄矣。此只就橐驼居乡所见冷冷数语，语未毕而意已透，使读之者尚有余味。此等处皆文章妙诀也。此本为有爱民之心而烦扰者言之，然世之官吏，往往本无爱民之心，而故为烦扰，以粉饰故事，此种又须分别。故后段若甚怜焉，放作活句以该之，谁识良工心苦。

"谁识良工心苦"，体现出柳文是深思熟虑地经营，而非信手挥洒，曼然成篇。也表明前人选评时没有意识到此处的妙用，同时说明自己体会柳文之深，故详加阐释柳文从段落的安排到叙述人称的选择，又特意揭示柳文前后布局的良苦用心。

另外，吕葆中对柳文的立意有时并不认可，但仍称赞柳宗元行文之法，如《封建论》"盖非不欲去之也，势不可也"句旁批："强辞害理在此。"其中，特意用〇将"势"字圈出，点明"强词害理在此"的"此"指的是"势"。尾批又总评为："从来论者，皆谓封建虽善，但后世不可行耳。子厚之云，则当三代盛时，封建已非善制，在圣人不得已而用之，议论乖角甚矣。独其行文排拶出入，打成一片，无懈可击，实文章之豪雄。""乖角"即违背常理，可以看出吕葆中认为此文立意颠倒是非，但说理周密翔实，无懈可击，故推崇柳宗元为"文章之豪雄"，从而看出吕葆中对柳文法度的偏爱。

最后，吕葆中在韩愈所写的《柳子厚墓志铭》尾批"子厚生平最出色处，曰交友，曰文章，……其一生瑕累，乃是入党而被贬斥"，认为柳宗元最为出色的是交友与文章，而污点则是依附王玉丕、王叔文，最终遭到贬谪。这也是吕葆中对"二王、八司马事件"的态度，而且这一评价有着强烈的自信，认为"即令子厚复生，亦应感且服耳"。（《八家古文精选·柳子厚墓志铭》尾批）

## 二、吕留良选、董采评点《唐四家文·柳文》

《唐四家文》又名《唐文吕选》，是由吕留良编选、董采评点的古文选本。[①]此书与明代以及清代古文选本相比，有着鲜明的特色。明代的"四大家"选本有陆灿的《唐宋四大家文抄》、陆梦龙的《唐宋四大家文选》以及归有光编选、顾锡畴评阅的《四大家文选》，三者选本的"四大家"唐代为韩柳、宋代为欧苏。其中陆灿的"四大家"实际为"六大家"，把苏洵、苏轼以及苏辙"三苏"合为一家。明代的"四家"是合唐宋而选，而《唐四家文》专选唐人，显示出特有的角度。再者，清代古文选本多集中为"八大家"，如孙琮《山晓阁选唐宋八大家全集》、卢元昌《唐宋八大家精选》、沈德潜《唐宋八大家读本》以及张伯行

---

① 〔清〕吕留良选，董采评点. 唐文吕选[M]. 康熙四十三年（1704）困学闻刊本. 上海图书馆藏.

《唐宋八大家文钞》等均以"八家"为限，吕留良本人亦有"八家"精选本。突破"八家"之限的有储欣《唐宋十大家全集录》、李元春《唐宋八家文选》两种选本，储欣选本在八家的基础上，增加了孙樵以及《唐四家文》中的李翱。李元春选本则以附录的形式收录了除八家之外的唐、宋、元文人文章。以笔者翻阅明清古文选本，鲜有唐人的专选本，由此《唐四家文》的价值不仅体现在专选韩柳杜李的古文上，而且对评价清初古文选本有着新的意义。

董采，字载臣，号力民，石门人。其父董雨舟与吕留良为总角之交，故少时即受教于吕留良，在吕门地位颇高。杨瑄在《后远游草·序》评价为"力民乃先生高第，弟子见力民如见先生焉"①。其初奉父兄之命远游，后家遇火灾，父兄皆丧命，归来料理后事。其后拜访吕留良，又踏上远游之路。康熙二十二年（1683），曾"北涉齐鲁，西过宛邓，浮汉沔而南，以入于通羊山间"，是年吕留良卒，归来会葬。葬毕，又有维扬之游。后与吕葆中同入闽，历五月而归。晚年，于金陵市卖药为生。董采著《始学斋远游草》《后远游草》。另据《（光绪）石门县志》卷十记，著有《西锦集》与《方论质疑》，并收录胡会恩为《唐四家文选》作的序言。②此《唐四家文》即《唐文吕选》。

### （一）《唐四家文》概述

《唐四家文》，成书于康熙四十三年（1704），今可见康熙四十三年困学阁暗刊本，全书十三卷，四册。编排体例以人为系，专选唐代韩愈、柳宗元、杜牧以及李翱的古文。书首有署"康熙四十三年岁次甲申仲秋清溪胡会恩书"和"康熙四十三年岁次甲申菊月年家眷弟吴涵书"的两篇序言。其中吴序称：

力民馆于桑干、壶流二水之滨，与其门下士讲论唐宋文，因取先生广选而加评点焉。其韩文先成，予间得而阅之。则不惟分肌析理，动中肯綮，而于闲卫正道梯接后学之意，又直有以上承先生之心传。盖先生虽殁，而瓣香滴乳之真，不在兹耶？而岂非后学之深幸耶？因倒橐出俸金以助之，使付诸剞劂氏。而其关外门人李应阳、李云阳、鲁阳、子布、廷和五人者亦乐襄成事焉。今秋邮寄所刻，成唐四家文示予，予惟平生私淑之心隐隐难忘用，深喜力民之亲炙有成，而又能发明其未竟之绪，以惠来学焉，是亦予之幸也。

吴涵与载臣为同里故交，在序中言及评点缘由与成书过程，并认为董载臣

① 〔清〕杨瑄. 后远游草·序[A]. 董采. 后远游草[M]. 清代诗文集汇编第九十八册，上海：上海古籍出版社，2010.
② 〔清〕余丽元. （光绪）石门县志[M]卷十. 清光绪五年（1879）刊本.

的评点"分肌析理，动中肯綮"，既"闲卫正道梯接后学"，又"上承先生之心传"。对此，胡会恩在序中亦言："至近日晚邨先生出，而后于时文之文势、义理，始穷微达眇，而不复有所遗隐。……其（董载臣）评点之法，一如吕先生评点时文之法"，指出董载臣是借时文评点古文，能抓住文章关键，揭示主旨，阐发义理，进而剖析谋篇布局，起承转合，揭示文章的内在精妙。

在评点符号上，此书采用了圈、点与截。书中未见圈点说明，故董载臣在评点时的运用规则应与前人基本相同。截用于划分文章段落层次，圈点多用于标识句读，文章作法以及警策精彩处。董载臣在评点中常是批语与圈点并行，批语经圈点明示，明确所指，圈点经批语释意，阐发意义，两者互为补充，让读者更好地领悟文势与义理。

批语有夹批、旁批以及尾批。夹批仅用于注音，如《与崔饶州论石钟乳书》"凡其大耳腔"句，"腔"字之下夹批"音豆"；《与李睦州论服气书》"愚敢厉锐攠坚"句，"攠"字下夹批"患，又音贯"。旁批内容丰富，分层次，点关键，剖虚实，分肌析理，穷微达眇，偶有注世风民俗，以便加深理解文意。如《复杜温夫书》"然世之求知音者"旁批："以文谒先达者，唐俗谓之求知己。"尾批属于总论，既概述内容，又论析风格。尾批多引前人评语，有合二家为一者，如《序棋》尾批"荆川评为精巧，鹿门公评为澹宕。精巧，其用意也；澹宕，其行文也。以精巧之意，而行之以澹宕，斯为古人佳构"；有说明解释者，如《梓人传》尾批引唐荆川语"此文体方，不如《圬者传》圆转，然亦文字佳者"。董载臣对此解释为："予按意义甚正，故文体亦方而严，间架结构精密，初学最好规摹。"有似是而非者，如《段太尉逸事状》尾批"唐荆川评史笔甚高。余按'高'字真妙评也。然此篇之高在笔笔刻画入骨处"。除总叙大意、点评文风外，董氏批语多以程、朱为准阐释义理，如《与杨海之疏解车义第二书》尾批"中间说道理处不减宋人，何视宋人之浅耶？未尝虚心细读程朱子书，一梦见篱壁而轻易出言，恐难免庸妄之目"；《六逆论》尾批"理正。行文简严，运笔奥峭，可诵。执左氏之说而不知变，固足以致乱，然子厚之论，乃所以圆左氏也。若便欲尊此而废彼，则又犯程伯子所谓扶醉汉之病，必如孟子'如不得已'云云、朱子'尊尊亲亲，理之常'云云，乃为八面各足，学者不可不知"。

### （二）选评特色

此书选篇以"书"与"记"为主；在文法上，董氏称赞柳文为"一片神行"，又认为柳文能于"顿挫中极尽情致"；在文风上，董氏以"奇"与"妙"二字概括柳文；在立意上，董氏观点与前人有异，认为柳文义理欠透彻，甚者本末倒置。在评点中，董氏还分析柳文获得盛赞的原因，即柳宗元博览群书，学而能化。

第一是选篇以"书"与"记"为主。《唐文吕选》十三卷，其中柳文三卷，共选四十五篇。其中卷一书十一篇，卷二序两篇、传三篇、记十三篇，卷三论、辩、问、答、铭、状等文体十六篇。"书"与"记"共计二十四篇，超过选篇的二分之一。这种对"书"与"记"的重视，亦延承了明代选编柳文的传统。宋代的《古文关键》《文章正宗》以及《崇古文诀》都是以"论""辩""说"文体为主，突出柳文识见高超、论辩严谨、说理透彻的特点。明代"四大家"与"八大家"选本增加"书""记""表"等文体，拓展了柳文范围。特别是茅坤选评，确立了"书"与"记"的典范地位。吕留良沿袭明代的选编，永州八记全部入选，更加肯定柳宗元"书""记"的艺术价值。

第二是赞成柳文章法多样，一片神行。在文法上，董载臣认为柳文章法多样，有抑扬，有开合，有虚实，有呼应，有显晦。如《答韦中立论师道书》"非独见病，亦以病吾子，然雪与日岂有过哉"句旁批"接处转处，笔力老、洁"。同文"平居望外，遭齿舌不少，独欠为人师耳"旁批"又着此一层，挽'师'字，匪夷所思"，指出柳文的结转、呼应出神入化，笔力老到，用语简洁。再如《愚溪诗序》：

> 故更之为愚溪：无数"愚"字，天花乱落。
> 夫水，智者乐也：以"智"翻出所以愚。
> 宁武子邦无道则愚：以古人之愚翻出自家之愚。
> 溪虽莫利于世：愚而不愚，便影起诗，精切。
> 能使愚者喜笑眷慕，乐而不能去也：挽愚者，不测。
> 漱涤万物，牢笼百态，而无所避之：先形容诗之妙，与上文说溪应。
> 则茫然而不违，昏然而同归，超鸿蒙，混希夷，寂寥而莫我知也：句句愚，句句不愚，奇妙入神。

董氏认为此文章法多样，有"翻出"，前写溪水因愚者见辱，却接转到水为智者所爱，从而将自己的愚与智者对比，解释溪水见辱的原因；有"影起"，人因愚而谪于溪，溪因人而名愚，溪虽愚，却并非于事无补，实则虽愚而不愚，借此透出《八愚诗》的意义，含蓄精准；有"挽"，前写愚溪对人世毫无益处，此写愚溪能使愚者顿释前怀，喜笑颜开，乐而忘返，既写出愚溪之利，又回顾上文，笔法变化莫测。从批语中可以看出此文以"愚"字贯穿全文，明是写愚，暗里写智，言在此而意在彼，耐人寻味。

董氏欣赏柳文章法多样，更在于灵活多变，转折不露痕迹，开合中巧妙呼应，文脉贯通，浑然一体。如：《与李翰林建书》"时时作文，以咏太平。摧伤之余，气力可想"旁批"不露转接，一片神行"，同文"事诚如此，然居理平之世，终身为顽人之类，犹有少耻，未能尽忘"旁批"一片神行"；《与李睦州论服气书》"徒曰我能坚壁拒境，以为强大"旁批"并应转篇首强大一段，敏妙"；《捕蛇者说》"更若役，复若赋，则何如"旁批"轻点'赋'字作骨子，无迹"；《与崔饶州论石钟乳书》"空中立枯者，皆可以梁百尺之观，航千仞之渊"旁批"再就其说博喻以晓之，挈句笔力千钧，人当玩其长短错纵变化处，一气奔注不可停顿处"。董氏以"一片神行""敏妙"评价段落句子的衔接，以"无迹"评价主旨的表达，正体现柳文转折变化，却前呼后应，流畅贯通，有着浑融的艺术效果。董氏进一步分析"神行"的原因，指出柳文浑融是由锻炼而来，如《种树郭橐驼传》尾批，"无一句一字不由锻炼而出，而神气又容与自在"；《愚溪对》尾批"波澜生动，如风水相遭，却出之于苦心烹炼，老甚，洁甚"。章法的流畅自然，神气的从容不迫，并非不假思索，任意写成，而是来自煅词炼句，刻意经营。

第三是称赞柳文"顿挫转折间极尽情致"。董氏在评点时不仅关注文法，而且注意情感，认为柳文虽然多顿挫转折，然极尽情致。如：《与李翰林建书》"越不过为三十年客耳。前过三十七年，与瞬息无异"句旁批"极顿挫感慨淋漓之致，真情动人"；《寄许京兆孟容书》"自谴逐来，消息存亡不一至乡间主守者固以益怠"，旁批"曲曲写得入情，才可悲"，同文尾批又总结为"又自承自辩，如泣如诉，如怨如慕，文含此两意而情致出，神妙生矣"；《祭吕衡州温文》尾批"情切悲深，一放其笔而出之"，认为此文耐人寻味。柳宗元贬谪荒夷，与朝中亲朋故旧书信问答时，或谈论近况，或表情达意，或针砭时弊，或希以求援，由情生文，故可悲可吊。

董氏由情感又指出柳文禁得起品味。如：《钴鉧潭记》"孰使予乐居夷而忘故土者，非兹潭也欤"，旁批"结语悠然有味"；《钴鉧潭西小丘记》尾批"此讬情深，于诸记中神味更别"；《与萧翰林俛书》尾批"信笔挥洒，而感慨顿挫，缠绵郁勃，出没神奇处隐隐盘伏其中，不然何以耐人千百寻味而味不穷耶？"柳文情感深厚，却并非一览无余，直诉衷肠，而是顿挫转折，委婉含蓄，曲尽其情，因而经千百遍品评，却无法穷尽其滋味。

第四是揭示妙与奇的艺术风格。在文风上，柳文呈现出"妙""奇"的艺术特征。一是妙。有关键处从容不迫、转折见意之妙。如《寄许京兆孟容书》"然赖当世豪杰，分明辩别，卒光史籍"旁批"吃紧语却如此出，妙，妙！"；有层次由浅入深之妙，如《与萧翰林俛书》"闻北人言，则啼呼走匿，虽病夫亦怛然骇之"，旁批"并畏家乡之音一层，层层摹尽，说到自己亦骇，与不怪相叫应，行文由浅入深之妙"；有下字之精妙，如《与李睦州论服气书》"宋人有得遗契者，密数其齿曰"旁批"随设一譬，此谓神解。'密'字下得精妙活现"；有笔法之妙，如《与杨京兆凭书》"然彼古人亦人耳，夫何远哉"旁批"就古人二字又转出一节议论，笔妙"，同文"道之行，物得其利"句旁批"暗应太平。紧从'道'字一发，自家意奇妙"；《永州龙兴寺东丘记》尾批"议论叙事，极虚实相生之妙"。

　　董载臣认为柳文的艺术特色不仅体现在下字用词、段落层次、议论叙事之妙，更体现在转接、收尾、正反以及叙述描写之奇。如：《石涧记》起首"石渠之事既穷"，旁批"接石渠起，而势陡奇"；《小石城山记》"或曰：以慰夫贤而辱于此者"，旁批"奇切"；"或曰：其气之灵不为伟人"，旁批："奇宕"；"是二者，余未信之"，旁批"结语更以不了为奇"；《筝郭师墓志铭》尾批"文淡铭辞奇妙。奇在简而该，用意深而不晦"；《游黄溪记》更是赞赏柳文之奇"有鸟赤首乌翼，大如鹄，方东向立"旁批"奇，奇！天助成奇文也！"，尾批中又赞誉为"真传神之笔。当知言外有一柳柳州在。若但以为点缀生动，浅之乎为见矣"。董氏连声赞叹柳文之奇，并誉扬为"天助成奇文"，认为如此奇妙的文章非人力所为。其实此文奇妙处在移步换景，并在两景之间顺带描写周围事物，如此笔法便不单调，又显出作者的存在，形成人中有景，景中有人。再如《零陵郡复乳穴记》"穴人笑之曰"，旁批"劈手翻倒，奇。翻到'祥'字，正挈'祥'字作眼目，奇、奇"。此文讲述了连州石钟乳由"告尽"而"复活"的故事，赞颂现任刺史崔简政治祥瑞清明。奇怪的是，本来是写祥瑞，而当百姓认为是祥瑞时，接下来的穴人却推翻百姓的看法，说它不是祥瑞，此是转折之奇。而穴人提出的"祥瑞"正为文章主旨，恰好用"祥"字突显文眼，一举两得，董氏又于尾批中称赞："简峭开展，反覆活变，短幅中无美不具，妙绝，奇绝。""妙"与"奇"字连用，不仅是"妙"与"奇"，而是"妙绝"与"奇绝"，可见董氏眼中柳文的奇妙程度之高。

　　董氏在"妙"与"奇"外，有两处以"可爱"来评价柳文。一为《与韩愈论史官书》"史以名为褒贬，犹且恐惧不敢为"，旁批："文澜水波，足可爱。"董氏以柳文反复曲折为波澜，称其可爱。二为《复杜温夫书》尾批："峭洁奥折，冷焰幽光，逼人肌骨，可畏可爱。"《复杜温夫书》原是柳宗元写给请教自己作文的杜温的一封信，文中对杜温多有指责：

　　书抵吾必曰周、孔，周、孔安可当也？语人必于其伦，生以直躬见抵，宜无所谀道，而不幸乃曰周、孔，吾岂得无骇怪？且疑生悖乱浮诞，无所取幅尺，以故愈不对答。来柳州，见一刺史，即周、孔之；今而去我，道连而谒于潮，之二邦，又得二周、孔；去之京师，京师显人为文词、立声名以千数，又宜得周、孔千百，何吾生胸中扰扰焉多周、孔哉！①

明代茅坤《唐宋八大家文钞》选取此文，评价为"书旨似倨，而语亦多光焰"，指出柳宗元的傲慢，但肯定用语精彩。蒋之翘辑注《柳河东集》时，评价为"言太倨，而气岸甚峻，大非奖进后学之意"（卷三十四），认为柳宗元出言不逊，气势凌人，没有鼓励支持杜温的求学之道。茅坤与蒋之翘二人均认为"言太倨"，之后的陆梦龙稍微缓和，认为"温夫固是奇骏，复答书似谑而庄"（《柳子厚集选》卷四《复杜温书》尾批），由"言太倨"转为"似谑而庄"，淡化了柳宗元的傲慢，说成表面是戏谑之词，实际上却是严肃端重的教导。清代吕葆中则完全抛弃了明代的评价，推崇为"以古道自抗，文亦浑朴坚峭。子厚诸书中，此为最醇"。董载臣延续吕葆中的观点，认为柳宗元下笔毫无讳忌，体现出正直的品性，继而由"醇"推论到"可畏可爱"。

第五是认为柳文阐述义理欠透彻，甚者本末倒置。董载臣评点时常常由揭示文法转变为阐发义理，如《桐叶封弟辩》尾批："唐荆川曰此篇与《守原议》《封建论》三篇，所谓大篇短章，各极其妙。宋东莱先生有云，曰：'此篇文字一段好如一段，大抵文字须留好意在后，令人读一段好一段。'愚按所难在语语俱读书见理之言，的当平正，不徒以辨才为难也。"吕祖谦与唐荆川着眼于柳文的章法结构，而董氏关注公平正直的道理，不仅仅是论证道理的巧妙。从义理的角度，董氏对柳文多有不满。董氏认为柳宗元阐发道理局限于文章，未能推而广之，发挥不够透彻，如《与杨诲之疏解车义第二书》"乐放弛而愁检局，虽圣人与子同"，旁批："说来俱近是而欠透彻。圣贤必先明知其非。"《与杨京兆凭书》尾批亦云：

前辈有评此文只答荐举一段最胜。愚谓论道理却是答文章一段所云"即未操本，可十七八"数语更高。盖文章好丑笔必发之于心，人心所见之是非、邪正、高下、浅深未易尽知也，莫如於文章知之明者，并可以知其所养所守。盖忠信力行，可以力勉于一事，可以伪取于一时，而文章独不能勉、不可伪也。但本有万事之本，有一事之本，子厚之所谓本，亦只就文章言耳。吾则亦为万事之本，无不可从此得之。尚嫌其发挥未甚酣畅，其所见犹有未彻者也。

柳宗元以忠信为作文之本，董氏认为忠信不局限于作文，可以是万事之本，

① 〔唐〕柳宗元著，尹占华、韩文奇校注. 柳宗元集校注[M]. 第七册. 北京：中华书局，2013：2221.

因而批柳见识不够透彻。董氏在《答韦中立论师道书》尾批亦云："后幅所自言每为文章一节，颇类程子写字时甚敬，然程子云即此是学，不是要字好。柳州却是为文敬同，而所以敬不同，则敬亦不同也。"《与杨诲之疏解车义第二书》"吾以为刚柔同体，应变若化，然后能志乎道也"，旁批："二句精。刚柔本乎仁义。仁义，性也。必有道者能之，却倒说了。""且子以及物行道为是耶，非耶"旁批"提一笔，妙。道理却错。竟似全为及物用世所以不可任心狂肆，然则前文所指为语病直见谬也"，认为柳文阐述道理不够透彻，更是本末倒置处。《天说》"余则曰：'生植与灾荒，皆天也；法制与悖乱，皆人也，二之而已。其事各行不相预，而凶丰理乱出焉，究之矣'"，旁批"数语说尽《天说》大旨。将'不相预''不'字改'恒'字，则当理矣"，认为道理全错，甚至于改动原文进行纠正。柳宗元原文是说干旱洪水是天灾，政令惑乱是人祸，天灾人祸各行其道，互不干涉，因而用"不相预"，而董载臣将"不"改为"恒"，则认为天灾人祸互为因果，与原文意思全变。由此看出董载臣以义理批评柳文，即遵循程朱理学，又兼有天人感应。而柳宗元写作《贞符》《天说》等篇，专门驳斥天人感应，董载臣与柳宗元看待天人的观点相反，以至于董氏认为柳文本末倒置了。

第六董采臣称赞柳子博览群书，学而能化。明末清初评点盛行，各种文体均有评点，小说、戏剧、诗词、时文以及古文，如果仅停留在章法文风上，算不得精彩深刻，董载臣评点特色在于在归纳揭示柳文章法、文法中分析其原因。

一得之于博览群书。如：《与李翰林建书》"贫者士之常，今仆虽羸馁，亦甘如饴矣"，旁批"可见人苟读书识进则守自固"，此文尾批又加以阐释，"高才人遭挫折，矜情躁气芟除略尽，正如霜寒水落，山骨崚嶒瘦而益奇，心志如是，文章如是。至其以往清越中极悲歌跌荡之致，此则稽古之力识进而其气不衰也"；《宥蝮蛇文》尾批"结语包涵甚大，柳州之自处颇高，晚年读书所得如此"；《与杨诲之疏解车义第二书》"假令子之言非是，则子当自求暴扬之，使人皆得刺列，卒采其可者，以正乎己，然后道可显达也"，旁批"此真正读书人语"。董氏认为柳宗元遭遇贬谪，并能甘于贫苦，有着超出众人的胆识，均由读书而得。

二得之于学而能化。如：《驳复仇议》尾批"唐荆川曰：此等文字极谨严，无一字懒散。又曰："理精而文工，《左氏》《国语》之亚也。愚按柳柳州自放逐之后，固由博极群书以成一家之言，而文章根柢则得之《左》《国》为多，却何曾一字一句蹈《左》《国》，可见取其精者，必遗契貌，似其貌者，必失其真，学者不可不知"；《小石城山记》尾批"《渎篇》谓子厚记游诸作，往往微言入神，诚然。盖闲退中读书有得，而与山水情性相契合，故见之笔墨如此，不可强规摹也"。董氏两处批语均指出柳文由模仿而来，但并非简单生硬地套用古人章法、句法，而是通过思考古人创作时的心态、行文方法，品味艺术特征，在写法与立意上呈现出自己真实独特的面貌。再如《与崔饶州论石钟乳书》中，董载臣先引唐荆川批语"文非不古，然亦绝有蹊径。又云：全学李斯《逐客书》"，继而提出自己的观点："徒傍古人蹊径而不得其精妙，乃为作者之病，而此得其精妙矣。况亦未见规规摹仿之迹也。《渎篇》谓足以发人妙思。愚谓初学更于此悟蓝本脱胎之法可耳。"由此看出，唐荆川认为此文完全模拟李斯《谏逐客书》而成，而董氏虽承认柳宗元借鉴了《谏逐客书》的行文技巧，但融入己意化而用之，看不出模拟的痕迹，可谓出于蓝而胜于蓝。由此，董氏认为柳宗元虽学古，但并非亦步亦趋生搬硬套，停留在剽袭字词、摘抄章句的层面，而是通过读书修养心性，识见高超，发而为文，自成一家。这就为学文者提供了写作门径，即初学者要能够博览群书，学习古人作文之法，进而融会贯通，食古能化，避免由模拟沦为剽窃。

《晚村先生精选唐宋八家古文》与《唐四家文》在选篇与评点上同中有异。两书篇目均为吕留良所选，均关注柳文的书信，推崇柳文文法谨严而富有变化。但吕葆中评点时多划分段落，揭示行文之法，侧重文章的结构意义。董采既关注文法，又兼顾义理，并分析柳文形成的原因，其评点较有深度。总之，两书不仅以评点内容取胜，更以父子、师徒合作选评成为清代柳文评点史不可缺少的本子。

## 第三节　汪份《唐宋八大家文分体读本》

汪份（1655—1721），字武曹，长洲人，明广东布政汪起凤曾孙。文辞雄迈，登康熙癸未（1703）科，选庶吉士。后丁继母忧归，家居近十年。癸巳（1713）授编修。又先后历广东乡试，云南学政等职。著有《河防考》《四书大全》，编选时文《庆历文读本》《汪武曹稿》，又选评《唐宋八大家分体读本》等。

### 一、《唐宋八大家分体读本》概述

《唐宋八大家分体读本》共二十五卷，今可见康熙五十九年（1720）遄喜斋刻本。[①]全书结构依次为总封面、第一集封面、汪份序、汪份后序、目录、第一集卷之一正文。

与其他八大家选本相比，《唐宋八大家文分体读本》最大的特点是"分体"，

---

①〔清〕汪份. 唐宋八大家文分体读本[M]. 康熙五十九年（1720）遄喜斋刻本，黑龙江省图书馆藏。此节引文均出此书，下不出注。

即全书按照文体来编排。对于这样的编纂方式，汪份显然是别有用心的。"唐宋八大家文分体读本序"中言：

> 将以救乎或者学八家而伪之弊，而告之以文章真诀，则莫若即举八家各体之文焉以告之。且夫遑遑焉勤一生之心与力于斯，而适以成其伪。八家者何也？得其粗而遗其精，袭其貌而失其神。如是而起，如是而承，如是而转，如是而合，其笔无之而非平也，其笔无之而非顺也，其笔无之而非板实钝拙也。则虽日取斯文而诵习之，而摹仿之，而沾沾焉自以为似之，而不知其违而去之也则愈远矣。今夫所恶于伪者，为其似之而实非也，是昔者为史汉而伪，是史汉之贼也；今也为八家而伪，是八家之贼也。病生于不求其真诀，而惟以似之是求也。

在汪份看来，世人虽知学八家之文，却不知如何学，多不得其要，"得其粗而遗其精"，"袭其貌而失其神"，自以为"似之"，不知乃"伪之"，实是"八家之贼也"。为了纠正"学八家而伪"的弊端，告之以八家为文之"真诀"，汪份认为应按文体编纂八大家读本才能学到八家的"真诀"。对于初学者来说，停留在文章的起承转合，不免陷于文章形式的弊端，以至于取其形而遗其神，写作时多生搬硬套，只有识得文体，才能真正学到八大家的精华。

但汪份引以为傲的"分体"法早已有之，并非创见。明代署名唐顺之编选的《唐宋六大家文略》就是按文体编排。此"六大家"，是唐顺之将"三苏"合为一家，其实就是"八大家"。《唐宋六大家文略》，全书依次为书、序、记、志、铭、表、论、策，其中志、铭、表归为一类，共计六类文体。清初储欣于康熙己卯（康熙三十八年）编选了《唐宋八大家类选》，所谓的"类选"即按文体之类编纂。汪份《八大家文分体读本》刊于康熙五十八年（1719），晚于储欣《唐宋八大家类选》二十年之久。而且评点中多处引用储欣《唐宋八大家类选》批语，虽然汪份没有明确点明由储欣本而来，但应是受到储欣的启发而分体编排选文。

对于评点符号的使用规则，汪份未明确说明。书中评点符号丰富：有点，有圈，有方框，有截。现依据书中使用情况，归纳如下。首先是点的使用功能，点又分三角点、实心点、普通点。三角点用来标示文章佳句，实心点用来标示文章、段落、句子的关键字，普通点用来标示文章佳处、章法转换处。其次是圈的功能，一是标示文章佳句，二是圈出文章的关键字，三是标示所选篇目的优劣。其于文章题目前面施加圆圈，或三或二或一，表示文章高下。题前之圈所评的是文品高低，而文品以三圈者为最。再次是方框，功能较为单一，只用来标示文章人名、地名。最后是截，功能在于划分段落。

在批语方式上，汪份本有夹批、尾批以及题下批。其中，夹批使用最为广泛，于文中小字双行夹批，不使用眉批，全书显得眉清目秀，非常整洁。尾批亦是常用的评点方式，兼有集评与自评，但并非每篇都有尾批。题下批使用最少，仅有两处，在《永州铁炉步志》题下批"从众选本入记中"；在《迎长日赋》题下批"以三王郊礼日用夏正为韵"。

对于评点符号的使用，清代桐城派古文家姚鼐尝言："圈点启发人意，有愈于解说者"[1]，认为有时候符号形式的圈点，比文字评论能给阅读者更广阔的联想，涵盖更抽象难言的审美层次。汪份在评点时多使用评点符号，亦是指出文章佳处、关键处，希望读者依自身的文学修养与审美品位，多角度地解读柳文。

## 二、选评特色

### （一）以文体分类，多选柳文记、书体

《唐宋八大家分体读本》选文二十四卷，附录一卷，共二十五卷，选文一千二百二十八篇。其中柳文论三篇、议二篇、辩九篇、说六篇、问答三篇、戒两篇（《三戒》为一篇）、表一篇、序六篇、记二十一篇、书十八篇、赋六篇、文八篇、铭三篇、赞一篇、祭文十二篇、诔一篇、哀辞二篇、题跋一篇、四六表状牒启十八篇、碑志状传十六篇，共计一百四十篇。

汪份选文既注重选文的文体，又以文法优劣为标准。以此衡量柳文，标示三圈者有：《桐叶封弟辩》《捕蛇者说》《晋问》《三戒》《贞符》《零陵郡复乳穴记》《永州铁炉步志》《始得西山宴游记》《钴鉧潭记》《钴鉧潭西小丘记》《袁家渴记》《柳州山水近治可游者》《与萧翰林俛书》《与李翰林建书》《与韩愈论史官书》《解祟赋》《囚山赋》《瓶赋》《乞巧文》《骂尸虫文》《宥蝮蛇文》《哀溺文》《招海贾文》《祭穆质给事文》《祭吕衡州温文》《礼部贺甘露表》，共计二十六篇，多为柳文经典篇目。值得注意的是，清代选家常收录的《驳复仇议》《送薛存义之任序》《箕子碑》却难入汪份的法眼。对于不选《箕子碑》，汪份给出了理由："《箕子碑》行文似方，故不选。"（《柳州文宣王新修庙碑》尾批）对于"行文似方"的含义，可结合《梓人传》尾批理解："吕东莱、娄迁斋称为抑扬好。一节应一节，而荆川则嫌其体方而不圆。又谓整而露筋骨。荆川之论更精。""方"与"圆"相对而言，"体方"是形容段落转换处有棱有角，文中四处"犹梓人"，在衔接转换上，虽然以理相联，却露出斧斫之迹，欠缺浑然。由此也可看出汪

① 〔清〕姚鼐撰. 卢坡点校. 惜抱轩尺牍[M]. 合肥：安徽大学出版社，2014：34.

份选文关注文章的浑融一体。

### （二）注重揭示柳文文法

以文法而言，篇法讲究文章结构的设计，欣赏不落俗套的布局；章法讲究段落之间的联络关系，讲求脉络紧密，前呼后应；句法讲究语句构成与排列方式，注意灵活变化；字法讲究行文措辞的斟酌，依据意义与目的精心选择字词。篇法、章法、句法以及字法均是行文关键。汪份欲揭示"文章真诀"，因而于评点中详细揭示柳文字法、句法、章法、篇法，并关注段与段之间的逻辑关系。

在柳文字法上，汪份或揭示全文字眼，如《封建论》"此其所以为得也"句夹批"'得''失'二字，通篇骨子"；《贞符》"非德不树"句夹批"'德'字、'仁'字是命根"；或关注前后照应，如《封建论》"吾固曰：'非圣人之意也，势也'"句夹批"'势'字结"。或关注字词串联句子的功能，如《送薛存义之任序》"盖民之役，非以役民而已也"句夹批"'役'字生出'佣'字"；《天说》"柳子曰：'子诚有激而为是耶'"句夹批"'有激'二字贯前后"。或关注下字精彩处，如：《晋问》"太行掎之，首阳起之，黄河迤之，大陆靡之"句夹批"总叙山水，'掎''起''迤''靡'字法"。

在柳文句法上，汪份注重揭示文句的错综顿挫。如：《辩列子》"是岁周安王三年，秦惠王、韩烈侯、赵武侯二年，魏文侯二十七年，燕厘公五年，齐康公七年，宋悼公六年，鲁穆公十年"句夹批"妙在旁及列国。若只云是岁鲁穆公十年，便索然矣"；《晋问》"狂山太白之淋漓"句夹批"句法参差"；《寄许孟荣书》"犹对人言语，求食自活，迷不知耻，日复一日"句夹批："就负罪者跌出自己，说自己之罪难望除弃，却先言同得罪者已蒙宽宥，曲折顿挫。"

在段落之间的联结上，汪份注重揭示柳文的串合、照应。如：《封建论》"遂判为十二，……国殄于后封之秦"句夹批"串出秦"；《愚溪诗对》"能使愚者喜笑眷慕，乐而不能去也"句夹批"此以溪作主，串合自己"；"以愚辞歌愚溪"句夹批"此以自己作主，串合愚溪。即串入诗"；《送僧浩初序》"与其人游者"句夹批"暗入浩初，接得无痕"；《序棋》"观其始与末，有似棋者，故叙"句夹批"纽合到自己，是作文之由"。

在立意上，汪份注重揭示柳文的翻案之作。如：《封建论》"设使汉室尽城邑而侯王之"句夹："此一翻又就郡国明封建之失，议论明快，笔力驰骋"，"然而公天下之端自秦始"句夹批"人以封建为公，柳子独谓公天下自秦始，翻出新论"；《序棋》"是适近其手而先焉，非能择其善而朱之，否而墨之也"句夹批"翻出妙论"；《武冈铭》"陶穴刊木，室我姻族"句夹批"上云公示之门，公示之恩，就柳公施教说，此言由公而仁，由公而亲，就蛮人说。一意翻作两层，反复咏叹，淋漓尽致"。可以看出，汪份对"翻"的文法，关注的并不仅仅是翻空出奇、自出机杼之言，还注重翻论的层次，亦即言论的对象，注重从不同的角度叙述同一事件。

汪份在评点中还注意到文题与文章的关系。如：《兴州江运记》"于是西鄙之人，密以公刊山导江之事，愿刻岩石"句夹批"上文宽宽说来，此必须急擒题"；《解祟赋》"浏乎以游于万物者始，彼狙雌候施，而以祟为利者，夫何为耶"句夹批"就'解祟'点出'祟'字"，随后又夹批"读此文可知刻画点题之法"；《闵生赋》"闵吾生之险厄兮"句夹批"开口醒题"；《囚山赋》"代狴牢之吠嗥"句夹批"刻画囚字"，并尾批为："结句醒题，笔意飞动"；更于《始得西山宴游记》总结出"认题法"，其于此文尾批"题眼在'始得'二字，反剔正写，极力钩清，此认题法也"，题眼是"始得"，文章正面、反面均围绕"始得"而来，正是认题而作文。

在章法上，汪份还总结出"牵答法""断续法""翻案法"。所谓"牵答法"，即牵上搭下，纽合上下文，使文章一气贯穿，不蔓生枝叶。如：《桐叶封弟辩》"必不逢其失而为之辞"句夹批"上文皆说不当逢其失而为之辞，此处说宜从容辅导，却仍从不当逢其失说来。乃牵上搭下法"；《天说》"元气阴阳之坏，人由之生"句夹批"牵答法"。所谓"断续法"，即似断实连，强调文章开合变化，如《柳州山水近治可游者》"石鱼之山"句夹批"石鱼山及雷山陡然直起，而下文将'在多秭归西''在立鱼南'二句纽合，点法奇变，此断续法也"。

（三）对话古今，推陈出新

汪份批语既有自评，亦有集评。有些选本集评前人批语或装点门面，引而不评，或者虽有对话，只是偶尔为之。但汪份集评之批语多作出自己的判断，分出优劣高下。如《晋文公问守原议》尾批，汪份先引吕东莱批语"看他回互转换，贯珠相似，辞简意多。大抵文字使事须下有力言语"，又引朱熹批语"柳守原议，极局促，不好。东莱不知如何喜之"，然后加以自评"东莱所谓回互转换，贯珠相似，虽是，然朱子之说更精"，将古人与古人、自己与古人的批语都放在一起，并且分析判断，表达自己的观点，比单纯的自评多了一份历史纵深感。

再如《晋问》尾批"鹿门谓即汉魏以来七之遗，然所见不远。予谓历数晋国之美，由粗而精，至于尧之遗风，尚可谓之所见不远乎"；《永州新堂记》"岂不欲家抚而户晓"句夹批"茅以此为俗韵，恐未必然"；《游黄溪记》"其间名山水而村者以百数，黄溪最善"句夹批"茅谓起奇。本《史记·西南夷传》首一段来。然愚谓却微有蹈袭腔子之病";《与太学诸生喜诣阙留阳城司业书》"遂退托乡闾家塾,考厉志业,过太学之门而不敢局顾,尚何能仰视其学徒者哉"句夹批"茅云:子厚此书意在疎湧诸生何以挽入,故讪者之口。愚按此段偏中大波澜,鹿门评不可解。盖借说者,极力抑之,下文扬之愈有力有情"。这种多元化的解读,既是汪份个人评语的多角度解读,更是汪份运用诸家批语间相互比较,让不同解读互相对话。对诸家批语加以论断成为汪份评点的特色,亦是柳文评点最成熟的形式。

　　总之,汪份选本按文体编纂,从一个侧面反映了清代对文体的重视。其评点主要是揭示文中各种文法的使用,有点类似其序中所言的"八家之伪",但此书按文体分类柳文,并比较篇目优劣,阐发隐藏的文法,是柳文评点少有的选本。

# 第五章

清代柳文『大家类』评点研究（下）

清代大家类柳文评点本在选编、体例、评点方式上较有特点的还有沈德潜《唐宋八大家文读本》、王应鲸《古文八大家公暇录》、陈兆仑《陈太仆批选八家文钞》及李元春《唐宋八家文选》，本章将简论上述四种评点本。

## 第一节　沈德潜《唐宋八大家文读本·柳文》

沈德潜（1673—1769），字确士，号归愚，长洲人，清代著名诗人、诗论家。乾隆元年（1736）荐举博学鸿词科，乾隆四年（1739）中进士，官至礼部侍郎。沈德潜为叶燮门人，论诗主格调，提倡温柔敦厚之诗教，著有《归愚诗文钞》《说诗晬语》，选有《古诗源》《唐诗别裁》《明诗别裁》《清诗别裁》《唐宋八家文读本》等，学宗儒家，以为唯一正道。沈氏于《唐诗别裁》选评柳诗，于《唐宋八家文读本》选评柳文，本节以《唐宋八家文读本》为主探讨沈德潜对柳文的评点。

### 一、《唐宋八家文读本·柳文》概述

《唐宋八家文读本》共三十卷，此书成于清乾隆十五年（1750），今可见乾隆十五年小郁林刻本、嘉庆十八年刻本、光绪十四年刻本、光绪二十四年上海江左书林石印本、光绪二十七年上海同文后记石印本、宣统元年江左书林刻本等版本。此书在日本明治时期亦出现众多和刻本，足见影响之广。其中，嘉庆十八年刻本为沈德潜冢孙沈景初与其塾师周奎章合订本。此本与其他版本相比，在文章篇目上多收录了柳文《桂州訾家州亭记》《游黄溪记》两篇记体文。本文主要探讨沈德潜对柳文的评点，故以此本为据进行分析。

此书首为沈德潜作于乾隆十五年的序言，其次为凡例十则，再次为目录。目录依韩愈、柳宗元、欧阳修、苏洵、苏轼、苏辙、曾巩、王安石的顺序排列，共三十卷，三百七十九篇。其中柳文三卷（卷七至九），共四十九篇。

对于选文目的，沈德潜于《序》中云："既因门弟子请，出向时读本，粗加点定，俾读者视为入门轨涂，志发轫也……初学者熟读深思，有得于心，由此以览茅氏、储氏所葺，并窥八家全文，更有旷然心目间者。"其后又于《凡例》言："是编为初学者读本，故概从其简，且半属家塾中诵习者。"由此可知，沈编评目的为家塾教授而用，将其定位为"俾读者视为入门轨涂"，即初学者的入门读物。

对于选文标准，沈德潜有自己的评选原则，均见于《凡例》中：

清代柳文评点研究

二　赋为古诗之流，主文谲谏，卒归于正。然既为韵语，则与散体文自别。虽前人选本有采入者，兹仍舍旃，论体裁也。

三　……第上书、表奏、札子学者他日拜献之具，而碑版、墓表、墓志特备作史者搜讨采择者，不可不讲求于平日。故韩、欧、王、苏诸大篇选择增入志，古者宜究心焉。

七　文不嫌于熟，然太熟而薄，则不能味美于回。昌黎如《与张仆射书》《与李秀才书》《送何坚序》之类，庐陵如《醉翁亭记》，东坡如《喜雨亭记》之类，编中汰之，嫌其熟，实嫌其薄也。若昌黎《上于襄阳书》、后二次《上宰相书》《与陈给事书》《代张籍与李浙东书》之类，此又因其摧挫浩然之气，当分别观之。

可以看出沈德潜主要从文体与文风两个角度，对八家之文重新选择。在文体方面，舍弃"古诗之流"的赋体，增加上书、表奏、札子、墓表、墓志等实用性文体，以备平日之用。在文风方面，去掉人所共知的名篇，认为韩愈的《与张仆射书》、欧阳修的《醉翁亭记》、苏轼的《喜雨亭记》等篇目不够醇厚，而且韩愈《上于襄阳书》等篇目缺少刚健硬朗的文风。从审美角度看，其选文弃薄取厚、弃卑取高的倾向与其"格调说"是一致的。

对于评点原则，沈德潜在《凡例》中亦有说明："然必窥其立言之意，与前后提点照应、往来顺逆、断续离合诸法，本文中固有者一为指画，非敢取古人之文强就臆说也。且恐悁缕纷纭，转歧学者心目，故语从其简。"这表明其评点关注文章章法以及归纳文章主旨。在评点符号上，全文仅有圈与截两种，但未说明使用原则。依使用内容而言，圈的作用有两种，一为标示语气停顿，作句读之用；二为标示文章的主旨或佳处。截的作用则标示文章段落。沈德潜在批注方式上有眉批、旁批以及尾批。眉批涉及概述文意、考注，偶尔揭示章法。旁批使用较多，用来揭示章法、句法、字法，兼顾音声考释。对于音声考释，沈德潜在《凡例》中有二则示例，用来说明注解字的形体、音声，避免读者误解："八家文中有沿说字讹音、习而不察，如'中兴'之误'中与'、'苍黄'之误'仓皇'、'疑丞'之误'凝丞'、'合下'之误'阁下'、'孤负'之误'辜负'、'刺刺（从束，音七）不能休'误为'刺刺（从束，音辣）'、'汩汩（从曰，音聿）然来矣'误为'汩汩（从日，音骨）'，如此之类，不可枚举。已于文中，更定注明，复汇录于此。学者反求其元本思之，则爽然矣。"如此注重考证、音声考释，为读者提供阅读方便，由此看出此书对初学者的定位。但沈德潜评点注重知人论世，又与储欣的兼容并包不同。其于《凡例》云"若稗官野乘，不敢泛入"，明确剔除了野史杂谈，仅考证史传，显示沈德潜评点自觉与严谨的态度。尾批每篇皆有，既集前人批语，亦自评。自评较多，集评多引储欣、茅坤本批语。

## 二、选评特色

### （一）选篇以序、记为主

沈德潜选评柳文三卷，选篇大致以文体排序，卷七收录表、议、辩、说六篇，碑、铭两篇，书四篇；卷八收录序七篇，记十篇；卷九收录记十篇、碣两篇、墓表两篇、状一篇、传四篇，共计四十九篇。全书以序、记为多，与储欣本相似。在篇目上，他认为《送澥序》"为学，植品，保世，短章中一一包举，柳文绝调"，《岭南节度飨军堂记》"铺陈始终，折以法度，极有典有则之文"。从"绝调""有典有则"可以看出沈德潜对《送澥序》《岭南节度飨军堂记》两文的偏爱。在文体上，沈德潜对柳文有自己的看法。

首先，其认为《箕子碑》为论说文。全书首列表体，收录《献平淮夷雅表》，与孙琮本排列文体相同。卷七《观八骏图说》之后为《箕子碑》《封建论》，将碑体夹在说、论之间，而不是归于卷九碣、墓表体中，可以看出沈德潜将《箕子碑》归为论说体。

其次，将《种树郭橐驼传》《宋清传》归为寓言体。其于《种树郭橐驼传》尾批："……古人立私传，每于史法不得立传，而其人不可埋没者，别立传以表章之。若柳子《郭橐驼》《宋清》诸传，同于庄生之寓言，无庸例视。"这明确将《种树郭橐驼传》《宋清传》等传记文等同于庄子的寓言故事。考察柳宗元的七篇传记体，如《宋清传》《童区寄传》《种树郭橐驼传》《梓人传》等文，文章结尾或有"柳先生曰"，如《童区寄传》，或郑重推出传主的姓名，如《梓人传》，文章开头或列出故事来源，强调事件的真实性，如《宋清传》，均意在证明所传人事的真实性。而且《宋清传》之传主宋清，据李肇《唐国史补》记载："宋清，卖药于长安西市。朝官出入移贬，清辄卖药迎送之。贫士请药，常多折券，人有急难，倾财救之。岁计所入，利亦百倍。长安言：'人有义声，卖药宋清'。"[1]据此说明此文宋清的传记是真实的。但沈德潜看来，《宋清传》虽是真人真事，柳文重点却并非为宋清立传，而是借助宋清来抒发自己的感情，将实录的真人真事与虚构的影射合二为一。因此沈德潜不再区分叙事情节的真实、虚构，而从文章立意出发，将这类传记文归入完全虚构的讽刺寓言类，即沈德潜于《童

---

[1]〔唐〕李肇. 唐国史补[M]. 北京：中华书局，1991：46.

区寄传》尾批中所谓的"此即事传事，与《梓人》《宋清》《郭橐驼》诸传别有寄托者异也"。而且沈德潜的这种观点并非标新立异，在清末林纾的评点中亦得到了回应。由此看来，沈德潜对文体的看法并不单纯依靠文体形式，更以文章主旨为标准。

### （二）推崇柳文立意正大，有经世之意

在沈德潜看来，柳文立意正大，有经世之意。其于《观八骏图说》尾批："只尧舜与人同意，借骏马图说入圣人，剥去异说，独标正论，笔力矫然。"于《零陵郡复乳穴记》尾批中摘出"以政不以怪"一语，评价为："可以塞千古言祥瑞者之口。知合浦珠还，亦此意也。行文谲矣，而一归于正。"从"正论""归于正"可以看出沈德潜认为柳文立意公正，端正不邪。再如《驳复仇议》尾批：

> 理无两是，旌与诛，判是非以行赏罚也。天下有是非赏罚并行之理哉？元庆手刃父仇，束手归罪，宜旌不宜诛，明矣。前半论平旨侧，后见元庆非敌仇王法之人。论悬日月，可以不朽。

此篇为柳宗元批驳陈子昂的《复仇议状》而作，韩愈亦有批驳陈子昂的《复仇状》，前人多将韩柳两篇相比，但对柳文评价不高。如在茅坤眼里柳文不如韩文严谨周全；在何焯眼里柳文论辩不如韩文分明，而且何焯以此篇主旨与用语判定柳不如韩，这个评价不仅是对此篇而言，而是从整体上否定了柳文的价值。此处 "论悬日月"即是照耀千古，显示文章不朽的存在感；"不朽"即透过时间、空间意识的想象，强调该文的价值，应与天地同存，同时宣扬了此文的独创性，可以看出沈德潜将此文推向了新的高度。

沈德潜又于《晋文公问守原议》尾批"文极谨严，森然法戒。前人谓借晋文之失以讽当时宦官之祸，按时势诚有之。唐不以此鉴，后甘露、白马之变，所以迭兴也"；《捕蛇者说》尾批"……有察吏安民之责者，所宜时究心也"；《送娄图南秀才游淮南将入道序》尾批"……此等正论，安得令谈养生者一敬听之"，又于《道州毁鼻亭神记》尾批中，将此文与王阳明《象祠记》相比，认为"斥不孝弟者，以重伦立教，议论正大。然读王阳明《象祠记》文，谓瞽瞍底豫以后，象亦化为悌弟，见祠之不必毁，其立意亦未尝不正大也。作文故须独出手眼"。以上批语均指出柳文具有经世之意。

### （三）将《永州八记》前七篇从内容与章法上联结，视为组篇

柳文的永州游记，在南宋世彩堂本中有《柳河东集》"为记凡九"的说法，

将《游黄溪记》与八记合在一起。到明代茅坤研究柳氏以山水为题材的游记散文时，还没有《永州八记》的称名。在其《唐宋八大家文钞》中，仍把《游黄溪记》作为游记之始，列在第一篇。而清代开始，研究者则改变了柳氏山水游记的称呼，出现了《永州八记》（或《西山八记》），《游黄溪记》则被减去。考究编排者意图，则是因为《游黄溪记》有别于《永州八记》。《永州八记》是柳州贬谪永州时所作，除了"模山范水"，作者还专注于将自己孤独忧闷的心情寄托于奇峭的山水中，因而具有鲜明的个性，而《游黄溪记》则缺少比兴寄托之妙。

沈氏从永州游记整体章法的角度分析，不仅剔除《游黄溪记》，而且将《小石城山记》排除在《永州八记》外。其于《小石城山记》尾批："洸洋恣肆之文，善学庄子，故是借题写意。此西山北出一支，不与上七篇连属。""借题写意"即借题发挥，作文不在游记，而在抒怀。所以《永州八记》是"……柳州游山水记诸篇，有次第，有联络，而又不显露次第联络之迹，所以别于后人。"（《石涧记》尾批）其中，"诸记"特指《永州八记》前七篇，"有次第，有联络"则是从文章章法上归为一题。

沈德潜认为《始得西山宴游记》领起诸篇，于此文尾批："……此篇领起后诸小记。"其后的《钴鉧潭记》《钴鉧潭西小丘记》开篇均是跟随《始得西山宴游记》而来。于是在《钴鉧潭记》开篇"钴鉧潭在西山西"句旁批："因《始得》篇来。"《钴鉧潭西小丘记》开篇"得西山后八日"句旁批："亦跟《西山》入。"此处的《始得》《西山》均为《始得西山宴游记》，沈德潜从《钴鉧潭记》《钴鉧潭西小丘记》两篇开头的"西山"，认定此西山为《始得西山宴游记》之西山，从而将此两篇与《始得西山宴游记》从内容上合为一题。而此后的四篇亦均是如此：

《至小丘西小石潭记》开篇"从小丘西行百二十步"句旁批："因上篇来。"
《袁家渴记》尾批："……此与后二记，在西山南路。"
《石渠记》开头"自渴西南行"句旁批："蒙上。"
《石涧记》开头"石渠之事既穷"句旁批："亦蒙上。"

如此七篇游记则由地理位置贯穿起来，成为一个整体。在沈德潜看来，《袁家渴记》《石渠记》《石涧记》三篇的章法又相互联络。其于《袁家渴记》"余无以穷其状"旁批"此处逗'穷'之，为后二篇作地"，指出此处的"穷"字有吞吐，欲说还休，留待下文回应。于是在《石渠记》"渠之美，于是始穷也"句旁批"应'穷'字"；《石涧记》结尾"道狭不可穷也"句旁批"去路不尽"，并于《石涧记》尾批"连《袁家渴》《石渠》两篇，俱以'穷'字作线索"。在沈德潜看来，《袁家渴记》有山有水，有风有草，将景物描写得淋漓尽致，令人目不暇给，却以"无以穷其状"结束景物描写。如此安排章节，既写出对袁家渴四季变化的无限想象空间，又足以作为《石渠记》《石涧记》开端的伏笔。而且沈德潜于《石渠记》尾批中摘出"视之既静，其听始远"句，评价为："补《袁家渴》篇，写风所未及，通体俱峭洁。"可见沈德潜认为柳宗元是刻意安排七篇的内容与章法，既在内容上互相补充，又在章法上互相联结。

另外，沈德潜认为柳文章法较为奇特的是《柳州山水近治可游者记》，于此文尾批："……零零杂杂，不立间架，不用联络照应，真奇作也"，认为柳文工于章法布局，注重前后呼应，起承转合，而此文却文随笔到，一意写去，不用联络照应。储欣评点此篇亦认为奇，但储欣惊奇的是柳文记述的位置，认为凭借此文即可游览柳州山水。沈德潜的"奇"是对章法而言。沈德潜《序》云："唐宋八家文，始于茅氏鹿门撰次，后储氏同人病其疏漏，因增益之，倍有加矣。予赋性谫陋，少时诵习只十之三四。年既长，亦尝综览两家选本并八家全文。……"这段话透露出其八家选本深受储欣影响，但亦可看出沈德潜对柳文亦有自己的看法。

### （四）沈氏批语简洁，并以诗句评点柳文，且以考证见长

首先，清代学者对柳文的评点，有详细阐发唯恐读者不明其意者，亦有语简意明留有余味者，而沈德潜的评语多简洁明了，其于《凡例》云："……且恐觊缕纷纭，转歧学者心目，故语从其简。"评点用语有着清醒的认识，如《始得西山宴游记》"其隟也"句"隟"字旁批"同'隙'"；"而未始知西山之怪特"句旁批"反落'始'字"；"始指异之"句旁批"点'始'字"；"岈然洼然，若垤若穴"句之"岈然"词旁批"高"，"洼然"词旁批"下"，"若垤"词旁批"高"，"若穴"词旁批"下"。其注释字词、疏解句意、揭示章法，多者三四字，少者仅一字，不可谓不简。

其次，沈氏多以诗句评点柳文。如：《陪永州崔使君游宴南池序》"连山倒垂，万象在下，浮空泛景，荡若无外"句旁批"少陵《渼陂行》'半陂以南纯浸山，动影窈窕冲融间'数语，可以互证其妙"；《兴州江运记》"雷腾云奔，百里一瞬，既会既远，淡为安流"句旁批"极形水行之乐，有'千里江陵一日还'光景"。

沈德潜在评点中引用杜甫、李白的诗句与柳文相比，认为柳文有诗境，如《袁家渴记》"舟行若穷，忽又无际"句旁批："八字已抵一篇游记。""八字"即一篇游记，可谓简洁传神。又于尾批中引王维诗相比："王右丞'安知清流转，

忽与前山通'神来之句，读'舟行若穷'二语，故应胜之。"此处柳文不仅具有诗境，而且在用语上超越了王维的诗句。

再如《柳州山水近治可游者记》"飞鸟皆视其背"句旁批"极形其高"，又眉批为"予向有句云：'群峰列眉低，俯见飞鸟背。'仪曹先得我心"。沈德潜先旁批疏解句意，后以自己的诗句与柳文相比。沈德潜的诗句与柳宗元的文句，两者在观察方式与表达上不谋而合。同是形容地势之高，同样的观察角度，同是采用飞鸟衬托，虽然在文体有别，但两人感受相同。对于沈德潜而言，无异于是遇到了一位文学创作知己。即使跨越千年，也能凭借文字产生心灵的契合，来了一次超越时空的对话，实在是特殊的感情交流。与其他评点者相比，孙琮批为"形容妙语"，仅停留在鉴赏的层面，而沈德潜则从创作角度评论，融入自己者的创作情境，深刻体会柳宗元写作的用心。而且沈诗与柳文的暗合，更为柳文的"文有诗境"增添了例证。

最后，沈氏评点以考据见长。沈德潜在评点中注重探求作者所处的时代环境，文章的历史背景。如：《驳复仇议》"复仇不除害"句旁批"事见定公四年。复仇不除害，谓仍许其复仇，则害无时已。总见受诛者不许复仇"；《先侍御史府君神道表》"先君独抗以理……拒不受命"句眉批"时卢岳妻分家赀不及妾，所生子讼于官。卢侃欲罪妾，御史穆赞不从，侃与窦参谮于上，诬赞受金，下狱。弟赏讼冤，命柳镇及李纾、杨瑀覆治之，冤得白"。这种注重考据的评点方式还体现在《段太尉逸事状》一文中。此文叙述焦令谌被尹少荣大骂一顿后，写道"谌虽暴抗，然闻言则大愧流汗，不能食，曰：'吾终不可以见段公！'一夕，自恨死。"此句的"一夕，自恨死"，讲述焦令谌因自责而死。我们从柳宗元的自述中可以知道，柳宗元自认为实录，并上报史官作为段太尉的传记。而且宋祁在编写《新唐书》时采录此文，对焦令谌的死没有丝毫怀疑，因而历来评家或认定真有其事，如储欣虽单列"备考"用来考证却忽略了此事的真伪，没有评论；或从章法、经世之意文言，如孙琮批语为"又了一案"；姚婧批语为："如谌者今世亦少"，感慨世道人情；甚至校勘、训诂最为完备的何焯本，虽注重状中的人物品格，亦只是批为："'先是太尉在泾州'至'一夕自恨死'，又详在泾州事。见太尉不徒以刚勇取胜一时。"唯一有怀疑的是陈兆仑，其批语为："'一夕自恨死'，奇。恨未必会死，大抵适逢其命尽，以为此事此文生色。"陈氏认为事件巧合，所谓无巧不成书，焦令谌恰于此时命尽，为文章增添了奇异色彩。而沈德潜则眉批为："'自恨死'，犹报恨欲死。后朱泚乱时，谌尚在。"沈德潜注意到事情的奇异，于是以史实为证，既然焦令谌在朱泚叛乱时仍然活着，那么"自恨死"之"死"就不能解释为"死亡"，而应该是"欲死"，"死"

只是心理预期，而非事实。

　　总之，沈德潜本在选文上以序、记为主，注重文章主旨、章法、史实，有回归储欣本、吕留良本的迹象。同时沈德潜本又有创新性，即章法、史实诸方面，都力求与前人不同。此书凭借着沈德潜崇高的声望，成为清代极流行的八大家古文选本之一，影响了王应鲸、李元春、林纾等人对柳文的评点。

## 第二节　王应鲸《唐宋八大家公暇录·柳文》

　　王应鲸，字霖苍，号暗斋，清直隶河间府任邱县人。曾任福建福鼎知县，后因事罢官归里，以著书为事，尤工经史。著有《周易说》《春秋说》《朱子纲目集注》《朱子纲目集义》以及《唐宋八大家公暇录》等书。

### 一、《唐宋八大家公暇录》概述

　　《唐宋八大家公暇录》，又名《八大家公暇录》《古文八大家公暇录》，成于乾隆二十六年（1762），据付琼先生《清代唐宋八大家散文选本考录》与《清人所辑唐宋八大家选本版本知见录》，此书最早版本为乾隆三十年嵩秀堂刻本，另有乾隆二十六年同德堂刻本、嘉庆六年文盛堂刻本，聚锦堂刊本。[1]其中，嘉庆六年文盛堂刻本，付琼先生所见为南京图书馆藏本，笔者于山东省图书馆、上海图书馆所见藏本，其册数、封面以及内封与付琼先生所见略有不同：山东图书馆藏嘉庆辛酉年文盛堂刻本，全书六卷，一函四册。封面题"唐宋八大家公暇录"，内封题"唐宋八大家公暇录，太史李文园、边秋涯两先生鉴定，文盛堂梓行，任邱王应鲸霖苍选评"，天头题"嘉庆辛酉年新镌"。卷首与版心同乾隆二十六年同德堂刻本。此书有王应鲸序，题曰"乾隆二十六年冬至后一日任邱王应鲸霖苍氏书"，序后有"王应鲸印""霖苍"两印章。此书内封虽题为"太史李文园、边秋涯两先生鉴定"，卷首却只题"瀛海李中简文园先生鉴定"，与乾隆二十六年同德堂刻本相同。上海图书馆藏亦为嘉庆辛酉年文盛堂刻本，卷数、天头、卷首以及版心均与山东图书馆所藏同，但为一函两册，封面分别题为："八大家公暇录卷上""八大家公暇录卷下"；另据《香港中文大学图书馆中国古籍目录》著录："《古文八大家公暇录》六卷，清王应鲸撰，清嘉庆六年文盛堂刻本，四册。扉页题：唐宋八大家公暇录，嘉庆辛酉年新镌，文盛堂梓

　　① 付琼. 清代唐宋八大家散文选本考录[M]. 北京：商务印书馆，2016，第287页、291—293页. 付琼. 清人所辑唐宋八大家选本版本知见录[J]. 兰州学刊，2010（6），第191页.

行。"①书名为"古文八大家公暇录",一函四册。书名与乾隆二十六年同德堂刻本同,册数与山东图书馆藏嘉庆辛酉年文盛堂刻本同。以此见王应麟《古文八大家公暇录》版本之异。综上各版本以嘉庆六年文盛堂刻本翻刻较多,流布较广,今以上海图书馆藏本为据。

书名《唐宋八大家公暇录》的"公暇录"说明是公务之暇编纂。《序》云:"愚不揣固陋,自壬戌以来及书竣,又于纂修邑志征文考献。公事之暇,严选八大家文脍炙人口者,都为一集,共一百二十篇。"所谓"公事之暇"即"纂修邑志征文考献"之时,事在乾隆二十六年(1761)。其时王应鲸历时十九年完成了《朱子纲目集注》《集义》,并将集注的形式延续到了《唐宋八大家公暇录》。此书尾批即选录二程、朱子、吕祖谦、真德秀、谢叠山、茅坤、吕留良以及储欣的批语,可以看作唐宋八大家的集评本。对于选篇标准,王应鲸于《序》中提到是"脍炙人口",虽未作出具体说明,却明确以宋代吕祖谦《古文关键》、真德秀《文章正宗》以及谢枋得《文章轨范》作为准绳:

> 故朱子之友吕东莱先生著《古文关键》一书,用选八家为多。嗣是有真西山先生《文章正宗》两编,唐宋之文亦八家为备。宋季谢叠山先生有《文章轨范》七卷,共六十有九篇,亦以八家为指南。余无几焉。此三先生均以名儒为名臣,故所选本,愚实奉为准绳。

"脍炙人口"的篇目即是三家所选。在实际选篇中,王应麟虽将三家奉为准绳,还以清代吕留良《八家精选》、储欣《唐宋十大家全集录》以及《唐宋八大家类选》为参考。比如在目录《小石城山记》的篇目下,王应鲸注出"谢选阙、储类选阙、储十家有",是说谢叠山《文章规范》与储欣《唐宋八大家类选》未选此篇,而储欣《唐宋十大家全集录》选入了。可见,王应鲸所选"脍炙人口"的篇目是在众选家基础上汇集而成。同时,王应鲸还于目录所列的篇目下,注出"某选阙"的提示,如《答韦中立论师道书》注出"谢选阙",也说明王应鲸是以各家选本作参照,并不是没有根据的选录。但王应鲸注出的"某选阙"偶有模糊之处。如《捕蛇者说》注"谢选阙""吕选阙",谢叠山的《文章规范》确实没有选录此篇,但"吕选阙"没有注明"吕"为何人。王应鲸在《序》中提到以吕祖谦选本作为准绳,尾批中选录吕留良批语,但二人选本均有此篇,故"吕选阙"不知是何本。或是王应鲸误记。此书共六卷,选录一百二十篇。

① 香港中文大学图书馆系统编. 香港中文大学图书馆中国古籍目录[M]. 香港: 中文大学出版社, 2004: 483.

清代柳文评点研究

卷一、卷二为韩愈文，三十九篇；卷三为柳宗元文，十六篇；卷四为欧阳修与苏洵文，共计二十七篇；卷五为苏轼文，二十篇；卷六为苏辙、曾巩以及王安石文，共计十八篇。虽以名儒名臣所选为准绳，柳文选篇数量仍在前三。

对于编选目的《序》中亦有说明：

> 洵以八家之文于制义为近，初学易读亦便用也。……要使世之读八家者得备览诸儒之评论，而于文之委曲毕尽焉，庶可以无憾矣夫。

由"洵以八家之文于制义为近"可见此书是备科举之用，给初学者提供广泛阅读前人批语的机会，进以识得文章谋篇布局之法。

全书未见圈点规则说明，但圈点符号相当丰富，有圈、点、短抹、截以及空心框五种形式。具体使用中，点用来提示文章关键，截表示文章段落，与一般唐宋八大家选本的使用方式并无差异。短抹用来标示人名，类似茅坤的用法。但茅坤的短抹除人名外，还标示国名、帝号以及地名等专有名词。空心框标示地名。如：《零陵郡复乳穴记》"于连于韶"句"连""韶"字旁用空心框标示。王应鳞采用不同的符号标示人名与地名，可见其评点之细致。较为特殊的是圈，除在文中标示句读与文章精彩语句外，还标示在篇目前，用来区分选篇的重要程度。清代不少选本用圈区分文章轻重，比如汪份的《唐宋八大家分体读本》与姚鼐的《古文辞类纂》亦是用圈标示阅读的优先等级。王应麟此书亦在篇目前分为未加圈、一圈以及两圈。两圈的文章为最优，如韩愈《进学解》《后十九日复上宰相书》以及《后二十九日复上宰相书》等篇均表示两圈，提示读者应优先阅读。

在批语方面，此书有旁批与尾批，以尾批为重。尾批博采众说，具有集评的特色，偶有自评附后。他在《唐宋八大家公暇录·序》中也提道：

> 程朱诸儒语录有论断及八家者，合东莱、真、谢诸说暨茅、吕、储氏等评，详载于尾。至愚之管见，亦附录于末。

实际评点中，王应鳞还辑录了明代唐顺之《文编》的批语。其中，王应鳞引录储欣批语较多，而且储欣的《唐宋八大家类选》与《唐宋十大家全集录》均有录入。王氏自评多概述文意，兼有对各家评语之评判，如《零陵郡复乳穴记》尾批："大意以伪为不祥，以诚为真祥，而隐讽罢贡以息民之意即寓在内。"

旁批内容颇为复杂，既注释字词、概述句意，又揭示行文的组织变化。王氏为方便初学，注释除释义外，还注出多音字或难字的读音，如《邕州马退山茅亭记》"俗参夷徼，周王之马迹不至"句旁批："徼，音叫，境也。"在揭示行文组织时，王应鳞尤重视纲领。如《梓人传》"专其心智而能知体要者欤"句批为"一篇之纲"，指出此句为全文纲领，方便读者把握文章关键。应是认为纲领的提示作用既阐发或概述文章大意，又抓住文中的关键与要害，启发读者思考行文方法。旁批中也大量引用诸家批语，如《与韩愈论史官书》"若果迩，退之岂以虚受"旁批："责其失职是正意。"此语录自储欣《唐宋八大家类选》，但未注明出处。

## 二、柳文评点特色

### （一）选录柳文脍炙人口的篇目

王应鳞依据"脍炙人口"的标准选录柳文十六篇：论说三篇《驳复仇议》《桐叶封弟辨》《捕蛇者说》；书三篇《与韩愈论史官书》《答韦中立论师道书》《贺进士王参元失火书》；传记两篇《梓人传》《郭橐驼传》；序记七篇《愚溪诗序》《送薛存义之任序》《永州新堂记》《零陵郡复乳穴记》《邕州马退山茅亭记》《始得西山宴游记》《钴鉧潭西小丘记》《小石城记》。从选录篇目来看，王应麟认为柳文最为人所知的文体是序记，其次是书信、论说文，再次是传记。其中，《驳复仇议》《始得西山宴游记》《钴鉧潭西小邱记》以及《小石城山记》尤为突出，四篇题名于目录与正文中均朱笔标注"〇〇"，提示应优先阅读。应该说，王应鳞选入的柳文篇目多经过宋元明选本的层层累积，称得上脍炙人口。如《捕蛇者说》，就曾被宋代吕祖谦《古文关键》、楼迂斋《崇古文诀》、真西山《文章正宗》；明代茅坤《唐宋八大家文抄》、陆梦龙《柳子厚集选》、孙矿《四大家文选》；清代孙琮《唐大家柳柳州全集》、姚靖《唐宋八大家偶辑》、吕留良《唐宋八大家精选》以及储欣《柳柳州全集录》《唐宋八大家类选》等众多选本录入，历经时间的考验，成为柳文的经典篇目。

### （二）汇集众家批语，多角度剖析柳文

王应鳞于旁批与尾批中汇集众家批语，方便读者对比选家评点异同，梳理柳文评点的发展变化。如《驳复仇议》尾批：

子厚此文，明白痛快。真西山
此等文字极严，无一字懒散。理精而文工，《左氏》《国语》之亚也。唐荆川
此议精悍严紧，柳文之佳者。茅坤
专在驳子昂旧议，只是"旌诛莫得而并"一句，一番洗剔，一番精彩，旧

议真成粉碎。吕石门

决狱平允，文字光焰最长。辨甚正，甚雄。胎息《左》《国》，亦参之《谷梁》以厉其气。储同人

此文尾批按照年代排列，选录真德秀、唐顺之、茅坤、吕留良以及储欣五人的批语，以见各家关注不同：真西山重在阐发柳文立意；唐荆川侧重柳文论证方式，并跳出柳文本身，与《左传》《国语》相较，具有文章史的视野；茅坤亦侧重柳文论证方式，与唐荆川不同的是以此篇与柳文他篇相较，关注点还停留在柳文本身；吕留良侧重驳论的角度，摘出文中的关键句点出驳论效果；储欣批语则侧重文章辩论风格，并上溯文章渊源。如此按照年代罗列众家批语，使此文从宋代、明代至清代的评价流变一目了然，相比单独的批语，内容更为丰富全面，更利于开阔读者视野。

文中旁批亦汇集众家批语，只是未注出处。如《桐叶封弟辨》"设未得其当，虽十易之不为病"旁批"此是正论"，批语出自吕祖谦《古文关键》；《钴鉧潭西小丘记》"由其中以望，则山之高，云之浮"旁批"写游历之趣"，《小石城山记》"类智者所施设也"旁批"此句拖下"，两处批语出自吕留良《八家古文精选·柳文》；《与韩愈论史官书》"虽不作春秋，孔子犹不遇而死也"旁批"前段着着杀，此段字字破"，此处批语出自储欣《唐宋八大家类选》。

众家评点中，王应鲸尤重视储欣批语。旁批如《驳复仇议》"若元庆之父不陷于公罪"句"此下详说"；"将谢之不暇，而又何诛焉"句"申'诛其可旌'"；"法其可仇乎"句"条列可旌可诛，甚分明"；"而戕奉法之吏"句"申旌其可诛"，四处旁批均采用储欣《唐宋八大家类选》。尾批则每篇均列入储欣批语。如《答韦中立论师道书》抄录储欣《河东先生全集录》："立言苦心，与其自喜处，俱见于此。〇先生不敢为人师，即此书，已荦然为百世之师。"再如《永州新堂记》尾批则仅抄录储欣一人批语："前叙述，后议论，开后人多少法门。尤利举业。"此批语出自《唐宋八大家类选》。储欣选评的《唐宋八大家类选》与《河东先生全集录》两书批语，王应鲸均选入旁批与尾批中，可见其对储欣评点柳文的认同。

### （三）自评出新意

如果说汇集批语是间接表达评点观点，那么自评就更为直接透彻。首先，王应鲸对前人批语既有节选、修改之处，又有新的评断。如《小石城山记》，王应鲸于"其上为睥睨梁㰚之形"句旁批"伏'城'字"；吕留良于此句批为"状'城'字"。两者批语均着眼于"城"，但"伏"字是行文章法，"状"字是串讲

句意，可以看出两者批语关注点不同。再如《驳复仇议》尾批："此议精悍严紧，柳文之佳者。茅坤。"

而茅坤原批为：

此议即韩公"不可行于今"半边，而精悍严紧，柳文之佳者。又引唐荆川曰：此等文字极严，无一字懒散。又曰：理精而文正，《左氏》《国语》之亚也。（茅坤《唐宋八大家文抄》卷二四）

两相对比，王应鲸删除茅坤批语中的柳文渊源与唐荆川批语，只保留了"此议精悍严紧，柳文之佳者"。"柳文之佳者"恰好可以引证王应鲸提出的"脍炙人口"选篇标准。同时，综合此文所引的真德秀"子厚此文，明白痛快"、吕留良"一番洗剔，一番精彩，旧议真成粉碎"以及储欣"辩甚正，甚雄"等批语，也间接表明了王应鲸不认可茅坤对《驳复仇议》来自"韩公'不可行于今'半边"的观点。

再如《与韩愈论史官书》一文，自宋代李涂就有"子厚不恤天刑人祸，退之深畏天刑人祸，退之不及子厚"的论断（《文章精义》），其后谢枋得、茅坤、金圣叹、吕留良等人均肯定李涂看法，但王应鲸为韩愈辩解：

"古之志于道"句是通篇主脑，"志于古道"则思直其道，如不任史事，则当去。前云"不宜一日在馆下"，中云"莫若亟去其位"，末云"一日可引去"，非真使之去也，总是古道上逼其尽史官之职而刑祸有所不顾意。○按《上佛骨表》等文则昌黎平日岂惧刑祸者？直以作史实难，故为是说耳。而以昌黎之才学卓识尚云如此，则他何望乎？子厚辨之宜矣。

王应鲸肯定了柳宗元辩论的正当性，但避开韩愈原书《答刘秀才书》，并引《上佛骨表》等文证实韩愈并非惧怕刑祸，说明韩愈只是强调作史之难。同时，对柳宗元斥责韩愈的"一日可引去"等语不作字面解释，而是寻求其用意，认为是逼迫韩愈尽史官的职责，并不是真的驱赶离去，将责难化为勉励，推脱了韩愈不尽职的诘问。

其次，从评点内容来看，王应鲸自评重视揭示柳文主旨。如《答韦中立论师道书》"取其实而去其名"旁批"通篇关键"；《贺进士王参元失火书》"为文章善小学，其所得能若是而进"句旁批"通篇只此段是正意，前后皆波澜"；《梓人传》"专其心智而能知体要者欤"句旁批"一篇之纲"；《种树郭橐驼传》"能顺木之天以致其性焉"句旁批"一篇主意"，其中"关键""正意""纲"以及"主意"，均是针对文章主旨而言。再如《种树郭橐驼传》，王应鲸先于旁批揭示文章主旨为"能顺木之天以致其性焉",后于尾批再次阐发文章主旨,指出"顺其天性是作传眼目,通篇提掇四蕃,前面正写,中后反描,连养人道理亦借种树者口里反出,足令居官者汗颜"。此文批点,王应鲸反复强调"顺其天性",旁批点出,尾批呼应,凸显文章主旨的重要性。在概括主旨时,兼以揭示柳文结构之妙。如《永州新堂记》尾批:"'视其细知其大'是通篇眼目,一起折到不用人力上,便见为治要顺其自然,是伏后面之根。中说韦公理甚无事,始加修治,便是逸人而因地以全天的情理。后说与治教关合,却从赞贺者写出,既见得堂非苟作,亦不落寻常时调,所以为妙。"此处批语指出此文的关键句为"视其细知其大",意为从修建新堂的小事赞美韦使君的为政之道。若直接说出赞美之词,有谄媚之嫌,于是借客人之口,既赞美建筑新堂意义之大,又见行文不落窠臼。

再次,王应鲸在概述文章主旨的基础上,体味文章寓意,并寄寓自己的感慨。如《贺王参元失火书》尾批:"失火而贺,似不近人情之尤者。然就世俗避嫌上,写出一段真有可喜可贺的至情,便是至理,便是奇文。实出人意想之外,那得不为之解颐。"再如《邕州马退山茅亭记》尾批:"继写山之翠秀,不以远限,便寓人才不为遐壤所域之意,后写山亭之美,因人而著,便寓人才必遇知己始不湮没之意。非空空为一山亭作想也。"《钴鉧潭西小丘记》尾批:"大抵有才学之士,见售于京畿,则贵人皆重之。而见谪于边鄙,即俗子皆贱之。但兹邱遇己之知,而自己不遇人之知,则喜丘便是悲己。真令人读之嘘唏不尽。"柳子两文均寓情于景,尤以后篇借小丘遇到自己赏识,感伤自己贬谪而无人援手。王应鲸于此为柳子的感伤而唏嘘不尽。

王应鲸的感慨不仅为自己而发,为柳子而发,还为读者而发,如《种树郭橐驼传》尾批:"顺其天性是作传眼目,通篇提掇四蕃,前面正写,中后反描,连养人道理亦借种树者口里反出,足令居官者汗颜。"批语先揭示主旨,剖析文法,但最后并未沿着常规的章法分析,揭示文章布局的巧妙或语句的精警,而是将评点重心落在"足令居官者汗颜"上,指出官员若如此对待百姓,足以羞愧难当。此处批语借柳文描写的民生疾苦,针对官员提出如何为官的忠告。我们与储欣批语相对比,更能发现这一特点:

储欣批语:仁人之言。余按唐赋法本轻于宋元,永州又非财赋地,为国家所仰给,然其困如此。况以近世之赋,处财赋之邦,酷毒当何如耶?读此能不黯然![①]

---

[①]〔清〕储欣. 唐宋八大家类选[M]. 卷三,清光绪二十八年(1902)瀚文堂刻本.

王应鲸批语：将租赋苦中之苦与不舍免租之苦中有乐，两两相形，而赋敛之毒愈觉可悲。士君子出仕，能寓抚恤于催科之中，乃不惧读此文。

储欣将宋元赋税与唐代赋税比较，认为唐代轻于宋元，且永州又非赋税重地，却因此陷入民不聊生的境况，由此引古思今，联想到清代赋税与唐代相比，黯然于古今同陷赋税之苦，而今日之酷毒更胜古时。黯然者在己，而王应鲸在揭示赋敛之毒可悲后，随即告诫官员征收赋税时须有怜悯之心，抚恤之情，将感慨转为即将出仕的士君子。

除此之外，王应鲸还关注柳文的渊源。如《钴𬭁潭西小丘记》"则清泠之状与目谋，潇潇之声与耳谋"句旁批"句法本《考功记》"；《梓人传》尾批"至其论知体要及设喻处，则自'先有司为巨室'两章脱出"。批语中"先有司为巨室"出自《孟子·梁惠王》，与柳文借梓人比喻宰相之道相似，王应鲸认为此文作法由孟子而来。

综上所述，王应鲸汇集众家言论评点柳文，开阔了读者视野，具有柳文评点史的价值。又能于自评时出新意，拓宽了柳文的阅读视野，因而在柳文评点史上有一定的价值与意义。

## 第三节　陈兆仑《陈太仆批选八家文抄·柳文》

陈兆仑（1700—1771），字星斋，号句山，浙江钱塘人。清代官员、文学家。雍正八年（1730）进士，分发福建试用知县。乾隆元年（1736）举博学宏词科，授翰林院检讨，官至太仆寺卿。工诗善书，论书法较有卓识，著有《紫竹山房文集》二十卷、《紫竹山房诗集》十二卷。又编选《时文规范》《补遗》以及《陈太仆批选八家文抄》等教授生徒。

### 一、《陈太仆批选八家文抄》概述

《陈太仆批选八家文抄》，江西省图书馆藏光绪二十六年（1900）天津美斋石印紫竹山房家塾本。[①]全书不分卷，六册。半页九行二十五字，除选文楷体编

---

① 笔者所见为江西省图书馆藏光绪二年（1876）天津美斋石印紫竹山房家塾本，据付琼先生《清代唐宋八大家散文选本考录·陈兆仑〈陈太仆批选八家文抄〉》另有宣统二年（1910）上海石印山房石印本，封面、卷首与家塾本均有出入。其尾批覆印家塾本，眉批改用匠体，皆失其真。故本文所论关于此书之内容，以家塾本为依据。详见付琼《清代唐宋八大家散文选本考录》（商务印书馆，2016，第297页）。

排外，评语圈点皆陈兆仑亲笔施加，手批部分为行草书体。全书无总序，于各家文前皆有小序、目录。

此书选文目的，以书中"吾意欲汝曹专主于韩"（《韩文选序》）、"汝曹以余力及之可也"（《柳文选序》）等语观之，可确定为陈兆仑教授生徒及子孙的自编教材。在选文方面，《陈太仆选批八家文钞》有些独特之处。首先，陈兆仑选八家文章仅一百一十六篇，比号称"精选"的吕留良选本还少六十九篇，可谓精简至极。其原因于《韩文选序》中明言："中人之资与为泛涉而无益，不若约守而有功，故吾于八家之选，约之又约"，陈兆仑认为中上之质的人多读无益，所以不贪多，只取精要之文。其次，选文注重"有关经世学术者"（《韩文选序》），其余文虽脍炙人口也无缘入选。如柳宗元《封建论》《驳复仇议》《桐叶封弟辨》等文，韩愈《原道》《原毁》《争臣论》《师说》等文，或辩政，或论刑，或原道，或说师，皆因有经世致用之质，得以入选。如柳宗元的游记文虽众家高议，但无关经世学术，亦一概割舍。

在评点方面，陈兆仑使用的圈点符号有四种：圈、点、截、四方框。其中圈使用最为普遍，除标示文章主旨外，还提示骈偶俪句、铺排叙述以及议论事理等文章佳处。如《答韦中立论师道书》，陈氏圈出"取其实而去其名，无招越、蜀吠怪，而为外廷所笑，则幸矣"句，"取其实而去其名"正是此文的主旨句。再如《献平淮夷雅表》，陈氏圈出"铿鍧炳耀，……以《雅》故也"句，并旁批："其词不烦而光气熊熊四彻"，圈与旁批结合使用，指出文句佳处。可见符号与批语相结合，更能揭示符号意义。其次是点，主要标示文章承接、关键句。如《与萧翰林俛书》，陈氏点出"自以速援引之路……不知其端""自料居此尚复几何，……重为一世非笑哉"等句，提示读者注意柳宗元写信的目的。再次为截，用来标示文章段落，功能单一。最后是四方框，陈氏使用最少，用法较特殊。评点柳文时仅有两处使用：《封建论》"或者曰"之框出"者"字；《与韩愈论史官书》"古之志于道者，不若宜是"之框出"宜"字，我们将选文与原文对比，发现框出的两字为衍文，由此推测四方框的作用应是删除衍文。

批注则有眉批、旁批与尾批三种方式。各篇评点文字的分布，以尾批最多，眉批次之，旁批最次。眉批所涉及的类别包罗万象，包括字词解释、段意概述、文意阐发、下字巧妙、文句照应、句法变换、抒发感想以及与他文比较等。内容较为随意，多是自我体会的片言只语。旁批除简单交代文意、笔法、历史人物事件外，主要指导句法承接、文势的抑扬顿挫、前后的照应等文法。与眉批相比，旁批文字简洁，少则一字，多亦不过二三句。尾批则是综合评论，是对一篇的总评或是无法在眉批或旁批说尽的文意、章法、历史背景的详细说明，有总结文意及主旨、篇章佳句好处、文章的组织变化、总评各段的起承转合、评价此文风格及地位、评价作家整体优长、引申抒发自己感想等内容，多是文章风格、文法、深意的总体交代。

## 二、选评特色

### （一）选篇以论辩、书信为主

《陈太仆批选八家文抄》共选文一百一十六篇，其中选柳宗元的《封建论》《箕子碑》《段太尉逸事状》《驳复仇议》《献平淮西雅表》[①]《对贺者》《桐叶封弟辨》《寄许京兆孟容书》《与萧翰林俛书》《与韩愈论史官书》《贺进士王参元失火书》以及《答韦中立论师道书》十二篇文章。其中，《封建论》《驳复仇议》《桐叶封弟辨》从题目上即可归为论辩文，《箕子碑》《贺进士王参元失火书》以内容而言，亦重在议论，可以看出陈兆仑选文仍然贯穿经世致用的理念，注重立意高远、见解深刻、破除俗见、开阔胸襟的文章。

综合来看，陈兆仑选录柳文又有以下两个特点：

一是突出书信的价值。书信体五篇，篇数虽少，却占了近一半。陈兆仑在《柳文序》云"若其无意求工，而倾吐胸臆，告哀于君友之间，则一往孤清闲肆，沉郁顿挫，自成为河东一家之言，而韩有不能到者矣"，认为柳宗元书信体"可自成一家之言"。于《寄许京兆孟容书》亦尾批"视《报任少卿书》，音节波澜，可谓逼肖矣。而不盗其一字一调。只自成柳子之文"，可谓高度评价了柳文书信体的内容与风格。

二是不选游记文。柳宗元的游记文由明代茅坤至清代姚鼐、孙琮、储欣、沈德潜等人的称颂，尤其推出永州诸记。但陈兆仑却一反众说，认为这类文章以"余力"即可及之：

至于妍妙小文，柳最称夥而概从割舍，谓非其至也。汝曹以余力及之可也。（《柳文选·序》）

陈兆仑并不否认柳宗元游记文的价值，只是称之为"妍妙小文"，并告诫其弟子以余力及之即可，淘汰了柳宗元的游记文。究其原因，仍是陈氏主张选文

① 此篇题目百家注本题作《献平淮夷雅表》，题下注：一首；注释音辩本题作《献平淮夷雅表》、《文苑英华》题作《进平淮夷雅篇表》、《唐文粹》作《献平淮西雅并表》，未见陈兆仑所题《献平淮西雅表》，不知其所据何本，或为笔误。

清代柳文评点研究

应经世致用，而柳宗元的游记文显然不合标准。然陈兆仑谓以余力即可及之，足见其忽视游记文的以游记为名，以情为实的苦心营构与行文技法。但不选柳宗元的游记文，成了陈氏选本的显著特色。

在论辩、书信以外，陈氏高度评价《献平淮西雅表》，认为此文永远不可磨灭。此书仅录柳文十二篇，并以论辩、书信为主，如此有限的篇数下，此表得以入选，足见陈氏对此文的重视。陈氏于此文尾批"有一语旁及乞哀，不但是献谀求悦，且必寒涩不与题称。稍涉夸大，又非孤臣迁客对君之体。文乃出以中声，至和正法之中。光芒郁远，若离若即，永永不可磨没者也"，将此表提升到万世永存的高度。与孙琼"大雅之作"、储欣"表亦拔步唐蹊，翱翔乎盛汉之囿"的批语相比，评价更高。

（二）重视阐发文意

在具体评点中，陈兆仑重视阐发文意。与清初孙琼阐发文意不同，孙琼关注于概述文章主旨、段落大意，而陈兆仑重视句读，注释古今异义词。

首先重视文章的句读。如《封建论》"守宰者，苟其心，思迁其秩而已"句，陈氏于"心"字下施加点、"思"字旁施加圈，并眉批为："'思'字应属下读。"其既以"心"为读，又以"思"为读，纠结于"思"字属上还是属下。结合眉批，可以看出陈氏最终以"思"字属下句，进而疏通句意。再如《寄许京兆孟容书》"今已无古人之实为，而有其垢"，陈氏于句旁施加圈，并眉批"'实为'，即实行，'为'字不连下读"，以词意断定句读。

其次重视解释词意，注出史事，概述段落大意。如：《寄许京兆孟容书》"仅以百数"句眉批"'仅'字今人多从'止'字意用，古人多作繁多意用，判然不同"；《驳复仇议》"父受诛，子复仇，此推刃之道"句眉批"'推刃之道'谓递相报复相害无已"，而且"礼之大本，……凡为理者杀无赦"中有两处"无为贼虐"，陈氏于第一处"无为贼虐"旁批"谓贼杀人者"、第二处"无为贼虐"旁批"谓凡杀人者"以明确句意；《箕子碑》"进死以并命"句旁批"比干"；《寄许京兆孟容书》"此人虽万被诛戮"旁批"谓伾文辈"，又于"今其党与，幸获宽贷"句旁批"谓梦得等"，均注出实指的人物，以使读者更好地理解文意。《段太尉逸事状》"裂裳衣疮，手注善药"句，读者虽知主语为段太尉，但"裳"与"疮"的定语不易分辨，陈兆仑于此句旁批："裂己裳以衣其疮也"，如此疏解则句意明了，意为段太尉撕下自己的衣服来给他包扎伤口。再如《对贺者》"茫乎若升高以望，溃乎若乘海而无所往"句旁批"妙极形容，是浩浩，是无可奈何之浩浩"，并眉批"二语可与潘岳'登高临水送将归'作敌"，又于尾批云"曲折沈刻。必自已写照，方能尔许逼真。晋人矫情，多不吐实"，此处先以旁批说明文句蕴含的感情，再以眉批引前人作品相较，又于尾批点出柳文特色，赞赏柳文情真。如果将旁批比作点，那么眉批即延长的线，尾批即宽广的面，点、线、面三位一体，足见陈氏疏通语句的层次性。

陈氏阐发文意多有特色。一是批语多比喻，形象生动。如：《封建论》"曲直者而听命"句旁批"江河发源"；《桐叶封弟辨》"王之弟当封耶"句旁批"两路夹攻"；《寄许京兆孟容书》"忽遇北风，……则肌革惨懔"句旁批"四时似夏，一雨如秋，闽广气候，皆尔不测"；《与萧翰林俛书》尾批"余又何恨，此在望外，毋为他人言，终欲为兄一言，文人处穷，志士见摈，情怀历历，曲似江流，诚可悼也"。二是常有感性抒发，以情动人。如：《寄许京兆孟容书》"每遇寒食，……又何以云哉"句眉批"更愁凄不可读"，"此皆瑰伟博辩奇壮之士，……愈疏阔矣"句眉批"纵笔错叙，至十数人，而后回合古今。慨然长啸，令人婆娑起舞，不能以已"；《与萧翰林俛书》"人生少得六七十者，……又何足道"句眉批"醰酽富贵，无所用心者始觉岁月之长，对此惘然不解。然宜合贵其解，不解者乃福人也"。

如果说鉴赏作品是评点的高楼大厦，那么文意的理解便是评点的基石。只有牢固的基石才能撑起高楼大厦，读者亦只有理解作品原意，才能对字法、章法及风格进行分析、建构，以鉴赏评议。陈兆仑重视句读、解释字词、注出史事以及概述段落大意，且用语形象生动，以情动人，无疑是为鉴赏评议打下了牢固基石。

## （三）认为柳文议论奇而稳

柳文立意高远，见解深刻，发人所未言。如孙琼于《封建论》"天地果无初乎"旁批"起意奇辟"，并于尾批推崇此篇"识透古今，眼空百世"；储欣亦于《封建论》"然而公天下之端自秦始"句眉批"开天下不敢开之口"，并于尾批再次评价此句"人人说封建以公天下，先生偏说公天下自秦始"，均肯定柳宗元见识卓越，立意新奇。陈兆仑亦肯定柳文立意新奇，如《封建论》"由封建而明之也"句旁批"奇"，"势不可也。势之来，其生人之初乎"句旁批"眼光"；《箕子碑》"当其周时未至，……其有志于斯乎"眉批"翻空想出此意，于'仁'字更为周匝。初不为文澜阔起见也，而遂兼有其胜"；《贺进士王参元失火书》"而悉无有，乃吾所以尤贺者也"句旁批"再足一句，更奇"，指出柳文不拾人言语，跳出窠臼，自出机杼，翻空出奇。

孙琼、储欣以及陈兆仑均肯定柳文立意之奇，但在陈氏看来，柳文之奇并非故作骇人之语，而是极为稳妥之奇。陈氏于《贺进士王参元失火书》尾批"创论骇人听闻。读之乃确不可易，不稳不敢奇也"，指出此文虽为创论，引人惊奇，但这种奇以稳为前提，是不可易之言。于《封建论》尾批：

> 秀才家终日不出于轩序，眼光不出牛背，又不思自拓其心胸。是此等至平稳、极的当之文，犹心咤焉……物生必蒙，谓天地初辟，由屯而蒙。屯者，天地之初；蒙者，生人之初也。蒙在不可不养，故受之以需；饮食必有讼，故受之以讼；讼必有众起，故受之以师；众必有所比，故受之以比，而比之象辞，因曰先王以建万国。亲诸侯，其文王系辞则曰："不宁方来，后夫凶，是作易之圣人。"本从天地生人之初，一直想下来，而柳子厚得其说，不袭其辞，创为封建论。小儒惊怪，庸知其束发时，读熟已久耶。

陈兆仑一方面肯定此文立意为创论，一方面又指出此文"至平稳、极的当之文"，认为立意源自《易经》，本为人人熟知之意，只不过有些儒生目光短浅，心胸不够开阔，以至大惊小怪，只见奇而不见稳。陈兆仑肯定柳宗元独到的眼光和理解，于历史事件表面上呈现矛盾时，有如此眼界、胆识才能看出实情。但这种独到实情，亦是依据《易经》而来。只不过柳宗元袭其意而不袭其辞，所以其辞奇而其意稳。

### （四）赞赏柳文文法多用转折

在文法方面，陈兆仑认为柳文多用转折，使文章有起伏波澜之妙。一是章法转折。其于《封建论》"又有大者，众群之长又就而听命焉，以安其属"句眉批"一路倒生，由初而终，妙"；《贺进士王参元失火书》"颜、曾之养，其为乐也大矣，又何阙焉"句："此是吊语，补在后，极帖妥"；《答韦中立论师道书》"平居望外，遭齿舌不少，独欠为人师耳"句旁批"跌宕"；《箕子碑》尾批"洁净之至，复有末段之萦宕。真乃醰醰有味，耐万回读"，其中"倒生""跌宕""萦宕"均指出柳文转折之妙。二是字法转折。陈兆仑关注到柳文字法亦多用转折。如《驳复仇议》"执事者宜有惭色"句旁批"加倍跌'诛'字"；《与萧翰林俛书》"物得其利。仆诚有罪，然岂不在一物之数耶？身被之，目睹之，足矣。何必攘袂用力，而矜自我耶？果矜之，又非道也"句旁批"折笔领'道'字"；《贺进士王参元失火书》"然时称道于行列，犹有顾视而窃笑者，仆良恨修己之不亮，素誉之不立，而为世嫌之所加，常与孟几道言而痛之"句眉批"并累及言者自责，得此沈郁之笔，方逼得起'贺'字"；《与韩愈论史官书》"退之之恐，唯在不直、不得中道，刑祸非所恐也"句旁批"又反复折醒，情婉质直，韵味甚长"。

特别是陈氏在评《封建论》"天地果无初乎？吾不得而知之也。生人果有初乎？吾不得而知之也。然则孰为近？曰：有初为近"句云"'有初'断定，却以"近"字活之"，此评语指出文中两个"有初"，已经对问题做了回答，文章至此无话可说。然而柳宗元寻出一个"近"字对两个"有初"作比较，既转折文意，又使文章绝路逢生。

综上所述，陈兆仑为教授生徒所选的《陈太仆批选八家文抄·柳文》，评点柳文时多阐发文意，指出柳文文法多转折，与众选家意见基本一致。独特处在其选篇舍弃游记文，认为柳文立意奇而稳，为柳文评点史增加了新的观点。

## 第四节　李元春《唐宋八家文选·柳文》

李元春（1769—1854），字仲仁，又字又育，号时斋，陕西朝邑人。因其于所居高阁手植四桐，又号桐阁主人，学者称桐阁先生。于嘉庆三年（1798）中举人，任大理事评事。李氏一生以讲学闻名。前后曾主讲潼川、华原各书院，恪守程朱理学，教人以诚正为本。在主讲书院期间，李元春为教授生徒选编《桐阁七种文选要》，《唐宋八大家选》是其中一种。①

### 一、《唐宋八家文选》概述

《唐宋八家文选》八卷，南京图书馆藏清道光十九年（1839）刻本。此书卷首半页九行，行二十字，左右双边，白口，单黑鱼尾，无界行。全书八卷，附录二卷。内封题《八家文选要》，序为李元春弟子张铭彝的《八家文要选序》，序后为卷一，无目录。卷一首题"唐宋八家文选卷一，韩文，朝邑李元春时斋评，男来瀚海观缮录，受业张铭彝宗载校刊"。象鼻题"唐宋八家文选"，版心题"卷一"。正文有圈点、旁批与尾批，无眉评。全书八家各一卷，各卷篇数为韩文五十、柳文三十一、欧文三十三、老苏文十五、大苏文二十七、小苏文三、王文十六、曾文十二，共计一百八十七篇。在选篇上，显然以韩愈、欧阳修、柳宗元以及苏轼四人文章为主。

此书在选编体例与评点方式上颇有特色。首先，在选编体例上突破八家之围，附录唐、宋、元三朝其他作家古文。于韩文与柳文之后，附录《唐诸家文选》一卷，选录魏征、王勃、骆宾王、张说等十家文；于宋六家后附录《宋元

① 《桐阁七种文选要》包括：《史汉文选》《两汉文选》（附魏晋六朝）、《唐宋八大家选》（附唐宋元诸家）、《两朝文选》（明、清文）、《经世文选》《经义文选》《正学文选》。

清代柳文评点研究

诸家文选》一卷，选录王禹偁、范仲淹、司马光、周敦颐等十八家文。"八大家"的称号自茅坤固定以来，清代八家文选少有突破者。沈德潜虽提出于八家外，还应选入唐代李瀚、孙樵、杜牧和宋代司马光、王十朋等人，但选文仍限于八家之内。储欣《唐宋十大家全集录》虽增添李瀚、孙樵二人，却说"因也，非创也"（储欣《唐宋十大家全集录·序》）。李元春选文虽名为八家，却于唐二家之外选入十人，宋六家之外选入十八人，相比储欣于仅于唐代增添两人的做法，可见其对"八大家"的范围的突破。这种对唐宋八家范围的突破，其弟子张铭彝解释为："虽以八家文言之，其为人所常诵习者，集中文不能尽然也。选本固读者所便矣，八家附他家以及元，为此也。"（《八家文选要·序》）认为选本就是为了方便读者的，凡是符合标准的文章尽量选入，所以不局限于八家之内。

其次，在评点方法上，李元春提出"评诸文即以时文法评之"（《桐阁七种文选要·序》）。如此明确提出以时文之法评八家文，在清代八家选本中实属罕见。清代八家选本虽多为科举而选评，但多讳言时文，更不用说直接表明以时文之法评点八家文了。清初吕葆中就指责孙月峰、钟伯敬的评点方式"竟是评时文腔子，古法尽亡矣"（吕留良选，吕葆中评《八家古文精选·序》）；储欣指责茅坤亦云"其标间架，喜拍叠，若曰此可悟经义之章法"（储欣《唐宋十大家全集录·序》），皆非议时文。而在李元春看来，"古文时文一也"（《桐阁七种文选要·序》），消除了古文与时文的区别。既然两者同为一体，也就无所谓区分古文之法与时文之法了。

关于选文标准，李元春《桐阁七种文选要·序》云：

> 然则文不衷于道即不足以明道，可谓文乎？不足明道即无益于世，可谓文乎？明道矣，而蹈袭前人之所已言，是积薪也，可谓文乎？文以六经为主，自此以下，文足传者，皆明道之言，皆明六经之言，古文时文一也。

李元春选文以文以明道标准，认为明道即阐述六经旨意，并不蹈袭前人言论。从全书选文来看，大都是法度严整、篇幅适中的名篇，与"文以明道"大致相符。但韩文选入《毛颖传》《祭十二郎文》以及《送李愿归盘谷序》，不选《原道》《论佛骨表》等；柳文选入《答问》《愚溪诗序》《寄京兆许孟容书》，不选《封建论》。可见"文以明道"的同时，不偏废文学性。

在评点形式上，此书有旁批与尾批，圈点部分有圈、点、截三种符号。李元春《唐宋八家文选》未说明原则，依使用内容略作说明。其一是截，标识文章段落。其二是圈，功能繁多，可归纳为两类。一是用作句读，二是用来标识文章主旨、章法句法字法以及佳文妙句。由于圈符承担功能繁多，读者不易确认标识的种类，李元春又将圈与旁批结合使用。如《与韩愈论史官书》"今学如退之，辞如退之，好议论如退之，慷慨自谓正直行行焉如退之"句旁施加圈，并旁批"叠笔快"。"叠笔"是指句末均为"如退之"，"快"是叠笔行文，有节奏感，读来爽口、痛快。此处圈与旁批结合，既有行文方式，又有文章风格的评价，读者则能清晰评点所指。其三是点。李元春使用点符号较少，功能亦较单一，多用来强调文意的转换或递进。如《段太尉逸事状》"先是太尉在泾州"句旁施加点，提示文意转换；《答问》"且夫白羲、驿耳之得康庄也"句"且夫"字旁加点，提示文意的递进。

批语部分，旁批主要说明文章的章法句法字法，以梳理文章的组织变化为主。如《答韦中立论师道书》旁批有："伏……曲……引典坐出二喻……合……曲……转……又转……拍……宕……又引一喻……拍……主……虚联……主言文，正是言为师……字句俱新……一层……二层……三层……收。"对此文的伏应、拍合、虚实、字句、主旨等要素一一点明；尾批则从文章整体着眼，或分体篇法，或评价文风，或指出影响。如《故大理评事柳君墓志》尾批"柳州志铭不如韩，然如此简净空灵，政非后人所及"，既点评文章风格，又与韩文相较，简洁有力。

## 二、选评特色

### （一）选文以序、记为主，并推举《寄许京兆孟容书》为"至文"

《唐宋八家文选》共选文一百八十七篇，选柳文三十一篇：问答体一篇，论辩二篇，说体四篇，对体一篇，书体四篇，序体六篇，记体八篇，传体四篇，墓志一篇。选编从数量上来看，以序、记为主，问答、墓志、论辩之类文体篇目较少。在选文标准上，李氏自谓文以明道，评价柳文优劣时却以情感为准，推崇《寄许京兆孟容书》为"至文"。此文尾批为"不自撑饰，深望悯援，真情哀意，恻恻动人，此谓至文"，可见李元春虽重文以明道，并不偏废情感。

值得注意的是，李元春于柳文首列《答问》。此文除储欣《唐大家柳柳州全集录》之外，鲜有收录者。而李元春不仅选录此文，且排为首列，可见对问答体的重视。另外，说体文选录《捕蛇者说》《杂说一·临江之人》《杂说二·黔之驴》以及《杂说三·永之鼠》四篇，其中《杂说一》《杂说二》以及《杂说三》柳文原集为一篇，原题为《三戒》，而李元春将《三戒》分为三篇；《三戒》柳文原集归为"吊赞箴戒"类，八家选本多归为寓言类，而李元春归为"杂说"，与《捕蛇者说》同为一类，在此文文体分类上，也显示李氏的独特之处。

## （二）以时文之法评点柳文

李元春明确提出"以时文之法评八家文"，评点柳文时亦遵循此法。评点的时文之法，呈现以下两个特点：

首先是对"衬""叙"以及"论"等概念细密深化，揭示柳文修辞与叙述方式的多样性。其中"衬"，李元春细分为"低一层衬""切衬""远衬""宽衬"；"叙"，李氏细分为"申叙""抽叙""直叙"以及"虚论"；"论"，又细分为"提论""虚论""收论""接论"等术语。下面以李元春对"衬"的细分为例，呈现柳宗元行文的修辞手法。

低一层衬：《桐叶封弟辨》"设有不幸，王以桐叶戏妇寺"句旁批"低一层衬"，"低"即指此句提出的妇女、宦官地位比叔虞低下。"低一层衬"，是说此句用成王封妇女、宦官对比分封叔虞，以见"天子无戏言"的危害，从而证明桐叶封弟本身的逻辑就是荒谬的。此文"且家人父子尚不能以此自克"句旁批"又低一层衬"，亦指明对比衬托的手法，是说用普通百姓对比周公，以此论证周公不能像驱使牛马一样约束钳制成王。

切衬：《晋文公问守原议》"狐偃为谋臣"句旁批"切衬"。"切衬"之"切"意为切合。此批语中的"切"是说契合上句的"言议之臣"，指出晋文公选择官员时本应询问狐偃的意见，却将其看作外人，转而与教鞼商定此事，此处采用了以狐偃与教鞼相对比，以见晋文公违反了选官原则。

宽衬、远衬：如《晋文公问守原议》"然而齐桓任管仲以兴"句旁批"宽衬"，其中"宽"是扩展了事件范围，以齐桓公衬托晋文公；"其后景监得以相卫鞅"句旁批"又用远衬"，其中"远"是推远时间，指出其后秦国宦官景监向秦孝公推荐商鞅、汉代宦官弘恭、石显有机会杀害萧望之，这一失误正是从晋文公听用教鞼开始的。

细化概念的同时，李元春又将修辞、叙述方式以及章法相结合，更为细密地揭示柳宗元的行文技巧。如：《段太尉逸事状》"汾阳王以副元帅居蒲"句旁批"一一清叙，伏后"；《故大理评事柳君墓志》"晋之乱"旁批"直叙世系起"；《桐叶封弟辨》"吾意周公辅成王"句旁批"实接提论"；《送澥序》"人咸言吾宗宜硕大有积德焉"句旁批"突然领起，伏后"；《永州新堂记》"将为穹谷堪岩渊池于郊邑之中"句旁批"突起，虚论"。如此将字法、句法、修辞与章法结合，不厌其烦地指出柳宗元的行文技巧，目的显然是更详细地揭示文章层次以及层次间关系。而层次清晰恰是时文与古文的共同要求，由此李元春在文法上落实了"时文古文一也"的观点。

其次是具体归纳柳文的句法、章法以及篇法。在李元春看来，柳文处处皆法。如：《与韩愈论史官书》尾批："据本书作辨驳，此亦常法。其用意有主有从，用笔有急有缓，明快疏畅，殆亦不让昌黎。"又具体为言外见意、翻转、借题为文、因题为规法、扼题转变等行文之法。

言外见意法，即言在此而意在彼。如《零陵郡复乳穴记》"且夫乳穴必在深山穷林冰雪之所"句旁批："极言采取之难，欲讽朝廷罢贡息民也，此言外见意法。"此句字面意思为出产钟乳石的山洞一定坐落在深山老林之中，冰雪储积之处，极力描写石钟乳所处环境之恶劣。环境越恶劣，则穴人采取石钟乳越艰难，句外之意则希望朝廷能够停止地方的进贡，使穴人免受采摘之苦。

翻转法，即翻转文意，正反对比。如《梓人传》"其不知体要者反此"句旁批"翻转法"，即指上文正面叙述宰相之道，而此处却从反面着笔，经过正反两面论述，把宰相之道阐发得更为透辟。

借题为文法，即虚写题目，实写与题目相关或相似之处。如《梓人传》尾批"传梓人，实论相道，此亦借题为文法"，此文前半幅详写梓人组织施工的才能，后半幅分条陈述宰相治理之道，与梓人组织施工各点一一对应，阐发宰相治理天下的法则。文章以梓人之道比喻宰相之道，写梓人是虚，写宰相是实，因而是借题为文。《梓人传》既有借题为文法，又有翻转法，两区的区别为：前者为章节之法，是段落之间的逻辑关系；后者为篇章之法，是整篇文章的立意之法。再如《序棋》尾批"此借喻体。千古官人者如是，柳子不独自慨也"，此文由房生随意涂抹棋子的行为联想朝廷用人唯亲的惯例，感慨朝廷用人的不当之处。

因题为规，即顺应题目而发出议论。如《永州新堂记》尾批："因题为规，后人多效此法，而文自常新。"此题原为《永州韦使君新堂记》，是为永州刺史韦彪建造之新堂作记，柳宗元从记叙修造新堂引申开去，联想官员治理郡邑应遵循的原则，借此赞扬韦彪的为政之道，以作为州府官员的楷模、规范。李元春认为此文由题目顺应而下，由记叙新堂景物转为赞扬韦彪为政之道，一体而兼二用，是柳文新创之法，并指出此法后人常常效仿，且常用常新，尤见柳文之法的影响。

扼题转变法，即《愚溪诗序》尾批："即拈一'愚'字，处处不脱，水与人合，此扼题转变到底之法，后人每多学者。"此文以"愚"字为关键，本意是写人，却借溪发挥，写溪亦是写人。正是处处扼守"愚"字，使行文千回百折，跌宕生姿。

在李元春看来，柳文又有人所不知的秘法：《道州毁鼻亭神记》"公又惧楚俗之尚鬼而难谕也"句旁批"借谕为论";"州民既谕，相与歌曰"句旁批"借歌为赞"，并于尾批中进一步阐释"亦是前叙后论，而以论赞意入谕中、歌中，皆以叙体行之，此法人所不解。其中伏应处、关系处文之体要自宜尔"，结合旁批与尾批，可知秘法是以叙述为议论的方法。

李元春将其归为"秘法"，一则显示柳文文法之高妙，一则彰显自己评点能见各选家之未见。但李元春眼中的秘法，早已由储欣与陈兆仑两人揭示。储欣于《段太尉逸事状》尾批："余谓彼是议论叙事参错见奇，此但叙事，不入议论一句，为尤难也"（储欣《唐大家柳柳州全集录》卷二）；陈兆仑亦于《段太尉逸事状》尾批："是上其状，不以己言称许一笔"（陈兆仑《陈太仆批选八家文抄·柳文》)，均指出柳文以叙述为议论的行文技巧，秘法已不秘矣。且李元春《唐宋八家文选·柳文》有三处注明引用储欣批语：《送濰序》"若墙焉，必基之广而后可以有蔽择其所以出之者而已矣"旁批"储云'出''入'字精"；《序饮》"众皆据石注视"句旁批"储云：写生"；《钴鉧潭记》"孰使予乐居夷而忘故土者，非兹潭也欤"句旁批"储云：隽绝"，所引批语均出自储欣《唐大家柳柳州全集录》，其不可不知储欣已揭示此法，知而谓秘，有欺人之嫌。

### （三）认为柳文风格为"峭"

对于柳文的风格，李元春认为最大的特点是"峭"。如《桐叶封弟辨》"或曰：封唐叔，史佚成之"句旁批"放宽作收，笔变而峭"，又尾批为"笔笔变，笔笔紧，煞笔又以宽为紧，峭劲宜学"。"笔笔变"，是说此文有叙述，有议论，有虚处，有实处，有总结，有结束，文法灵活多变。"笔笔紧"，则指出文法虽多变，然于层层递进中围绕论点展开论证，万变不离其宗。特别是柳文篇末"或曰：封唐叔，史佚成之"句，又提出桐叶封弟的另一种可能性，李元春认为语意看似退让，实是以退为进，而且这种文笔的变化、文意的转折，造成了峭劲的艺术效果。"峭"与"简"结合，又形成"简峭"。如《陪永州崔使君游宴南池序》尾批："乐境说出悲感，此文情也。而笔之简峭藻逸，是柳州本色"，以"本色"论柳文，指出用笔之简洁峻峭，可谓恰如其分。

李元春又进一步分析"峭"形成的原因，他认为是句法变换造成了"峭"的风格。如《序饮》"故舍百拜而礼，无叫号而极，不袒裼而达，非金石而和，去纠逖而密。简而同，肆而恭，衎衎而从容，于以合山水之乐，成君子之心，宜也"，李元春于句旁施加圈，并旁批为"句法每以变换，见古峭"。此节将今日饮酒的情况与古人对比，先以五个五字句排列而起，接以三字句，又转为五字句，后又以七字句、五字句以及二字句收。句式奇偶相间，长短错落，既整体谐美，又曲折流动。且以五、七、五字句到二字句，句式由长到短，形式上既有断崖陡峭之势，形成古色峻峭的艺术效果。总之，《桐叶封弟辩》以章法变化见峭劲，《序饮》以句法变换见古峭，《陪永州崔使君游宴南池序》以笔法简峭为柳州本色，均呈现出"峭"的艺术风格。

另外，李元春偏爱以"妙""千古"评点柳文。如"妙"字，《送濬序》"无若太山之麓，止而不得升也，其唯川之不已乎"旁批"二喻皆妙"；《序棋》"非能择其善而朱之，否而墨之也"句旁批"看出妙理"；《宋清传》"逐利以活妻子耳，非有道也"句旁批"两层驳应妙"，"妙"字用来形容修辞、议论以及章法，以见柳文高明之处。"千古"字见于《晋文公问守原议》尾批"扼一'问'字，笔笔严冷，立千古人君谋政之防"；《捕蛇者说》尾批"即从苛政猛于虎意衍出，两事并传，均足为戒千古"；《答韦中立论师道书》尾批"前半不自任师俱开意。后半论文，乃正以师自任也。其言为文所得处，与昌黎均堪为千古之师"。其以"理妙、驳妙、为千古戒、为千古师"等语评点柳文，可见柳文独特的价值。

李元春批语以文法为中心，注重文章的修辞、叙述方式以及文章脉络，将时文与古文在文法上贯串起来，彰显出以时文评点柳文的特色。虽然唐宋八大家选本大多服务科举，以时文之法评点古文并不稀奇，然而李元春以"时文古文一也"的观点，如此密集、深入、系统地阐发行文技法实为罕见，是晚清一部重要的柳文选评本。

# 第六章

## 清代柳文评点的形式与内容

在中国古代文学批评的众多形式中，评点是一种以读者为本位的批评形态，其圈点符号与批注方式灵活多样，可用圈点符号或文字标明文章的句读、段落、章法、主旨以及警句，将评点者的感悟直接传递给读者，影响着文学风气。综观清代柳文评点，评家竞出，选本众多，特别是唐宋八大家选本蔚为大观，反映着当时的文学风尚，证明了柳文评点的存在意义。本章将讨论清代柳文评点本的方式与内容，以彰显清代柳文评点的成果与价值。

## 第一节　清代柳文评点的形式

清代柳文评点圈点符号丰富，有圈、点、细点、截、抹、方框等多种形式。批注方式有眉批、旁批、夹批、题下批以及尾批五种形式。圈点符号或文字可用于标明文章的句读、段落、章法、主旨以及警句，不同的是文字批评可运用文字直接详细地表述评点者的见解，如文章立意、渊源、文体特征、文风等方面。而圈点符号则仅能以特殊符号或颜色注明。两者各有优劣，文字批注可直接清晰地表达意思，圈点符号则有简洁之便。

### 一、圈点符号

清代柳文评点符号表现丰富且多元，显示出评点者希望从多角度揭示文章精妙之处。首先，圈点符号较多的评家有储欣《唐大家柳柳州全集录》、吕留良选吕葆中评《八家古文精选·柳文》、汪份《唐宋八大家文分体读本》、王应鲸《古文八大家公暇录》、李元春《唐宋八家文选·柳文》。如汪份《唐宋八大家分体读本》有圈，有点，有方框，有截。其中，圈又分为两种，有大有小；点又分三角点、实心点、普通点。吕留良选吕葆中评《八家古文精选》有抹、圈、大圈、旁点、细点、截。两书圈点符号较为丰富。使用符号较少的是方苞、沈德潜以及孙琮。方苞于《柳文约选》使用了圈和点，但出现次数较少。沈德潜于《唐宋八家文读本·柳文》仅使用了圈和截。孙琮则仅使用了圈。

透过分析比较，可以发现圈点符号运用多的评点者，都较为重视文章的布局、章法或文意理解。以吕葆中评点为例，其鉴赏文章妙处，就分为三个层次，因此，至少有三个圈点符号来表达。而且吕葆中特用圈符号圈出文中的关键字，标示文章主旨。另外，储欣也分为两个层次，也用圈和点两种符号搭配使用。相对而言，圈点符号使用较少的评点者，则注重用批语传递文章的精华。更进一步说，他们重视直接表明观点，而不是期待读者自我体悟。如沈德潜既重视义理的阐发，又关注文章的技巧，因而多用批语完整地阐明他的文学观念。比较例外的是方苞，虽然他的圈点只有两种，也非常重视文章是否合乎义法，但批语少得可怜。

其次，在清代柳文评点本中，反复使用的符号是圈、旁点及截。但评点者对圈和点的内涵各不相同，圈和点被用来标示句读、段落、章法、主旨以及警句，形式与内容都较为一致的是截，亦即对文章段落的划分，也就是为作者而设的"章法"，是为评点者所重视的。正如吕葆中在其选本《八家古文精选·凡例》中所云：

> 古文惟批古文惟段落最难。盖段落有极分明者，有最不易识者，其间多有过接、钩带、显晦、断续、反复、错综之法，率由古人文心变化，故为此以泯其段落之痕，多方以误人。……故段落分则读文之功过半矣。

吕葆中认为评点时划分段落最难，其间有转接错综的文法，评点者需要悉心为读者一一分析，既使自己识得作者文心，也为读者提供了阅读便利。但对截的使用唯一例外是方苞，其用截标示删除作品原有语句。

再次，明确圈点符号使用规则的有储欣、吕葆中以及沈德潜。三人均于凡例明确使用圈点符号的规则，对其评点有着清楚的解释。同时在圈点的严谨程度上，除三人外的评点者虽未明确评点规则，但多数亦能一以贯之，让读者在阅读文章的过程，确定圈点符号的内涵，理解文意。如姚婧《唐宋八大家偶辑》、王应鲸《唐宋八大家公暇录·柳文》以及李元春《唐宋八家文选·柳文》等有始终如一的圈点表现。但在使用规则上，评点者却有很大差异。比如圈是最常用的，通常用来标示句读、精彩语句，或是理清文章脉络。在吕葆中使用时，还用来圈出文章关键字，让读者在阅读时，能紧扣该字，抓住文章脉络，起到很好的提醒作用。汪份亦用来圈出关键字，与吕葆中不同的是，汪份还用来标示文章重要程度。其于文章标题前用圈标示重要等级，提示读者优先阅读的篇目。不过，用圈提示阅读等级，虽有姚鼐《古文辞类纂》的传播，并没有在其他评点者间形成传承。圈的主要作用，仍然在标示精彩语句或理清文章脉络。

## 二、批语形式

"评点"二字虽然结合了"评"与"点"，但二者的发展却不相同。"点"的形式多样，宋代吕祖谦《古文关键》即出现点、截、抹以及圈四种符号，明代茅坤《唐宋八大家文钞》发展为长抹、短抹、圆圈、尖圈、旁点、截六种符号，清代陈兆仑《批选八家文钞》又增加了方框，王应鲸《唐宋八大家公暇录》又增添了空心框。而"评"却限制于所安置的位置，固定为眉批、旁批、夹批、题下批以及尾批五种形式。

眉批是将评论意见写于书页的上方空白处，可以说是最方便记录心得的方式，然而使用者并不多。清代柳文评点中，储欣《唐大家柳柳州全集录》、刘禧延《柳文独契》及陈兆仑《批选八家文钞》保留了眉批方式。而且刘禧延的评语形式仅有眉批一种。例如刘禧延《柳文独契》于《小石城山记》"是二者，余未信之"眉批为"引而不发，是为绝调"，此则眉批，是刘禧延读此文的心得，并赞赏柳文留不尽之意于言表的收尾方式。以三言两语记录心得，毕竟书眉空间有限，不宜书写过多文字。

旁批是将评论意见写于正文的旁边，又称为行批，是评点者广泛采用的批语形式。清代柳文评点均采用了旁批方式，多用来分析字句法、概述主旨、揭示章法技巧、点明文章渊源。其中孙琮《山晓阁选唐大家柳柳州全集》是使用旁批最多的评点本。夹批是将相关的想法、注释或解读出来的章法技巧等，以双行小字写于相关的正文之后。

夹批的方便之处是可以随文阅读，读者看了正文，马上就可以把握此句或此段的相关评论，但也正因为如此，夹批会割裂正文，阻碍正文的阅读。清代柳文评点本中汪份《唐宋八大家文分体读本》使用夹批最为广泛，该书不使用旁批与眉批，多以小字双行夹批，全书显得眉清目秀。另外，常使用夹批的是储欣《唐河东先生全集录》，常用来注释文中字词，方便读者阅读。

题下批，顾名思义，就是评点者将评论写在文章题目的字下，因多是总体评价文章，又称为文前总评。一般而言，题下批的文字都比较简短，以吕祖谦《古文关键》评点《捕蛇者说》为例，题目"捕蛇者说"的下方以双行小字批为"感慨讥讽体"，就是对此文体的短评。清代柳文评点本使用题下批的较少，仅有储欣《唐宋八大家类选》与汪份《唐宋八大家文分体读本》两本。储欣本题下批多用来注解文章时代背景或是作者生平。如《驳复仇议》题下批："赵师韫为下邽尉杀徐爽，爽子元庆变姓名，为驿家佣，及师韫为御史，舍驿亭下，元庆手刃之。自囚诣官。"（《唐宋八大家类选》卷三）此处题下批交代了"复仇"的事件经过，为读者提供了文章背景，方便读者更好地了解柳宗元驳斥的对象。汪份本评点柳文时，仅有两处题下批，分别是说明选录依据、揭示文章使用的韵脚。

尾批即将相关评论总结于文章末尾，又称为文末总评，呈现评点者阅读作品的完整结论。尾批的传统可以上推至《春秋》的"君子曰"、《史记》的"太史公曰"，以及史书中的"论赞"传统。与旁批一样，尾批是古文评点常用的形式。清代柳文评点本亦均使用了尾批形式。其中，孙琮本于尾批后冠以"孙执升"、姚婧本尾批起手则是"姚天目曰"，可以说是照应了最初"君子曰""太史公曰"的形式特色。

综观清代柳文评点本的文字使用状况，可以发现仍然保留着眉批的评点形式，但使用最多的仍属于旁批与尾批。而夹批常常混有注释，方便读者阅读，若还要评论文句，则加上"〇"以区别。

### 三、圈点符号与批语形式的关系

评点的形式要素有圈点符号与批语形式。这两种要素是相互配合、印证的，而且二者之间的配合、印证，使得各自的说服力都更强，并且让"评点"成为紧凑、扎实的有机体。两者之间的相互配合、印证可分为圈点符号之间的呼应、批语之间的呼应以及圈点符号与批语之间的呼应。

首先是圈点符号之间的呼应。清代柳文评点常用的圈点符号有三种：圈、点、截。彼此之间配合以圈与点最为常见。其中圈与点常用来标示文中关键、精妙有法的字词。两者配合使用标记更为精华的语句或者反复使用的字词。点与截的配合较少。截的作用一般是划分段落，帮助读者理清文章层次。与点配合使用则强调文意的转换或递进。如李元春《唐宋八家文选·柳文》于《段太尉逸事状》"先是太尉在泾州"句旁施加点，并与截配合使用，提示文意转换。

其次是批语之间的呼应。清代柳文评点的形式有旁批、尾批、眉批、夹批以及题下批，常用的有旁批与尾批，两者之间配合最为紧密。旁批多用来点明文章的字法句法章法，揭示文章主旨，或评价作品风格；尾批常是综合性的评论，总结文章的组织变化、各段的起承转合、引申抒发自己感想、注解历史背景等内容。旁批与尾批配合使用以陈兆仑为优。陈兆仑旁批寥寥数语，或注解文字，或揭示句法，而尾批则是蔚然大观，将旁批未能详尽的文意、章法、历史背景加以说明，或再加以评价作家整体优长，得出总论。

最后是圈点符号与批语之间的呼应。两者之间的配合、印证最为广泛，关系也最为复杂。圈点符号之点、截皆可与旁批、眉批以及尾批相配合。以圈点符号之圈为例，其与旁批、眉批、夹批以及尾批皆有配合。如储欣《唐河东先生全集录》于《桐叶封弟辨》"设有不幸"施加圈，并旁批："奇波。"此处施加圈标示文中语句，引起读者注意，再以文字直接阐释圈符号的意思，两者紧密配合，共同完成对文中字句的评论。可见圈点符号与批语之间的配合，使得评点更为严谨、自成体系。

## 一、注重阐释文意，肯定柳文立意高远

文以意为主。正如唐代杜牧所云"凡为文，以意为主，以气为辅，以辞彩章句为之兵卫"[①]，就是强调立意对文章的成败起着决定性作用。从鉴赏角度来说，"评"是对作品分析品评，而文意的理解是排在首位的，评点者必须理解作品本意，才能深入分析章法、风格、渊源等特征。

在清代柳文评点中，评点者都较为重视文章表达的内容、意义，既有对文章主旨的概述，又有对段旨的提炼。如孙琮《山晓阁选唐大家柳柳州全集》、吕留良选董力民评点《唐四家文·柳文》、储欣《唐河东先生全集录》、林纾《柳河东集》、沈德潜《唐宋八大家文读本·柳文》、王应鲸《唐宋八大家公暇录》，尤其以孙琮评点本最为详尽。孙琮不仅总结主旨、概述段意，而且揭示出文章纲目、文眼等关键字句，细致、详尽地阐发文意。如《答韦中立论师书》"亦不敢为人师。为众人师且不敢，况敢为吾子师乎"句旁批"一段自谦不敢为师"，"孟子称：人之患，在好为人师"句旁批"以下言为师必遭世人讪詈"，"取其实而去其名"句旁批"结通篇。此法得之西汉文中"。孙氏评点既概述段意，又总结出文章主旨。再如董力民《唐四家文·柳文》于《与李翰林建书》"苟为尧人，不必立事程功，唯欲为量移官，差轻罪累"句旁批"轻笔带出旨意"；《与李睦州论服气书》尾批"鹿门公评'文最工，然篇末椎牛一段似漫洇。'予谓看开手'伏饮食多寡'一句，下段又接'去味即淡'一句，则此段未见为病也。盖为文以意为主，意苟有当，词虽阔远，何伤？"此处批驳茅坤的看法，明确文以意为主，如果文章主旨是恰当的，文句虽有开合亦无妨碍。

在对柳文立意的评价上，评点者多肯定柳文立意高远。如孙琮、董力民、储欣、沈德潜、陈兆仑等人认为柳文立意正大高远，有经世之意。如柳文《封建论》讨论封建制与郡县制的优劣，例举周、秦、汉、魏之政治制度，辨别利弊，驳斥前人对封建制的看法，提出唐代应采用郡县制。孙琮于此文尾批先引徐扬贡评语："……就三段间，又各有层次，反复错综，高明广大，如月日之经天，如江河之纬地。子瞻有云：柳州之论出，而诸家之论废。信哉。"后又自评"……前后一气呵成，总是言三代以上宜封建，三代以下宜郡县，识透古今，眼空百世。"储欣于此篇"或者曰：封建者，必私其土，子其人，适其俗，修其理，施化易也"句眉批"前排四代示利害之门，此三段设难破庸人之论"，"然而公

清代柳文评点研究

---

[①]〔唐〕杜牧. 答庄充书[A]. 樊川文集[M]. 上海：上海古籍出版社，1978：194—195.

天下之端自秦始"句眉批"开天下不敢开之口",又于尾批称赞为"人人说封建以公天下,先生偏说公天下自秦始。此作家拔帜立帜法",均充分肯定柳文立意高远,破除庸人见解。再如《驳复仇议》一文,柳宗元围绕旌与罚的问题,驳斥陈子昂旌罚并行的矛盾,指出元庆为父报仇,又认罪伏法,宜旌不宜诛。沈德潜对此大加赞赏,认为"论悬日月,可以不朽"(《唐宋八大家文读本·驳复仇议》尾批),赞赏柳文立意如日月普照,天地同存。我们认为,文章立意也就是作者"识"的体现,因此,见识广阔,通晓古今,对事物有着极敏锐的观察力,就能立下正大高远的主旨。而评点者对柳文立意的赞赏,也体现了柳宗元个人独到的眼光,在繁复混乱的历史事件中能够看到内在的本质,有"胆"有"识"。当然,也不是所有的评点者都称赞柳文的立意,如何焯与方苞两人,就从儒家立场认为柳宗元有些篇章立意本末倒置,混淆是非。何焯在评点《贞符》时就认为:"以德为符,其论伟矣。然亦本末不该。柳子持论往往皆据一面",指出柳宗元论点具有片面性,虽然观点卓越不凡,但却本末倒置。但此种观点在柳文评点史上较为少见。

## 二、注重辨别文体,推崇柳文论辩、序记、书信文

在文体分类标准上,明代茅坤《唐宋八大家文钞·柳文》虽细分文体,但分类又极不一致,有时是文体形式,有时是文章用途,有时二者兼而有之。比如启,有时与书归为一类,有时与表归为一类。另外,在"论"类文体外,还有"论解""试论"等分类,还有一大类"杂著",归纳有些他认为无法区分的文类,实际上有些可以归为赋体、论辩类。这个问题在清代同样存在,储欣、汪份以及姚鼐对此提出了自己的看法。

储欣《唐宋八大家类选》书名即标示以文类分别选文,共分六门三十类,六门为奏疏、论著、书状、序记、传志以及词章,每门下各以文体细分,如奏疏类下分五种文体:书、疏、札子、状表、四六表;书状类下分三种文体:启、状、书;传志类下分五种文体:传、碑、志、志铭、墓表;《唐宋八大家类选》作为家塾读本,六大门的归类简明清晰,对于矫正文体分类烦琐之弊,使之由博返约具有重要价值。而分文体为三十类,则又能使学习古文者把握具体文体的特征,便于揣摩学习每种文体的特征。其后汪份于《唐宋八大家文分体读本》更是将文体细化,将文体分为四十一类,分别为:论、议、制策、策问、策、原、辩、说、说书、问对、解、戒、杂作、序、记、书、赋、文、箴、铭、颂、赞、祭、诔、哀词、题跋、书事、诏、批答、册、制诰、四六表启以及碑志行状传。汪份本与储欣《唐宋八大家类选》相比,分类类目繁多,又没有大类加

以统摄，整体上显得过于粗疏和琐碎。但其分类标准打破了储欣本按政治等级排序的体例，遵循"先易后难，先重后轻"的原则，既关注文体的难易程度，又顾及文体的重要程度。姚鼐《古文辞类纂》的分类由储欣本的六大门扩充为十三类，分为论辩、序跋、奏议、书说、赠序、传状、碑志、杂记、箴铭、颂赞、辞赋以及哀祭，每类下再细化文体，如论辩包括哲学论文、政治论文、史论、文论等篇目，奏议类包括章表、奏启以及对策等公文。但储欣、汪份以及姚鼐的文体分类亦并不是按同一标准划分的，有些是文体形式，有些是文体内容，有些是文体功用，有些又兼而有之。虽然标准无法统一，但从文章的命题上也可看出，文体的名称往往就指出该篇文章的体类性质或用途，如原、论、说、解等，就是告诉读者这是一篇论辩文。而序、跋、奏、表等体名，就更清楚强调文章的用途和功能。总之，评点者思考的层次不同，所以无法用统一的标准来分类。若完全以文章用途分类，会掩盖部分文体的特色；若以文体形式划分，也有互相重合的现象，中国古代文体分类自始就有着多层次、多元的现象与特色。

清代柳文评点者在文章体类的归纳中，颇有辨体意识。如储欣的《唐宋八大家类选》、汪份的《唐宋八大家文分体读本》，从书名上即可看出是以文体为类编篇目。孙琮《山晓阁选唐大家柳柳州全集》、姚婕《唐宋八大家偶辑》、王应鲸《唐宋八大家公暇录》等评点本虽未明确标示文体，但排列篇目时大体是依文体为序，有着辨别文体的意识。评点者推崇的柳文文体是论辩类、书牍、序记及传状类。比起柳宗元的序记、寓言散文，他的论辩文清代之前是较少被关注的，但从清代评点中可以发现，孙琮、储欣、姚婕、王应鲸以及陈兆仑等人均重视柳宗元的论辩文。尤其是将柳宗元的论辩文放在唐宋八大家选本中，可以发现八家中仅韩、柳以及苏轼的论辩文是所有选家都会选的，也就是柳宗元的论辩文普遍受到选家的肯定，也是选篇最多的文类。

书牍类是柳宗元文章的另一个突出表现，与亲友故旧之间的书信往来，可以让柳宗元毫无顾忌地抒发感慨，有对朋友的忠告，有对前辈的祈求，有对求学者的劝勉，皆满腔真情，写尽心底郁思。如孙琮《山晓阁选唐大家柳柳州全集》评点《上李夷简相公书》"宗元曩者齿少心锐"句旁批："以下方切自己发言，盘旋呜咽，备极情文。"在唐宋八大家选本中，柳文的书牍类也是选家必选的。

柳宗元序记类的作品是最为脍炙人口的，特别是"永州八记"堪称千古名篇，善用精巧的语言刻画山水，并寄寓自己的遭遇和怨愤，除陈兆仑明确不选柳宗元游记外，其余各家均以序记为主。传状类亦是柳宗元杰出的各体文类表现，如《段太尉逸事状》《梓人传》《宋清传》《种树郭橐驼传》都是传世名篇。

清代柳文评点研究

## 三、详析文法结构，推崇柳文文法严谨

文法就作者而言，是作者通过自己的主观想法，把作文材料、事例、景物，分重点、有条理、有逻辑地加以取舍，分别主次轻重，合理地安排和组织，并用文字把它反映出来，形成文章的整体结构形式，使观点得以表达，情感得以抒发。就评点者而言，就是对文章艺术手法的揭示和分析。对于柳文文法的揭示和分析，是清代柳文评点的主要内容，也是较为明显的特点。评点者从字、句、段、篇揭示和分析柳文文法，并总结出文章通用之法。在揭示和分析柳文文法时，又推崇柳文文法的严谨，在前后呼应、一气贯穿的同时，又能曲折多转，摇曳多姿。

首先是字法。清代评点者不仅关注到下字用词的准确生动，而且从篇章结构揭示单个字词的功用。如董力民《唐四家文·与杨诲之疏解车义第二书》"夫岂不以圆克乎？而恶之也"句旁批"字法、句法"；汪份于《唐宋八大家文分体读本》之《封建论》"此其所以为得也"句夹批"'得''失'二字，通篇骨子"；《贞符》"非德不树"句夹批"'德'字'仁'字是命根"，是从全文主旨的角度关注字词的用法；《封建论》"吾固曰：'非圣人之意也，势也'"句夹批"'势'字结"，是从句子的前后照应上关注字词的用法。关注字词在全文主旨功用的还有吕葆中，其评点《愚溪对》"有其实者名固从之""今汝独招愚者居焉，久留而不去，虽欲革其名不可得矣""则汝之实也"三句中圈出"实"与"名"，确立文章的关键字，说明愚溪之愚是"名"，而柳子之愚为"实"，"实"与"名"贯穿全文。

其次是句法。清代柳文评点者于句法方面尤其关注句子的长短错综与排比特色。汪份于《唐宋八大家文分体读本》之《晋问》"博者狭者，曲者直者，岐者劲者，长者短者"句夹批"四句一样句法"，"攒之如星，奋之如霆，运之如索"句夹批"三句一样"，"浩浩弈弈，淋淋涤涤，荧荧的的"句夹批"三句一样"，指出柳文数句结构一致，用排比增强了文章的气势。汪份又于此文"偃然成渊，潴然成川，观之者徒见浩浩之水，而莫知其以及"句夹批"顿挫"，"狂山太白之淋漓"句夹批"句法参差"，指出柳文句法的长短相间，骈散结合。其实，在"博者狭者，曲者直者""攒之如星"及"浩浩弈弈"句间，虽同样运用了排比，使句子整齐划一，但亦有句式的变化。第一个排比是"者"字句，第二个排比是"之"字句，第三个排比则运用了叠词的手法，足见柳文句式的变化多端。

再次是篇章结构。清代柳文评点特别重视篇章结构，关注文章的起承转合，

既揭示方法，又阐释作用。以汪份与李元春为代表人物。李元春《唐宋八家文选·柳文》之《捕蛇者说》"永州之野"句旁批"叙事"，"则曰吾祖"句旁批"入说"，"则吾斯役之不幸，未若复吾赋不幸之甚也"句旁批"一句说破，明快"，"而吾以捕蛇独存"句旁批"转拍有力"，"悍吏之来吾乡"句旁批"又承申"，"岂若吾乡邻之旦旦有是哉"句旁批"又回转有力"，"呜呼，孰知赋敛之毒有甚是蛇者乎"句旁批"一句断"，此文经李元春评点，文章起手处、转折处、承接处、回转处一一清晰，层次井然。且注意文章叙事与议论的关系，先以叙事起，后以议论结。这种篇章结构的安排也正体现出柳文严谨而富有变化的特征。清代评点者认为柳文严谨而又曲折变化的有孙琮、储欣、董力民以及李元春等人，以上各人评点具见前述各章节，此处不再重复。

再次是具体文法的总结。清代评点者不仅揭示了文章结构的各种文法，还明确了多种行文方法，如吕葆中、储欣、汪份以及李元春，尤其是李元春的评点，善于总结柳文文法。吕葆中于《八家古文精选》中总结出柳文有倒跌法、争上流法、攻击之法以及旁敲侧击法，如《梓人传》"他日，如其室"旁批"此一段是倒跌法"，指柳宗元欲赞扬梓人能通相道，却不从褒扬处落笔，先对梓人冷嘲热讽。储欣于《唐河东先生全集录》总结出柳文有拔帜立帜法、奇正相生法、搜奇法等，如《唐相国房公德铭之阴》尾批："特揭'公'字，古趣，历落可爱。后来学之往往纤薄，王介甫《君子斋记》是也。李华德铭房公，本末粲然。此书其阴，故不复举。揭'公'"字发议论，是搜奇法。"（《唐河东先生全集录》卷二）汪份于《唐宋八大家文分体读本·柳文》总结出牵搭法、断续法、翻案法等，如《天说》"元气阴阳之坏，人由之生"句夹批："牵答法。"所谓"牵答法"即牵上搭下，纽合上下文，使文章文气贯通。李元春《唐宋大家选·柳文》则总结出言外见意、翻转、借题为文、因题为规法、扼题转变等行文之法，如《愚溪诗序》尾批："即拈一'愚'字，处处不脱，水与人合，此扼题转变到底之法，后人每多学者。"总结此文使用了扼题转变法，即此文以"愚"字为关键，本意是写人，却借溪发挥，写溪亦是写人。正是处处扼守"愚"字，使行文千回百折，跌宕生姿。除总结具体文法外，吕葆中、李元春还揭示柳文有行文妙诀。吕葆中于《八家古文精选·种树郭橐驼传》中指出"此只就橐驼居乡所见冷冷数语，语未毕而意已透，使读之者尚有余味。此等处皆文章妙诀也"。李元春于《唐宋大家选·道州毁鼻亭神记》尾批"亦是前叙后论，而以论赞意入谕中、歌中，皆以叙体行之，此法人所不解。其中伏应处、关系处文之体要自宜尔"，指出以叙述为议论是柳文秘法。

再次，评点者除揭示文法外，还注意文法运用的效果，要求读者能学得其神。作文有法，就要求写作者要掌握文章写作的基本法则。特别是科举制度形成以来，文法的讲究、格式的要求都使得士子对"法"的追求越加激切。因此，揭示和分析文法是清代柳文评点的特色。古来作品浩如烟海，读书人在有限的生命中，虽然广泛涉猎群书，势必有未竟全功之憾，而且对于初学者来说，在理解文意的基础上，能不能分析出文法，能不能评价文法运用的优劣，能不能总结出文法理论，都是未知。因此评点者除校勘训诂、疏通文意外，也注重替初学者分好文章段落，揭示字法、句法、结构章法，希望学子们能够在了解、掌握文法的基础上，又不为法所困，能够规矩具备而又出于规矩之外，达到"神"的地步。这个"神"与姚鼐八字诀之"神"有相似之处。姚鼐说明为文之法，认为文章有形上与形下之分，提出了神、理、气、味、格、律、声、色八字诀。其中神、理、气、味属于文之精，格、律、声、色属于文之粗，文之精指形上，是不具形体，变化巧妙，不可测知的部分；文之粗指形下，是所谓的物质形貌部分。这八字诀中，最重要的就是作者凭借才学所展现的巧妙变化，此即由形下晋升到形上的重要因素，也就是法度与法度变化，超越了文字表层的格、律、声、色，得以深入理、气、味，到达文字深层的属于一个作品特质的"神"。文法亦是如此，初学者在掌握法则之后，上升到一种技能，再到形成自己的思维方式，就能够透过文字表面的组合，将法则灵活运用到实际的写作中，做到虽是借用了前人的方法规则，但此时此刻、此景此情是自己的。

## 四、注重文章渊源，揭示柳宗元作文转益多师

评点文学作品，不能抛开文学本身的发展历史。后代的文学创作总是在前代文学的基础上继承、发展而来。评点者注重文章渊源，也就是对作品的艺术源头予以揭示、评论，将文学的发展联贯于作品中。柳宗元于《答韦中立论师道书》中现身说法，告诫韦中立应学习前人作品的哪些特质：

本之《书》以求其质，本之《诗》以求其恒，本之《礼》以求其宜，本之《春秋》以求其断，本之《易》以求其动：此吾所以取道之原也。参之谷梁氏以厉其气，参之《孟》《荀》以畅其支，参之《庄》《老》以肆其端，参之《国语》以博其趣，参之《离骚》以致其幽，参之太史公以著其洁。此吾所以旁推交通，而以为之文也。[①]

由柳宗元对前人作品的评价，可见其学习借鉴之处。作文以五经为本：于《尚书》学习质朴的语言；于《诗经》学习永恒的情理；于《礼记》使文章的道

---

① 〔唐〕柳宗元著，尹占华、韩文奇校注. 柳宗元集校注[M]. 第七册. 北京：中华书局，2013：2178.

理讲得合理；于《春秋》使文章明确是非标准；于《周易》使文章波澜起伏，富有变化。另外还要参考各家长处并融会贯通，学以致用。以柳宗元自述的文章渊源，在清代柳文评点中都有所体现。如孙琮评点《捕蛇者说》时，尾批为："只就'苛政猛于虎'一语，发出一篇妙文。"其中"苛政猛于虎"出于《礼记·檀弓下》，文中以苛政与猛虎的对比，形象地揭露了当时统治的残暴。柳宗元的《捕蛇者说》以毒蛇与赋税形成对比，亦是表达对政府设置赋税的不满，两篇文章立意相同，而柳文可以看作学习《礼记·檀弓下》的结果。再如储欣于《唐河东先生全集录》之《驳复仇议》尾批先引唐荆川批语："理精而文工，《左氏》《国语》之流也。"后又自评："胎息《左》《国》，亦参之《谷梁》，以厉其气。"唐荆川批语指出此文可与《左传》《国语》并驾齐驱，而储欣则进一步肯定此文脱胎于《左传》《国语》，并借鉴了《谷梁传》使得文气贯穿。储欣又于《哀溺文》尾批"柳先生以骚词发舒愤懑，而教戒寓焉，盖三百篇之遗也"，指出柳文既学习《离骚》的词章，又继承了《诗经》寓有教戒的作法，可以看出柳文是吸取众家所长，融为一体。董力民即认为柳文的成就在于博览群书，学而能化。如评点《与崔饶州论石钟乳书》时，董载臣先引唐荆川批语"文非不古，然亦绝有蹊径。又云：全学李斯《逐客书》"，又自评为："徒傍古人蹊径而不得其精妙，乃为作者之病，而此得其精妙矣。况亦未见规规摹仿之迹也。《渎篇》谓足以发人妙思。愚谓初学更于此悟蓝本脱胎之法可耳。"（《与崔饶州论石钟乳书》尾批）

## 五、知人论世，评点者眼中的柳宗元

孟子云"颂其诗，读其书，不知其人，可乎？是以论其世也，是尚友也"[1]，说明与作者神交的方式是从作品文字中去感受，而要寻求正确的理解，还应该进一步探求作者所处的时代环境，去追溯历史和古人交朋友。这段话提出了"知人论世"的主张，成为传统文学批评的方法。

清代柳文评点中，储欣、何焯、沈德潜以及林纾较为注重知人论世的批评方法。储欣即云："余每读一家文集，必求之史传，旁及他书，下至稗乘所载，以想见其为人。即读一篇，必考究年月，循其显晦顺逆之遇，以窥其所以言之意。此困学之事，不足为明达者言之，然风雨凄凄、鸡鸣喈喈，斗室中得尚友古人之乐，未必不由于此。"（《唐宋十大家全集录》凡例）因此他在选评文章时，相当重视史传的依据，由此窥得作者的苦心立意，不过，储欣也广泛运用稗官野史的记载，以想见其人，求得作者的风神趣味。这一点不同于一般清代学者

---

① 〔战国〕孟子著，杨伯峻译注. 孟子译注[M]. 北京：中华书局，2007：251.

严谨的治学态度，一旦不加考辨地将史传、野史纳入评点，容易真伪不分，造成穿凿附会的后果。其后，沈德潜评点时亦注重知人论世，但其明确提出："若稗官野乘，不敢泛入。"（《唐宋八家文读本》凡例）面对历史文献时，更为谨慎理性。这种与储欣不同的评点态度，或可说明朴学所影响的治学风气。另外，储欣《唐河东先生全集录》与林纾《柳河东集》还提供了柳宗元的小传，有意思的是两人均选择了《新唐书》有关柳宗元的传记，只不过储欣将传记放在选文之前，而林纾将传记放在正文之后。

　　清代柳文评点者眼中的柳宗元可以吕葆中的评价为代表："子厚生平最出色处，曰交友，曰文章，……其一生瑕累，乃是入党而被贬斥。"（《八家古文精选·柳子厚墓志铭》尾批）其认为柳宗元最为出色的是交友与文章，而污点则是依附王伾、王叔文，最终遭到贬谪。的确，柳宗元最出色的是文章，如姚婧、孙琮、储欣、沈德潜、王应鲸、林纾等人均推崇柳宗元文章的成就。孙琮甚至认为"史称子厚喜进失志，或少短之，不知其志气沉郁，念所藉以不朽者，绝功名而恃文章，其精神自足独行千古。造物之所以厄子厚者，正所以厚子厚也，人何能穷子厚哉！"（《山晓阁选唐大家柳柳州全集》序），将柳文提升到不朽的高度。而吕葆中所说的"交友"则是柳宗元人格的出色之处。元和十年（815），柳宗元被贬柳州，刘禹锡被贬播州。播州地处偏远，而刘禹锡母亲已老，柳宗元愿以柳易播，自己去偏远之地，最后虽以裴度相助，刘禹锡得以改谴，柳宗元仍贬柳州，但此事足见柳宗元为人交友之善。

　　至于政治上的"瑕累"，放大了说，便是何焯、方苞眼中的大节有亏；退一步说，便是孙琮、储欣、沈德潜、林纾眼中的有错能改，仍为正人君子。而对于柳宗元悔过的时间，储欣又分为永州、柳州两个阶段，认为柳州时期的柳宗元才真正悔过。储欣于《惩咎赋》"推变乘时兮，与志相迎。不及则殆兮，过则失贞。谨守而中兮，与时偕行。万类芸芸兮，率由以宁"句眉批"推变乘时，受误不小。此段总将自己差错处说得绝好。举凡失身躁进皆笼统冒昧而名之曰中。此初放逐时积痼未减，思惩不深，犹难免于文过，必至去国十年，自永刺柳之日，乃真能惩咎耳。"（《唐柳河东全集录》卷一），认为柳宗元在永州时仍未能认识到自己的错误，不免文过饰非，经过十年的反思，才能真正把永贞革新的失败引为教训。

　　以上何焯、方苞眼中的大节有亏，过于激烈了些。虽然评点者对作者存在不同程度的偏好，未尝不可，但用太过主观的个人好恶来批判作者，甚至以人废文，确是不宜。对于孙琮、储欣、沈德潜以及林纾来说，是把永贞革新看作错误的政治改革，但纵观柳宗元作品，我们归纳出给他所谓的后悔，后悔的是他太过于"愚""拙",是自己年轻时过于强硬而圆融不足,忽略了世态人情,又过于自信不知警惕,才会招致失败,是告诫自己吸取教训,不要重蹈覆辙,而不是对永贞革新本身的否定。

最后,对于柳文的文风,孙琮、董力民、储欣、沈德潜、李元春等人认为以"峭"为主。董力民于《起废答》"彼之病,病乎足与颡也;吾之病,病乎德也"句旁批"跌入,警峭无比"(《唐四家文》卷三),《与韩愈论史官书》"人当为而不为,又诱馆中他人及后生者,此大惑已"句旁批"到底峭健"(《唐四家文》卷一),储欣于《六逆论》尾批"结尾峭厉"(《河东先生全集录》卷一),以上三处皆是从章法而言,认为柳文具有"峭"的特点。当然,柳文另有特色,如储欣对柳文总体评价为:"今观其骚文之惩诫,诸记之牢笼,贬永五年与诸公书之哀丽,四六表启之工巧,弥近自然。"(《河东先生全集录·序》)但"峭"是清代评点者共同的认识。

柳文的评点，由宋代的发轫、元代的沉寂、明代的繁荣，以至清代的集大成，历经千年的打磨愈加折射出异样的光彩。尤其是清代通儒焦循的高度赞赏，将柳文推向中国散文的顶峰。当然，由于评点者受到特定环境、自身知识状态、审美趣味的影响，柳文在清代的评点过程中收获赞誉也遭受贬抑。正是在肯定与否定中，清人确立了柳文在散文史上的经典地位。

本文首先概述宋、元、明时期有关柳文的评点本，其次探讨了清代全集评本、专选评本、唐宋大家选本对柳文的评点，据此可以对本文开头的疑问作一回答：

首先，以笔者能力所及，查明清代柳文全集评点本十种、专选类评点本六种、唐宋八大家评点本二十五种，除"八大家"外，还有董采评点的《唐四大家》、储欣选评的《唐宋十大家全集录》，共计四十三种。

其次，专选本与大家类选本的特点可概述如下：孙琮本有总序、各家小序、各家目录、正文，选文先列表体，体例与茅坤《唐宋八大家文钞》相似。储欣本特点有四：唐宋八大家改为十大家、号称全集选录、采野史入评点、特设"备考"注释。刘禧延本突出柳文的佛教作品，林纾则关注柳文的骚体文，姚婧本选文以删节原文而著称，吕留良本号称"精选"，他认为习文者，熟读数十至百篇文即可，汪份本则以"分体"为学文真谛，沈德潜本虽受到储欣与茅坤本的影响，但明确反对储欣的采野史入评点。王应鲸本以集评而出众，陈兆仑本则不选柳文游记文，李元春以时文之法评点柳文。各家评点犹如万花齐放，各呈异彩。

在评点目的上具有多向性，如教育、科举、校勘、自我心得记录等，清代柳文评点本亦是如此，如方苞的《柳文》与《柳文约选》，姚婧的《唐宋八大家偶辑》、王应鲸的《唐宋八大家公暇录》等选本均是用来指导科举写作。比较特殊的是孙琮、何焯、焦循以及崔应榴评点本。孙琮评点的直接目的是交给书商印刷出售，以获得经济来源。何焯评点本主观上是校勘柳文，客观上集校、注、

殊的是孙琮、何焯、焦循以及崔应榴评点本。孙琮评点的直接目的是交给书商印刷出售，以获得经济来源。何焯评点本主观上是校勘柳文，客观上集校、注、评于一体。焦循与崔应榴评点本则为个人研读柳文的一种心得提示。

在评点符号上，最有自觉性的是储欣，他在《凡例》中清楚说明圈点用法；使用评点符号最多的是汪份，而张伯行本则无评点符号，对他而言，文是道的枝叶，重点是用批语揭示文章的义理。在批语位置上，清代柳文评点常见的有题下批、眉批、夹批、旁批以及尾批。其中，批语形式最全的是储欣本，最为单一的是张伯行本，此书仅有尾批。与明代批语多用眉批相比，清代批语的形式更为丰富。

再次，柳文经受住各家选本的考验，一再被视为范文的文章有十七篇。其中，论辩类四篇，为《封建论》《晋文公问守原议》《驳复仇议》《桐叶封弟辨》；书牍类五篇，为《寄许京兆孟容书》《与萧翰林俛书》《与韩愈论史官书》《答韦中立论师道书》《贺进士王参元失火书》；杂记类四篇，为《零陵郡复乳穴记》《始得西山宴游记》《钴鉧潭西小丘记》《小石城山记》；传状类四篇，为《种树郭橐驼传》《梓人传》《宋清传》《段太尉逸事状》。这些作品历经宋元明清的激烈竞争，最终成了各种论辩、书牍、杂记、传状文体的典范作品，亦成就了自身不朽的价值。

在文章立意上，各家多肯定柳文立意高远，见解深刻，发人所未言，但何焯、方苞两人为例外，认为柳文立意本末倒置，偏离儒家传统观念。在文体上，各家均肯定柳文的独创性，诸如碑、表、传记等文体在柳文中有了新的表现形式。在文法上，各家多推崇柳文严谨而富有变化。在文风上，各家偏爱柳文的"奇峭"。在渊源上，各家认为柳文的叙事技巧来自于《左传》《史记》，尤以后者为多。但柳文在文体、叙事技巧、议论方式、描写手法上并非一味模仿，如储欣从柳文的句法、章法以及人物摹写上揭示柳文对《史记》的超越，强调了柳文对传统文体、文法的突破与创新。

梳理清代柳文评点史的还使我们看到，评点作为中国特殊的一种文学批评方式，为作品在读者与作者之间搭起一座桥梁。评点者一方面须体会作者的为文苦心，阐释作品的精深妙义。另一方面以旁观者的眼光审视作品的艺术效果，并将自身的阅读意见记录于原作品中，成为一个动态的文学活动，体现了其对作品的接受历程。比如柳文的名篇《种树郭橐驼传》，在茅坤看来只是作为守官者的座右铭，在陆梦龙看来文章后段不说出本意更妙，在何焯眼里是"词费"，而在孙琮看来是"琐琐述来，纯是涉笔成趣"，在林纾看来是"造句古朴坚实"，在朱宗洛看来则是"处处朴老简峭，柳集中应推为第一"。这些观点各异的评点不需要是永恒不变的。换言之，当时的知识理解和现在同样重要。因而对这一文学批评的记录与整理，既保留了过去的知识形态，又使我们清晰地理解现在的知识状态与过去存在的差异，为我们阅读柳文构建了通往历史的桥梁。

其次，清代柳文评点者注重柳文文法，并不是单纯地揭示文法概念，更为强调灵活运用。如孙琮、储欣、沈德潜、陈兆仑以及李元春等人在揭示字法、句法、章法甚至文章渊源时，无论是言简意赅的点明，还是长篇的论述，大都在分析行文之法后转向"活法"的运用，强调在行文时切合选用的文体，依据文章主旨灵活、变化地运用文法。也就是说，作品只是提供了一个范例，评点者细致剥露出内在的文法规则，并非让初学者生搬硬套，而是在明了文章规则后灵活运用规则，才能真正掌握"文章真诀"。这样才意味着初学者超越了文章表层形式的认识，得以深入神、气、味等内在特质。

最后，清代柳文的评点方式为传统文学批评增添了新特点。长期以来，人们认为文学批评的方式是"直观的、印象的、顿悟的"，如郭英德、谢思炜等人在《中国古典文学研究史》中指出："……选家的思维方式具有'随意性''领悟性'。"刘若愚在《中国文学理论》中指出："中国的批评家习惯使用极诗意的语言，譬喻式的表现直觉感性。"当然，在评点中批语有着随感式的记录，譬喻式的语言，但又有考据式的条分缕析。评点者概述文意句意、注释字词，并详细揭示文法，追溯渊源。如李元春不厌其烦地细分柳文文法，既有总体的文法概述，又有具体的行文法则；汪份在评点时更是细分字法、句法、章法以及篇法。

储欣在追溯柳文渊源时，既指出文章立意来源于谋篇，是直接套用还是化用，而且追溯字词的使用根源，详细到某一个字从何而来。特别是孙琮的尾批，先概述文章主旨，随之将全文划分段落，或分为上下两幅，或分为上中下三幅，先简要地总结段意。再以评论者的姿态分析作品章法的奇妙之处。每篇均是如此中规中矩，如果不是预先确定分析重点，很难呈现出如此统一的格式。这样的评点方式，显然不是"直观的、印象的、顿悟的"，而是考据式的条分缕析。

总之，柳宗元评点研究还可以开发新的学术领域，延伸出有价值的议题，留待我们在柳宗元接受研究的道路上继续前行。

# 参考文献

## 一、古籍及整理本

[1] 〔汉〕司马迁. 史记[M]. 北京：中华书局，1990.

[2] 〔南朝·梁〕刘勰著，詹锳义证. 文心雕龙义证[M]. 上海：上海古籍出版社，1989.

[3] 〔唐〕柳宗元著，尹占华、韩文奇校注. 柳宗元集校注[M]. 北京：中华书局，2013 年.

[4] 〔唐〕柳宗元著，曹明纲标点. 柳宗元全集[M]. 上海：上海古籍出版社，1997.

[5] 〔唐〕柳宗元著，〔清〕方苞手评. 柳文[M]. 明嘉靖十六年游居敬刻柳文.

[6] 〔唐〕柳宗元著，〔清〕焦循手评，〔台湾〕赖贵三整理. 柳文[M]. 明万历壬辰叶万景永州刊本.

[7] 〔唐〕韩愈著，马其昶校注，马茂元整理. 韩昌黎文集校注[M]. 上海：上海古籍出版社，2014.

[8] 〔宋〕吕祖谦. 古文关键[M]. 清康熙年间徐树屏冠山堂刊本.

[9] 〔宋〕楼昉. 崇古文诀[M]. 中华再造善本. 北京：北京图书馆出版社，2005.

[10] 〔宋〕谢枋得. 文章轨范 [M]. 中华再造善本. 北京：北京图书馆出版社，2005.

[11] 〔宋〕真德秀. 文章正宗 [M]. 中华再造善本. 北京：北京图书馆出版社，2005.

[12] 〔宋〕黄坚选编，熊礼汇点校. 详说古文真宝大全[M]. 长沙：湖南人民出版社. 2007.

[13] 〔元〕虞集. 文选心诀[M]. 明初刻本.

[14] 〔明〕方岳贡. 历代古文国玮集[M]. 一百四十一卷（存一百三十九卷）四库全书存目丛书（集部第 366 册）.

[15] 〔明〕王志坚. 古文渎编[M]. 四库全书存目存书（集部第 336 册）.

[16] 〔明〕茅坤. 唐宋八大家文钞[M]. 明万历七年茅一桂刻本.

[17] 〔明〕孙鑛. 孙月峰先生评点柳州集[M]. 民国十四年上海会文堂影印本.

[18] 〔清〕金圣叹选批. 金圣叹评点才子古文[M]. 北京：线装书局，2007.

[19] 〔清〕余诚选评，吕莺校注. 古文释义[M]. 北京：北京出版社，2018.

[20] 〔清〕孙琮. 山晓阁选唐大家柳柳州全集[M]. 民国四年广益书局石印本.

[21] 〔清〕姚婧. 唐宋八大家偶辑[M]. 二十卷. 康熙二十三年文芸馆刻本.

[22] 〔清〕吕留良选，吕葆中评点. 晚村先生八家古文精选[M]. 康熙四十三年吕氏家塾刻本.

[23] 〔清〕吕留良选，董采评点. 唐文吕选[M]. 康熙四十三年困学闇刊本.

[24] 〔清〕储欣. 唐宋十大家全集录[M]. 清康熙四十四刻本.

[25] 〔清〕储欣. 唐宋八大家类选[M]. 清光绪二十八年瀚文堂刻本.

[26] 〔清〕方苞著，徐天祥、陈蕾点校. 方望溪遗集[M]. 合肥：黄山书社，1990，

[27] 〔清〕方苞撰，徐天祥、陈蕾点校. 方望溪遗集[M]. 合肥：黄山书社，1990.

[28] 〔清〕方苞著，刘季高点校. 方苞集 [M]. 上海：上海古籍出版社. 2009.

[29] 〔清〕何焯著，崔高维点校. 义门读书记[M]. 北京：中华书局. 1987.

[30] 〔清〕姚鼐选评，宋晶如、章荣注释. 广注古文辞类纂[M]. 上海：世界书局，1935.

[31] 〔清〕王应鲸. 唐宋八大家公暇录[M]. 嘉庆六年文盛堂刻本.

[32] 〔清〕沈德潜. 唐宋八家文读本[M]. 乾隆十五年家刻本.

[33] 〔清〕沈德潜选，宋晶如注释. 唐宋八大家古文[M]. 北京：中国书店. 1987.

[34] 〔清〕张伯行. 唐宋八大家文钞[M]. 上海：上海古籍出版社，2007.

[35] 〔清〕汪份. 唐宋八大家文分体读本[M]. 康熙五十九年遄喜斋刻本.

[36] 〔清〕刘禧延. 柳文独契[M]. 清光绪十三年稿本.

[37] 〔清〕李元春. 唐宋八大家选[M]. 清道光十九年刻本.

[38] 〔清〕林纾选评，慕容真点校. 林纾选评古文辞类纂[M]. 浙江：浙江古籍出版社，1986.

[39] 〔清〕林纾. 方望溪集[M]. 上海：商务印书馆，1924.

[40] 〔清〕林纾. 柳河东集[M]. 上海：商务印书馆，1924.

[41] 〔清〕林纾. 韩柳文研究法[M]. 太原：山西出版传媒集团，2014.

[42] 〔清〕王符曾辑评，张衍华、刘化民注译. 古文小品咀华[M]. 广州：广东人民出版社，2002.

[43] 〔清〕永瑢、纪昀主编，周仁等整理. 四库全书总目提要[M]. 海口：海南出版社，1999.

## 二、近人、今人论著（按出版年代排序）

[1] 施子愉. 柳宗元年谱[M]. 武汉：湖北人民出版社，1958.

[2] 吴文治. 柳宗元评传[M]. 北京：中华书局，1962.

[3] 何沛雄编著. 柳宗元永州八记析论、校注、集评[M]. 上海：上海印书馆，1974.

[4] 顾易生. 柳宗元[M]. 上海：上海古籍出版社，1979.

[5] 吴文治. 柳宗元简论[M]. 北京：中华书局，1979.

[6] 薛绥之，张俊才著. 林纾研究资料[M]. 福州：福建人民出版社，1983.

[7] 顾易生. 柳宗元[M]. 上海：上海古籍出版社，1984.

[8] 吴小林著. 唐宋八大家[M]. 合肥：安徽人民出版社，1984.

[9] 高海夫著. 柳宗元散论[M]. 西安：陕西人民出版社，1985.

[10] [联邦德国]姚斯，[美国]霍拉勃著，周宁、金元浦译. 接受美学与接受理论[M]. 沈阳：辽宁人民出版社，1987.

[11] 金涛主编. 柳宗元诗文赏析集[M]. 成都：巴蜀书社，1989.

[12] 吴小林. 柳宗元散文艺术[M]. 太原：山西人民出版社，1989.

[13] 吴小林著. 柳宗元散文艺术[M]. 太原：山西人民出版社，1989.

[14] 朱世英，郭景春. 唐宋八大家散文技法[M]. 武汉：长江文艺出版社，1989.

[15] 朱立元. 接受美学[M]. 上海：上海人民出版社，1989.

[16] 胡奇光. 文笔鸣凤历代作家风格章法研究[M]. 北京：语文出版社，1990.

[17] 林薇. 百年沉浮林纾研究综述[M]. 天津：天津教育出版社，1990.

[18] 吴小林编. 唐宋八大家汇评[M]. 济南：齐鲁书社，1991.

[19] 黄霖，万君宝著. 古代小说评点漫话[M]. 沈阳：辽宁教育出版社，1992.

[20] 王国安笺释. 柳宗元诗笺释[M]. 上海：上海古籍出版社，1993.

[21] 董洪利. 古籍的阐释[M]. 沈阳：辽宁教育出版社，1993.

[22] 柳州市柳宗元学术研究会编. 柳宗元研究文献集目[M]. 南宁：广西人民出版社，1993

[23] 何书置. 柳宗元研究[M]. 长沙：岳麓书社，1994.

[24] 温绍坤. 柳宗元诗歌笺释集评[M]. 北京：中国国际广播出版社，1994.

[25] 郭英德等著. 中国古典文学研究史[M]. 北京：中华书局，1995.

[26] 王树森. 新选新注. 唐宋八大家书系·柳宗元卷[M]. 北京：中国工人出版社，1997.

[27] 汪贤度编撰. 柳宗元散文选集[M]. 上海：上海古籍出版社；三联书店（香

清代柳文评点研究

港）有限公司，1997.

[28] 刘纬毅主编. 山西文献总目提要[M]. 太原：山西人民出版社，1998.

[29] 陈尚君，陈飞雪选注. 柳宗元散文精选[M]. 上海：东方出版中心，1998.

[30] 孙昌武. 柳宗元评传[M]. 南京：南京大学出版社，1998.

[31] 谢汉强主编. 柳宗元柳州诗文选读[M]. 西安：西安地图出版社，1999.

[32] 孙琴安. 中国评点文学史[M]. 上海：上海社会科学院出版社，1999.

[33] 尚学锋等著. 中国古典文学接受史[M]. 济南：山东教育出版社，2000.

[34] 柯愈春. 清人诗文集总目提要　下[M]. 北京：北京古籍出版社，2001.

[35] 蒋凡. 文章并峙壮乾坤　韩愈柳宗元研究[M]. 上海：上海教育出版社，2001.

[36] 于立君，王安节著. 中国诗文评点史研究[M]. 长春：时代文艺出版社，2001.

[37] 朱万曙. 明代戏曲评点研究[M]. 合肥：安徽教育出版社，2002.

[38] 张伯伟. 中国古代文学批评方法研究[M]. 北京：中华书局，2002.

[39] 张智华. 南宋的诗文选本研究[M]. 北京：北京师范大学出版社，2002.

[40] 辽宁省图书馆，吉林省图书馆，黑龙江省图书馆主编. 东北地区古籍线装书联合目录　[M]. 沈阳：辽海出版社，2003.

[41] 尚永亮. 柳宗元诗文选评[M]. 上海：上海古籍出版社，2003.

[42] [美]苏珊·桑塔格著，程巍译. 反对阐释[M]. 上海：上海译文出版社，2003.

[43] 金性尧. 夜阑话韩柳[M]. 北京：中华书局，2004.

[44] 吴文治，谢汉强主编. 柳宗元大辞典[M]. 合肥：黄山书社，2004.

[45] 吴文治. 柳宗元诗文十九种善本异文汇录[M]. 合肥：黄山书社，2004.

[46] 郑色幸. 柳宗元辞赋研究[M]. 台北：文津出版社，2004.

[47] 周楚汉. 唐宋八大家文化文章学[M]. 成都：巴蜀书社，2004.

[48] 谭帆著. 古代小说评点简论[M]. 太原：山西人民出版社，2005.

[49] 吴文治. 柳宗元资料汇编[M]. 北京：中华书局，2006.

[50] 周振甫著. 文章例话[M]. 南京：江苏教育出版社. 2006.

[51] 王水照编. 历代文话[M]. 上海：复旦大学出版社，2007.

[52] 钟志伟. 明清唐宋八大家选本研究[M]. 台北：文津出版社，2008.

[53] 龚玉兰. 贬谪时期的柳宗元研究[M]. 南京：凤凰出版社，2010.

[54] 付琼著. 文学教育视角下的文学选本研究——以家塾文学选本为中心[M]. 南昌：江西人民出版社，2010.

[55] 熊礼江主编. 中国古代散文艺术二十四讲[M]. 武汉：武汉大学出版社，

2010.

[56] 郭预衡，郭英德主编. 新版校评修订本唐宋八大家散文总集[M]. 石家庄：河北人民出版社，2013.

[57] 叶圣陶. 文章例话[M]. 北京：三联书店，2013.

[58] 祝尚书. 宋元文章学[M]. 北京：中华书局，2013.

[59] 尚永亮，洪迎华编选. 柳宗元集[M]. 南京：凤凰出版社，2014.

[60] 上海辞书出版社文学鉴赏辞典编纂中心编. 柳宗元诗文鉴赏辞典[M]. 上海：上海辞书出版社，2014.

[61] 陈望道. 修辞学发凡　文法简论[M]. 上海：复旦大学出版社，2015.

[62] 翟满桂. 柳宗元永州事迹与诗文考论[M]. 上海：上海三联书店，2015.

[63] 付琼. 清代唐宋八大家散文选本考录[M]. 北京：商务印书馆，2016.

[64] 高文，屈光选注. 柳宗元选集[M]. 上海：上海古籍出版社，2016.

[65] 章士钊著，郭华清校注. 柳文指要校注[M]. 北京：世界图书出版公司，2016.

[66] 黄霖主编. 文学评点论稿[M]. 南京：江苏凤凰出版社，2017.

[67] 龚笃清. 中国八股文史　清代卷[M]. 长沙：岳麓书社，2017.

[68] 黄云眉. 韩愈柳宗元文学评价[M]. 北京：商务印书馆，2018.

## 三、期刊、硕博论文

[1] 周振甫. 柳宗元文章论[J]. 文学遗产，1994，（04）.

[2] 吴承学. 现存评点第一书——论《古文关键》的编选、评点及其影响[J]. 文学遗产，2003，（04）.

[3] 吴承学，何诗海. 从章句之学到文章之学[J]. 文学评论，2008，（05）.

[4] 高平. 论何焯的柳宗元研究[J]. 中国韵文学刊，2010，（04）.

[5] 付琼. 清人所辑唐宋八大家选本版本知见录[J]. 兰州学刊.2010，（06）.

[6] 付琼. 储欣《唐宋八大家类选》版本叙录[J]. 兰台世界，2010，（06）.

[7] 常恒畅. 储欣及其《唐宋八大家类选》[J]. 学术研究，2013（04）.

[8] 张虹. 简金濯玉何辞苦　情寄史迁传佳篇——浅评清人储欣《史记选》[J]. 博览群书，2015，（04）.

[9] 梁必彪. 论何焯对柳文的批评[J]. 佛山科学技术学院学报（社会科学版），2015，（05）.

[10] 林明昌. 古文细部批评研究[D]. 台湾淡江大学硕士论文，2002.

[11] 郑恩赐. 唐宋派古文评点研究[D]. 台湾"国立"暨南国际大学硕士论文，

2010.

[12] 魏延豪. 柳宗元议论散文之修辞及艺术研究[D]. 台湾明道大学硕士论文，2013.

[13] 李永姣. 柳宗元《封建论》研究[D]. 西北大学硕士论文，2015.

[14] 叶雪竹. 沈德潜《唐宋八家文读本》研究[D]. 安徽师范大学硕士论文，2015.

[15] 胡秀. 储欣古文理论及批评研究[D]. 华中师范大学硕士论文，2017.

[16] 孟伟. 清人编选的文章选本与文学批评研究[D]. 复旦大学博士论文，2006.

[17] 张秋娥. 宋代文章评点研究[D]. 武汉大学博士论文，2010.

[18] 姜云鹏. 韩愈古文评点整理与研究[D]. 复旦大学博士论文，2013.

# 附录

　　目前查找到的清代柳文全集、专选、大家类评点本有四十余种，多散置于国内、外各大图书馆、大学图书馆或博物馆，保存在善本书室。学者要一窥所有现存的清代柳文评点本，是非常困难的。除此之外，部分选本是手批本，字体潦草或以行草评点，增加不少研究上的困扰。陈兆仑《陈太仆批选柳文》用行草评点，汪份《唐宋八大家分体读本》版本难得，因而整理《陈太仆批选柳文》以及《唐宋八大家分体读本》中有关柳文的评点，并抄录序言作为附录。

## 附录一：陈兆仑《陈太仆批选柳文》

紫草山房家塾本　　　光绪二十六年天津文美斋石印

柳文选序：

　　乌获举百斛之鼎若鸿毛，楚王效之绝脰而死①，此以知寸分秉之天，不可强而同也。建安王仲宣、刘公干之徒，不受笼于陈王，而李白睥睨杜甫如富人之悯贫儿，虽似太过，顾亦其克自树立者。然欤近世恽寿平以山水不能过石谷，变而为没骨花卉，以成其名。此其技又出文士，下而立志，不苟如此，良有以夫柳子之文，凡出自着力者，多不及韩，若其无意求工而倾吐胸臆告哀于君友之间，则一往孤清闲肆，沈郁顿挫，自成为河东一家之言，而韩有不能到者矣。韩好以门弟子遇其交游，而诗不能降孟郊，文不能屈子厚，职是故也。自柳而下，别择过严，但求其理最胜者，登之翼以开豁拘滞之胸，徐收浸淫之益，至于妍妙小文，柳最称夥而概从割舍，谓非其至也。汝曹以余力及之可也。五世孙　忠俨　忠伟　恭校

---

① 按："乌获举百斛之鼎若鸿毛，楚王效之绝脰而死"之"楚王"应为"秦武王"。《史记·本纪·秦本纪第五》："武王有力好戏，力士任鄙、乌获、孟说皆至大官。王与孟说举鼎，绝膑。八月，武王死。"（〔汉〕司马迁. 史记[M]. 北京：中华书局，1959，第 209 页.）据此，可知绝膑而死者为秦武王，而非楚王。

《封建论》

曰：有初为近。旁圈眉批：有初断定，却以"近"字活之。

由封建而明之也。旁圈旁批：奇。

势不可也。势之来，其生人之初乎？"其生人"旁圈旁批：眼光。

不初，无以有封建。旁圈。旁批"腕力"。

封建，非圣人意也。截　旁圈　旁批：截然。

彼其初与万物皆生："彼其初"三字旁圈。

夫假物者必争，争而不已，必就其能断曲直者而听命焉。旁圈"断曲直者而听命"旁批：江河发源。

必痛之而后畏；由是君长刑政生焉。旁圈"痛之而后畏"旁批：刑罚所由。

故近者聚而为群。"聚而为群"旁圈。

又有大者，众群之长又就而听命焉，以安其属。旁圈眉批：一路倒生，由初而终妙。

德又大者，诸侯之列又就而听命焉，以安其封。旁圈。

德又大者，方伯、连帅之类又就而听命焉，以安其人。旁圈。

是故有里胥而后有县大夫，……势也。旁圈"势也"的"也"字下有截此节首句旁批：一总追出"势"字。

然而降于夷王，害礼伤尊。下堂而迎觐者。旁点。

卒不能定鲁侯之嗣。旁点。

而自列为诸侯矣。旁点。

畲以为周之丧久矣，徒建空名于公侯之上耳！得非诸侯之盛强，末大不掉之咎欤？旁点。

则周之败端，其在乎此矣。旁点"矣"之下用截。旁批：断兆于封建。

此其所以为得也。不数载而天下大坏，其有由矣。旁点。

时则有叛人，……非郡邑之制失也。旁圈。"也"字下用截。

后乃谋臣献画，而离削自守矣。旁批：如贾、晁、严助之属。眉批：郡太守国诸侯王也。

然而封建之始，郡国居半。旁批：郡与国各半。

时则有叛国而无叛郡，……虽百代可知也。旁圈。"也"之下画截。

虐害方域者。旁批：节度使之兵。

失不在于州，而在于兵。旁批：戕害太守刺史。

时则有叛将，而无叛州。州县之设，固不可革也。旁圈。"也"字下画截。

或者曰。"者"字用□标出。

守宰者，苟其心，思迁其秩而已。眉批：思字应属下读。"思"字旁有圈，上有点。按：应是先圈后点。先以"思"为上句，后又以"思"字为下句，以"心"字断句。

失在于制，不在于政，周事然也。旁圈。

失在于政，不在于制，秦事然也。旁圈。眉批：郡邑当有理其郡邑之法，而不委之郡邑。守宰为理人之臣，而不使之理人，但责以奉行吾法。

及夫郡邑，可谓理且安矣。旁圈。

设使汉室尽城邑而侯王之，纵令其乱人，戚之而已。眉批：纵使其为乱，于国而病，其国人亦不过心忧之而已。无如何也。

曷若举而移之以全其人乎？"举而移之"旁批：变易之。

然而公天下之端自秦始。旁圈。

继世而理者，……未可知也。旁点。

将欲利其社稷。旁批：利赖其社稷。

则又有世大夫世食禄邑，……亦无以立于天下。旁点"生于……天下"旁批：所以由、求之徒位不过家正。

尾批：欲知海内之形势，当作天眼观之。欲知古今以来之形、势，当作古人眼观之。秀才家终日不出于轩序，眼光不出牛背，又不思自拓其心胸，是此等至平稳、极的当之文，犹心咤焉。幸而思而得之，又不能推之事事物物，亦终于醯鸡舞瓮已矣。熟玩此文，合老苏《六经论》读之，闭目静坐十日，而胸襟不开，鄙俗不消，笔底不滚滚欲出，断无是理、无是人也。有天地，然后有万物；有万物，然后有男女；有男女，然后有夫妇；有夫妇，然后有父子；有父子，然后有君臣，何以将君臣倒说在下，盖有父子而名分以起。制其名分以消其争端，而君臣出焉矣。物生必蒙，谓天地初辟，由屯而蒙。屯者，天地之初；蒙者，生人之初也。蒙在不可不养，故受之以需；饮食必有讼，故受之以讼；讼必有众起，故受之以师；众必有所比，故受之以比，而比之象辞，因曰先王以建万国。亲诸侯，其文王系辞则曰：不宁方来，后夫凶，是作易之圣人。本从天地生人之初，一直想下来，而柳子厚得其说，不袭其辞，创为封建论。小儒惊怪，庸知其束发时，读熟已久耶？望溪方氏谓此文后路宜加删节，细看中后，亦微有萎弱冗缓，不称前文之处，读者但取其精要。如起处"天地果无初乎"至"封建非圣人意也，势也"，诵之必熟。此下再着眼"时则有叛人而无叛吏"、"时则有叛国而无叛郡""时则有叛将而无叛州"三语，即已首尾通贯，可以饱足其心。余文只以大略观之，借以省记史书可矣。至于遽尔删抹，则不敢亦可不必。岂望溪读书必求其字字皆口熟乎，甚矣，其迂也。

《箕子碑》

一曰正蒙难。旁批：庄而厚。

故孔子述六经之旨。"六经"旁批：筑。

进死以并命，……与亡吾国故不忍。句旁加点。"死以并命"旁批：比干。"委身以存祀"旁批：微子。"与亡吾国"之"与"字旁批：去声。

正蒙难也。加点。

法授圣也。加点。

化及民也。加点。

其大人欤？加点。"欤"下画截。

当其周时未至，……其有志于斯乎？加点。"乎"之下画截。眉批：翻空想出此意，于"仁"字更为周匝。初不为文澜阔起见也，而遂兼有其胜。

蒙难以正，……继在后儒。句读皆用点。

尾批：洁净之至，复有末段之萦宕。真乃醰醰有味，耐万回读。


《段太尉逸事状》

邠宁节度使白孝德以王故，戚不敢言。"德以王故，戚不敢言。"加点，"言"字下画截。

天子以生人分公理。句读用圈。以上用点。

甚适，少事。加点

以乱天子边事。……使公之人不得害。加点。

孝德曰："幸甚！""幸甚"加点。

如太尉请。"请"字下画截。

太尉列卒取十七人，……尽甲。加点

副元帅勋塞天地，当务始终。今尚书恣卒为暴，暴且乱。乱天子边，欲谁归罪？罪且及副元帅。加圈眉批：副元帅家法。

几日不大乱？……其与存者几何？加圈。"与"字旁批：去声。眉批：谨慎，故以此动晞，无不受矣。

言未毕，晞再拜曰。加点。

太尉曰……愿留宿门下。眉批：非故留，正以坚其意。实防其尚有变也。

邠州由是无祸。句旁加点。"祸"字下画截。旁批：勒住。

太尉大泣曰："乃我困汝！"句旁加点。

裂裳衣疮，手注善药。旁批：裂己裳以衣其疮也。

凡为人傲天灾……尚不愧奴隶耶！加圈。

然闻言则大愧流汗，……一夕自恨死。加圈。"死"字下画截。眉批："一夕自恨死"奇。恨未必会死，大抵适逢其命尽，以为此事此文生色。

及过。旁批：二字句。

泚取视，其故封识具存。句旁加点。

太尉为人姁姁。"姁姁"旁加点。

尾批：是上其状，不以己言称许一笔。体制赡而不繁，质而不俚，雅类班孟坚。或以韩公《题张巡传后》文律此，互有左右。不知各有体制，易地皆然。公等特未加深思谛审耳。

是上其状，不以己言称许一笔。句旁加点。


《驳复仇议》

臣窃独过之。"之"字下画截。

礼之大本，……凡为理者杀无赦。加圈。此节第一个"无为贼虐"旁批：谓贼杀人者。第二个"无为贼虐"旁批：谓凡杀人者。眉批：《礼》：许子复仇如不反兵，不戴天之属，所以戒人无已，故而贼害人，刑则惟云："杀人者死。"

诛其可旌，……坏礼甚矣。加圈。

以是为典可乎？"乎"字下画截。

穷理以定赏罚，本情以正褒贬，统于一而已矣。"穷理"旁圈。"本情"旁圈。"统于一而已矣"旁圈。

原始而求其端，……判然离矣。加圈。"原始"旁批：扼要。

吁号不闻……而又何诛焉？加圈。"吁号"旁批：周到。"介然自克，即死无憾"句旁批：出力写孝子肝膈。"执事者宜有惭色"句旁批：加倍跌"诛"字。

是非死于吏也。旁批：明白。

是死于法也。加圈。

仇天子之法，……而又何旌焉？加圈。"焉"字下画截。"而戕奉法之吏"旁批：铁笔定乱人罪案。"执而诛之"旁批：斩截。

礼之所谓仇者，……暴寡胁弱而已。加圈。

又安得亲亲相仇也。加点。

今若取此以断两下相杀，则合于礼矣。加点。眉批：推刃之道谓递相报复相害无已。

不宜以前议从事。"事"字下画截。

尾批：原始求端，一言已决。子昂号治古文，何乃荒经蔑圣，为此妄谈。

春秋讥彭衙之盟，《诗》登猗嗟之什，皆仇不共戴，与礼意合。岂有旌诛并行之理哉。韩状微至。此议通明，各极其妙。

《献平淮夷雅表》
臣宗元诚感诚荷，顿首顿首。"首"字下画截。
因伏自忖度，……独惟文章。加点。
然征于《诗》大、小《雅》。加圈。
铿鍧炳耀，……以《雅》故也。加圈。旁批：其词不烦而光气熊熊四彻。
臣诚不佞，然不胜愤懑。加圈。旁批：顿挫。
庶施诸后代，有以佐唐之光明。加圈。眉批：应"铿鍧炳耀"，浑浑不露。
谨昧死再拜以献。"献"字下画截。
尾批：有一语旁及乞哀，不但是献谀求悦，且必寒涩不与题称。稍涉夸大，又非孤臣迁客对君之体。文乃出以中声，至和正法之中。光芒郁远，若离若即，永永不可磨没者也。退之体度恢奇，宜颂；子厚风神潇朗，宜雅。

《对贺者》
敢更以为贺。旁批：故作过火语以发其文。
子诚以貌乎。……，故若是而已耳。加圈。"然吾岂若是而无志者耶"旁批：捷。"姑以戚戚为无益乎道"旁批：*。
有不汗栗危厉偲偲然者哉，"偲偲"旁批：代浩浩。
吾尝静处以思，……茫乎若升高以望，溃乎若乘海而无所往。加圈。"茫乎若升高以望，溃乎若乘海而无所往"旁批：妙极形容，是浩浩，是无可奈何之浩浩。眉批：二语可与潘岳"登高临水送将归"作敌。
嘻笑之怒，甚乎裂眦。旁批：又申出一意。
庸讵知吾之浩浩，非戚戚之尤者乎？子休矣！加圈。
尾批：曲折沈刻。必自已写照，方能尔许逼真。晋人矫情，多不吐实。其去道弥远也。大易三陈九卦，何苦周谆，而敢以浩浩处之乎。

《桐叶封弟辨》
吾意不然。"然"字下画截。
王之弟当封耶？旁批：两路夹攻。
其得为圣乎。"乎"字下画截。
设有不幸，……亦将举而从之乎。加圈。旁批：快解。

凡王者之德，在行之何若。旁批：推论大凡逼题益紧。

设未得其当，……是周公教王遂过也。加圈。"是周公教王遂过也"之"也"字下画截。"虽十易之不为病"旁批：辣。"是周公教王遂过也"旁批：辣。

急则败矣。……况号为君臣者耶？加圈。眉批：谓家人义子之间，类不可操之太急，急则溃而去之，况君能受缚束于臣下耶？

或曰：封唐叔，史佚成之。旁批：远致。

尾批：异样生色，铦锋淬鹏鶒。周公度亦以唐叔可封，因而成之，以儆其余。盖自是成王断不敢以桐叶封妇寺矣。圣人作用，政复未易窥测。至于史佚职在载笔而已，安得侵官与封赏大事，先生误矣。


《寄许京兆孟容书》

伏念得罪来五年。旁批：断。

未尝有故旧大臣肯以书见及者。……诚可怪而畏也。加点。

忽捧教命。旁批：续。

乃知幸为大君子所宥，……敢以及此。加点。"此"字下画截。

其素意如此也。加点。

此人虽万被诛戮，……而岂有赏哉？加点。"此人虽万被诛戮"旁批：谓伾文辈。

今其党与，幸获宽贷。旁批：谓梦得等。

尚何敢更俟除弃废痼，以希望外之泽哉？加点。

年少气锐，……又何怪也！加圈。"又何怪也"之"也"字下画截。

然亦有大故。加圈。

自以得姓来二千五百年。旁批：此段未有后嗣。

每常春秋时飨，……此诚丈人所共悯惜也。加圈。眉批：调凄金石。

先墓所在城南。旁批：此段缺展先墓。

每遇寒食，……又何以云哉！"哉"字下画截。眉批：更愁凄不可读。

城西有数顷田。旁批：此段田业废坠。

皆付受所重，……然无可为者。加点。

复何敢更望大君子抚慰收恤，……以至此也。加圈。"以至此也"之"也"字下画截。"诚忧恐悲伤，无所告诉"旁批：亦掩抑亦寥亮。

自古贤人才士。……仅以百数。加圈。"自古贤人才士"旁批：别起波澜。

此节眉批："仅"字今人多从"止"字意用，古人多作繁多意用，判然不同。

今已无古人之实，为而有其垢，……不可得也。加圈。（按："为而有其垢"句，注释音辩本注：一本无"为"字，一本"垢"字上有"其"字。诂训本与世綵堂本注：一本有"为"字。《柳宗元集校注》第六册，1960页，则陈兆仑所抄原本为注释音辩本。）"欲望世人之明己，不可得也"旁批：世既不能明己。眉批：实为，即实行。"为"字不连下读。

此诚知疑似之不可辩，非口舌所能胜也。加圈。旁批：己又不能辩。

郑詹束缚于晋，终以无死。旁批：申所以不辩之故。

此皆瑰伟博辩奇壮之士，……愈疏阔矣！加圈。"愈疏阔矣"之"矣"字下画截。眉批：纵笔错叙，至十数人，而后回合古今。慨然长啸，令人婆娑起舞，不能以已。

贤者不得志于今，……古之着书者皆是也。加圈。

假令万一除刑部囚籍，……亦不堪当世用矣！加圈。"亦不堪当世用矣"之"矣"字下画截。眉批：诸荒落处，足见古人好学。虽在患难，不辍故业。

尾批：视《报任少卿书》，音节波澜，可谓逼肖矣。而不盗其一字一调。只自成柳子之文。千载下读之，淋淋漓漓，如新落墨，是故文贵称情。

《与萧翰林俛书》

自以速援引之路。……不知其端。加点。

人生少得六七十者，……又何足道！加圈。眉批：醲豢富贵，无所用心者始觉岁月之长，对此惘然不解。然宜合贵其解，不解者乃福人也。

忽遇北风，……则肌革惨懔。旁批：四时似夏，一雨如秋，闽广气候，皆尔不测。

自料居此尚复几何，……重为一世非笑哉！加点。

嗟乎，……垢益甚耳！加圈。

而仆与四五子者独沦陷如此，岂非命欤？命乃天也，非云云者所制，余又何恨？加圈。旁批：既吐复吞，幽咽嗓唉。

物得其利。仆诚有罪，然岂不在一物之数耶？身被之，目睹之，足矣。何必攘袂用力，而矜自我出耶？果矜之，又非道也。加圈。"果矜之，又非道也"旁批：折笔领"道"字。

事诚如此。旁批：小勒。

虽朽枿腐败，不能生植，犹足蒸出芝菌，以为瑞物。一释废痼，移数县之地，则世必曰罪稍解矣。然后收召魂魄，买土一廛为耕畎，朝夕歌谣，使成文章。庶木铎者采取，献之法宫，增圣唐大雅之什，虽不得位，亦不虚为太平之人矣。此在望外，然终欲为兄一言焉。加圈。"然后收召魂魄"旁批：淋漓。"此在望外"旁批：又收转。

尾批：骨气孤峻，想见其为人。断非奔竞一流，即如此文大旨，不过有望萧俛得便见拯，转之内地，而屈折漫衍，不肯率意径吐。又恐托之空言，转为忌嫉在所唤，故笔笔收转。"余又何恨，此在望外，毋为他人言"，终欲为兄一言，文人处穷，志士见摈，情怀历历，曲似江流，诚可悼也。

《与韩愈论史官书》

若书中言，退之不宜一日在馆下，安有探宰相意，以为苟以史荣一韩退之耶?句加点。眉批：其锋甚锐，非此人此笔不能惊韩退之。

古之志于道者，不若是。加点。"是"字下画截。按：陈原文为"不宜若是"，（注释音辩本与世綵堂本注："一本'不'下有'宜'字。"诂训本有"宜"字《柳宗元集校注》第六册，2027 页）"宜"字加方框。

设使退之为御史中丞大夫。加点。

则又将扬入台府。"将"右下侧加点，（按：原本及世綵堂本"又"下无"将"字，据注释音辩本、世綵堂本、游居敬本、蒋之翘本及《全唐文》改。《柳宗元集校注》第六册，2027 页）美食安坐，行呼唱于朝廷而已耶？在御史犹尔，设使退之为宰相。加圈。"美食安坐，行呼唱于朝廷而已耶？"旁批：一诘之。

则又将扬扬入政事堂，美食安坐，行呼唱于内庭外衢而已耶？何以异不为史而荣其号、利其禄者也！加圈。"也"字下画截。"美食安坐，行呼唱于内庭外衢而已耶？"旁批：再诘之。"何以异不为史而荣其号、利其禄者也！"旁批：断制。

若以罪夫前古之为史者，然亦甚惑。"然亦甚惑"加圈。旁批：劲。

诸侯不能以也。旁批：用也。

当其时，虽不作《春秋》，孔子犹不遇而死也。加圈。

范晔悖乱，虽不为史，其宗族亦赤。"虽不为史，其宗族亦赤"句加圈。

司马迁触天子喜怒。班固不检下。崔浩沽其直以斗暴虏，皆非中道。"皆非中道"句加圈。

子夏不为史亦盲。加圈。

是退之宜守中道，不忘其直，无以他事自恐。退之之恐，唯在不直、不得中道，刑祸非所恐也。加圈。"也"字下画截。"是退之宜守中道"旁批：放管直下。"退之之恐，唯在不直、不得中道，刑祸非所恐也。"旁批：又反复折醒，情婉质直，韵味甚长。

则所云"磊磊轩天地"者，决必沉没，且乱杂无可考，非有志者所忍恣也。"决必沉没，且乱杂无可考，非有志者所忍恣也。"旁批：虽不沉没，将不免乱杂无考。

然后为官守耶？"耶"字下画截。

今学如退之，辞如退之，好议论如退之，慷慨自谓正直行行焉如退之，犹所云若是，则唐之史述，其卒无可讳乎？明天子贤宰相得史才如此，而又不果，甚可痛哉！除"则唐之史述"外，皆加圈。"哉"字下画截。"其卒无可讳乎？"旁批：宕。"明天子贤宰相得史才如此，而又不果，甚可痛哉！"旁批：再提再唤，以大声愧厉之。

尾批：俊杰廉悍，能史善辩之韩子，不复能以他语枝梧。理足气厉故也。若张文昌之规韩，则适以资其排击，而高睨大谈，盖不可止。故知韩子并世畏友，唯子厚一人而已。


《贺进士王参元失火书》

仆始闻而骇，中而疑，终乃大喜，盖将吊而更以贺也。"盖将吊而更以贺也"句加点。

若果荡焉泯焉。而悉无有，乃吾所以尤贺者也。加点。"也"字下画截。"而悉无有，乃吾所以尤贺者也"句旁批：再足一句，更奇。

吾是以始而骇也。加点。"也"字下画截。

是故中而疑也。加点。"也"字下画截。

以足下读古人书。旁批：大断。

以公道之难明，而世之多嫌也。加点。

仆私一身而负公道久矣，非特负足下也。加圈。旁批：坦白。

然时称道于行列，犹有顾视而窃笑者，仆良恨修己之不亮，素誉之不立，而为世嫌之所加，常与孟几道言而痛之。加圈。"之"字下画截。眉批：并累及言者，自责得此沉郁之笔，方逼及起"贺"字。

乃今幸为天火之所涤荡。旁批：大续。

凡众之疑虑。举为灰埃。黔其庐，赭其垣。加点。旁批：并众疑亦俱灰灭，语高。

其实出矣，是祝融、回禄之相吾子也。则仆与几道十年之相知，不若兹火一夕之为足下誉也。"是祝融、回禄之相吾子也。则仆与几道十年之相知，不若兹火一夕之为足下誉也。"加圈。"是祝融、回禄之相吾子也。"句旁批：更惊。眉批：空撰出可贺来。姿态横生。

是以终乃大喜也。加点。"也"字下画截。

故将吊而更以贺也。加点。旁批："吊"字似不抹煞方圆。

颜、曾之养，其为乐也大矣，又何阙焉？加点。"焉"字下画截。旁批：此是吊语，补在后，极帖妥。

尾批：创论骇人听闻。读之乃确不可易，不稳不敢奇也。程子谓圣人不避嫌，贤者即有所不勉。中幅次第叙来，句外有无限感叹。大家落笔不只争一面。而又浑其迹，毋致横出旁枝，所以可贵。


《答韦中立论师道书》

况敢为吾子师乎？"乎"字下画截。

愈以是得狂名。加点。

今韩愈既自以为蜀之日，而吾子又欲使吾为越之雪，不以病乎？非独见病，亦以病吾子，然雪与日岂有过哉？顾吠者犬耳。度今天下不吠者几人，而谁敢衒怪于群目，以召闹取怒乎！加圈。"今韩愈既自以为蜀之日"旁批：笔妙。"非独见病"句旁批：深一层。"然雪与日岂有过哉？"句旁批：绕转雪日，诙嘲吠犬，未免太尽矣。

平居望外，遭齿舌不少，独欠为人师耳。加圈。旁批：跌宕。

天下不以非郑尹，而快孙子，何哉？独为所不为也。今之命师者，大类此。加圈。"此"字下画截。

而又畏前所陈者。加点。

而不知道之果近乎远乎。吾子好道，而可吾文，或者其于道不远矣。加点。"矣"字下画截。

此吾所以取道之原也。加点。眉批：三段以最后者为重，因而存之。欲其重，不重则前数美皆化为浅薄。本之《易》以求其动，不动则援引拘泥。不通事情，安能四面受敌。参之太史以着其洁，所以浮华尽洗。不惟薄六朝，且后崔蔡而格之，枚叟马卿为赋家别体，唯有龙门一线单传。

取其实而去其名，无招越、蜀吠怪，而为外廷所笑，则幸矣。加圈。

尾批：前路借题倾泻，原非正论。雪日一段，纯似《战国策》笔妙。后幅庄严阐道，嘉惠后学，见古人汲引盛心。学者通观韩、柳、老苏所自述为文之节候究竟，前事之师备矣。

# 附录二：汪份《唐宋八大家分体读本》

康熙五十九年（1720）遄喜斋刻本

《唐宋八大家分体读本》序

将以救乎或者学八家而伪之弊，而告之以文章真诀，则莫若即举八家各体之文焉以告之。且夫遑遑焉勤一生之心与力于斯，而适以成其伪。八家者何也？得其粗而遗其精，袭其貌而失其神。如是而起，如是而承，如是而转，如是而合，其笔无之而非平也，其笔无之而非顺也，其笔无之而非板实钝拙也。则虽日取斯文而诵习之，而摹仿之，而沾沾焉自以为似之，而不知其违而去之也则愈远矣。今夫所恶于伪者，为其似之而实非也，是昔者为史汉而伪，是史汉之贼也；今也为八家而伪，是八家之贼也。病生于不求其真诀，而惟以似之是求也。

盖宋之学者，非韩不学，如欧阳，如曾、王，如三苏，此六君子者不皆出自韩而谁出也？韩子之真诀，非六君子得之而谁得也？然而六君子者各体之文之面目，其同不同何如也？且世人之不察，而谓夫苏氏父子兄弟之文之宜若相似然。嗟夫！挟斯说也以读八家之文，其愈慕愈追而去之愈远也则宜。然则如之何而救之？曰："吾前者既已言之矣。莫若举八家各体之文告之是也。告之如何？告之以各体之真诀而已矣。"

今且有数工师者于此，乃若其作室之规矩绳墨，既必有一定之法而不可移易者矣。至其分而为门、为堂、为室、为楼、为台、为榭、为亭、为廊，于是焉合数者之体制，以成一甲第。拓之充之，而可以极其广以深；约之、敛之，而可以极其狭以浅。可以高，可以卑，可以长，可以短，可以疏，可以密。可以崇其藻饰，而使人耳目为之惊而愕；可以去其芬华，而使人性情为之恬以愉。则固争妍斗巧，殊形诡制，奇变百出，而彼此不斳其相肖也。嗟夫！欲求八家各体之文者，盖亦观于是以求之。

康熙五十八年正月三日，翰林院编修《钦定春秋传说汇纂》分修官长洲汪份序，原充日讲起居注官左春坊左中允兼翰林院编修南书房旧直今候　　（补弟汪士铉书）

《唐宋八大家文体读本》后序

昔之人患夫学者，欲识文章之体而卒难寻考也。而于是乎分为某体某体，而命之曰"辩体"云。辩之诚是也。抑犹有不能使人无疑焉者。今将示人以希世之珍，而引之入群玉之府，而忽珷玞之兼收，碔砆之杂插，几何不迷人之心目而滋之疑也。吾于此书所以必专取之八家者，以此且夫语乎法之密而至于欧公，语乎笔之雄而至于苏公，然犹各有所长，而不能以相兼，是故必合八家某体某体之文而择焉，以极其精。夫然后乃可使吾书无一体之不工，而不至有混淆丛杂之患。

敢问八家之各体之文，以求其尽善而又分之为三集者，何也？学者之于文也，求之必有其序焉，分之为三集，而先后之序见矣。然则求之恶乎先？曰："莫先乎作论。"刘勰曰："述经叙理曰论。"盖论也者，兼乎议、说、传、注、赞、评、序、引诸体者也。故第一集先之以论三卷，而曰议、曰制策、曰策问、曰策共为三卷。次之曰原、曰辩、曰说、曰问对、曰解、曰戒，暨诸杂作，合为一卷。又次之其第八卷，则章奏之文之尤工而皆可成诵者也。东坡先生教其侄作文，宜令气象峥嵘，采色绚烂，而使之读已及颖滨应举时文字。余之定此八卷为第一集，即此意也。

第一集成矣，请言第二集。曰序、曰记、曰书各二卷，共六卷。曰赋、曰文、曰箴、曰铭、曰颂、曰赞合一卷，曰祭、曰诔、曰哀词及题跋合一卷，盖得此第二集八卷而古文之体略具矣。而独不及碑志行状传者，抑凡古文之难，犹难于作史而碑志之属则近乎史者也。故姑留置第三集中。

第三集首之以王言，曰诏、曰批答、曰册、曰制诰、曰口宣，皆王言也。王文中虽有散文，而四六居多。既及四六之文，故以四六表启为卷二、卷三，乃若碑志、行状、传，则共为五卷，以终是集云。

盖已上三集，通计二十四卷。既以鄙意详注于篇中，以发其秘钥而犹以为未足也，则又取古人论文宗旨间以参以鄙意，别为一卷附焉。嗟夫！此二十五卷者，其为书虽不多，苟能反复沉潜于此，于文章之真诀乎何有？悉而伪，悉而伪？长洲汪份武曹。

第一集卷一论一
《封建论》

孰明之？由封建而明之也：入封建洒然。按：汪份批语以下皆为夹批，不再注明批语位置。

彼封建者，更古圣王尧、舜、禹、汤、文、武而莫能去之：此处平举尧舜禹汤文武，后独举周言之。

盖非不欲去之也，势不可也：先提清封建之不可革，然后逆说不初无以有封建。

彼其初与万物皆生：已下就有初推封建所由，始以明其势。

故近者聚而为群：娄云：此说近即胥里师之属。

是故有里胥而后有县大夫，……有方伯、连帅而后有天子：申明上文意，总说一番，极精彩。

自天子至于里胥：上两层自下逆说到上，此自上顺说到下。

其德在人者，死必求其嗣而奉之：娄云：封建本意。

故封建非圣人意也，势也：'势'字作一束。

夫尧、舜、禹、汤之事远矣：撇去尧舜禹汤，专论周。

及有周而甚详：已下言周封建之制失。圈"周"字。

厥后问鼎之轻重者有之，射王中肩者有之，伐凡伯、诛苌弘者有之：此处句法尚未变化。

遂判为十二，……国殄于后封之秦：串出秦。

则周之败端，其在乎此矣。秦有天下：已下言秦郡县之制为得。

此其所以为得也："得""失"二字，通篇骨子。

不数载而天下大坏，其有由矣：此言秦之亡非郡县之制失。

时则有叛人，……徇周之制：插周秦。

然而封建之始，郡邑居半，时则有叛国而无叛郡：就郡国明封建之失。

秦制之得，亦以明矣：言汉初封建之失却以秦制之得失收住，分明以秦为主。

继汉而帝者，……虽百代可知也：是以秦制作主，贯穿汉唐。

唐兴，制州邑，立守宰，此其所以为宜也：此言唐制郡县之为得。

州县之设，固不可革也：亦隐然以秦制之得收住。

守宰者，苟其心，思迁其秩而已，何能理乎：已上是言诸侯郡县之叛服天子，此下乃是言诸侯郡县之于民*病或者徒以为覆举四代疎矣。

设使汉室尽城邑而侯王之：此一翻又就郡国明封建之失，议论明快，笔力驰骋。

削其半，民犹瘁矣：此一层更妙。

善制兵，谨择守，则理平矣：应前失在于兵。矣下画横线，表明段落。

夫殷、周之不革者，是不得已也：娄云：应前封建非圣人意。框出此句。

徇之以为安，仍之以为俗，汤、武之所不得已也：此较前有德在人，死必求其嗣，奉之又进一层。盖前言对封建所由始，此则言封建之不可革也。皆势也。

然而公天下之端自秦始：人以封建为公，柳子独谓公天下自秦始，翻出新论。

圣贤生于其时，亦无以立于天下：前言封建必叛天子，又言封建必虐民，此则言封建，则不肖居上，而圣贤不能得位行道。

封建者为之也。岂圣人之制使至于是乎：收非圣人意。

吾固曰："非圣人之意也，势也"："势"字结。

尾：前是推封建所由始，以明其势，所谓不初无以有封建也。已下一段，言封建必叛天子，而郡县不然。又一段言封建必虐其民，而郡县不然。然后言封建之所以不可去，以明其势，见得圣人之不得已。而起处却先提清封建之不可去，然后逆转出不初无以有封建，何等结构，何等笔力。

## 《四维论》

今管氏所以为维者，殆非圣人之所立乎：此段又推出仁来言，惟仁乃可与义抗而为维，今置仁不言，而以礼并为维，亦非圣人所立也。

廉与耻存，则义果绝乎？茅云：此转尤辩悉。

## 《守道论》

对曰：是非圣人之言，……守道而失官之事者也。句旁加圈。

凡圣人之所以为经纪，……官是以行吾道云尔。句旁加圈。

是道之所存也。句旁加三角点。

是道之所由也。是道之所行也。句旁加三角点。

然则失其道而居其官者，古之人不与也。句旁加三角点。

且夫官所以行道也，而曰守道不如守官，盖亦丧其本矣。句旁加三角点。

第一集卷之一论一

## 《封建论》

然则孰为近孰明之由封建而明之也：入封建，洒然。加点（按：汪份批语以下皆为夹批，不再注明批语位置。）

彼封建者……后独举周言之。加圈。

盖非不欲去之也，势不可也：先提清封建之不可革，然后逆说不初无以有封建。加点。

不初，无以有封建：加方框。

彼其初与万物皆生：已下就有初推封建所由始，以明其势。加点。

夫假物者……故近者聚而为群：娄云：此说乡胥里师之属。加圈。

群之分……连帅而后有天子：申明上文意，总说一番，极精彩。加圈。

自天子至于里胥：上两层自下逆说到上，此自上顺说到下。

其德在人者，死必求其嗣而奉之：娄云：封建本意。

故封建非圣人意也，势也：势字作一束。加圈。"封建"加方框。

夫尧、舜、禹、汤之事远矣：撇去尧、舜、禹、汤，专论周。加点。

及有周而甚详：已下言周封建之制失。圈周字

厥后问鼎之轻重者有之……伐凡伯、诛苌弘者有之：此处句法尚未变化。

遂判为十二……国殄于后封之秦：串出秦。

则周之败端……秦有天下：已下言秦郡县之制为得。

此其所以为得也：得失二字，通篇骨子。

不数载而天下大坏，其有由矣：此言秦之亡非郡县之制失。加点。

时则有叛人……见得郡县之制之得。加圈。

汉有天下，矫秦之枉，徇周之制：插周秦。加点。

然而封建之始……时则有叛国而无叛郡：就郡国明封建之失。加圈。

秦制之得，亦以明矣：言汉初封建之失，却以秦制之得失收住，分明以秦为主。加圈。

继汉而帝者，虽百代可知也：秦制之得，亦以明矣。继汉而帝者，虽百代可知也。是以秦制作主，贯穿汉唐。加圈。

唐兴……此其所以为宜也：此言唐制郡县之为得。

州县之设，固不可革也：亦隐然以秦制之得收住。截。

或者曰：加点。

守宰者……何能理乎：已上是言诸侯、郡县之叛服天子，此下乃是言诸侯、郡县之于民*病，或者徒以为覆举四代，疎矣。

在于政不在于制。加圈。

汉兴天子之政……不制其侯王。加圈。

大逆未彰……无如之何。加点。

拜之可也……卧而委之以辑一方可也：吕云：上四人下三句结得用事法。加点。

设使汉室尽城邑而侯王之：此一翻又就郡国明封建之失，议论明快，笔力驰骋。加圈。

纵令其乱人……削其半，民犹瘁矣：此一层更妙。加圈。

曷若举而移之以全其人乎：加圈。

善制兵，谨择守，则理平矣：应前失在于兵。截。

何系于诸侯哉：截。

夫殷、周之不革者，是不得已也：娄云：应前封建非圣人意。加方框。

徇之以为安，仍之以为俗，汤、武之所不得已也：此较前有德在人，死必求其嗣奉之又进一层。盖前言封建所由始，此则言封建之不可革也，皆势也。

夫不得已……然而公天下之端自秦始：人以封建为公，柳子独谓公天下自秦始，翻出新论。加圈。

使贤者居上……圣贤生于其时，亦无以立于天下：前言封建必叛天子，又言封建必虐民，此则言封建，则不肖居上，而圣贤不能得位行道。加圈。

封建者为之也。岂圣人之制使至于是乎：收非圣人意。加圈。

吾固曰："非圣人之意也，势也：势字结。

尾：前是推封建所由始，以明其势，所谓不初无以有封建也。已下一段，言封建必叛天子，而郡县不然。又一段言封建必虐其民，而郡县不然。然后言封建之所以不可去，以明其势，见得圣人之不得已。而起处却先提清封建之不可去，然后逆转出不初无以有封建，何等结构，何等笔力。

○《四维论》

吾疑非管子之言也。加三角形△（按：以下三角形皆此形。）

然则二者果义欤，非欤：加点。

不得与义抗而为维：加点。

圣人之所以立天下……亦非圣人所立也：加圈。截。

若义之绝则廉与耻……则义果绝乎：茅云：此转尤辩悉。加点。

则四维者非管子之言也：加三角形。

○《守道论》

对曰：是非圣人之言，传之者误也。"是非圣人之言，传之者误也"加三角形。

官也者……守道而失官之事者也：加圈。

乃传之者误也：截。

凡圣人之所以为经纪……官是以行吾道云尔：加圈。

是道之所存也。则又：加点。

是道之所由也。则又：加点。

是道之所行也：加点。

然则失其道而居其官者，古之人不与也：加点。

且夫官所以行道也……盖亦丧其本矣：加点。

第一集卷之四议

○《晋文公问守原议》

晋文公既受原于王：王命。

难其守……以畀赵衰：加截。

余谓守原……树霸功：含袭桓一段意。

不博谋于卿相：含下言议之臣。

国之政不为败：应政之大放宽一笔，含非失举意。

而贼贤失政之端，由是滋矣：贼贤，含下杀望之；失政，顶上守国之政。翻转说。加截。

况当其时不乏言议之臣乎：上言不博谋，就晋君说。此又就在朝卿相说，见得有人可博谋而疏外之。加圈。

晋君疏而不咨，外而不求：吕云：大抵如贯珠。前既说不谋于卿相，到此说疏外。

其可以为法乎：加截。

且晋君将袭齐桓之业……乃大志也：吕云：与"政之大者"相应。

则获原启疆，适其始政：又应"政"字。

所以观视诸侯也……迹其所以败：吕云：意到语庄。

以土则大……则天子之册也：加点。

诚畏之矣，乌能得其心服哉：羞当时。加截。

其后景监得以相卫鞅，弘石得以杀望之：蹈后代。

始之者，晋文公也：加截。

呜呼！得贤臣以守大邑，则问非失举也：宽举者，正所以责问者。加圈。

盖失问也……其何以求之哉：加圈。

余故着晋君之罪，以附《春秋》许世子止、赵盾之义：吕云：外事结切。加圈。

尾：吕东莱曰：看他回互转换，贯珠相似，辞简意多。大抵文字使事，须下有力言语。

朱子曰：柳守原议，记局促不好。东莱不知如何喜之。

东莱所谓回互转换，贯珠相似，虽是，然朱子之说更精。


○《驳复雠议》

当时谏臣陈子昂建议诛之而旌其闾："诛之而旌其闾"加一长方框。

臣窃独过之：加截。

臣闻礼之大本："礼"字下加黑点。（按：黑点 ● ）

旌与诛莫得而并焉：加三角形。

诛其可旌，兹谓滥，黩刑甚矣；旌其可诛，兹谓僭，坏礼甚矣：加圈。"刑"

"礼"两字加黑点。

以是为典可乎：破"永为国典"。截。

向使刺谳其诚伪：情。

考正其曲直：理。

原始而求其端，则刑礼之用，判然离矣：对针"旌与诛莫得而并"。"刑""礼"两字加黑点。

上下蒙冒，吁号不闻：下文所谓冤抑沉痛而号无告，乃父不受诛者。

而元庆能以戴天为大耻，枕戈为得礼：直

处心积虑……即死无憾：诚。

是守礼而行义也……而又何诛焉：宜用礼不宜用刑。加圈。

不愆于法：此父受诛者。

是非死于吏也……是悖骜而凌上也：上言曲直诚伪，此止就其曲言之。盖曲直犹重，既曲虽诚亦当诛。加圈。

执而诛之，所以正邦典，而又何旌焉：宜用刑不宜用礼。加圈。截。

是惑于礼也甚矣：议者惟惑于礼，遂诛守礼之人。

礼之所谓雠者……不议曲直，暴寡胁弱而已：应曲直，正是穷理以定赏罚处。加圈。"礼"字加黑点。

《春秋公羊传》曰："父不受诛，子复仇可也：通篇议论从此生出，重在不受诛上。

今若取此以断两下相杀，则合于礼矣：对针惑于礼。截。

元庆能不越于礼，服孝死义：应守礼行义，见得可旌。

夫达理闻道之人，岂其以王法为敌仇者哉：对针上法其可雠乎，见得不可诛议者反以为戮，黩刑坏礼：戮元庆是诛其可旌而黩刑，却并坏礼一齐收拾。

其不可以为典明矣：收以是为典可乎。


第一集卷之七辩


○○○《桐叶封弟辩》

古之传者有言：下字便含不可信意。加点。

周公曰："天子不可戏：说逢其失为之辞，带束缚之急意。""天子不可戏"加点。

不待其戏而贺以成之也：本是言戏言不可行，却自先有不待戏言一层，说得极周匝。加点。

与小弱者为之主，其得为圣乎？加点。

且周公以王之言……必从而成之耶：唐云：转。

设有不幸……亦将举而从之乎：较小弱者更进一层。加点。

凡王者之德，在行之何若：唐云：转。

设未得其当……要于其当，不可使易也：吕云：前既难倒，须说正理。愚按此即迭山所谓使我生此时，当如何处置，必有一长策是也。○上文说戏言不可必行，此又再上一层，言即使真实所行不当，不妨屡易，则戏言之不当成之，愈见矣。此意说得更周匝。加点。

而况以其戏乎……是周公教王遂过也：谢云：此一转尤妙。加点。截。

吾意周公辅成王：唐云：转。

必不逢其失而为之辞：上文皆说不当逢其失而为之辞，此处说宜从容辅导，却仍从不当逢其失说来。乃牵上搭下法。加点。

非周公所宜用，故不可信：收周公，即开出结句。加点。

或曰：唐云：转。加圈。

封唐叔，史佚成之：吕云：结束委蛇曲折，有不尽意。不指定史佚，又设一难在此。○谢云：此一转尤高。

尾：吕东莱曰：此一篇文字，一段好似一段。大抵做文字，须留好意思在后，令人读一段好一段。

此篇较守原议笔力更高。○前半是言不当逢其失而为之辞，后半言不当束缚之急。


○《论语辩二首》

孔子弟子，曾参最少，少孔子四十六岁：此句发明"最少"，妙甚。加圈。

曾子老而死：又着老而死句，方见得去孔子远。孔子弟子略无存。加圈。

是书记曾子之死，则去孔子也远矣。曾子之死，孔子弟子略无存者矣。加圈。

且是书载弟子必以字，……然则有子何以称子？加点。

今所记独曾子最后死：加点。

或曰：孔子弟子尝杂记其言，然而卒成其书者，曾氏之徒也：加圈。

是乃孔子常常讽道之辞云尔：加圈。

弟子或知之……严而立之：加点。


○《辩列子》

是岁周安王三年……鲁穆公十年：妙在旁及列国。若只云是岁鲁穆公十年，便索然矣。加圈。

　　不知向言……非其实：加点。

　　疑其扬子书：加点。

　　然观其辞……慎取之而已矣：加圈。

　　△《辩文子》
　　然考其书盖驳书也：加点。

　　其意绪文辞叉牙相抵而不合……或者众为聚敛以成其书欤：加点。

　　○《辩鬼谷子》
　　《鬼谷子》后出……难信：加圈。

　　其言益奇……其为好术也过矣：加圈。

　　○《辩晏子春秋》
　　墨好俭……以增高为己术者：加圈。

　　又出墨子：加点。

　　又往往言墨子闻其道而称之，此甚显白者：加点。

　　非晏子为墨也……墨之道也。加圈。

　　△《辩亢仓子》
　　而益以庸言：加点。

　　其为空言尤也……不亦惑乎：加点。

　　○《辩鹖冠子》
　　读之，尽鄙浅言也：加点。

　　吾意好事者伪为其书……决也：加点。

　　不称《鹖冠子》……迁岂不见耶：加点。

　　曰不类：加圈。

　　尾：《朱子语类》曰：先生方修《韩文考异》，而学者至，因曰：韩退之议论正，规模阔大，然不如柳子厚较精密。如《辩鹖冠子》，及说列子在庄子前，及《非国语》之类，辩得皆是。黄达才言柳文较古。曰：柳文是较古，但却易学，学便似他。不如韩文规模阔。学柳文也得，但会衰了人文字。杨因论韩文公，谓如何用功了，方能辩古书之正伪。曰：《鹖冠子》亦不会辩得。柳子厚谓其书乃贾谊《鵩赋》之类，故只有此处好。其他皆不好。柳子厚看得文字精，以其人刻深，故如此。韩较有些王道意思，每事较含洪，便不能如此。

## 说

《天说》

物坏虫由之……人由之生：牵答法。加点。

虫之生而物益坏……虫之祸物也滋甚：坏而生虫，虫生而益坏，分作二层。加圈。

其有能去之者……物之雠也：加圈。

吾意有能残斯人……受罚亦大矣：加圈。

子以吾言为何如：截。

柳子曰："子诚有激而为是耶：有激二字贯前后。"有激"二字，圈。

假而有能去其攻穴者……其乌能赏功而罚祸乎：加点。

功者自功……愈大谬矣：以天不能赏罚为前说进一解。加圈。

乌置存亡得丧于果蓏、痈痔、草木耶：加圈。

尾：王元美曰：此非正论，故篇中下"有激"二字，借人自解。

储同人曰：此亦可谓怪于文矣。读之亦如捕龙蛇、搏虎豹，急与之角而力不敢暇。

○○○《捕蛇者说》

触草木尽死……无御之者：加点。

募有能捕之者，当其租入：为复赋之根。加点。

永之人争奔走焉：截。

吾祖死于是……言之，貌若甚戚者：先说得如此可悲，以托起乡邻之死者更可悲。加圈。

复若赋：加长方框。

未若复吾赋不幸之甚也："复若赋"加长方框。

向吾不为斯役，则久已病矣：得此反笔方醒目。加圈。

吾祖、吾父、吾：祖、父、吾，三字加双点。上下排两点。

今其室十无四五焉：吕云：此段轻重相形。

而吾以捕蛇独存：打转不为斯役则久已病。加圈。

悍吏之来吾乡……虽鸡狗不得宁焉：极写其毒，以托起己之熙熙而乐。

吾恂恂而起……时而献焉：看他嵌入"视其缶而吾蛇尚存"及"谨食之"二句。加圈。

退而甘食……盖一岁之犯死者二焉：吕云：轻。加圈。

其余则熙熙而乐……比吾乡邻之死则已后矣：收不为斯役则久已病。加圈。

又安敢毒耶：应毒字。加圈。

余闻而愈悲：应悲字。加圈。

孔子曰："苛政猛于虎也。"娄云一篇主张先有此一句，所以有一篇之意。

呜呼，孰知赋敛之毒，有甚是蛇者乎：收毒字。加圈。

〇《观八骏图说》
世闻其骏也……则其言圣人者亦类是矣。加点。

推是而至于骏亦类也。加点。

推而至于圣亦类也。：加点。

是亦马而已矣……螳螂也哉：加点。

诚使天下有是图者……则骏马与圣人出矣：储云：两句中，单收双结，最有力。加圈。

〇〇《鹘说》
有鸷曰鹘者：即为翘翘者立案。加圈。

浮图之人，室宇于其下者，伺之甚熟：含恒一意

旦则执而上浮图之跂焉，纵之：含忘朝饥意

苟东矣……南北西亦然：含恒一意。加圈。截。

呜呼，孰谓爪吻毛翮之物而不为仁义器耶：见得翘翘者非暴之徒，所以篇末愿羽翮之我施。加点。

斯固世之所难得也：截。

余又疾夫今之说……则今之说未为得也：加圈。

孰若鹘者……寂寥太清，乐以忘饥：收忘饥。加圈。

〇〇《罴说》
鹿畏貙，貙畏虎，虎畏罴。加〇

今夫不善内而恃外者，未有不为罴之食也。加〇

〇〇《说车赠杨诲子》
圆其外而方其中然也："圆其外""方其中"每字皆加圈。

外不圆，则窒拒而滞。方之所谓者箱也，圆之所谓者轮也："外不圆""方""圆"字上加圈。

匪箱不居，匪轮不涂：加点。

泽而杼……而以庙以郊以陈于庭：加点。

存乎材良而器攻，圆其外而方其中也："圆其外""方其中"每字皆加圈。

果能恢其量若箱……下以成乎礼若轼：加圈。

凡人之质不良，莫能方且恒……莫能以圆遂……不震乎其内：加点。"方""圆"加圈。

方其中矣："方其中"每字皆加圈

惧圆其外者未至，故说车以赠："圆其外"每字皆加圈


问答

○○○《晋问》

然则吾愿闻之可乎：加点。

晋之故封：茅云：形胜之盛

太行掎之……大陆靡之：总叙山水掎、起、迤、靡，字法。加圈。

景霍、汾、浍，以经其墉：此山水又一处叙。

若化若迁……然后融为平川：对针巍而高，呀而渊。

然后融为平川：加点。

而侯之都居……其高壮：顶都邑分出。高壮按衍。

攫秦搏齐当者……惕若仆妾：笔古而雄。加圈。

其河：独抽出河来再描写。

其所荡激：又作一层叙。加点。

而其轴轳之所负，橦樯之所御：又一层。

然晋人之言表里山河者……非以为荣观显大也。加点。

吴起所谓'在德不在险'……愿闻其他：德字即透起尧之治。加点。

器备以充：茅云：兵器之利。

为棘，为矛，为铩，为钩，为镝，为镞：叙利刃。

博者狭者……长者短者：四句一样句法。

攒之如星……运之如萦：三句一样。

浩浩弈弈……荧荧的的：三句一样。

目出寒液……日规为小：形容工绝。天气尽白，日规为小，加圈。

铄云破霄，跕坠飞鸟：加圈。

弓人之弓，函人之甲：叙坚甲却并弓一处叙。

先轸曰……况徒以坚甲利刃之为上哉：加点。

先生曰："晋国多马，屈焉是产：茅云：马匹之奇。

师师铣铣……辒辒辚辚：三句一样。

或赤或黄……或醇或骡：三句一样。

黯然而阴，炳然而阳：二句一样。

乍进乍止……乍奔乍踬：三句一样。

若江、汉之水，……云沸而不止：旌旆云云，止一句，此用四句。

若海神驾雪而来下：浴川独写三句。

观其四散惝恍，开合万状：上言其聚在一处，此言其四散出去。加点。

喜者鹊厉，怒者人搏：加圈。

其小者：小马另叙。

其材之可者：良马另叙。

牵以荀息，御以王良，超以范鞅，轩以栾针：牵、御、超、轩字法。四句是用马。娄云：逐一看他用字。加圈。

以佃以戎，兽获敌摧：二句是马之功用。

吴子曰："恃险与马"者……请置此而新其说：加点。

先生曰："晋之北山有异材：茅云：材木之壮。

梓匠工师之为宫室求大木者，天下皆归焉：加点。

万工举斧以入：此就伐木以赋木，后就打鱼以赋鱼，则征实而有飞动之致，与呆笔铺叙自别。或者云木无可赋，故赋伐木，鱼无可赋，故赋捕鱼。夫木与鱼如何无可赋乎？彼独不见《三都赋》之咏木，《海赋》《江赋》之咏鱼乎？○《甘泉赋》叙殿中之玉户金铺，若钟、若帷，若桂椒栘杨、兰蕙芎穷之属，皆就风之自外入内描写出来，同此笔法。

根绞怪石……与石同色：加点。

罗列而伐者：细叙伐木者之多。加圈。

其响之所应："响之所应"，另叙细极。加圈。

其殊而下者：对上求诸岩崖，言木之既伐自山而坠于地。加圈。

遫无所脱：言伐木时鸟兽之奔逃。

以入于河而流焉：又就木之浮于河细写。

折拉颓踏……河入重渊：细极。加圈。

不知其几百里也……良久乃始昂屹涌溢，挺拔而出：细极。加圈。

唯良工之指顾：应工师。

复就行列，浑浑而去，以至其所：加圈。

丛台、阿房，长乐、未央，建章、昭阳之隆丽诡特，皆是之自出：应天下皆归焉。

吴子曰："吾闻君子患无德：又先透起尧之治。

四累之下也；且虡祁既成，诸侯叛之：加点。

先生曰："河鱼之大上：茅云：鱼脍之精。注：原文"河鱼之大上"断句。按：应去上。

遂以君命，矢而纵观焉：娄云：矢用左传中字，纵观用西汉书字。加点。

犹仰纶飞缴，顿踏而取之：翻龙不生得，叙得极恢奇。

风云失势，沮散远去：暗用醢龙事。

夫固不足悉数，漏脱纮目，养之水府：反就鱼之得脱者叙，一番更见鱼之多。

口舌之味，不足以利百姓：先逗起利民。

先生曰："猗氏之盐，晋宝之大者也：茅云：盐利之多。

偃然成渊……而莫知其以及：顿挫。

观之者徒见浩浩之水，而莫知其以：加点。

回眸一瞬，积雪百里：加圈。

涌者如坻，坳者如缶：加点。

狂山太白之淋漓：句法参差。

其赉天下也，与海分功：极言盐之利，又钩清晋国之盐。加圈。

虽然，此可以利民矣，而未为民利也：先匿起民利。加圈。

安其常功……百货通行而不知所自来：对盐利说。加圈。

老幼亲戚相保而无德之者：已含下尧之治。加圈。

不苦兵刑，不疾赋力。所谓民利，民自利者是也：加圈。

先生曰："文公之霸也：茅云：先之以霸功。

春秋之事：朝聘。

以讨不恭：兵戎。

近之矣，然犹未也：加点。

非不知而化不令而一，异乎吾向之陈者，故曰近之矣，犹未也：加圈。

先生曰："三河……尧之所理也：茅云终之以帝王。加点。

此固吾之所欲闻也：收篇首"吾愿闻"。加点。

尾：娄迂斋曰：自山河而兵，自兵而马，曰木、曰鱼、曰盐，一节细如一节，至于晋文公之霸业盛矣。然以道观之，亦何足贵，却有一项最可贵者，曰尧之遗风也。至此，则前面所举，可以尽废。此是善占地步，一着最高，特地留在后面说。

鹿门谓即汉魏以来七之遗，然所见不远。予谓历数晋国之美，由粗而精，至于尧之遗风，尚可谓之所见不远乎。


○○《设渔者对智伯》按：此文目录无。

中渔于海……臣是以来：加点。

始臣之渔于河：加点。

臣以为小：加点。

伺大鲔焉：大鲔旁加方框。

然其饥也，亦返吞其后：加点。

臣亦徒手得焉。犹以为小：加点。

于是去而之海上：加点。

反相与食之……犹以为小：加点。

是无异鲟、鳠、鳣、鰋也……然而犹不肯窜：加点。

是无异夫大鲔也……然而犹不肯窜：加圈。

驱韩、魏以为群鲛……而不见其害：加圈。

臣恐主为大鲸……以充三家子孙之腹：加圈。

尾：力摹国策。


○○《愚溪对》

故其名曰恶溪：加点。

故其名曰浊泾：加点。

故其名曰黑水：加点。

朝夕者济焉：针对上。

今汝独招愚者居焉……不可得矣：加点。

远王都三千余里：加点。

汝欲为智者乎……则汝之实也：加圈。

曰："是则然矣。敢问子之愚何如而可以及我：储云：才见作者本旨。

吾荡而趋……僵仆虺蜴，而不知怵惕：储云：实实自讼。加圈。


○《对贺者》

嘻笑之怒……子休矣：加点。

戒

○○《敌戒》

皆知敌之仇，而不知为益之尤；皆知敌之害，而不知为利之大：加圈。两"知""不知"加圈。

智能知之……曾不是思："思"字加方框。

有能知此，道大名播：加点。"知"加圈。

惩病克寿……思者无咎：加圈。"思"字加方框。

○○○《三戒》

吾恒恶世之人……然卒迫于祸：加圈。

临江之麋

忘己之麋也，以为犬良我友：加圈。

犬畏主人……然时啖其舌：加点

麋至死不悟：加圈。

《黔之驴》

龙然大物也……蔽林间窥之：加点。

以为且噬己也，甚恐：加点。

虎因喜，计之曰："技止此耳"：加点

噫，形之龙也类有德……悲夫：加圈。

《永某氏之鼠》

由是鼠相告……饱食而无祸：加圈。

鼠为态如故：加圈。

彼以其饱食无祸为可恒也哉：加圈。

杂作

○○○《贞符》

何独仲舒尔自司马相如、刘向、扬雄、班彪、彪子固，皆泛袭嗤嗤：加圈。

推古瑞物以配受命：加方框。加圈。

其言类淫巫瞽史……甚失厥趣：加圈。"德"字圈。

尝著贞符……本末闳阔：加圈。"德"字圈。

武陵即叩头邀臣："此大事……表核万代：加点。

孰称古初朴蒙空侗而无争：就无争引出极乱，起句突兀。加圈。

力大者搏……兵良者杀：造句。加圈。

披披藉藉，草野涂血：厥初之争如此是极乱。

于是有圣人焉曰皇帝：加点。

大功乃克建：加点。

由是观之……而非德不树：德字仁字是命根。"德"字圈。

于尧曰"克明俊德"：圈"德"字。

惟兹德实受命之符，以奠永祀：此云贞哉惟兹德，实受命之符，下云兹其为符也。后云符不于其祥于其仁，匪祥于天，兹惟贞符哉，又云究贞符之奥，乃诗中所云，惟贞厥符，无替厥符，此用正笔钩清也。此下文云乃始陈云云以为符，而莫知本于厥贞，又云厥符不贞，后云恶在其为符也。乃用反笔钩清也。"贞""符"字各以方框框，"德"字圈。

后之妖淫嚚昏……以为符，而莫知本于厥贞：加圈。"符""贞"字各以方框。

兹其为符也……皆尚书所无有：对针上典誓。"符"字方框。

蒸为清氛，疏为泠风：对针隋氏。


第一集卷之八表


○《献平淮夷雅表》
因伏字忖度：加点。

况今已无事……独惟文章：加圈。

铿鍧炳耀……以《雅》故也：极言大小雅之能表扬君臣功业之盛于后世，以见今之所作，极有关于国家所为，以此思报国恩者也。

而大雅不作，臣诚不佞然不胜愤踊：加点。

虽不及尹吉甫……庶施诸后代，有以佐唐之光明：与上"望之若神人然"相照应。加点。


第二集卷之一序


○○《唐饶歌鼓吹曲十二篇序》
时恐惧……聊以自娱：加点。

汉歌词不明纪功德……用汉篇数：加圈。

因以知取天下之勤劳……宜敬而不害：加点。

犹冀能言，有益国事：加点

○○《愚溪诗对》

或曰：冉氏尝居也：娄云：布置与盘谷序相似。或曰：加圈。冉氏尝居也：加点。

故姓是溪曰冉溪：姓字字法。加点。"姓"字加双点。

或曰可以染也……余以愚触罪，谪潇水上：娄云：先放顿一愚字，为下张本。"或曰：故谓之染溪"：加点；余以愚触罪，谪潇水上：加圈。

盖上出也：加点。

以余故，咸以愚辱焉：加圈。截。

夫水……何哉：茅云：翻案好。加点。

无以利世：娄云：体自身说。

而适类于余，然则虽辱而愚之，可也：纽合。加圈。

智而为愚者也："智"字双点。

睿而为愚者也："睿"字双点。

故凡为愚者莫我若也……余得专而名焉：加圈。

而善鉴万类……锵鸣金石：娄云：虽愚而有不愚者存，所以况己，所以讥时。唐云：转折有味。加圈。

能使愚者喜笑眷慕，乐而不能去也：此以溪作主，串合自己。能使愚者：加圈。

余虽不合于俗，亦颇以文墨自慰：即逗诗集。"文墨"加点。

漱涤万物，牢笼百态，而无所避之。以愚辞歌愚溪：此以自己作主，串合愚溪。○即串入诗。愚辞、愚溪：字旁双点。

则茫然而不违，昏然而同归，超鸿蒙，混希夷，寂寥而莫我知也：加圈。

尾：娄云：只一个愚字旁引曲取，横说竖说，更无穷己。婉转纡徐，含意深远。自不愚而入于愚，自愚而终于不愚，屡变而不可诘，此文字妙处。

△《送薛存义之任序》

柳子载肉于俎，崇酒于觞：载肉、俎、崇酒、觞：字旁加点。

盖民之役，非以役民而已也：役字生出佣字。吕云：一篇筋骨。

向使佣一夫于家，受若直，怠若事，又盗若货器，则必甚怒而黜罚之矣。以今天下多类此：加点。"佣"字旁又加三角形。（按：三角形△）

以今天下多类此，而民莫敢肆其怒与黜罚者何哉：转的紧陗

势不同也。势不同而理同，如吾民何：吕云斡旋。又云一篇精神。

有达于理者，得不恐而畏乎：粘上理字。加圈。截。

蚤作而夜思，勤力而劳心：对针怠字。

讼者平……其为不虚取直也的矣：吕云：应前直。

故赏以酒肉而重之以辞：加点。

尾：吕东莱曰虽句少，极有反复。

茅鹿门曰昔人多录此文，然其义亦浅。


○○《送僧浩初序》

儒者韩退之与余善……訾余与浮图游：二句提清嗜其言及其人游。截。

儒者：加点。韩退之：加三角形。

近陇西李生础自东都来，退之又寓书罪余：全以退之书作波澜。李生础：加点。退之：加三角形。

浮图诚有不可斥者：以下明己之嗜浮屠言之故。

诚乐之："乐"字双点。

退之好儒未能过杨子……曰："以其夷也。"：又转出一层辩论。加圈。

不可得而斥也：加点。

退之所罪者其迹也：生出迹一层，是浮屠之不足取者，却正见其中之诚可乐。加点。退之：加三角形。

若是，虽吾亦不乐也：与前诚乐之句，相照应。"乐"字双点。

退之忿其外而遗其中，是知石而不知韫玉也。吾之所以嗜浮图之言以此：对病余嗜浮屠言。退之：加三角形。吾之所以嗜浮图之言以此：加点。

与其人游者：暗入浩初，接得无痕。加圈。

非必能通其言也：插入"言"字。

今浩初闲其性：今浩初：加点。

吾之好与浮图游以此：对訾余与浮屠游。加点。

则其贤于为庄、墨、申、韩之言，而逐逐然唯印组为务以相轧者，其亦远矣：加点。

李生础与浩初又善：应李生。李生础：加点。

清代柳文评点研究

今之往也，以吾言示之。因北人寓退之，视何如也：收退之。因北人寓退
之，视何如也：加点。退之：加三角形

○《序饮》
过不饮而洄而止而沉者，饮如筹之数：叙法古雅。加圈。
于是或一饮……独三饮：加点。
故舍百拜而礼……去糺逖而密：加点。
于以合山水之乐：不脱溪石。加点。

○《序棋》
余谛眄之……否而墨之也：翻出妙论。加圈。
然而上焉而上……无亦近而先之耳：加圈。
彼朱而墨者……有敢以二敌其一者欤：加点。
余，墨者徒也……故叙：纽合到自己，是作文之由。加圈。
尾；唐荆川曰推究物理，精巧之文。
第二集卷之三记

○○《兴州江运记》
谓公有功德理行：虚笼一句。加点。
愿建碑纪德，垂亿万祀。公固不许：加点。
而相与怨咨，遑遑如不饮食：此是揔四境说，下乃钩清西鄙。
于是西鄙之人，密以公刊山导江之事，愿刻岩石：上文宽宽说来，此必须
急擒题，方不宽泛，有把握，故着此三句，揔挈下意。刊山导江：每字均加圈。
维梁之西：加点。
兴州之西为戎居：加点。
自长举北至于青泥山……若是者绵三百里而馀：茅曰：陆路之险。加圈。
自长举而西，可以导江而下，二百里而至：茅云：江陆之便。加圈。
而无以酬德，致其大愿，又不可得命：应起处。截。
矧公之始来：以下又追叙公从前之政。加点。
不出四人之力，而百役已就：加圈。
且我西鄙之职官，故不能具举：仍钩清西鄙。
有可以安利于人者……其兴功济物宜如此其大也：收前。加点。

昔之为国者，惟水事为重：引古作结。

尾：较岭南节度使响军堂记殊胜。故独选此。盖彼作非不高华壮丽，而体与笔皆不免于方也。

〇〇〇《零陵郡复乳穴记》

邦人悦是祥也……是恶知所谓祥耶：加圈。两"祥"字加圈。

信顺休洽：崔公之政如此。

且夫乳穴必在深山穷林，……縻绳以志其返：加点。

何祥之为："祥"字加圈。

谣者之祥也……以政不以怪：翻出正论，长人神智。加圈。谣者之祥也："祥"字加圈。笑者之非祥也："祥"字加圈。乃其所谓真祥者也："祥"字加圈。君子之祥也："祥"字加圈。

〇〇《道州毁鼻亭神记》

不知何自始立……便衬起薛公之撤屋毁主。加点。

除秽革邪，敷和于下：便含教字为毁鼻亭神之根。除秽革邪：加圈。

公乃考民风，披地图，得是祠：加点。

骇曰："象之道，以为子则傲，以为弟则贼：即就孝弟说。

君有鼻，而天子之吏实理。以恶德而专世祀：是奇邪。

殆非化吾人之意哉：明教。

公又惧楚俗之尚鬼而难谕也。乃徧告于人曰：加点。

凡天子命刺史于下，……盖将教孝悌……吾之斥是祠也，以明教也：加点。盖将教孝悌、以明教也：两"教"字圈。

苟离于正，……况斯人乎况斯人乎：重发互教化民意。起处"除秽革邪"，四字早已埋根。

州民既谕……我子洎孙，延世有慕：无中生出歌词，极生色。加点。

斥一祠而二教兴焉：圈"教"字。

愿为记以刻山石，俾知教之首：收教字。加点。圈"教"字。

尾：茅鹿门曰文甚明法，读王阳明记象庙，又爽然自失矣。

茅坤《唐宋八大家文钞》卷二二：文甚明法。读王阳明《记象庙》，又爽然自失矣。

○《全义县复北门记》

贤者之兴，……其事可少哉：加圈。截。

贤莫大于成功，愚莫大于怓且诬：加圈。

卫公城之，南越以平：所谓贤莫大于成功也。

或曰："巫言是不利于令："或曰"加点。

或曰："以宾旅之多："或曰"加点。

推以革物，宜民之苏：加点。

按：全文"复"字加圈。


○《永州新堂记》

将为穿谷嵚岩渊池于郊邑之中……今于是乎在：加点。截。

积之丘如，蠲之浏如：加点。

凡其物类……效伎于堂庑之下：加圈。

外之连山高原，林麓之崖，间厕隐显，迤延野绿，远混天碧：造句秀丽而未古。

咸会于谯门之内：加圈。

公之因土而得胜……岂不欲家抚而户晓：茅以此为*韵，恐未必然。加圈。

尾：迤延野绿，远混天碧二句，毕竟未古。然通体自佳，故选入集中。至《桂州訾家州亭记》，所谓"日出扶桑，云飞苍梧，海霞岛雾，来助游物。其隙则抗月榭于回溪，出风榭与篁中"等语，皆带齐梁气。或谓气魄所至，早已化齐梁为秦汉。吾不谓然，若《潭州东池戴氏堂记》《邕州马退山茅堂记》，皆洗濯未尽，非柳文之佳者，并去之。


○《零陵三亭记》

然后理达事成：截。

为县者积数十人，莫知发视：加点。

门不施胥吏之席，耳不闻謷皷之召：二句不古。

然而未尝以剧自挠，山水鸟鱼之乐，澹然自若也：转出游观。加点。

清风自生，翠烟自留：加圈。

鱼乐广闲，鸟慕静深：加点。

高明游息之道，具于是邑：茅云：应前。加圈。

由薛为首：截。

则夫观游者，果为政之具欤：应前。

○○○《游黄溪记》
其间名山水而州者以百数，永最善：加点。
其间名山水而村者以百数，黄溪最善：茅谓起奇。本《史记·西南夷传》首一段来。然愚谓却微有蹈袭腔子之病。截。明阙名评选《柳文》卷四：起奇。本《史记·西南夷传》首一段来。
由东屯南行六百步，至黄神祠：加点。
祠之上……与山升降：加圈。
黄神之上，揭水八十步：加点。
南去又行百步，至第二潭：加点。
自是又南数里：加点。
树益壮，石益瘦，水鸣皆锵然：加圈。
又南一里，至大冥之川：加点。
山舒水缓，有土田：茅云：以上次山水，以下始及黄神始末。加圈。
山舒水缓，有土田：
后稍徙近乎民，今祠在山阴溪水上：储云：倏止。

○○○《始得西山宴游记》
无远不到：极力写前此之游，以托起篇末"然后知吾响之未始游"句。
以为凡是州之山有异态者……而未始知西山之怪特：反剔"始得"。茅云：此句正见始得，与末一句相应。加圈。
始指异之：加圈。
苍然暮色……至无所见，而犹不欲归：极状始得之喜。加圈。
心凝形释，与万化冥合。然后知吾向之未始游：又反剔一笔，作衬。加圈。
游于是乎始：正点"始"字，作结。加圈。
是岁，元和四年也：用点作句读。
尾：题眼在"始得"二字，反剔正写，极力钩清，此认体法也。

○○《钴鉧潭记》
钴鉧潭在西山西：劈头即点清钴鉧潭，跟上篇西山来。加圈。
啮其涯，故旁广而中深：加点。

流沫成轮……有泉悬焉：加点。

行其泉于高者坠之潭，有声潀然：加圈。

孰使予乐居夷而忘故土者，非兹潭也欤：加圈。


〇〇〇《钴鉧潭西小丘记》

得西山后八日：书八日，含不匝旬意。加点。

寻山口西北道二百步，又得钴鉧潭：从钴鉧潭说来，含得异地二。加点。

西二十五步……梁之上有丘焉：加点。

其嵚然相累而下者……若熊罴之登于山：加圈。截。

由其中以望：加点。

枕席而卧：加点。

不匝旬而得异地者二：空心点

则贵游之士争买者，日增千金而愈不可得：含感慨在内。

书于石，所以贺兹丘之遭也：加圈。

〇〇《至小邱西小石潭记》

从小丘西行百二十步……如鸣佩环：加点

皆若空游无所依……似与游者相乐：加圈

以其境过清，不可久居，乃记之而去。加圈


〇〇〇《袁家渴记》

山水之可取者五，莫若钴鉧潭：加点。

陆行，可取者八九，莫若西山：加点。

水行至芜江……莫若袁家渴：加点。

皆永中幽丽奇处也：以钴鉧潭西山陪出袁家渴，其文法亦本《史记·西南夷传》。

舟行若穷，忽又无际：加圈。

有小山出水中：加点。

每风自四山而下……与时推移：上文就水写山、写草木，此则就风将山、木、草一并收在水上，而造语又精妙之极。〇《甘泉赋》叙殿中之王户金铺，若钟、若帷，若户外之桂椒枞杨，户内之兰蕙芎穷之属，皆就风之自内而外一线叙去，笔法略同《海赋》。亦就风之起息以状海之大。

按：第一集第七册卷七晋问篇亦引《甘泉赋》。

其地世主袁氏，故以名焉：加点。

○《石渠记》

自渴西南行……得石渠：加点。

有泉幽幽然，其鸣乍大乍细：加点。

伏出其下……青藓环周：加点。

北堕小潭：加点。

又北曲行纡余，睨若无穷，然卒入于渴：加点。

风摇其颠……其听始远：加圈。

俾后好事者求之得以易……于是始穷也：捴上。加点。

○○《石涧记》

石渠之事既穷：起法又变。加圈。

倍石渠三之：加点。

交络之流……均荫其上：加点。

得意之日与石渠同：从石渠说起，须如此应。加点。

由渴而来者……先石涧后石渠：再将石渠作衬。

其上深山幽林……道狭不可穷也：《石渠记》云"渠之美，于是始穷"，此云"道狭不可穷"，结法各别。

○○《小石城山记》

其一西出，寻之无所得：陪。加点。

投以小石……良久乃已：加点。

类智者所施设也：开出下文。截。

又怪其不为之于中州……更千百年不得一售其伎：茅云：暗影自家。加圈。

是固劳而无用……是二者，余未信之：茅云：不了语。读之有遗音。○余按此处波澜重迭，灵气惝怳满*。

尾：储同人曰：惝怳然疑。捴束永州诸山水记。千古绝调。

○○《永州万石亭记》

见怪石特出，度其下必有殊胜：加点。

208

涣若奔云……环行卒愕，疑若搏噬：描写万石之状。加圈。

其上青壁斗绝……与山无穷：加圈。截。

公尝六为二千石，既盈其数：加圈。

汉之三公……始于闺门：发彰公之德。加圈。

宗元尝以笺奏隶尚书……以附零陵故事：加圈。


○《柳州东亭记》

当邑居之剧，而忘乎人间，斯亦奇矣：加点

作石于中室，书以告后之人，庶勿坏：加点。


○○○《柳州山水近治可游者》

古之州治，在浔水南山石间……直平四十里：先提清州治。"浔水"加一长方框。

南北东西皆水汇：捴下一句。加点。

北有双山：北。

曰背石山："背石山"加一长方框。

东流入于浔水：从北说到东。加点。

浔水因是北而东，尽大壁下：加点。

其壁曰龙壁："龙壁"加一长方框。

其下多秀石，可砚：东并在北中写。截。

南绝水：南。

曰甑山："甑山"加一长方框。

又南且西，曰驾鹤山：从南说到西。"驾鹤山"加一长方框。

古州治负焉：随手又点古州治。

曰屏山："屏山"加一长方框。

其西曰四姥山："四姥山"加一长方框。

北流浔水濑下：截。

其宇下有流石成形……甚众：加点。

飞鸟皆视其背：加圈。

其始登者……石鱼之山：石雨山及雷山陡然直起，而下文将在多秭归西、在立鱼南二句纽合，点法奇变，此所续法也。加点。"石鱼之山"加一长方框。

全石……尤多秭归：加圈。

西有穴，类仙弈：串仙弈。加点。

多绿青之鱼，及石鲫，多鯈：加点。截。

雷山，两崖皆东西……在立鱼南：加圈。

其间多美山，无名：截。

深峨山在野中，无麓：深峨山，点法又变。"深峨山"加一长方框。

东流入于浔水：一句绾合浔水。加圈。

按：此文中凡东、南、西、北字，字旁皆加实心黑圆点。

尾：零零碎碎叙去，而其中自有线索打成一片。此天下奇文也。若但以其将南北东西分叙，而谓为似史记天官书，犹皮相耳。


○《永州龙兴寺东邱记》

今所谓东丘者，奥之宜者也：加点。"宜"加三角形。

然而至焉者……无乃阙焉而丧其地之宜乎：加点。"宜"加三角形。

丘之幽幽……孰从我游：加圈。

全文旷、奥、敞、邃四字皆加圈。


○《永州龙兴寺息壤记》

始之为堂也，夷之而又高，凡持锸者尽死：加点。

人莫敢夷：截。

昔之异书：字旁加方框。

其言不经见：加点

南方多疫……土乌能神：加点

而唯异书之信："异书"字旁加方框。


○《永州铁炉步志》

题下注：从众选本入记中。

江之浒……曰铁炉步：加点。截。

独有其号冒而存；冒字开出下文。截。

世固有事去名存而冒焉若是耶：加点。

亦曰某氏大：储云：氏族莫重于唐，故作此讽之。

其冒于号有以异于兹步者乎：从门大说到兹步。

其不可得亦犹是也：从兹步说到门大。

若求兹步之实……又何害乎子之惊于是末矣：较前能得所欲，又进一步，从《孟子》"虽不得鱼无后灾"化出。

按：全文"冒"字旁加黑色实心圆点。

第二集卷之五

○○○《寄许孟荣书》

伏念得罪来五年，未尝有故旧大臣肯以书见及者：即含后雪谤意。故旧大臣且不肯以书见及，况肯为之雪谤耶。

非独瘴疠也：撇去瘴疠，正是兼扯瘴疠在内，乃化两层为一层也。加圈。

乃知幸为大君子所宥：加三角形。

夫何素望，敢以及此：截。

不知愚陋不可力强：却逗起得罪缘由。加点。

以此大罪之外，诋诃万端：加圈。

此人虽万被诛戮……而岂有赏哉：遥接前负罪者句，跌起。加圈。

今其党与……以希望外之泽哉：即搭上自己。加圈。

年少气锐，……又何怪也：加圈。

宗元于众党人中……日复一日：就负罪者跌出自己，说自己之罪难望除弃，却先言同得罪者已蒙宽宥，曲折顿挫。

然亦有大故：亦有大故句，笼下嗣续、先墓、先业三事。加圈。

自以得姓来二千五百年，代为冢嗣：嗣续是一项。加圈。

今抱非常之罪……若受锋刃：加圈。

先墓在城南：先墓是一项。

近世礼重拜扫……皆得上父母丘墓：就子孙说。加圈。

马医夏畦之鬼，无不受子孙追养者：就祖父说。加圈。

然此已息望，又何以云哉：加圈。

皆伏所受重常系心：先业是一项。其中又有先人手植树及赐书二件。

然无所为者，立身一败，万事瓦裂，身残家破，为世大僇：求继嗣、扫先墓、守先业三者皆不可得。加圈。

复何敢更望大君子抚慰收恤，尚置人数中耶：顶前幸为大君子所宥。加圈。

是以当食不知辛咸……诚忧恐悲伤，无所告诉，以至此也：起下雪谤。加圈。

自古贤人才士，秉志遵分，被谤议不能自明者，仅以百数：已下引古人之能雪谤议者。○顶上何敢望大君子抚慰收恤，起下兴哀与无用之地云云。

然赖当世豪杰分明辨别，卒光史籍：加圈。

今已无古人之实，为而有诟，欲望世人之明已，不可得也：加点。

虽欲慷慨攘臂，自同昔人，愈疏阔矣：储云：历引古人，逼入著书一路。加点。

假令万一除刑部囚籍，复为士列，亦不堪当世用矣：加圈。截。

惟兴哀与无用之地，垂德于不报之所：前云幸为大君子所宥，中间云何敢更望大君子抚慰收恤，此云伏惟兴哀与无用之地云云，紧相照应。字旁加△三角形。

但以通家宗祀为念：茅云：应子息。

虽不敢望归扫茔域：茅云：应丘墓

退托先人之庐：茅云：应旧宅。

以尽馀齿，姑遂少北，益轻瘴疠：应非独瘴疠。


○○○《与萧翰林挽书》

道思谦蹇然有当官之心：含后遭时言道。

乃诚助太平者也：含后道行物利。

然微王生之说……果于不谬焉尔：加点。

其求进而退者，皆聚为仇怨：此略言大概，下乃详叙其故。字旁加点。

欲免世之求进者怪怒媚嫉，其可得乎：加点。

饰智求仕者，更言仆以悦仇人之心：又一层。

自以速援引之路……不知其端：加圈。

悲夫！人生少得六七十者，……兄知之勿为他人言也：加圈。截。

闻北人言，则啼呼走匿：加圈。

自料居此尚复几何……重为一世非笑哉：关合前文怪怒。

用是更乐瘖默，思与木石为徒，不复致意：以"不复致意"锁住，却正是引起犹有少耻云云。加点。截。

命乃天也……道之行，物得其利：就自己忽转入思谦，应前"蹇然有当官之心"二句。加圈。

仆诚有罪，然岂不在一物之数耶：就萧之遭时串合己之得罪，即引出罪解。加圈。

犹足蒸出芝菌，以为瑞物：加圈。

然后收召魂魄……亦不虚为太平之人矣：加圈。

○○○《与李翰林建书》

用南人槟榔余甘⋯⋯坐则髀痹：加点。

涉野则有蝮虺大蜂：加点。

仰空视地，寸步劳倦：加圈。

近水即畏射工沙虱，含怒窃发，中人形影，动成疮痏。时到幽树好石：加点。

暂得一笑，已复不乐：加圈。

明时百姓⋯⋯窃自悼也：加圈。截。

假令病尽⋯⋯悠悠人世，不过为三十年客耳：一翻更可哀。加圈。

前过三十七年，与瞬息无异。复所得者，其不足把玩，亦已审矣：加圈。

若众人即不复煦仆矣：加点。


○《与杨京兆凭书》

上言推延贤隽之道⋯⋯无以守宗族复田亩为念：将三段揔提清。加方框。

故敢悉其愚，以献左右：截。

大凡荐举之道，古人之所谓难者，其难非苟一而已也：答推延之难。

知之难，言之难，听信之难：加点。

夫言朴愚无害者⋯⋯何事无用之朴哉：加圈。

言而有是患，故曰听信之难：加圈。

则大臣之道或阙，故不可惮烦：加点。截

今之世，言士者先文章：就索士串出文章。加圈。

文章，士之末也。然立言存乎其中，即末而操其本，可十七八：加圈。

然则文章未必为士之末，独采取何如耳：就文章打转，索士作锁，已下引入自己，以答末段，三段滚成一片。○抬高文章，正是为自己地位。加圈。截。

宗元自小为文章：加圈。

若宗元者⋯⋯夸耀于后之人：加点。

又安能尽意于笔砚，矻矻自苦，以伤危败之魂哉：加点。


○○《与太学诸生喜诣阙留阳城司业书》

诸生陶煦醇懿，熙然大洽：含后渐渍导训。

非特为诸生戚戚也：非特为诸生戚句，本是为诸生乞留埋根，却反似撇开，玲珑巧妙之极。○右衡云：自叙处先插入诸生。加圈。

遂宽然少喜，如获慰荐于天子休命：回护主上。

然而退自感悼，幸生明圣不讳之代，不能布露所蓄，论列大体，闻于下执事，冀少见采取，而还阳公之南也：引起诸生乞留阳公，抑自己以衬诸生。○右衡云：既喜其宣风布化，何以又退自感悼，必欲留之太学生，此处不说明其故，在篇末洗发。

诚诸生见赐甚盛：截。

始仆少时，尝有意游太学，受师说，以植志持身焉，当时说者咸曰：加圈。

辄用抚手喜甚，震怵不宁，不意古道复形于今：带起下文。

过太学之门而不敢局顾，尚何能仰视其学徒者哉：茅云：子厚此书意在竦勇诸生何以搀入，故讪者之口。愚按此段篇中大波澜，鹿门评不可解。盖借说者，极力抑之，下文扬之愈有力有情。加圈。

今乃奋志历义，出乎千百年之表：并收讫千百年不可睹闻一段在内。加圈。

何闻见之乖刺欤……其无乃阳公之渐渍导训，明效所致乎：归功阳公，愈见得不可不留。○此处若不归到阳公，便脱了阳公，于法疏矣。加圈。

可无愧矣：截。

阳公有博厚恢弘之德，能并容善伪，来者不拒：洗发阳公德教。

俞、扁之门，不拒病夫；绳墨之侧，不拒枉材：衬笔。

师儒之席，不拒曲士，理固然也：截。

虽微师尹之位，而人实具瞻焉：较前导训诸生，又进一层，极力言其功之及远。

与其宣风一方，覃化一州，其功之远近，又可量哉：应前宣风裔土，前既回护须如此洗发，方见得不可不留。加圈。

诸生之言……故少佐笔端耳：加圈。


○○○《与韩愈论史官书》

若书中言，退之不宜一日在馆下：劝之速为史，是正旨。其曰若惧祸宜速去，乃所以足成其说，愈见得当为不可不为此书。中间段段劝其当速为，首尾则言不为宜速去。加圈。

安有探宰相意，以为苟以史荣一韩退之耶：唐云：半晦。加圈。

若果尔……古之志于道者，不宜若是：加圈。截。

且退之以为纪录者有刑祸，避不肯就：唐云：显。

尤非也：已下言勿避刑祸而不为。

史以名为褒贬……行呼唱于内庭外衢而已耶：娄云：以重明轻。加圈。

何以异不为史而荣其号、利其禄者也：纽合本旨，恰好接出下文。加圈。截。

又言"不有人祸，则有天刑"：唐云：显。

若以罪夫前古之为史者，然亦甚惑：已下言勿避天刑为不为。

如回之，莫若亟去其位：又插入不为当去一笔。加圈。

当其时……若周公、史佚，虽纪言书事，犹遇且显也：得此一层，更醒。

刑祸非所恐也：截。

今退之曰：我一人也，何能明：唐云：显。

人人皆曰我一人，则卒谁能纪传之耶：已下言勿以一己不能明自诿而不为。加圈。

不然，徒信人口语，每每异辞，日以滋久：此是晦，韩书曰传闻不同，善恶颇随人所见。

则所云"磊磊轩天地"者：唐云半晦。

果有志，岂当待人督责迫蹙，然后为官守耶：晦。加圈。截。

又凡鬼神事：晦。

眇茫荒惑无可准，明者所不道：此段言勿惧鬼神而不为。

退之之智而犹惧于此：截。

明天子贤宰相得史才如此，而又不果，甚可痛哉：加点。截。

则一日可引去：应前不宜一日在馆下。加圈。

又何以云"行且谋"也：晦。加圈。

今人当为而不为，又诱馆中他人及后生者：唐云：晦。"当为而不为"每字皆加圈。

此大惑已。不勉已而欲勉人，难矣哉：加圈。

尾：娄迂斋曰掊击辨难之体。沉着痛快。

唐荆川曰：提其原书辨处，有显有晦，错综成文。按："有显有晦，错综成文"加圈。○文如贯珠。

愚按荆川旁批有显字，有晦字，又有半晦字，甚妙。盖书中退之以为记录者云云，又言不有人祸云云，今退之曰云云。明说破退之之言如此，是显也。其句中有以为或所云何以云字样，是半晦也。其不说破退之之言，并无以为所云何以云字样，运化原书以为己句者，乃是晦也。作辨体文字，须知此法。方不成板局。○茅评太露气岸，不如昌黎浑极。大谬。昌黎岂不露气岸者。

○《与韩愈致段太尉逸事书》

然人以为偶一奋，遂名无穷，今大不然：加点

非直以一时取笏为谅也：加圈

太史迁言荆轲征夏无且……然比画工传容貌尚差胜：加点

窃自以为信且着。其逸事有状：加点


○《与杨海之疏解车义第二书》

徒相知，则思责以尧、舜、孔子所传者：暗指恭让。

就其道，施于物：照下出世。

吾于足下固具是二道，虽百复之亦将不已，况一二敢怠于言乎：下文所谓申告便是复之。

仆之言车也，以内可以守，外可以行其道：此段是言说车合圣道而未说破。外可以行其道句，便包出世而仕在内。

今子之说曰"柔外刚中"：攻其刚中之说是主意。子之说、刚中：字旁加长方框。

柔外刚中，则未必不为弊车："刚中"字旁加长方框。

果为人柔外刚中，则未必不为恒人："刚中"字旁加长方框。

夫刚柔无常位……应之咸宜，谓之时中：时中是主脑。"时中"加圈。

然后得名为君子，必曰外恒柔：虽以寻外陪说，实则专攻刚中之说。

中恒刚：重。加点。

吾以为刚柔同体，应变若化，然后能志乎道也：加圈。

是吾所以惕惕然忧且疑也："忧且疑"，所谓具是二道，故如此。

今将申告子以古圣人之道：陡接此句，领起此，岂寻行数墨者所能。

《书》之言尧曰"允恭克让"：已下皆对刚中说。允恭克让"四字一框。

言舜，曰"温恭允塞"："恭"字框。

武王引天下诛纣，而代之位，其意宜肆：肆字埋根。

其弟子言曰"夫子温良恭俭让以得之"：已下纵横辨析，皆以恭让作主。"温良恭俭让"一框。

今吾子曰"自度不可能也"：即下文任意纵心。"吾子"字旁长方框。

乐放弛而愁检局，虽圣人与子同。圣人能求诸中，以厉乎己：应中字。"中"字加圈。

久则安乐之……其所以异乎圣者，在是决也：肆字正与恭让相反，下文肆

与佞同从此生出。加圈。

吾之忧且疑者以此：又应"忧且疑"，作锁。

彼其纵之也，度不踰矩而后纵之：纵心似与温让相反，而不可踰矩，则仍是温让矣。独就孔子再翻一层，说以攻诲之，自度不能之说。加圈。

今子年有几，自度果能不踰矩乎？而遽乐于纵也：加圈。

今子有贤人之资，反不肯为狂之克念者，而曰"我不能"，舍子其孰能乎：加圈。

是孟子之所谓不为也，非不能也：痛攻其自度不能之说。"非不能也"加圈。

凡吾之致书、为《说车》，皆圣道也：仆之言车以下是就车以攻其刚中之说，今将申告子以圣人之道以下是言圣人之道在恭让，此则言说车皆圣道，乃合而言之。加圈。

今子曰："我不能为车之说："今子曰"字旁长方框。

吾车之说果不为圣道耶：加圈。截

今子曰"我不能窬窬拘拘，以同世取荣"：诲之以说车为佞且伪，下文力攻其说。"今子曰"字旁长方框。

吾之所云者……以是教己，固迷吾文，而悬定吾意，甚不然也：说车即圣人之道，非"窬窬拘拘"为佞且伪。加点。

圣人不以人废言，吾虽少时与世同波，然未尝窬窬拘拘也：详在后。

吾未尝为佞且伪，其旨在于恭宽退让，以售圣人之道及乎人，如斯而已矣：及乎人，含出世而仕。加点。"恭宽退让"一框，字旁并加三角形。"以售圣人之道及乎人"一框，字旁加点。

尧舜之让："让"字框。

岂恒愧于心乎：又覆举数圣人之恭让，以破其内无愧之说。

如是而心反不愧耶：极言肆之为害，以破其内无愧之说。

圣人之礼让，其且为伪乎？为佞乎："礼让"一框，字旁加三角形。句末截。

今子又以行险为车之罪："今子"字旁长方框。

且子以及物行道为是耶，非耶：引起出世而仕。

是之不为，而甘罗、终军以为慕：慕甘罗、终军，从上串出，不另起头。加圈。

以圣人之道为不若二子：串上圣人之道。加点。

是无异卢狗之遇嗾，呀呀而走，不顾险阻，唯嗾者之从，何无已之心也：加点。

是固不宜为的也：截。

将出于世而仕，未二十而任其心：串在恭字上。加圈。

吾为子不取也：加圈。

今子素善士，年又甚少，血气未定，而忽欲为阮咸、嵇康之所为：与恭让相反。○慕甘终，慕阮嵇，作两处叙。

守而不化，不肯如尧舜之道：带定圣道。加点。

恶佞之尤，而不悦于恭耳：加点。“恭”字框。

观过而知仁，弥见吾子之方其中也，其乏者独外之圆耳：引出圆字，不另起头。“圆”字框。

佞之恶而恭反得罪：加圈。

圣人所贵乎中者，能时其时也：洗发时中，以见肆之为害，而圆之不可恶。“中”“时其时”：每字各加圈。

苟不适其道，则肆与佞同：恭与佞，纽一笔。

山虽高……要之不异：加圈。

非为佞而利于险也明矣：串险字。加点。

吾子恶乎佞，而恭且不欲，今吾又以圆告子：又以恭字符串圆字。“恭”“圆”两字框。

则圆之为号……又将仟百焉：加圈。“圆”“恭”两字框。

然吾所谓圆者：洗发圆字。“圆”字框。

干健而运，离丽而行，夫岂不以圆克乎？而恶之也：加圈。截。

当时志气类足下，时遭讪骂垢辱：应甚且见骂。

积八九年，日思摧其形，锄其气，虽甚自折挫，然已得号为狂疏人矣：与恭让相反一层。

虽自以为得，然已得号为轻薄人矣：与恭让相反二层。

思欲不失色于人：学为恭让。

既闻于人，为恭让未洽：又串入恭让。“恭让”一框。

益知出于世者之难自任也：对针出世而仕未二十而任心。加点。

今足下未然……而后知慕中道：收“中道”。加点。“中”字圈。

费力而多害，故勤勤焉云尔而不已也：加点。

无徒为烦言往复，幸甚：截。

凡吾与子往复，皆为言道：带圣道。

假令子之言非是……然后道可显达也：加点。

今乃专欲覆盖掩匿，是固自任其志，而不求益者之为也：又插入任心。

幸悉之：截。

后来之驰于是道者……何可当也：加点。

不忘圣人……则已告之：加点。

尾：诲之以刚中说车，而谓自度不能，是自任其意，乐于纵心，恶佞而入于肆矣。此与恭让相反，而不能时中者也。抑子则谓己之说车，合于圣人恭让之道，车之圆外，与恭同为中道。而非剪剪拘拘，为佞且伪。首尾一线，未尝另起一头。

○《与崔饶州论石钟乳书》

以为土之所出乃良无不可者：句旁加长方框。

夫言土之出者……咸无不可也：加点。

草木之生也……固不一性：加圈。

然由其精密而出者：加点。

由其粗疏而下者：加点。

其色之美，而不必唯土之信，以求其至精：句旁长方框。

故可止御也：截。

必若土之出无不可者：全是学李斯书。唐评谓其绝有蹊径。良是。

何以异于是物哉：截。

若果土宜乃善……又云某者良也：加圈。

尾：唐荆川曰此文非不古，然绝有蹊径。

○《与李睦州服气书》

今吴子之师已遭诺而退矣。愚敢厉锐攗坚，鸣钟鼓以进，决于城下：加点。

惟兄明听之：截。

以服气书多美言："书"字圈。

若是者，愚皆不言。但以世之两事己所经见者类之，以明兄所信书，必无可用：加点。"书"字圈。

不能得硕师："硕师"字旁加三角形。

亦不能得硕师："硕师"字旁加三角形。

独得国故书："书"字圈。

其勤若向之为琴者，而年又倍焉：加点。

何哉，无硕师："硕师"字旁加三角形。

其所不可传者，卒不能得：加圈。

独见兄传得气书于卢遵所："书"字圈。

是书是诀："书"字圈。

宋人有得遗契者，密数其齿曰："吾富可待矣"。加点

兄之不信，今使号于天下曰：右衡云：亦有摹拟之迹。

友者欲久存其道……雠欲速去其害：加圈。

兄为而不已……固小子之所凛凛也：加点。截。

守无所师之术，尊不可传之书……是岂所谓强而大也：加点。"书"字圈。

全文"书"字上加圈。


○○《答韦中立论师道书》

仆道不笃，业甚浅近：含下文闻道、著书及文以明道云云。"道""业"两字圈。

环顾其中：含中所得。

仆自卜固无取，假令有取：含下文取某事及有取无取意。加点。

愈以是得狂……如是者数矣：加点。

仆往闻庸蜀之南……始信前所闻者：加点。

今韩愈既自以为蜀之日……不以病乎：加圈。

度今天下不吠者几人，而谁敢衒怪于群目，以召闹取怒乎：顶恬字。

仆自谪过以来，益少志虑。居南中九年，增脚气病，渐不喜闹：顶召闹。

平居望外，遭齿舌不少，独欠为人师耳：加圈。

天下不以非郑尹……今之命师者大类此：加圈。截。

闻道着书之日不后：闻道著书起处已埋根，此提出以起下文。加圈。

则仆固愿悉陈中所得者：先逗起下文意，后锁上文。加圈。

仆材不足，而又畏前所陈者：应上。加点。

其为不敢也决矣：唐云：此一段，承上接下。

吾子前所欲见吾文："文"字圈。

始吾幼且少，为文章："文章"两字两圈。

及长，乃知文者以明道："文者以明道"五字五圈。

凡吾所陈，皆自谓近道，而不知道之果近乎，远乎？吾子好道而可吾文，或者其于道不远矣。故吾每为文章：加点。圈此句"道""文""文章"。

未尝敢以轻心掉之，惧其剽而不留也；未尝敢以怠心易之，惧其弛而不严也；未尝敢以昏气出之，惧其昧没而杂也；未尝敢以矜气作之，惧其偃蹇而骄也：是悉陈中所得处。加圈。

抑之欲其奥……此吾所以羽翼夫道也：应文以明道。加圈。圈"道"字。

本之《书》以求其质，本之《诗》以求其恒，本之《礼》以求其宜，本之《春秋》以求其断，本之《易》以求其动，此吾所以取道之原也："本之"两字旁加双点。"原"字圈。

参之谷梁氏以厉其气，参之《孟》《荀》以畅其支，参之《庄》《老》以肆其端，参之《国语》以博其趣，参之《离骚》以致其幽，参之太史以着其洁，此吾所以旁推交通而以为之文也："参之"两字旁加双点。"文"字圈。

凡若此者，果是耶非耶，有取乎抑其无取乎：收起处假令有取及中间取某事。

吾子幸观焉择焉：应前自择。

苟亟来以广是道："道"字圈。

又何以师云尔哉……而为外廷所笑：加点。

则幸矣：收得周密。

○《报袁君陈秀才避师名书》

且见非，且见罪：加点

求孔子之道：加点

慎勿怪、勿杂、勿务速显……不虞殍死矣：加圈。

虽孔子在，为秀才计，未必过此：加点。

○《答吴秀才谢示新文书》

按：目录为：报袁君陈秀才避师名书

增之铢两则俯，反是则仰，无可私者：加圈。

愈重……则吾首惧至地耳：加圈。

○《答贡士廖有方论文书》

惧洁然盛服而与负涂者处，而又何赖焉：加圈。

○《答韦珩示韩愈相推以文墨事书》

固相假借为之辞耳：此段答推避之说。

若雄者，如《太玄》《法言》及《四愁赋》：愁字下批：愁字当去。

雄文遣言措意……而况仆耶：加圈。

足下幸勿信之：转出韦生，收上即起下。截。

今退之不以吾子励仆，而反以仆励吾子，愈非所宜：此段答励足下之说。加点。

此仆以自励：观自励句极妙。

亦以佐退之励足下：加圈。


〇《答周君巢书》

行则若带缧索，处则若关桎梏，才丁而无所趋，拳拘而不能肆，槁然若枿，隳然若璞：加点。

然犹未尝肯道鬼神等事。今丈人乃盛誉山泽之臞者：加点

固小人之所不欲得也：截。

其道寿矣：加圈。

今夫山泽之臞，于我无有焉：加点。

我寿而生，彼夭而死，固无能动其肺肝焉：加点。

掘草烹石，以私其筋骨而日以益愚：加圈。

若是者愈千百年，滋所谓夭也：加圈。

又何以为高明之图哉：截。

亦欲丈人固往时所执，推而大之，不为方士所惑。仕虽未达，无忘生人之患，则圣人之道幸甚，其必有陈矣：加点


〇《复杜温夫书》

书抵吾必曰周、孔：句旁加长方框。

之二邦……何吾生胸中扰扰焉多周、孔哉：加圈。截。

或为十数文……以冀苟得：加点。

生勿怨。亟之二邦以取法，时思吾言，非固拒生者：加点。


〇《贺进士王参元失火书》

道远言略……乃吾所以尤贺者也：得此一层，翻得更新，文气更雄。加圈。

斯道辽阔诞漫，虽圣人不能以是必信，是故中而疑也：始骇中疑，二意乃是常情常理。藉此引出新论，政不可少。

是仆私一身而负公道久矣，非特负足下也：加点。

乃今幸为天火所荡涤……其实出矣：翻出新论，可开拓学者心思。加圈。

是祝融、回禄之相吾子也。则仆与几道十年之相知，不若兹火一夕之为足下誉也：雄快之极。加圈。

宥而彰之，使夫蓄于心者：对前蓄字。

咸得开其喙：对前不出诸口。

发策决科者，授子而不栗，虽欲如向之蓄缩受侮，其可得乎：抱前。

今吾之所陈若是，有以异乎古，故将吊而更以贺也：加点。

尾：唐荆川曰：立柱子分解。


○《与吕恭书》

元生又持部中庐墓父者所得石书："庐墓父者所得石书"字旁长方框。

虽未尝见名氏……古今特异：加点。

词尤鄙近：加点。

晋时盖未尝为此声：加点。

又言：加方框。

或者得无奸为之乎：已上辨石书之伪，盖字迹不古，一也；文词鄙近，二也；其言不经，难信，三也。以下乃言庐墓之非。截。

过制而不除丧……况又出怪物诡神道：抱前石书之伪。加圈。

以奸大法……伏而不出之可也：加圈。"奸大法""利""伪孝""奸利"字旁又加三角形。截。

于斯也：收转本事。加圈。

诚悫之道少损：对前伪事。加点。

夫以淮、济之清……不若无者之快也：加圈。


第二集卷之七

赋

柳宗元


○○○《解祟赋》

胡赫炎熏熇之烈火兮，而生夫人之齿牙：注曰：熇，炎气也。愚按此切舌中之火，起得超忽，便见得当有以解之。加圈。

223

风雷唬唬以为橐钥兮：注曰唬，呼交切。○橐钥，治铸所用，致风之器也。

炖堪舆为飖鳌兮：注曰堪舆，天地也。炖，他昆切，火盛貌。飖，如寒切，鬲属。鳌，五列切，烧器也。加圈。

爇云汉而成霞……邓林大椿不足以充于燎兮，倒扶桑落棠胶轕而相叉：极力写烧城之大意。○储云：落棠，山名。加圈。

膏摇唇而增炽兮，焰掉舌而弥葩：再钩醒舌字。加圈。

沃无瓶兮扑无箸：此言不能解祟，反点沃水于瓶。

独凄己而燠物，愈腾沸而骹齘：注曰骹，苦交切，脚腰也。齘，客牙切，大齿也。

去尔中躁与外挠，姑务清为室而静为家：加圈。

譬之犹豁天渊而覆原燎，夫何长喙之纷挐：发水之灭火，切舌字。

徒遑遑乎狂奔而西儌：*也。

浏乎以游于万物者始，彼狙雌倏忽而以祟为利者，夫何为耶：就解祟点出祟字。○读此文可知刻画点题之法。"祟"字旁加三角形。加圈。


○○○《梦归赋》

罹摈斥以窘束兮：摈斥窘束含下瞀蔚桎梏意。加点。

余惟梦之为归：醒目。"梦"、"归"又加三角形。

精气注以凝冱兮，循旧乡而顾怀：首四句笼注题意，然后追前说去，如閟宫，乃僖公修庙之诗，首二句即擒修庙意，然后追前说，正是此法也。加点。

夕余寐于荒陬兮：荒陬对旧乡说○追前说。

欻腾踊而上浮兮：初入梦时。

上茫茫而无星辰兮，下不见夫水陆。若有鈌余以往路兮：注曰鈌音述，当依晏本作訹。加点。

驭儗儗以回复：注曰：儗，音拟，惑也。加点。

浮云纵以直度兮，云济余乎西北：往旧乡之路。

风纚纚以经耳兮，类行舟迅而不息：加点。

施岳渎以定位兮，罕参差之白黑：注曰罕即互字○反上圆方混而不形云云。


原田芜秽兮，峥嵘榛棘。乔木摧解兮，垣庐不饰：形容旧乡之萧条，曲尽怀归之情。

山崒崒以嵩立兮，水汨汨以漂激，魂恍惘若有亡兮，涕汪浪以陨轼：注曰：

浪，音郎。加圈。

类曛黄之黯漠兮：注曰：黯，音掩。果实黑坏貌。

欲周流而无所极。纷若喜而怡儗兮：注曰：马融《笛赋》：怡儗，宽容。怡，勅吏切。

钟鼓喤以戒旦兮：注曰：喤，音横。加圈。

陶去幽而开寤。罾罻蒙其复体兮：注曰：罾罻，鱼网也。加圈。

孰云桎梏之不固：转入醒时之窘束，极为惨凄。加圈。

精神之不可再兮，余无蹈夫归路：以醒时之不得归，钩醒惟梦之为归。加圈。截。

伟仲尼之圣德兮，谓九夷之可居：居，去声，在六御韵中。

惟道大而无所入兮，犹流游乎旷野：野，去声。班固《西京赋》：罘网连纮笼山络野列卒周匝星罗云布。

苟远适之若兹兮，胡为故国之为慕：不必归是高一层说。加圈。

胶余衷之莫能舍兮：打转怀归。加点。

列兹梦以三复兮：梦字收归。加点。

○○○《闵生赋》

闵吾生之险阨兮：开口醒题。"闵""生"两字旁加三角形。

鳞介槁以横陆兮，鸥啸群而厉吻：储云：比物连类，写状离披。

心沉抑以不舒兮，形低摧而自慭：将闵生意作一锁，开出下肆目吊古，登高望乡，无非可闵。加点。

重华幽而野死兮……刿吾生之貌艰：加圈。

顾余质愚而齿减兮……知徙善而革非兮，又何惧乎今之人：前既极言可闵，此引圣贤语思徙善革非，以自奋厉。

噫！禹绩之勤备兮……邈离绝乎中原：加点。

戏凫鹳乎中庭兮……短狐伺景于深渊：加圈。

仰矜危而俯栗兮，弭日夜之拳挛：上既自奋，此又自闵。加点。

虑吾生之莫保兮……冀后害之无辱兮，匪徒盖乎曩愆：又以自奋作结。加圈。

○○○《囚山赋》

楚越之郊环万山兮，势腾踊夫波涛。纷对回合仰伏以离迾兮，若重塘之相褱：加圈。

225

欣下颓以就顺兮，曾不亩平而又高：加圈。

侧耕危获苟以食兮，哀斯民之增劳。积林麓以为丛棘兮，虎豹咆嚼代狴牢之吠嗥：刻画囚字。加圈。

匪兕吾为柙兮……使吾山之囚吾兮滔滔：结句醒题，笔意飞动。加圈。

○○○《瓶赋》

昔有智人：加圈。

谁主斯罪？鸱夷之为：到煞鸱夷，以收上文，恰如落出不如。加圈。

绠绝身破……归根反初，无虑无思：《酒箴》说瓶云：一旦专碍，为瓮所轠，身提黄泉，骨肉为泥，自用如此，不如鸱夷。子厚就其言翻出正论，极高。加圈。

何必巧曲，徼觊一时。子无我愚，我智如斯：翻起句，作结。加圈。

尾：苏东坡曰子厚以瓶为智，几于信道知命者。

晁无咎曰杨雄作《酒箴》，欲同尘于皆醉之词也。宗元复正论以反之，盖相明也。

律赋

○《迎长日赋》题下注：以三王郊礼日用夏正为韵。

惟飨帝以事天，必推策而迎日：徐云：破扼定。

寅方肇建，俟启蛰以展仪。卯位将初，爰用牲而协吉：郊特牲，郑注云：《易说》曰：三王之郊，一用夏正。夏正，建寅之月也，此言迎长日者，建卯而昼夜分，分而日长也。

犹分可爱之辉，式停寅宾之质：加圈。

先仲春而有，事故谓之迎时也：加点。截。

当四时之首位，用三代之达礼：徐云：老笔。加圈。

皮弁乍临……玉漏之声渐长：加圈。

璧影始融，丽景才凝于城阙；轮形尚疾，斜晖未驻于康庄：徐云：二句扣住题位。

委照将久，岂三舍之足凭；延光可期，胡再中之云假：徐云：四句语精惊。加圈。

正朔克周于戎夏：截。

应戬谷之宜，受之千亿；奉郊祀之报，至于再三：徐云：结处颇弱。

尾：徐大临曰：古雅不靡。又曰：律赋虽小道，然唐人于此往往精诣擅场，如王起之冰蚕谏鼓洗乘石律吕相生等赋，李程之石镜破镜上天，及欧阳詹之春盘洪厓子图等赋，皆法律谨严，辞采葩丽，非苟作者。昔人称柳子之文，无体不佳，然其律赋，殆未能及也。

## 文

〇〇〇《乞巧文》

驱去蹇拙：引出下文。句旁加长方框。

吾亦有大拙：加长方框。

乃乃缨弁束衽……伛偻将事，再拜稽首称臣而进曰：描写诚敬之貌。加点。

黼黻帝躬，以临下民：娄云：详言巧状。

臣有大拙：加长方框。

乾坤之量……进退唯辱：承不能容，开出二意。乾坤四句，言己身甚微，而不能容于天地之大。蚁蜗六句，言己为万物之灵，而不如微物之有所容身也。

周旋获笑，颠倒逢嘻：他人之巧，此处揔写，下分言之。截。

忍仇佯喜，悦誉迁随：人之巧于爱憎。

胡执臣心，常使不移：下文所谓方心。加圈。

忤嘲似傲，贵者启齿：人之巧于容色。

臣旁震惊，彼且不耻：将己之拙与人之巧串说。加圈。

令臣缩恧，彼则大喜：加圈。

臣拙无比：加长方框。

王侯之门，狂吠狴犴：人之巧于造请。

臣到百步……百怒一散：加圈。

独嗇于臣：加圈。

恒使玷黜：截。

沓沓謇謇，恣口所言：人之巧于言语。

迎知喜恶，默测憎怜。摇唇一发，径中心原：娄云：极巧言之态。

骈四俪六，锦心绣口。宫沉羽振，笙簧触手。观者舞悦，夸谈雷吼：人之巧于为文。

不期一时，以俟悠久。旁罗万金，不鬻弊帚：加圈。

填恨低首：截。

矜臣独艰……拔去呐舌，纳以工言：四句先说拙，然后说巧。加圈。

文词婉软……突梯卷脔，为世所贤：六句止说巧。加圈。

公侯卿士，五属十连。彼独何人，长享终天：加圈。截。

汝唯知耻：上文所谓臣旁震惊，令臣缩恶，鬼遁神叛，皆知耻意。加圈。

谄貌淫辞，宁辱不贵，自适其宜。中心已定，胡妄而祈：加圈。

得之为大，失不污卑：娄云：此亦自占道理。

抱拙终身，以死谁惕：娄云：此亦退之延最鬼上座之意。"抱拙终身"句旁长方框。


○○○《骂尸虫文》

余既处卑……为文而骂之：加圈

来，尸虫！……以贼厥灵：加圈。

求味己胡人之恤：加点。

彼修蜷羞心……贻虎豹食：加圈。

祝曰：尸虫逐……敢告于玄都：加圈。


○《斩曲几文》

后皇植物，所贵乎直：加点。

度焉以几……以辅其德：加圈。

断兹揉木，以限肘腋：加点。

或因先容……制器以安：加圈。

且人道甚恶……在膝为挛：加圈。

问谁其类，恶木盗泉：加点。

今我斩此，以希古贤：加点。

去恶在微，慎保其传：加点。


○○○《宥蝮蛇文》

后人来触死茎，犹堕指、挛腕、肿足，为废病：加点

余曰："汝恶得之？：加点

曰："榛中若是者可既乎：加点。

密汝居……且彼非乐为此态也：加圈。

余悲其不得已而所为若是，叩其脊，谕而宥之：加圈。

缘形役性……焉得而行：加圈。

余力一挥，应手糜碎：加圈。

尾：储同人曰：先生骚文，命题曰骂、曰斩、曰宥、曰憎、曰逐，皆为贼贤害能之小人发也。然而宥愈乎曰："先生欲自持其身，无逢其害，故悲而宥之。"读是文，觉与其受宥无宁受骂、受逐、受憎，犹为愈乎尔。


○○《憎王孙文》

猨、王孙居异山，德异性，不能相容。猨之德静以恒：加圈。

故猿之居山恒郁然。王孙之德躁以嚣：加点。

故王孙之居山恒嚣然：加点。

湘水之悠兮……恶者王孙兮，善者猿：此二句本是说猨之善，却先嵌王孙之恶，下文紧接憎字。加圈。

王孙兮甚可憎……胡不贼旃：加圈。

王孙兮甚可憎……胡独不闻：加圈。


○○○《哀溺文》

不应，摇其首：加点。

又摇其首，遂溺死：加点。

且若是，得不有大货之溺大氓者乎：加圈。

吾哀溺者之死货兮，惟大氓之为忧：加圈。

呼号者之莫救兮，愈摇首以沉流：加点。

龟鼋互进以争食兮，鱼鲔族而为羞：加圈。

前既没而后不知惩兮，更揽取而无时休：加点。

夫人固灵于鸟鱼兮，胡昧爵而蒙钩。大者死大兮，小者死小。善游虽最兮，卒以道夭：加圈。

民既贸贸而无知兮，故与彼咸谧为氓：加圈。


○○○《招海贾文》

咨海贾兮，君胡以利易生而卒离其形：加圈

君不返兮逝怳惚：加圈

视天若亩：加点

天吴九首兮，更笑迭怒。垂涎闪舌兮，挥霍旁午：加点

君不返兮终为虏：加圈

黑齿戭齾鳞文肌。三角骈列耳离披，反断叉牙踔嵌崖，蛇首稀鬣虎豹皮：加点。

涛搜疏剡戈铤：加点。

君不返兮以充饥：加圈

按：汪本"充"作"克"。

君不返兮卒自贼：加圈。

崩涛搜疏剡戈铤：加点。

君不返兮惷沉颠：加圈。

君不返兮乱星辰：加圈。

君不返兮魂焉薄：加圈。

君不返兮糜以摧。咨海贾兮君相乐，出幽险而疾平夷？恂骇愁苦，而以忘其归：加圈。

君不返兮欲谁须：加圈。

君不返兮谥为愚，咨海贾兮，贾尚不可为，而又海是图。死为险魄兮，生为贪夫。亦独何乐哉？归来兮，宁君躯：加圈。


○○《吊屈原文》

后先生盖千祀兮……擘蘅若以荐芳：加点。

冀陈辞而有光：截。

支离抢攘兮，遭世孔疚：以下是遭世孔疚。

华虫荐壤兮，进御羔褎：注云与袖同。左传：予狐裘而羔袖。

陷涂藉秽兮，荣若绣黼。槾折火烈兮，娱娱笑舞：加点。

谓谟言之怪诞兮，反寘瑱而远违：注云：瑱，以玉充耳。国语云：吾愸寔之于耳，是以规为瑱也。

何先生之凛凛兮，厉针石而从之：不从世而惟道是就。

委故都以从利兮……立而视其覆坠兮，又非先生之所志：去既不忍，坐视又不可，所以凛凛厉针石从之，而服道至死也。

滔大故而不贰：截。

先生之貌不可得兮……托遗编而叹喟兮，涣余涕之盈眶：屈子忠诚内激，中肠如焚，卒无救于楚，而世反以是为狂，此柳子所以增伤陨涕。

呵星辰而驱诡怪兮，夫孰救于崩亡：加圈。

耀娉辞之曤朗兮：曤，直视。

芊为屈之几何兮……怀先生之可忘：加圈。

铭

○○《武冈铭》

畏罪凭阻，遁逃不即诛：衬起下文。

不震不骞，如山如林，告天子威命，明白信顺：叙专务教诲意，见公之仁。加圈。

乱人大恐，视公之师如百万，视公之令如风雷：叙诲。

投刃顿伏，愿完父子，卒为忠信：含老幼云云，意见公之仁。加圈。

母弟生婿，继来于潭，咸致天庭：奉国之诚。

公为药石，俾复其性：发教诲意。

昔公不夸首级为已能力……大不为鲸鲵：加点。

鱼骇而离，兽犯而残：加点。

我涂四阓……既亡而存：加圈。

我始蝥贼……山畋泽献：注云：与鱼同。《周礼》有献人。加圈。

输赋于都……室我姻族：上云公示之门、公示之恩，就柳公施教说。此言由公而仁、由公而亲，就蛮人说。一意翻作两层，反复咏叹，淋漓尽致。

烹牲是祀……公宜百禄：加点。

有穴之丹，有犀之颠，匪曰余固，公不可赂：加圈。

○《寿州安丰县孝门铭》

寿州刺史臣承思言：加圈。

此皆陛下孝理神化，阴中其心，而克致斯事：加点。

性非文字所导……以表列异：加圈。

捧土濡涕……亦相其哀：加点。

尾：此坡公表忠观碑之权舆也。

○《井铭》

噫！畴肯似于政，其来日新：加圈。

赞

○○○《梁丘据赞》

曷贤不赞，卒赞于此。媚余所仇，激赞有以：加圈。

曷贤不赞？卒赞于此。媚予所仇，激赞有以：加圈。

岂惟贤不逮古，嫛亦莫类：加圈。


第二集卷之八祭文


○○《舜庙祈晴文》

帝入大麓……七政以齐：便关合祈晴。

今阳德偲候：注曰：偲，与愁同。

泛滥畴陇，陂陁圃畦：畴陇、陂陁圃畦六字，皆承"泛滥"二字。

敢望诛黑蜮：注曰：蜮，音戾，神蛇也。加圈。

抶阴蚬：注曰：抶，音秩，击也。蚬与霓同。加圈。

式干厚土……为酒为醯：注曰醯，即酰字。○得此二句方满足。加圈。


○《雷塘祷雨文》

惟神之居，为坎为雷，专此二象，宅于岩隈：切雷塘。加圈。

神惟智知，我以诚往。苟失其应，人将安仰：加点。

敢用昭告，期于胁蠁：注曰：胁，黑乙、许讫二切。蠁，音享，犹冥漠也。

腾波通气，出地奋响：加点。


○○《禡牙文》

黄姓陋蘖：注曰：蘖，鱼列切。蘖通用。

官臣某：注曰：《左传》襄公十八年：某官臣实先后之。注：官臣，守官之臣。加圈。

钦率邦典……敢告无纵诡类，无刘我徒：《左传》：蒯聩祷曰：敢告无绝筋，无折骨，无面伤，以集大事，无作三祖羞。加圈。

咸完于义躯……以靖离之隅：注曰：南方也。加圈。


○《祭井文》

惟神蓄是玄德，演为人用：注曰：《国语》：夫水土演而为民用也。注：水土气通为演。

惟昔善崩，今则坚好，惟昔逦石：注曰：逦一作匜。加点。

发自玄冥，成于富媪：注曰：前汉郊祀歌：后土富媪。注：坤为母，故称媪也。加圈。

克长厥灵，不爱其宝：加圈。


○《禜门文》

诸阴既闭：注曰：董仲舒推阴阳所以错行求雨，闭诸阳，纵诸阴其止雨。
反是。

休征未获。敬用瓢齐：注曰：《周礼》：鬯人禜门用瓢齐杜子春。音资。

以展周索：注曰：《左传》丁公四年：周索注索法也。又曰：《周礼》：国索
鬼神而祭祀，乃蜡祭也。


○○○《祭穆质给事文》

自古直道，鲜不颠危：王意。加圈。

祸之重轻……形躯获宥，三黜无亏：为当时斡旋。○以上是揔笼生平。

天子动容，敬我直辞：已下皆叙其直道。加点。

封还付外……惟公在斯：加点。

黜刺南荒……邈矣高标，谁嗣于后：再就为给事直言，咏叹四字。加点。

殄此遐寿。呜呼哀哉：截。

公之伯仲，信惟先执：就穆质串出质之兄赞及己之父赞，不惟波澜极阔，
乃所以为己之于质及质之于己二事生根。加圈。

入琐琐其徒，榜讯愈急：加点。

噫我先君……大忤三揖：加圈。

左官蹙国，义夫掩泣：子厚之父镇，以平反穆赞狱坐贬夔州司马。

邪臣既黜，乃进其级：旧注以为窦参贬台质为刑部郎中，非也。子厚之父
镇为侍御史，以穆赞狱忤窦参，坐贬。参败，镇复为侍御史，此正指镇复官言
之。盖此是上承左宦云云，下起虔虔小子，夙奉遗则也。且注云召质为刑部郎
中，夫上文言穆赞以鞫狱忤权奸，与质何与？而此进其级乎？○此处子厚叙其
父平反质之兄狱，即就此滚出己之见质被摈，而欲救之而不能。又就己之不能
救质滚出质之不能救己。叙法甚巧，非寻行数墨者，所能知也。

虔虔小子，夙奉遗则：子厚就其父串出自己，结上起下。加圈。截。

公在郎位：前叙质以对策为补阙，及为给事，事乃是以直道作一类，叙其
在郎位见摈，却在此另点。加圈。

惟韩洎刘，同愤沾臆：加圈。

道之不行，衔愧冈极：子厚欲救穆而不能。截。

会逢友累：加点。

曾莫自安：质欲救子厚而不能。

有涕汍澜：截。


○○○《祭吕衡州温文》

呜呼天乎：呼天说起，悲愤之甚。加点。按：此选文以"呜呼天乎"为首句，前略"维元和六年，岁次辛卯，九月癸巳朔某日，友人守永州司马员外置同正员柳宗元，谨遣书吏同曹、家人襄儿，奉清酌庶羞之奠，敬祭于吕八兄化光之灵"句。

君子何厉，天实仇之，生人何罪？天实雠之：加点。

聪明正直，行为君子。天则必速其死：发天仇君子意。

道德仁义，志存生，天则必夭其身：发天雠生人意。

吾固知苍苍者之无信……故复呼天以云云：故复二字，与吾固知相应。加圈。

道大艺备，斯为全德：原本尧舜之道，仲尼之文，化光之行，为君子如此，而志存生人意亦包含在内。○惟行为君子，故志存生人。

佐王之志，没而不立：上不曾醒出志存生人，故特钩清。

岂非修正直以召灾，好仁义以速咎者耶：应正直仁义。截。

兄实使然：说入自己，与上道德组合。截。

积乎中不必施于外，裕乎古不必谐于今：承上道大艺，备召灾速咎。

贪愚皆贵：对官止刺史。加圈。

险很皆老：对年四十。加圈。

则化光之夭厄，反不荣欤：加圈。截。

蚩蚩之民，不被化光之德：君子不以夭厄动念，独生人之不被其德，为可恸耳。照上佐王之志，没而不立。

海内甚广……使斯人徒，知我所立：对上佐王之志，没而不立。加圈。

今复往矣……临江大哭，万事已矣：连下四矣字，是决绝之词。加圈。

穷天之英，贯古之识，一朝去此，终复何适：此段照上获友君子说来。上言得化光而知道，此言化光死，而吾道息，而己之志亦死，所以怨深而毒甚也。截。

呜呼化光，今复何为乎？止乎行乎，昧乎明乎：已下从《卜居》变出，《卜居》用"宁"字、"将"字，此用"岂"字、"将"字。

彼且有知，其可使吾知之乎：忽搭入自己。

○《为委京兆祭杜河中文》

天子有命，总其戎车：就其为帅逆叙起。

何以邦之……有山有河，殿此大都：三百篇句法。加圈。

呜呼哀哉：截。

大历之岁，诏征茂才：已下追叙，皆将自己夹说，所谓循念平昔也。

谁谓河广？愿言莫由：加点。

假以羽翼……赤绂在股：加点。

报恩无所：截。


○《祭李中明文》

唯毁死亏礼，其他莫惩兮：加点。

外温其颜，内类直绳兮：加点。

胡茫茫其不信："胡"字加双点。

岂韬忠哀信："岂"字加双点。

将教言吾欺："将"字加双点。

水之绵绵……纡委硍礚兮：加圈。

尾：用橘颂体。


○○《又祭崔简神枢归上都文》

嘻乎崔公之枢：点清枢，与寻常祭文不同。加圈。截。

嘻乎崔公！楚之南，其土不可以室：加圈。

或玢而颓：注曰坋，符吻切，尘也。

或确而崒：注曰确，音悫，山多大石。崒，昨没昨律二切，诗注云：崒者，崔嵬也。

阴流泄漏，谶没渝溢：注曰：谶，思廉切。

不如君之乡，式坚且密：加圈。截。

嘻乎崔公！楚之南，其鬼不可与友：加圈。

躁戾佻险，睒眒欺苟：注曰：睒，矢冉切，暂视貌，又惊视貌。眒，书刃切，张目也。

脞贱暗習：注曰：古忽字。

不如君之乡，式和且偶：加圈。截。

尾：从楚词《招魂》来。句句切枢，归其即言南土之恶。死者乐其归去，正见生而留者之可悲。

○○《祭外甥崔骈文》

呜呼！天恦灵奇……抽深抉密，担重揭贵：发贪于取意。加圈。（按：汪份删篇首"祭于卿郎之魂"句。）

守吏失职，诉帝行事。果殄尔躬，以宁其位：以古笔写其悲愤。加圈。

其何以为累也：截。

心魂徘徊：截。

戏抽佛筴：注曰：筴即策字，今谓之签。

忍是阴诛：截。

葬之东野……何托何逝：加点。截。

少陵之隅……以沾以涂：加点。

○《祭弟宗直文》

两房祭祀……尔曹则虽有如无：加点。

不绝如线：截。

岂有眞宰：截。

志愿不就，罪非他人：加圈

益复为媿：截。

吾身未死，如汝存焉：截。加圈。

炎荒万里……岂知此痛：加圈。

诔

○○《衡州刺史东平吕君诔》

君由道州以陟为衡州：加点。

余居永州，在二州中间：加点。

其哀声交于北南，舟船之下上，必呱呱然：加圈。

盖尝闻于古而观于今也：截。

君之志与能不施于生人……不知二者之于君其末也：加点。

麟死鲁郊……故洁其仪：加圈。

道不胜祸，天固余欺：加圈。

鸣呼哀哉：截。

爰耀其特：加点。

圣人有心，由我而得：加圈。

与古同极：截。

謟谀具畏：截。

恩疏若昵……而抚于家：加圈

由蚕外邑……我黍之华：加圈。

号呼南竭，讴谣北溢：加点。

欺吏悍民……归诚自出：加圈。

惟昔举善……不竭而足：加圈。

俾民伊怙，而君不寿。矫矫贪凌，乃康乃茂：加圈。

鸣呼哀哉：截。

恒是悬罄……葬非旧陌：加圈。

鸣呼哀哉：截。


哀辞

○《杨氏子承之哀辞》

死者静兮生者愁，子之淑兮徒增忧：加圈。

尾：九歌之遗。


○○《哭张后余辞》

与之居……辩而归乎中：加点。

人咸痛之曰：加点。

激者曰：加点。

然后馀不与谄冒者同贵……遂哭之以辞：加圈。

吾见皤皤而童……子之迹不混乎其间者幸也：加圈。

道施于人……其无过乎：加圈。


题跋

○○《读韩愈所著毛颖传后题》

不能举其辞，而独大笑以为怪：加点。

信韩子之怪于文也：即借其怪字为说。储云：即借彼矛。加圈。

世之模拟窜窃……其大笑固宜：加圈。截。

且世人笑之也……而俳又非圣人之所弃者：加点。

大羹玄酒，体节之荐，味之至者：再拓开。加圈。

而又设以奇异小虫……独文异乎：加圈。

而不若是……不可以不陈也：加圈。截。

而贪常嗜琐者……亦劳甚矣乎：加圈。


第三集卷之二四六表状牒启一


○○《礼部贺册尊号表》

注曰：当题为柳州贺尊号表。

唯有徽号，是彰中兴，所以上探天心，下极人欲：沈云从功德说到徽号，虚冒通篇大指。

万国觖望，百功愁思：沈云：此亦从功德说到徽号，申明前段意勖臣四句。立言有体，上如此厚，待乎下，下乃思报乎上，以见上尊号，非夸美具文善于回护。

是以启元和之盛典，延昊穹之景祚：加点。

实曰圣文：加点。

时惟神武，运行有法天之用，变化乃应道之方：沈云：点徽号，字面词句，质寔却亦工鍊。加点。

臣获守蛮荒，远承大典：句读用点。

潢污比陋……山呼愿同于万岁：加圈。

无任庆贺屏营之至：句读用点。

尾：储同人曰：尊号既唐帝陋习，而公在礼部时，诸贺表亦无足存。此为元和十四年再上尊号而贺。公刺柳已数年矣。笔力较前大异，潢污一联尤警拔。

韩公不屑为四六之文，只将平日文略加整齐而已。若子厚则穷极工巧，不但极唐人伎俩，且得子山风味。


○○○《礼部贺甘露表》

臣某言……伏惟皇帝陛下：句读用点。

朝光初烛……畏景转炎，更瀼瀼而未已：切未时，又出一大含降未止。加圈。

然则零其庭而着异，纪于年以标奇：注曰：汉宣帝。

执并兹日：截。

况树有丁香之珍，殿即延和之号：更就延和殿、丁香树点缀。○又山阴县移风乡百姓王朝献嘉瓜，礼部贺表云：质惟同蒂，见车书之永均；地则移风，知化育之方始。就移风乡点缀，同此笔法。

所以着芳风之远播，期圣寿于无疆：加圈。

臣谬承渥泽……倍万恒品：句读用点。


○○《礼部贺白龙并青莲花合欢莲子黄瓜等表》

臣某言……并神龙寺前合欢莲子：以内地生此二者作主。句读用点。

动植遐迩……陈其嘉应：动植遐迩四句，虚虚包括。加点。

顿首顿首：句读用点。

叠瑞重祥，累集宫禁：先提清内地。"宫"字旁三点。

池莲表异，灵化非常：二句揔青莲花及合欢、莲子作主。加点。

敷彼青光……验祥经而甚稀：四句分讲青莲花合欢莲子。加点。

积庆旁流，自中徂外：自内地说到沧州、盐州。加点。

遂使龙腾白质……瓜合黄中，表圣更彰于土德：分讲白龙黄瓜。加圈。

远通边徼，近出苑园：从边徼打转内地。加点。

惠彼群生，自为嘉瑞：加点。

尾：题有四件，殊难包括，故抽出中间内地所生二者作主，以贯前后。录此以为式。○题中止二事，则对联中须分贴，如贺日有《五色云表》，须将日与云双关说去。《谢御书周易尚书表》，须将易与书双关说去是也。○柳集《京兆府贺嘉瓜白兔连理棠树表》云：神瓜合形，式表绵绵之庆；异棠连质，用彰烨烨之荣。况金风发祥，白兔来扰，告有秋之嘉应，着成岁于神功。按题中有三事，故用递讲法。瓜棠是一类，兔又一类，故从瓜棠说至兔，虽兔与瓜同是一人所进，棠又是一人所进，然只以类相从，一人所进，可分开递讲。二人所进，可合来对说也。○彼以动植分，此表以远近分，因题制变，无所不可。


○○《为王京兆贺雨表一》

臣某言……即须祈祷：句读用点。

今日便降甘雨者：加三角形。

天且不违……时雨将天泽并流：是时方奉旨，尚未祈祷，措词最切。加圈。

臣某诚欢诚庆，顿首顿首，伏惟皇帝陛下：句读用点。

宸衷暂惕……圣谟既宣，遂洽漏泉之泽：切方奉旨。加圈。

霮霮周布：霮，徒感切。霮，徒对切。霮霮，云貌。

官吏欢呼，见天心之默喻：沈云野夫四句，收得方奉旨，便降甘雨，意足。

涓滴无助：加点。

无任感悦屏营之至：句读用点。


○○《王京兆贺雨表三》

臣某言……甘雨遂降：句读用点。"甘雨遂降"加三角形。

伏惟皇帝陛下：句读用点。

未成旱暵之虞……众灵受职，荟蔚且跻于南山：按《毛传》：荟蔚：云兴貌。此切云合。

百谷仰荣，滂霈遂沾于东作：此切雨降。左传如百谷之仰膏雨。加圈。

睿谟朝降，膏泽夕周：切欲祷即雨。加点。

然则周王徒勤于方社，殷帝虚美于桑林：沈云：周王二句反衬遂降二字，得此一折，文致便曲。

未祷而先应：加点。

尾：沈维学曰：用笔与前篇同。只就"甘雨遂降"四字意曲曲描写。更无一语芜词，锻鍊精工，又其余事。


○○《贺亲自祈雨有应表五》

臣某言：臣得上都院官金部员外郎韩述状报，以时雨未降，亲自于龙堂祈祷："亲自"旁加三角形。

有灵禽群翔，自成行列，如随威凤，以翼龙舟：加点。

故得瑞鸟迎舟，掩商羊之舞：就灵禽写降雨，又切亲自祈祷。加点。

仙云覆水，协从龙之征：切亲祷。

自中徂外，皆荷生成，雨公及私，靡不硕茂：加圈。

臣以庸虚：句读用点。

谬司垣翰，有年之庆，惟圣之功：加点。

臣某不任踊跃屏营之至：句读用点。

尾：沈惟学曰：用笔亦与前篇同。句句作亲自二字意。不填一笔祈雨泛语。自中徂外四句，语尤古茂。雨公及私，对自中徂外，尤变化不测。作四六文，知此用事法，方不呆板。律诗对仗亦须如是，方超脱不群。

○○《为裴中丞贺克东平赦表》

臣某言：句读用点。

伏奉月日德音，以淄青荡平，褒功宥罪：句读用三角形。

布告遐迩者：句读用点。

每致阳和；雷霆既施，必闻膏泽：此是贺克东平肆赦，与后专贺破东平者不同，此四句即就"克贼肆赦"着笔。

阻兵怙乱者，必就枭擒：只此二句，就克贼说。下文俱就赦说。

然则虞巡可复……汉典方行，讲礼再荣于阙里：沈云：收到文治上用事妙，与东平关合。加圈。

臣谬膺重寄，获睹太和，抃蹈之诚：句读用点。

谨巳施行郡邑，宣示军戎：句读用点。

莫不动地欢呼，若醉千钟之酒；腾天鼓舞，如闻九奏之音：加圈。

无任庆贺踊跃之至：句读用点。

尾：沈惟学曰：贺表本属称美文字，然使但说军容之盛，宽大之德，则与今人作时务表无异矣。好在从赏功追邮、足食安民上着笔，斯为颂扬有体。

○○《柳州贺破东平表》

臣某言：即日被观察使牒：句读用点。

帝德广运……天地贞观：加点。

率土臣……伏惟睿文圣武皇帝陛下：句读用点。

殊类稽颡，群疑革心：沈云：从克平吴夏蜀蔡说来，因是一时事。如此说起，愈觉铺扬阔大。

唯此凶妖，尚闻悖慢：沈云：东平悖慢一笔叙过，下但形容破之之捷，与裴中丞作迥别。

旌旗烛耀于洪河……无俟耿、陈之战：加圈。

介丘雾息，已望翠华之来；沂水风生，更起舞雩之咏：沈云：收到文治，俱是立言之体。加圈。

臣守在蛮荒，获承大庆，抃跃之至，倍万常情：句读用点。

尾："旌旗烛耀于洪河，金鼓震惊于灵岳。介丘雾息，已望翠华之来；沂水风生，更起舞雩之咏"，《词学指南》载此六句，为铺叙形容之法。

○○○《为裴中丞贺破东平表》

臣某言……率土臣子庆抃无涯：句读用点。

鬼得而诛：加点。

天夺其魄：加点。

不自妖孽，曷彰圣功：沈云：不自妖孽二句，笼罩二大段文字。加空心点。截。

尽睹升平：截。

伏以师道席父祖以作威，苞海岳而专禄：沈云：已下明上所谓"不自妖孽"也。

恃东秦十二之险，诱临淄三七之兵：东秦十二，临淄三七，对甚工。加圈。

窃据一方，岁逾五纪：跟上"席父祖"。

朝宗之地，旷若外区；封祀之山，隔成异域：就上"苞海岳"描写。加圈。

历圣垂德，曾未悛心，馀孽滔天，果闻折首：沈云：历圣四句，承上转下，脱卸无痕。加点。

遂使云亭有主，知玉牒之将封：应封祀之山。加圈。

辽海无虞，见石碏之已至：应朝宗之地。加圈。

金石可贯，龟筮必从，克成不战之功，遂洽无为之理：沈云：此一段明上所谓曷彰圣功业。又云收到文治。加点。

臣谬司戎旅，远守方隅：句读用点。

抃蹈欢庆，倍万恒情：句读用点。

尾：沈惟学曰：先揭不自妖孽两句立案。后二段分应。词句华瞻赡，章法严谨。〇自贺表东平悖慢乱，一笔叙过，只做破之之捷。此极言东平凶顽一段，然后转出圣功之神。前作高卓，此作典丽。学者并读之，可悟作文变化之法。

〇〇〇《代裴中丞贺分淄青为三道节度表》

臣某言：伏见某月日制：句读用点。

蛇豕之穴，忽为乐郊；氛沴之馀，尽成和气：沈云：虚笼通篇大指，破题最为稳括。加点。

伏惟皇帝陛下：句读用点。

复升平之土宇，拔妖孽之根源：加点。

山川备临制之形，道涂适征徭之便：加圈。

赐履以宁。异青、兖之封：加点。

解曹、卫之地：加点。

足使季札观鲁，更陈南钥之仪：顶上儒风句。〇储云：南钥，文王乐也。借言鲁地礼乐复兴，作四六体，每于假借见巧。

山甫徂齐，复正东方之赋：顶上农事句。加圈。

臣总戎远地，不获陪贺阙庭：句读用点。

尾：元和十四年，分李师道所官十二州为三道。以郓曹濮为一道，淄青齐邓莱为一道，觉海沂密为一道，此表极为精切。○子厚又有《贺中书门下状》云：鼠无夜动，鹊变好音。亦佳绝。


○○《代韦永州谢上表》

臣某言……累更事任：句读用点。

俗参百越……重困疲人：加圈。

分灾本出于一时……惧力劳而功寡：加点。

无任感恩殒越之至：句读用点。

尾：沈维学曰：谢词数语揭过，下只叙永州之难治，惧职分之难称。意争上截，语尤高古。


○○《为武中丞谢赐樱桃表》

使发九霄，集繁星而积耀；味调六气，承湛露而不晞。盈眦而外被恩光，适口而中含渥泽：加圈。

岂图君子所先，遂厌小人之腹：加点。


○○《为武中丞谢赐新茶表》

臣某言：中使窦某至，奉宣圣旨，赐臣新茶一斤者：句读用点。

大明首出，得亲仰于云霄；渥泽遂行，忽先沾于草木：加点。

照临而甲拆惟新，煦妪而芬芳可袭。：加圈。

衔恩敢同于尝酒，涤虑方切于饮冰：加圈。

抚事循涯，陨越无地：句读用点。（按：此文删末句"臣不任感戴欣抃之至"。）


○○《代人进瓷器状》

右件瓷器等，并艺精埏埴：注曰：埏，音膻，和土地埴承戢切，粘土也。句读用点。

禀至德之陶蒸，自无苦窳：注曰：窳，游甫切。空也。病也。

且无瓦釜之鸣，是称土铏之德：加圈。

既尚质而为先：注曰：《礼记》：郊祭器用陶匏尚质也。加圈。

亦当无而有用：注曰：《老子》：埏埴以为器，当其无，有器之用。加圈。

谨遣某官某乙随状封进。谨奏：句读用点。

尾：沈维学曰：作此等题，本与赋物诗相似，必须精细稳贴，方为名手。此文无一字可移向别物去。


○《贺平溜青后肆赦状》

某官某乙右某伏奉二月二十二日德音……抃跃无穷：句读用点。

威暂行而德洽，诛才及而恩加：加点

涤山川之旧污，申节义之馀冤。功多受三事之荣，节着有十连之宠：加圈

某忝司戎旅……当伊尹无耻之辰……无任庆贺之至：句读用点。"当伊尹无耻之辰句"句之"无耻"加竖线。


○○○《代裴中丞上裴相贺破东平状》

右伏以逆贼李师道克就枭擒……辄复披露：句读用点。截。

此皆上下齐志……而陈力甚易：加圈。截。

岂若合下挺拔英气："岂若"加圈。

独契圣謩……庙略初定，异议纷然，诋讪盈朝，姜斐成市：对上文上下齐志，中外悉心，以见古人之易而今之难。加圈。

则驰使而革心：叙前功，即托起本事。

况师道恶稔祸盈："况师道"三字旁加点。

遂令率土之人，尽识太平之理：加点。

神化允属于圣君，崇勋实归于宗袤：加点。

庆贺之至，倍万恒情：句读用点。

尾：储同人曰：一气舒卷，骋议论于声律排偶之中，坡公表启，滥觞于此。

按：储欣《河东先生全集录》卷六：一气舒卷，骋议论于声律排偶之中，坡公表启，滥觞于此。


○○○《为桂州崔中丞上中书门下乞朝觐状》

右某幸遇文明，叨承委寄：句读用点。

相公膺贤辅圣，大叙彝伦：句读用点。

企鸾鹭于紫霄……子牟之恋空积：加圈。

入天子之国……敢希荣于下客：加圈。

无任恳祷屏营之至。轻渎威重，战汗伏深。谨状：句读用点。

清代柳文评点研究

尾：沈纬学曰：企鸾鹭于紫霄四句，伸想望之情，况正月四句，明有进朝之列，岂使二句，言无使想望空如古人之切，数层一气流转，词旨恺切，上二联尤妙在对句不板，使事活泼。又云入天子之国，双手有力。又云四六最忌纯用铺排，词余于意。此篇真语不多而情益挚。

○○○《为裴中丞伐黄贼转牒》

当管奉诏……前牒奉处分：句读用点。

恃狡兔之穴，铨伏偷安；凭孽狐之丘，跳踉见怪：尚未尽除。加点。

恣其毒虐，速我诛锄：加点。

敌国尽在于舟中，过师已期于席上：下文所谓正当天讨之辰。○从衽席上过师见《赵充国传》。储本作"还师"，非也。

谓宜投戈顿颡："谓宜"加点。

而乃缮兵补卒，增垒闭途：下文所谓"更积鬼诛之罪"。加点。

正当天讨之辰，更积鬼诛之罪：揝上二句作一束。○以上皆言其恶未除，以下是言除恶集功之易。加点。

众轻斗蚁，勇劣怒蛙：加点。

纤缟当强弩之初，孤豚偾肥牛之下：注曰：偾，方问切。仆也。《左传》昭公十三年：牛虽瘠偾于豚上，其畏不死。○二句用翻案法，妙甚。○即透出己之强势。加圈。

眇忽蜂腰，虚见辱于齐斧：注曰：齐，如字，又侧皆切。张轨云：黄钺，斧也。张晏云：整齐也。加圈。

突梯鼠首，滥欲寄于旄头：注曰：梯，音脱。加圈。

剿绝有时，不索何获：二句束上起下。○以上言贼之陋微，以下言己之强勇。截。

某拱稽致命：注曰：《国语·吴语》：拥铎拱稽。注：拱，持也。稽，棨戟云。或云：稽计兵名籍。

战士义激于身心，列校势成于臂指：沈云：义士二句写得尤有声势，不独语工。加圈。

镢张之技，尽出于山林；拔距之材，遍征于川洞：四句就战士列校描写。

赏悬香饵，令布疾雷：加点。

莫不鼓舞戎行……投躯不恡于羽檄，跂足惟俟于牙璋：未受命前一层。注曰：《周礼》典瑞注：牙璋琢以为牙。牙齿兵象，故以发兵。加圈。

神飞首勇，足蹈心驰：加点。

欢声洽于万夫，胜气横于千里：沈云：言战斗之苦，却出众心之所共悦，写得有声势。加圈。

国容不入……土已填于左阖：加圈。

所期戮力，敢告同心：二句引出下文。加点。截。

兵精食浮，为日固久：顶上"戮力"、"同心"，孔大夫另叙，下以杨李二中丞对叙。

南则浮海济师，共集堂堂之阵，东则横江誓众，用成善善之功：描写戮力同心。

征侧之勇冠一方……吕嘉之威行五岭，终摧下濑之师：衬起陋微。加圈。

嗟此陋微，自贻擒灭：《词学指南》载此六句为式。○转到黄贼收在己之强勇内。○平南粤者路博德杨仆之功，下濑将军兵未下南奥已平。此文谓吕嘉为下濑所摧，误也。加圈。

勉成良画，速致殊勋：对起处恶除功集。

虽荒徼之地……将自此而何事：收昌期兴运。加圈。

事须移牒邻管，以成掎角。举牒者：句读用点。

尾：《四六法海》曰：其尘垢粃糠，犹将陶铸王骆。

沈维学曰：词严义正，无一语不光焰，斯为四六大手笔。

第三集卷之五

○《柳州文宣王新修庙碑》

仲尼之道，与王化远迩：加圈。

惟柳州古为南夷，椎髻卉裳，攻劫斗暴：极言柳之陋，含夫子语。

虽唐、虞之仁不能柔，秦、汉之勇不能威：衬起唐。

至于有国：至唐也。

学者道尧、舜、孔子，如取诸左右：去陋本儒，见得夫子之教行于是邦。加点。

中州之士，时或病焉：托起柳。

然后知唐之德大以遐，孔氏之道尊而明：发与王化远迩意极醒。○本是言夫子之教行于远而使之去其陋，却以唐之德及于远，双关说。不但是本朝文字体，而文气亦不单薄。加圈。截。

丁末：句读用点。

十月乙丑：句读用点。

尾：方是柳州孔子庙文。〇《箕子碑》行文似方，故不选。内一段云：当其周时未至，殷祀未殄，比干已死，微子已去，向使纣恶未稔而自毙，武庚念乱以图存，国无其人，谁与兴理？是固人事之或然者也。然则先生隐忍而为此，其有志于斯乎？《文章规范》节取之，（按：原文为"规"，应为"轨"。）称为天地间不可多见。惟杜牧之绝句一首似之。题《项羽吴江庙》云：胜负兵家不可期，包羞忍耻是男儿。江东子弟多豪俊，卷土重来未可知。按：此乃谢公教学者以翻案法也。从此悟入，出笔自有新采。附记于此。


〇《终南山祠堂碑》

贞元十二年：句读用点。

虔承圣谟：加点。

神道感而宣灵，人心欢而致和：句读用点。

惟终南据天之中，在都之南，西至于褒、斜，又西至陇首，以临于戎；东至于商颜，又东至于太华，以距于关。实能作固，以屏王室：加点。

今其神又能对于祷祝，化荒为穰，易沴为和：加点

非我后敬神重谷，则曷能发大号尊明灵？非我公勤人奉上，则曷能对休命作新庙：加点。

愿颂帝力，且宣神德，永着终古：加点。

皇帝垂德，制定统极，神道泰宁：三句一韵。


〇《柳州司马孟公墓志铭》

原题为：《唐故安州刺史兼侍御史贬柳州司马孟公墓志铭》。

敢请刻辞：截。

服丧终期：孝。

贬柳州司马：已上叙历官，已下叙行事。截。

政出一切，吏以文持之：加点。

尝立廷中毅然，望之若图形刻像：貌严于外。加圈。

闻国难，辄不寝食，谋度愤咤：志专于中。加圈。截。

以故病不可治：抽出志貌叙一段，以见其忠。

忠孝孔明："忠孝"两字两圈。

代山丸丸，植柏与松。其名惟何？忠孝孟公：加圈。"忠孝"两字两圈。

尾：李惠时曰：先叙历官，次叙行事，其叙行事也，以志专于中、貌严于外为主，即就二句结出疾不可治。不另起一头。

○○《吕侍御恭墓志》

延之生渭……或以为字：句读用点。

读从横书……作文章咸道其志云：加圈。

又曰：由吾兄而上三世："又曰"加点。

以试守军卫佐加协律郎……祔葬于大墓欤志：句读用点。截。

吕氏之道恶乎兴：字旁加圈。

汹汹之风乎不可追，有志之大乎今安归？吕君去我死乎吾谁依：字旁加圈。

○《覃季子墓铭》

覃季子，其人生爱书，贫甚，尤介特，不苟受施："生爱书，贫甚，尤介特，不苟受施"加空三角。

某年月日死永州祁阳县某乡。将死，叹曰：句读用点。

宁有闻而穷乎……将溷而遂乎：加圈。

困其独，丰其辱：字旁加圈。

○○《故襄阳丞赵君墓志》

贞元十八年月日：加点。

客死于柳州，官为钦葬于城北之野：先提清。

来章日哭于野，凡十九日，唯人事之穷：引出卜来，不苟。

乙巳于野，宜遇西人：就卜生出叟来。

深目而髯，其得实因。七日发之，乃觏其神：摹左氏。

明日求诸野：应"乙巳"。

有叟荷杖而东者：应上西人。

直社之北二百举武：应冢土。

吾为子菆焉：注云：菆束茅表位叔孙通传。

辛亥启土：应七日之发之。

神付是叟，以与龟偶：就叟，纽合卜。

先没而祔之：截。

曾祖曰弘安，金紫光禄大夫、国子祭酒：三代逆叙。

訵也挈之，信也葹之：卜、叟并起，挈鑽龟也。加圈。

锡之老叟，告以兆语：以叟运化卜。加圈。

百越蓁蓁，羁鬼相望：二句极力衬来章之孝。加圈。

尾：先得卜，后遇叟。文中前就卜顺生出叟，后从叟逆纽合卜。铭中卜叟并起，用顺。中间以叟运化卜，用逆。


○《故秘书郎姜君墓志》

然其间在蜀、汉、荆、楚以大诸侯命守州邑，辄以劳称：储云：一转，见崿非不材，朝廷自少恩耳。

都督御史中丞裴公曰："噫，帝戚也：储云：呜咽。


○○《故连州员外司马凌君权厝志》

卒于桂阳佛寺：截。

先是六月，告于州刺史博陵崔君曰：王志坚曰：首述死时之言，则其聪敏才具可知。后但平平叙置，而哀怨之意自见。

臣道无以明乎国，子道无以成乎家：含母不得归意。

又告为老氏者某曰余生于辰，今而寓乎戌，辰、戌冲也，吾命与脉叶：串。

吾命与脉叶，其死矣乎！吾罪大，惧不克归柩于吾乡，是州之南，有大冈不食：尤凄切。加圈。

吾甚乐焉……咸如其言云：加圈。

勤以志为请：截。

呜呼：加点。

出货力犹弃粃粺：加点。

君独抗危词，以语同列王还，画其不可者十六七：叙其忠。加圈。

乃以旦日发丧：加圈。

居母丧，不得归……不食哭泣，遂丧其明以没：极写其孝，极写其酷。加圈。

盖君之行事如此，其报应如此：二句悲怨无穷。加圈。

孤四人，南仲、殷仲在夫人所：四子之名，二在前点，二在后点。

执友河东柳宗元，哀君有道而不明白于天下：应前学孔氏不能有示于后。加点。

离愍逢尤夭其生，且又同过，故哭以为志，其辞哀焉：加点。

噫凌君，生不淑：倒叙得罪，而死意说入。加圈。

道之颐……为之铭，志陵谷：曲折婉转，无穷悲怨。加圈。

尾：李蕙时曰：历叙其生平之材能，而报应乃刻酷如此，所以寓悲怨之意，发凄惋之思，非徒平直铺叙也。


○○《先夫人河东县太君归祔志》

先夫人姓卢氏……安祔于京兆万年栖凤原先侍御史府君之墓：此段句读用点。

其孤有罪……不得归奉丧事以尽其志：加点。

太夫人有子不令而陷于大僇……将不幸而有恶子以及是也：加点。

且志其酷焉：截。

有闻如舅氏之谓：加点。

某始四岁……皆讽传之：加点。

及长，皆为名妇：加点。

今将大做于后……吾未尝有戚戚也：加点。

诊视无所问……终天而止矣：加圈。

尾：李蕙时曰：叙夫人之贤孝。训诫之恳切，痛己之不得相养以生，相送以葬。末段声泪俱发，真以号哭为文章。


○○《志从父弟宗直殡》

从父弟宗直："直"加点。

时少闲，又执业以兴，呻痛咏言，杂莫能知：加圈。

力能累兄弟为进士：加圈。

艺益工，病益牢：加圈。

卧至旦，呼之无闻，就视，形神离矣：加点。

天实析余之形，残余之生，使是子也能无成：加圈。

俟吾归，与之俱，志其殡：加点。

尾：李蕙时曰：先提出好善疾恶，是立身根本。以下言其读书得疾，及所遇之穷，直叙而悲哀自生。


○《唐故给事中皇太子侍读陆文通先生墓表》

孔子作《春秋》千五百年："作《春秋》"字旁加三角形。

后之学者……君臣诋悖者，前世多有之：极言古今之不合、异同之难散，见得不能文圣人之道以通于后世：加圈。

甚矣，圣人之难知也：钩勒一句。收上引下。加圈。

有吴郡人陆先生质，与其师友天水啖助泊赵匡，能知圣人之旨：对针上圣人之难知。

是其德岂不侈大矣哉：截。

先生字某，既读书，得制作之本：对针上莫得而本。加圈。

而获其师友：应上啖、赵。加圈。

于是合古今……其事大备：加圈。

既成，以授世之聪明之上，使陈而明之：见得能文圣人之书而通于后世处。

故其书出焉，而先生为巨儒：加点。截。

用是为天子争臣：就春秋串下。○此篇只叙其明于春秋，其序历官行事，即用春秋运化，不如此便撇。加圈。

而道达乎上：加圈。

先生道之存也……遂相与谥曰文通先生：加圈。


○《先侍御史府君神道表》

刻兹石表：截。

先君讳镇……沧州清池令：此段句读用点。

士之称家风者归焉：截。

作避暑赋：加空心点。

先君独乘驴……观者哀悼而致礼加焉：加点。

由是贷其问：截。

既而以为天子平大难……作《三老五更议》《籍田书》，斋沐以献：加圈。《三老五更议》《籍田书》：又加空心点。

授左卫率府兵曹参军……授左金吾卫仓曹参军，为节度推官，专掌书奏，进大理评事：两"军"字"官""奏""事"旁加点。

作《晋文公三罪议》《守边论》：加三角形。

以为自下绳上，其势将殆：加圈。

作《泉竭木摧诗》：加三角形。

作《夏口破虏颂》：加三角形。

登朝为真：截。

会宰相与宪府比周：储云：藏。

作《鹰鹯诗》：加三角形。

局三年："年"加点。

作《喜霁之歌》：加三角形。

贞元九年，宗元得进士第："年""第"加点。

上曰："是故抗奸臣窦参者耶？储云：露。加圈。

吾知其不为子求举矣：加圈。

享年五十五。七月某日，葬于万年县栖凤原。后十一年："五""日""原""年"旁加点。

宗元由御史为尚书郎，天子行庆于下，申命崇赠，而有司草创颇缓。会宗元得罪，遂寝不行：此段句读用点。截。

太夫人范阳卢氏，某官某之女，实有全德，为九族宗师：此段句读用点。

元和元年五月十五日，终于州之佛寺，享年六十八：句读用点。

宗元不谨先君之教……又无以宁太夫人之饮食：加圈。


○○○《段太尉逸事状》

太尉始为泾州刺史：就太尉为泾州刺史时事作主。加点。

公诚以都虞侯命某者……使公之人不得害：加点。

如太尉请：加点。

又以刃刺酒翁，坏酿器，酒留沟中：加点。

尉尽辞去……太尉笑且入曰：写生手。

杀一老卒，何甲也？吾戴吾头来矣！"：《新唐书》改作"吾戴头来矣"，便不成语。


大乱由尚书出……然则郭氏功名，其与存者几何：一意作两层，叙极精彩。加圈。

言未毕：加点。

吾未晡食……邠州由是无祸：加点。截。

先是，太尉在泾州，为营田官：在泾州未为刺史时。○此用"先是"，后用"及"字，一在前，一在后，用此虚字联络。加点。

是岁大旱，野无草：加点。

即自取水洗去血……然后食：加点。

凡为人傲天灾、犯大人、击无罪者，又取仁者谷，使主人出无马，汝将何以视天地：揽上意，再说一遍，极精彩。加圈。

谌虽暴抗……一夕自恨死：加点。截。

及太尉自泾州：加圈。

以司农征：去泾州入为司农。加点。

太尉为人……决非必然者：加圈。

尾：文凡三事。以中间一事作主，若顺序便无法。


○《种树郭橐驼传》

因舍其名，亦自谓橐驼云：茅云：以上了橐驼名。

且硕茂蚤实以蕃：吕云：应在后。

能顺木之天，以致其性焉尔：茅云：借议论叙事，精錬之文。

凡植木之性：加点。

其莳也若子，其置也若弃：娄云：要紧全在此。加点。

非有能蚤而蕃之也：娄云：此即孟子毋助长之说。

且视而暮抚……摇其本以观其疏密：娄云：形容助长之状，如亲见。加圈。

然吾居乡，见长人者好烦其令，若甚怜焉，而卒以祸：吕云：应他植者一段。加圈。

且暮吏来而呼曰……又何以蕃吾生而安吾性耶：加圈。

若是，则与吾业者其亦有类乎：吕云：一句收归。

吾问养树……传其事以为官戒：唐云：此本扬子问铸金得铸人。加圈。

尾：李蕙时曰：此小题大做法。通篇透写养树，至末结出养人，由分而合也。


○《梓人传》

所职寻引、规矩、绳墨，家不居砻斫之器：二句便含下意。

作于私家，吾收其直太半焉：唐云：以言语代叙事。

他日……余甚笑之，谓其无能而贪禄嗜货者：此处抑他一段。有波澜有情致。加圈。

梓人左持引……余圜视大骇，然后知其术之工大矣：唐云：结。加圈。

是足为佐天子、相天下法矣！物莫近乎此也：吕云：入正意。截。

犹众工之各有执伎以食力也：唐云此等处虽整而露筋骨。右衡云以后应上处，欠变化。

所谓相而已矣：截。

亦不谬欤：截。

或曰彼主为室者……亦在任之而已：又一层波澜。加圈。

余曰：不然……则曰"非我罪也"，可乎哉，可乎哉：吕云：反复说。加点。

余所遇者，杨氏，潜其名：结出姓名。

尾：唐荆川曰：此等文体，方不如《圬者传》圆转。然亦文之佳者。

吕东莱、娄迂斋称为抑扬好，一节应一节，而荆川则嫌其体方而不圆。又谓整而露筋骨。荆川之论更精。

〇《宋清传》

宋清，长安西部药市人也：立案。"市"字加三角形。

市人以其异："市"字加三角形。

然谓我虽妄者亦谬：加点。

虽不能立报，而以赊死者千百，不害清之为富也：加圈。

或斥弃沈废，亲与交……一旦复柄用，益厚报清：另叙变化。

其远取利皆类此：加点。截。

世之言……幸而庶几，则天下之穷困废辱得不死亡者众矣，市道交岂可少耶：翻案。加圈。此段"市"字又加三角形。

清居市不为市之道……然则清非独异于市人也：本意。

按：全文"市"字加三角形。

清代柳文评点研究

看着每个字都可独立，但把每个字贯穿组合成文章时，一个新事物诞生了，成为表达事、情、物、理的艺术品。我们看这个艺术品时，每个字还是原来的模样排列着，又不是它自己，这个组合的新事物才是它。如同单身的人，拥有自己的名字，但结了婚，就有了家。这个艺术品就是文字的家。

整理抄录过程是艰辛而快乐的，阅读是折磨而快乐的，尤其是面对同一篇文章，看到从宋至清的读书人呈现出的超时空对话：在文字上你来我往，各是其所是，非其所非。待细品时，又觉其同处不可不同，势自不可异；异处不可不异，理自不可同，而我亦为文字寻求家的时候，这种磨炼加倍，快乐也加倍。

此书是在我博士论文的基础上修改定稿。读博过程中，得到诸多老师、朋友的帮助，尤其是硕士李康导师多年的指教，而且从硕士入学的"励志饭"一直吃到博士毕业。特别感谢博士导师张安祖先生。当年写作时，我写完一节就交给先生批阅一节，仍记得最初一节文稿密密麻麻的批注、最后一节文稿标记的两个符号，先生也由最初的担心转为欣悦。毕业之后，先生和师母仍关心我的成长、爱人的工作、孩子的学习，祝愿先生和师母身体健康、平安快乐。感谢文学院领导和同事在工作上的帮助。最后感谢我的家人，让我看到了不一样的自己和世界。

字是平的，人是圆的。

2022 年 10 月 24 日于自贡